（第十辑）

文学地理学

主 编
曾大兴 夏汉宁
张祖立

中国社会科学出版社

图书在版编目(CIP)数据

文学地理学. 第10辑/曾大兴,夏汉宁,张祖立主编. —北京:中国社会科学出版社,2022. 5
ISBN 978-7-5203-9680-6

Ⅰ. ①文… Ⅱ. ①曾…②夏…③张… Ⅲ. ①中国文学—地理学—文集 Ⅳ. ①I206-53

中国版本图书馆 CIP 数据核字(2022)第 024614 号

出 版 人 赵剑英
责任编辑 郭晓鸿
特约编辑 杜若佳
责任校对 师敏革
责任印制 戴 宽

出 版 中国社会科学出版社
社 址 北京鼓楼西大街甲 158 号
邮 编 100720
网 址 http://www.csspw.cn
发 行 部 010-84083685
门 市 部 010-84029450
经 销 新华书店及其他书店

印 刷 北京明恒达印务有限公司
装 订 廊坊市广阳区广增装订厂
版 次 2022 年 5 月第 1 版
印 次 2022 年 5 月第 1 次印刷

开 本 710×1000 1/16
印 张 24
插 页 2
字 数 341 千字
定 价 128.00 元

目　　录

文学地理学学科建设

文学地理学基本理论与方法

地理空间、意象与文学

地理与文学交融研究

东北文学地理

岭南文学地理

硕博论坛

学科建设动态

文学地理学
学科建设

推动文学地理学研究重心由外部研究向内部研究转变

曾大兴*

一

文学地理学的研究对象可以分为两部分：一是外部研究，一是内部研究。

所谓外部研究，就是对文学所赖以产生的地理环境的研究。我们考察文学家的地理分布，包括静态分布（出生成长之地的分布）和动态分布（迁徙流动之地的分布），考察文学作品的产生地，考察文学作品中出现的某个地名或者景观的位置等，这都属于外部研究。

所谓内部研究，就是对文学作品本身进行的研究，也就是文本研究，包括研究文学作品的题材、主题、思想、情感、人物、情节、场景、意象、典故、语言、文体、叙述方式、艺术风格等。

但是，外部研究和内部研究是不可分割的。这主要表现在以下两个方面。

第一，外部研究是为了内部研究。考察文学家的地理分布，考察文学作品的产生地，目的是考察文学家所受到的地理环境的影响，这种影响最终在哪里体现？只能在文学作品中体现。离开了作品本身，外部研究就显得比较空泛。

* 曾大兴，广州大学人文学院教授。

第二，内部研究离不开外部研究。研究文学作品的题材、主题、思想、情感、人物、情节、场景、意象、典故、语言、文体、叙述方式、艺术风格的时候，我们常常会遇到这一类的问题：作家为什么要写这个题材？为什么会中意这个主题？为什么会有这种思想和情感？作品中为什么会出现这样的人物、情节和场景？作家为什么会钟情于某种文体？某个意象？为什么要使用某个典故？为什么是这样一种语言？这样一种叙述方式？作品为什么会是这样一种风格？等等。这其中当然会有许多原因，但是有没有地理方面的原因？他（她）这样写，和他（她）所处的地理环境有没有关系？和作品的写作地（产生地）有没有关系？因此，对内部研究的深入，往往会联系到外部研究。离开了外部研究，内部研究往往找不到应有答案。

我们讲文学地理学的研究对象，就是文学和地理环境的关系。这里有三个关键词：文学、地理环境、关系。

“文学”，就是指文学作品；对“文学”的研究，就是内部研究。“地理环境”，就是指作者曾经生活过或者当时所处的地理环境，对“地理环境”的研究，就是外部研究。“关系”，就是讲“文学”和“地理环境”的关系，既然是关系，就是相互作用的。这里有两层意思：第一，地理环境影响文学，文学也影响地理环境。第二，在研究文学时，既要从地理环境延伸到作品，也要由作品追踪到地理环境。以前我对第一层意思强调得比较多，现在我要强调的是第二层意思。

有人讲文学地理学，就是讲地理环境对文学的影响，这是“影响论”。我们讲文学地理学，则讲文学和地理环境的关系，这是“关系论”。“影响论”是单向的、片面的，讲多了，讲过了头，就有可能滑向饱受诟病的“地理环境决定论”；“关系论”是双向的、全面的，怎么讲都不可能滑向“地理环境决定论”。

地理环境和文学之间既然是一种关系，既然是互动的，那么我们研究文学地理学，就要注意这个关系，就要注意它们的互动性。我们既不能只讲地理环境而不讲文学，也不能只讲文学而不讲地理环境。有人讲，文学地理学批评就是文本批评，我认为这样讲还是有片面性，因为文学地理学批评不能不涉及环境。我给文学地理学批评下的定义是：“文学地理学批评，是一种运用文学地理学的理论和方法，以文本分析为主，同时兼顾文本创作与传播的地理环境的文学批评实践。”

考察地理环境，目的在于解读文本；解读文本，最终要追溯到地理环境。

二

中国20世纪80年代后期以来的文学地理学研究，也就是近三十多年来的文学地理学研究。在最初的十多年里，主要是外部研究，包括笔者的《中国历代文学家之地理分布》（1995），胡阿祥的《魏晋本土文学地理研究》（2001），还有梅新林的《中国文学地理形态与演变》（2006），都是一种外部研究。在接下来的十多年里，则出现了不少关于内部研究的成果，这是应该予以肯定的。

但是总体来讲，还是外部研究的成果相对较多。这里可能有多种原因，但是有以下三点值得注意。

一是地理学者参与文学地理学的研究。地理学者爱好文学地理学，参与文学地理学的研究，这是好事。他们懂地理，可以扩大文学地理学的影响。但是也有一个问题，就是多数的地理学者并不了解文学。我这里所说的了解不是指一般的了解，而是指专业的了解，是指专业造诣。对文学的专业了解，要具备以下几个条件：第一，要有文学的问题意识；第二，要熟悉和掌握文学研究的基本理论和基本方法；第三，要懂文学作品的鉴赏和分析；第四，要懂一点文学创作，知道一首诗、一篇散文、一篇小说、一部戏剧等是如何写出来的。

用这四个条件来衡量，可以说无论中国还是外国，多数从事文学地理学研究的地理学者是不怎么了解文学的。第二、三、四点姑且不论，这里只说第一点，也就是文学的问题意识。他们不了解文学研究的历史，不了解有关的学术史，怎么可能会有文学的问题意识呢？他们的问题从何而来？事实上，他们的问题，还是地理的问题，而不是文学的问题。

由于没有文学的问题，他们研究文学地理学，就是以地理为本位，借文学的材料、文学的角度来解决地理的问题，例如研究文学家的籍贯，研究文学家的行迹，绘制文学家的行迹图，等等，而这一类的研究，从文学地理学的角度来看，就是外部研究；从地理学的角度来看，就是历史地理或文化地理的研究。

二是一部分文学学者往历史地理学的方向走了。中国传统的学术，讲“经、史、子、集”，“经”是五经，“史”就是历史，“子”是诸子，“集”是“经”“史”“子”以外的所有文集，包括文学，或者说，主要就是文学。“史”不仅排在“子”的前边，更排在“集”的前边，所以“史”的地位高过“集”，高过文学。在中国传统的学术研究中，专门研究文学的著作是不多的，例如《文心雕龙》，说起来是一部伟大的文学理论、文学批评著作，但是它所研究的，也不单是文学。近代以来的许多著名文学批评家，例如王国维、胡适等，也不专门研究文学。

20 世纪 80 年代后期以来的一些从事文学研究的学者，尤其缺乏文学的自信，缺乏文学的本位意识。他们坚持认为，历史学的地位高于文学，因此打着“大文学”“杂文学”的旗号，把自己的文学研究搞成了历史学的研究，甚至搞成了考古学的研究，谱牒学的研究，编年史的研究，地志学的研究，等等。由于有这样一种价值观念和思维惯性，一旦他们染指文学地理学的研究，就对文学家的籍贯、行迹，对作品的产生地等问题的考证特别热衷，也就是对外部研究特别热衷。

三是在文学地理学学者当中，也有一些既重视外部研究也重视内部研究的学者，但是比较而言，他们的外部研究成果要多一些，影响也要大一些。就我本人而言，早期就是从事外部研究的。笔者的《中国历代文学家之地理分布》（湖北教育出版社 1995 年初版，商务印书馆 2013 年修订版）这本书，就属于外部研究。我于 1990 年开始从事内部研究，我的

《农桑为本与舍本逐末——中国古代南北方歌谣比较研究》（《中南民族学院学报》1991年第6期，《高等学校文科学报文摘》1992年第2期）这篇论文，就是20世纪90年代初期发表的。90年代后期，我把“中国古代南北方歌谣比较研究”这个系列（一共五篇论文）收进了《英雄崇拜与美人崇拜》（中国文联出版社1999年版）一书。但是这本书是书商运作的，没有做发行，只是收了一点书号费和印刷费，因此它在学术界的影响就远不及《中国历代文学家之地理分布》这本书，这样就给某些人一个印象，以为文学地理学的研究，就是研究文学家的地理分布，就是研究文学家的“籍贯”与“流动”，就是做“行迹图”，就是一种外部研究。

三

我在这里要重申一下：文学地理学研究是以文学为本位的，它所要解决的问题是文学的问题。既然是以文学为本位，既然要解决文学的问题，最终还是要回到文本，还是要以文本研究为重心。

对于以往的外部研究的优秀成果，我们要肯定。对于今后的外部研究的优秀成果，我们要欢迎。因为文学地理学的内部研究，需要借鉴、使用外部研究的成果。这一点是毫无疑问的。但是，我们不能满足于此。我们要把文学地理学研究的重心由外部研究转向内部研究。理由有二：第一，我们不能给外界一个误解，以为文学地理学的研究就是外部研究；第二，我们要解决文学自身的问题。

文学地理学的研究，如果不能解决文学自身的问题，不能解决文学研究的其他理论和方法所不能解决的问题，那它还称得上一门别开生面、别具一格的学科吗？

当然，学术乃天下之公器，没有什么“独门秘籍”，但是，学术研究的方法是可以有且应该有自己的个性的。文学地理学作为一个学科之所以能够成立，就在于有自己的理论和方法，有自己的独到之处，能够解决别的理论和方法所不能解决的问题。

这个独到之处何在呢？当然不是在外部研究方面，不是在地理环境研究方面，不是在作家的籍贯与行迹研究方面，也不是在地图绘制方面，在这些方面，用地理学、地图学的方法就可以解决问题了。这个独到之处，就是用文学地理学的理论和方法来研究文本。

用文学地理学的方法来研究文本，可以有多种路径或者步骤，我这里只谈几点，供大家参考。

一是分析文本中的地理要素和非地理要素。这种分析，是以文学研究中的“文本细读”为前提的。而在分析的过程中，则会涉及地理学的一些基本知识，也会涉及文学和其他学科的一些基本知识。

二是以文本中的地理要素和非地理要素为基础，分析文本的时空结构。所谓时空结构，就是既有时间维度，又有空间维度，要把这两者结合起来，做到“时空并重”。

三是在要素分析和结构分析的基础上，结合文本的文体、语言、修辞、叙述方式、抒情方式等，发掘、总结和描述文本在艺术上、审美上的地域特征。

四是在要素分析和结构分析的基础上，结合文本所描写的人物、景观、事件、情节等，探讨文本在情感、思想和意义方面的地域性。这种情感、思想和意义是文本自身所包含的，只要仔细研究文本自身即可获得，因此这种探讨可以称为“还原”。

五是联系作者和读者所处的时空环境，结合文本内部的时空结构，探讨文本所可能有的情感、思想和意义。这种情感、思想和意义，不是作者所赋予的，是读者或研究者通过想象、联想而获得的，已经超越了文本，因此这种探讨可以称为“延伸”或者“发挥”。到了这一步，完全可以借鉴西方空间批评和地理批评的理论与方法，也就是说，文学地理学批评既是文学批评，也可以具有社会批评、文化批评的功能。

第一、第二步，可以说是分析和探讨文本的时空结构；第三、第四步，是还原文本的艺术和思想空间；第五步，是重建文本的意义空间。

最后强调一点，要加强文本研究方面的理论和方法研究，使文学地理学的文本研究不同于其他的文本研究，并且高于、优于其他的文本研究。

2020 年 7 月 21 日

文学地理学对青年学者的影响

梁冬丽*

文学地理学对青年学者的影响，主要体现在两个方面：一是文学地理学学科理论与研究方法对青年学者的影响；二是中国文学地理学会对青年学者的影响。实际上，文学地理学学科理论与研究方法主要通过中国文学地理学年会这一开放性的平台与《文学地理学》年刊这一持续稳定的载体对青年学者产生具体而直接的影响。

青年，按世界卫生组织的规定，指45岁以下之人。就文学地理学而言，青年学者主要指45岁以下的学者。论证中将会常常使用到两个概念，第一个是"资深青年"学者，第二个是"新青年"学者。"资深青年"学者一般介于35—45岁之间，已有稳定的工作单位，具有高级职称，有的甚至已经是研究生导师，这类青年学者接受过传统文学各科各领域的专业、专门而系统的学术训练，因投入文学地理学研究，学术潜能获得突破性的爆发，从而获得学界的认可。"新青年"学者一般指35岁以下，多还没有确定工作单位，正处于硕士或博士研究生学习阶段，或者正在从事博士后研究工作，正在接受文学地理学方面的系统训练，学术上尚未"出道"。从发展前景来看，随着学力的提高，"新青年"学者会慢慢晋升为"资深青年"学者。

---

* 梁冬丽，广西师范大学文学院教授。

一

对比分析历届中国文学地理学会年会参会情况，结合年刊《文学地理学》所收录论文情况，发现参加中国文学地理学会年会的青年学者越来越多，越来越积极，发表论文的数量不断增加，质量也越来越高。获得国家级项目资助的青年学者引人注目，出版文学地理学专著的青年学者越来越多。

2011 年第一届中国文学地理学会年会在南昌举行，参会学者 60 余人，提交论文 40 余篇，年刊收入论文 31 篇，其中 45 岁以下学者有李仲凡、黎清、刘双琴、李惠玲、延娟芹、王柳芳、杨秀礼、王瑾、耿淑艳等，均提交了论文，并被收入年刊，约 10 篇，占总论文数量的三分之一。这说明中国文学地理学会创立之始，即注入相当比例的青年力量，但并没有在校研究生正式参会，也没有提交论文。2012 年第二届年会参会人数 100 余人，提交论文 50 余篇，年刊收入论文 41 篇，这时候参会者已有讲师、助理研究员与在校研究生 9 人，论文也被收入年刊。2013 年第三届年会参会人数亦有 100 余人，其中讲师、助理研究员与在校研究生达到 18 人，青年学者比例得到较大提升。接下来的两年，青年学者比例稳步提升，直到 2016 年，中国文学地理学第六届年会暨第一届硕博论坛举办时，已有非常大的变化。参加硕博论坛的青年学者中仅在读研究生达 60 人，占总参会人数三分之一，提交论文 50 篇，提交论文数量超越第一届年会总数。如果再统计其他 45 岁以下而非在读研究生学者的话，则规模更大，队伍更强。“硕博论坛”现已举行了五届，每届的热度都非常高。2017 年第二届硕博论坛参会人数也有 60 余人，提交论文 50 余篇。2018 年第三届参会人数近 70 人，提交论文 67 篇。2019 年第四届参会研究生超过 50 人，提交论文 51 篇。2020 年第五届参会研究生超过 70 人，提交论文 73 篇。每届参会人数规模，都与第一届年会总参会人数相近。可见新青年学者深受文学地理学研究理论、研究方法的熏陶，积极主动地靠拢向这个平台，找到稳定的研究领域，发表自己的学术观点。

越来越多的“新青年”学者选择文学地理学作为学位论文的研究对象。学位论文反映了研究生的眼光，关系研究生的学术前途。在读研究生能从文学地理学中找到有效的方法，找到可行的切入点，找到挖掘学术宝藏的有效工具。在文学地理学自发研究阶段，1990 年至 2010 年这 20 年间，在中国大陆发表的文学地理学论文有 30% 是硕士和博士学位论文，[①] 占比不小，但这是比较宽泛的统计，主要涉及文学家族、地域性文学群体、文学与环境关系问题，尚处于“传统文学 + 地理学方法”的文学地理学“前研究”阶段，直接以“文学地理学”为题目的硕士、博士学位论文与著作是几乎没有的。即使使用了“人地关系”的视角，也并没有明确提出“文学地理学”是主要研究方法。然而 2011 年以来至 2019 年这 9 年间，使用较严格的方法统计，直接以“文学地理学”作为研究对象的硕士博士论文竟达 2300 余篇，平均每年都在 250 篇以上。其他涉及“地理意象”“文学景观”“地理空间”等论题的学位论文，尚无法统计到精确数据。

文学地理学甚至影响了国际青年。日本海村惟一教授 2012 年参加中国文学地理学会第二届年会，此后成为年会的常客，是中国文学地理学会的顾问，甚至 2015 年在其所在工作单位——日本福冈国际大学，承办了中国文学地理学会第五届年会，还带动女儿海村惟佳投入文学地理学研究。海村惟佳在第二、第四届年会提交论文《汉字文化圈现代东亚文学地理学的研究——以〈1Q84〉的韩译本、台译本、大译本为例》、《关于中国接受村上文学的社会文化背景——以村上文学中译本的流行状况为例》，分别被第二辑、第四辑《文学地理学》年刊收入，海村惟佳还当选中国文学地理学会理事。在日本举办第五届年会时，不少日本的硕士、博士研究生前来旁听，无形中受到文学地理学相关理论的影响。韩国学者金贤珠教授参加中国文学地理学会第三届年会时，带了两名博士和一名硕士研究生参会，第四届则带了七名研究生参会，此后几乎每届都带研究生参加。郑元大、姜小罗、金瑛

① 李伟煌、曾大兴：《文学地理学论著目录索引》，见曾大兴、夏汉宁主编《文学地理学》，人民出版社 2012 年版。

美等研究生在金贤珠教授的带领下，受到熏染，也主动从事文学地理学研究，并多次参加中国文学地理学年会。2017 年曾大兴教授到韩国庆北大学讲学，使中国文学地理学在韩国青年学者间的传播更为广泛。可见，日本、韩国青年学者多受中国文学地理学影响，并与中国文学地理学会保持着连续而密切的接触。

“资深青年”学者逐渐承担起高水平项目的研究工作。截至 2020 年，国家社会科学基金资助文学地理学相关项目 31 项，2011 年以前共资助 5 项，其中有李贵、蔺文龙两位主持青年项目 2 项，比例不低，但数量不多，二人均不是中国文学地理学会会员。2012 年以来至 2020 年的 9 年间，有 26 项文学地理学相关项目获得立项，青年学者获得 10 项资助。李仲凡（2013，“文学地理学基础理论问题研究”）、杨宗红（2013，“文学地理学视域下明清白话短篇小说研究”）、李惠玲（2015，“文学地理学视野下 14—19 世纪中越使臣诗歌研究”）、李博昊（2016，“文学地理学视阈下唐五代词研究”）、李志艳（2016，“壮族文学的文学地理学研究”）、覃莉（2017，“文学地理学视域下华兹华斯诗歌的地理书写研究”）、刘双琴（2017，“文学地理学视域下的宋元女性文学研究”）、王德颂（2018，“文学地理学视阈下新时期以来的北京书写研究”）等 8 位青年学者的选题较具代表性，这些学者得到资助，与其长期参与中国文学地理学会活动，并思考与探索文学地理学问题，且受到文学地理学理论滋养有关。

在文学地理学专著出版方面，2011 年以来，除杨义、曾大兴、梅新林、徐玉如、邹建军等中老年学者继续有新作面世之外，青年学者出版专著的数量也在迅速攀升，刘洁、覃莉、庄文泉、刘英、杨宗红、徐汉晖、张向东、陈恩维、朱长英等人的著作在权威出版社陆续出版，说明青年学者的文学地理学研究成果得到了较高认可。

二

那么，文学地理学是如何影响青年学者的呢？

文学地理学从理论上影响着青年学者。文学地理学的学科理论就像一把钥匙，为青年学者打开了一扇大门。众所周知，传统的中国文学研究，主要是从历史的、时间的角度挖掘文献史料，研究各层次的作家作品、文学家族、文学流派，既乏新文献的发现，又无新方法的引入，艺术水平并不算高的作家作品也被开发殆尽，哪怕“重写文学史”的呼声不断高涨，也很难重写出新意。在此背景下，老一辈学者还好，多少能发现一些新、僻问题，也有足够的学术涵养解决“疑难杂症”。但最尴尬的是“资深青年”学者，一方面出身于传统文学学科，有了相当的理论基础，一方面又无法突破捡漏儿式整理“下品”作家作品的局面，失去了研究的动力，甚至失去了学科自信。直到发现了以“空间”思维为主导的文学地理学，不再为“史”的纵向维度所束缚，逐渐开始从横向考察“人地关系”，再把横向的“人地关系”与纵向的“人文关系”拉开距离。两相对比，才更加清晰地看到“文学史”与“文学地理”的差异与价值，才可以把“文学”的本质看得更加清楚。

南朝民歌本是文学史研究的旧题，但青年学者竟然敢于挑战这个课题，无非就在于“以文学地理学为理论指导”，① 有了底气。李剑清教授的研究方向本为中古文学理论，传统理论涵养可谓相当深厚，又早在2006年前后就踏入魏晋文学领域，唯是如此高基础入门者，曾尝试从常见的研究范式——时间的线性思维出发，欲达到“逻辑与历史相统一”的效果，可是几年间竟找不到有效的切入口，收效不明显。直到2009年，借助文学地理学的研究理论与思维，才发现西晋文学的空间格局——以洛阳为中心的中原文学与以吴地为中心的东吴文学，有了很大的突破。在空间思维指导下，再扩而展之，上溯两汉，下拓南北朝，将时间与空间两个维度结合，找到了“文学流徙—文学地理”这个“门”，② 于是通向平坦的学术之途，其“地

① 唐晓梅：《文学地理学视域下的南朝民歌研究》，硕士学位论文，广西大学，2019年。

② 李剑清：《地域分野与文士流徙：汉晋文学地理研究纲要》，见曾大兴、夏汉宁、方丽萍主编《文学地理学》（第七辑），中国社会科学出版社2019年版，第112—113页。

域分野：汉晋之际文士流徙与文学研究”获得国家社会科学基金立项（2013年）。其研究思路也变得具体而清晰起来，便有了《西晋文风演变研究》、[①]《关辅世族文化习性与文学观念研究——以3—4世纪百年为中心》、[②]《汉晋之际文士流徙与文学研究》[③] 等成果。不难发现，有相当一部分青年学者自从涉猎文学地理学理论之后，视野突然开阔，获得了质的飞跃，正所谓开传统文学的花，结文学地理学的果。

李剑清教授从2013年开始参加中国文学地理学会年会，第三辑、第七辑年刊都收录了他的论文。李剑清教授所带研究生数量有限，但至少带4位研究生参加过文学地理学年会，其中1人还参加过两届。2018年，李教授高足王朝朝《新疆当代文学中流寓文学的作用和价值》、王鑫悦《唐代边塞诗与新疆文化认同——以新疆为主的西域边塞诗为例》获得中国文学地理学会第三届硕博论坛三等奖。王朝朝的硕士学位论文为《作家地域迁徙与文学版图更替的理论建构》，这显然是受文学地理学理论滋养的成果。李剑清教授积极主动承担起培养“新青年”学者的责任，使文学地理学开枝散叶，这是“资深青年”学者与文学地理学结下“不解之缘”的典型事迹。

最初投入文学地理学研究的学者，是导师型的学者，他们对文学地理学学科建设，有发掘开拓之功，但从事文学地理学研究却是传统文学研究“变异”的结果。这批学者的学术研究基础与理论是传统文学，有已经获得学界认可的主业，例如曾大兴教授是词学研究专家，邹建军教授是比较文学与世界文学研究专家，梅新林、夏汉宁、高人雄、陶礼天、杜华平等学者的“发家史”，均不是文学地理学，学界提及上述学者时，首先认可的还是其“主业”上的成就。只不过在以时间维度探讨文学史之外，发现了文学与地理的空间关系，开始将部分精力投入文学地理学的研究与建设，研究完全靠

① 李剑清：《西晋文风演变研究》，陕西人民出版社2010年版。

② 李剑清：《关辅世族文化习性与文学观念研究——以3—4世纪百年为中心》，中国社会科学出版社2014年版。

③ 李剑清：《汉晋之际文士流徙与文学研究》，人民出版社2019年版。

"自觉"，因此，他们于文学地理学的研究范围多为传统的诗文，对小说、戏剧的"人地关系"涉足不深。而"新青年"学者在文学地理学理论支撑下，把研究对象拓展到小说领域，取得不小成就。近百年来，明清白话短篇小说研究的成果，"或侧重于介绍、整理、考证，或重在话本小说史的编写"，却没有从地理空间分布的角度入手的。杨宗红教授主持的国家社会科学基金项目"文学地理学视域下明清白话短篇小说研究"的对象为"明清白话短篇小说"，就此，老一辈学者已出过权威专著，教科书式的书册也有不少，竟然能立项，说明什么问题？那是因为杨宗红教授接触文学地理学之后，跳出此前研究几乎都从"时间性"入手的窠臼，转而从空间入手，使用文学地理学的整套方法，完整地考察了明清白话短篇小说作者、读者的地理分布，解决了小说研究的外在空间问题。接下来还探索了其文本所展示的地理空间、地理与叙事母题的关系、此在与彼在的地理身份对小说叙事的影响、寄生韵文与小说地理表达的关系，等等，解决了小说研究的内在空间问题。多层次、多角度地把明清短篇小说的空间线索进行了全面爬梳，率先完成了《明清白话短篇小说的文学地理研究》。[①] 可见，文学地理学理论可以使青年学者在从时间维度上很难再有创见的文学问题方面，获得新的学术研究增长点。

甚至有青年学者利用外语优势，直接参与文学地理学理论构建与传播工作，开始翻译外国文学地理学理论著作，如刘玉杰、涂慧琴、白阳明等正在实践中承担这样的责任，开始翻译国外文学地理学著作，刘玉杰《遗失的地理》、涂慧琴《文学地理学：重构关联》两篇已经发表在《世界文学评论》第7辑，[②] 这既对学界做出了贡献，也为自身的文学地理学理论积累做好了储备。文学地理学是中国本土成长起来的学科，理论建构与西方有区别，这些从事西方文学地理学论著翻译的青年学者，通过中西比较，取

① 杨宗红：《明清白话短篇小说的文学地理研究》，中华书局2019年版。

② 邹建军：《文学地理学的内部研究和外部研究问题》，曾大兴、夏汉宁、刘川鄂主编《文学地理学》（第六辑），中国社会科学出版社2018年版，第78—81页。

长补短，可以增强理论自信，更加坚定了从事中国文学地理学学科建设的信心。

三

在理论的普及之下，文学地理学研究方法同样积极影响着青年学者。曾大兴教授认为，文学地理学独有而又较常用的研究方法主要有：系地法、现地研究法、空间分析法、区域分异法、区域比较法和地理意象研究法。① 其《中国历代文学家之地理分布》② 是使用系地法研究的典范，这种方法跟文学史的系年法一样，对训练青年学者文献基本功很有效，兼之容易上手，于是效仿者众多，有的将之用到宋代女性文学研究，③ 有的将之细化到某几个朝代的文学家地理分布，④ 有的具体到某朝代某区域的文学家地理分布，⑤ 有的运用到中国古代小说家地理分布，⑥ 其他具体时代文学家的地理分布、某作家不同时期作品的地理分布、某文体的地理分布、某类型作品的地理分布的研究也纷纷出版，文学系地的研究工作全面铺开。因此，目前各文体、各时代、各国家的文学地理分布越来越细、越来越详尽。相对薄弱的还是戏剧体裁的文学地理分布，这一薄弱点应该有人开发。相信青年学者也很快能发现这个增长点，敏锐地抓住机会开拓创新，以充实文学地理空间布局。

曾大兴教授的《文学景观研究》，⑦ 是中国第一篇探讨文学景观的内涵、特征、价值与意义的论文，文学景观与文学地理意象往往重合。此文发表之

---

① 曾大兴：《文学地理学概论》，商务印书馆 2017 年版，第 303—330 页。

② 曾大兴：《中国历代文学家之地理分布》，湖北教育出版社 1995 年初版，商务印书馆 2013 年修订版。

③ 刘双琴：《论宋代女性作家的流徙与分布》，曾大兴、夏汉宁、海村惟一主编《文学地理学——中国文学地理学会第五届年会论文集》，中山大学出版社 2016 年版，第 329 页。

④ 王蕾：《宋辽金元时期文学家地理分布研究》，硕士学位论文，宁波大学，2013 年。

⑤ 王静：《元代江苏诗人地理分布与文学活动》，硕士学位论文，山西大学，2019 年。

⑥ 杨宗红：《明清白话短篇小说的文学地理研究》，中华书局 2019 年版。

⑦ 曾大兴：《文学景观研究》，《广东技术师范学院学报》（社会科学版）2011 年第 2 期。

后，“文学景观”与文学地理意象研究热潮随即兴起。青年学者除了投入精力深挖区域意象、地名意象、动植物意象之外，用力最多的自然是地景意象。有的侧重自然景观为主的意象如崂山、[①] 洞庭湖与太湖、[②] 红水河，[③] 有的侧重人文景观为主的意象如渡口，[④] 有的侧重区域意象如江南，有的侧重城市景观如深圳，[⑤] 有的侧重综合性的景观如黄鹤楼，[⑥] 有的侧重虚拟的景观如《红楼梦》中的乡土景观，[⑦] 其他如富春江、潇湘、帝京、荆州、梅岭、岭南、蜀道、雁门关、栖霞山、潼关、金陵等综合了区域意象、地名意象、地景意象要素的对象，也纷纷被青年学者列为学位论文研究的首选，点、线、面全面铺开。

惠州西湖是重要的文学景观与文学意象，可是若与杭州西湖相比，参与书写的文学作品、文学家数量却相对少，质量上或名气稍逊，影响的广度与深度有限，这个选题的价值与意义无形中逊色不少。如若再从历史、时间角度出发，无非探索惠州西湖从最早被文学书写至今有多少作品，哪些写得最好、最切景，为什么会书写等，顺便探索苏轼与惠州西湖的故事，那么，这个研究就流入凡常。如此，此题作为硕士学位论文，并无独特创新之处可称。但是青年学子童煜昕选取此题之后，明确使用文学地理学的理论与方法切入，特别是通过田野调查，实地访查景观遗迹，弥补了文本资料不足的缺陷。还充分利用文献、借助网络技术，完全活用文学地理学“现地研究法”，综合成附录的《惠州西湖景观统计》，特别是在备注中注明了景观的存残废毁程度及现状，还拍摄了大量照片，为日后学者了解今日之惠州西湖，提供了十分重要的资料。论文还使用地理意象研究法，经过综合归纳，全新的惠州西湖景观得以立体呈现，对惠州西湖的经济社会价值有了很好的

---

① 庄慧：《崂山自然景观传说研究》，硕士学位论文，广西民族大学，2012 年。

② 肖献军：《唐洞庭湖诗和太湖诗比较研究》，博士学位论文，湖南师范大学，2012 年。

③ 王明雅：《桂西北文学中的红水河情结研究》，硕士学位论文，广西民族大学，2016 年。

④ 陈晨：《文学地理学视域中的渡口——以唐诗宋词为例》，硕士学位论文，广州大学，2017 年。

⑤ 邓写焓：《文学中的深圳》，硕士学位论文，西南大学，2013 年。

⑥ 周爱伦：《唐宋时期的黄鹤楼文学研究》，硕士学位论文，台湾清华大学，2013 年。

⑦ 罗佳晨：《〈红楼梦〉乡土景观探究》，硕士学位论文，西北农林科技大学，2018 年。

判断，即可以“借助这些文学作品对已湮没于历史沧海中的文学景观加以挖掘、修复、重建，无疑将有助于完善惠州西湖的文化建设，有助于惠州西湖社会与经济的发展”。[①] 既然其成果有助于提高当地百姓的地方感与精神文化生活质量，同时也有利于旅游业的开发，那么惠州西湖文学景观研究的意义就非同一般了。确实，就学术而言，或者就文学地理学而言，曾大兴教授的《广东文学景观研究》[②] 仅初步介绍了惠州西湖景观的基本概况及价值，经由童煜昕深入具体研究之后，惠州西湖景观才更为深入具体细致，丰富、丰满了文学景观研究的图谱。

宋词研究成果丰厚，以至“从时间的、历史的视角研究文学作品、文学流派、文学家族等文学现象时往往会遇到很多悬而未决、似是而非的问题”，[③] 要想突破，自然得转换方法，文学地理学就可以使宋词研究达到时间与空间结合。朱长英在这样的整体原则下，使用“空间分析”的方法，重新梳理宋词的题材内容、风格、词学观念，重新审视地理空间视野下词人的乡土情绪、恋阙情结，而对名家柳永、苏轼、周邦彦、辛弃疾和朱敦儒、刘克庄、吴文英等个案进行了新的解读，勾勒出可以与词学史相提并论的词学空间图景，使宋词研究的深度有了加强，广度有了拓展，实证了地理空间如何影响词人，词人如何将地理空间转化为文学地理空间的理念。

青年学者在中老年学者成功的研究案例启示之下，以文学地理学方法来训练自己的基本功，可谓如虎添翼，有了活络的脉动。为思维上创新各题材、各体裁、各类型与各时段、各作家、各作品的研究，做好了方法上的准备。

四

文学地理学有助于青年学者的思维创新。一个青年学者能够在某学科理论领域，运用一些学科方法，进行模仿性研究，这是基本的学术能力。譬如

---

① 童煜昕：《惠州西湖景观的文学书写研究》，硕士学位论文，广州大学，2019 年，第 65 页。
② 曾大兴：《广东文学景观研究》，《广东技术师范学院学报》2012 年第 1 期。
③ 朱长英：《地理空间对宋词影响之研究》，博士学位论文，山东师范大学，2016 年，第 1 页。

前贤用此理论、用此方法研究了某一流作家的作品，青年学者也用此理论、用此方法研究另一位一流作家的作品，长此以往，有可能轮到不入流作家的作品，这样一来，研究便会不可避免地走向末路。然而，文学地理学这一学科是新兴的在中国本土发展起来的学科，不但能让青年学者掌握学科新理论，还能为青年学者提供新方法，最重要的是，还能给青年学者带来发散性思考，在思维上创新。思维创新与理论创新、方法创新不一样，思维创新可以让青年学者摆脱固有的束缚，发散思维，扩大视野，激发创新精神，那些老一辈学者没有意识到的问题，青年学者有可能发现并有效地解决，这才是文学地理学的活力所在。

文学地理学影响青年学者的思维，表现在深化与拓展了一些“老问题”。例如，老一辈学者早已意识到环境对文学有很大的影响，所以有南北文学不同之论说与争辩，[①] 并有大批学者以实证研究证明了这个现象，如王国维的《屈子文学之精神》，[②] 废名的《西湖与〈采桑子〉》，[③] 徐訏的《北平的风度》，[④] 等等。但却只有到文学地理学学科兴起之后，才意识到，文学对人文地理环境也有影响，但苦于实证太少，尚未得到充分认识。因此，曾大兴教授在《文学地理学研究》一书中强调：“一个地方的文学（无论是作家文学还是民间文学）在哪个层面、哪种程度上反作用于当地的人文环境，也与当地人文环境的素质，以及当地人的文化自觉等有关系，对这些问题的充分解答，有赖于大量的实证研究，更有赖于理论上的探讨和概括。”[⑤] 青年学者胡海义教授则在《明末清初西湖小说研究》一书中，很好地解释了“西湖得人而显”这一现象，即实证了文学对地理环境的影响。在书中，引用了古吴墨浪子《西湖佳话·序》：“随在即是诗题，触处尽成佳话，故笔不梦而生花，法不说而雨。自李邺侯、白香山而后，骚人巨卿之品题日

① 刘师培：《南北文学不同论》，《国粹学报》1905 年第 3—10 期。

② 王国维：《屈子文学之精神》，《教育世界》1906 年第 24 期。

③ 废名：《西湖与〈采桑子〉》，《厦大周刊》1931 年第 19 期。

④ 徐訏：《北平的风度》，《文学》1934 年第 1 期。

⑤ 曾大兴：《文学地理学研究》，商务印书馆 2012 年版，第 26—27 页。

广，山水之色泽日妍。西湖得人而显，人亦得西湖而传。”接着指出了西湖小说如何反过来影响西湖景观的意义，西湖小说“不仅全面反映与生动阐释了‘湖山—城市’的地理环境与‘人地’关系，而且自觉参与营造这个地理环境，积极主动地去深化这种‘人地’关系，从而为文学与地理环境之间的互动、辩证关系提供一个研究典范”。[①] 能下如此结论，那是进行过充分的论证与深刻的思考得出的结果。在这样的创新思维下，该书创见至少还有以下两个方面值得圈点。

一是开发了西湖文学景观这一新的研究对象，并以小说为显要材料。诗文以地域见长者不少，如茶陵派、公安派、常州词派、临桂词派等，但在古代小说领域，唯一以地域命名者则只有西湖小说，因此“以独特的空间地域性在中国古代小说史上独树一帜，具有很高的文学地理研究价值”。[②] 诗文中的西湖景观早有学者关注，夏承焘先生在《西湖与宋词》[③] 一文中即指出，“倘若在西湖文学里抽掉了宋词，或在宋词里抽掉了有关西湖的许多作品，这在地理和人文上，都将是多么大的减色和损失”，但夏先生那时还没有“文学地理学”“文学景观”概念，而胡海义的“理论认识水平已经超过夏先生”，“多层次、多角度地揭示了西湖文学景观的意义”。[④]

二是明确使用了“层累结构”原理，将西湖景观分为神话传说中的传奇景观层面、历史故实中的史笔景观层面、小说人物所见画意景观层面、小说所引诗词描绘诗（词）话景观层面、小说作者描绘实际景观层面五种，无疑运用层级方法充裕了文学地理学研究。虽然曾大兴教授认为这个概念的内涵与外延“尚需进一步明确”，但对这种创见饱含赞许之情，正面肯定了青年学者的创新思维。[⑤]

---

① 胡海义：《明末清初西湖小说研究》，人民文学出版社 2019 年版，第 328 页。

② 程国赋：《序一》，见胡海义《明末清初西湖小说研究》，人民文学出版社 2019 年版，第 4—5 页。

③ 夏承焘：《西湖与宋词》，《杭州大学学报》1959 年第 3 期。

④ 曾大兴：《序二》，见胡海义《明末清初西湖小说研究》，人民文学出版社 2019 年版，第 11 页。

⑤ 曾大兴：《序二》，见胡海义《明末清初西湖小说研究》，人民文学出版社 2019 年版，第 12 页。

杨宗红教授的创新思维也在某种程度上超越了前贤，主要是深化了对明清白话短篇小说的认识。杨宗红教授全面整理了从先秦至清代的文言小说家之地理分布，共制作了十张附表，连同“明清白话短篇小说家的地理分布情况”，则完整地绘制了一套中国历代小说家的地理分布图表。读者的地理分布缺乏有效的资源与信息，是很难入手的，但从“禁毁小说的相关材料”、“小说刊刻地”与“序跋者、评点者、校正者”的地理信息入手，则令学界为之振奋。所考察的小说读者的地理分布及其地域性，这都是老一辈学者没有考虑或尚未涉足的领域，“不仅填补了小说地理研究中的一项空白，也为文学地理学的读者研究提供了重要经验”。[①] 杨宗红教授此项研究，综合运用了文学地理学理论、学科方法诸手段，才能呈现出如此广阔的研究视野，这已经不再是新出理论的简单模仿，也不仅是古板地使用一门学科的新方法，而是思维上的全面创新，才使得研究别开生面。这进一步说明，文学地理学不仅是一种能解决问题的工具，更是一门可以解决新问题的学科。

曾大兴教授认为，文学地理学学科在为国民经济服务这一块比较薄弱，[②] 这是谦虚谨慎的措辞。因为以他为代表的文学景观研究，在央视百家讲坛所做的《中华名楼》讲座，[③] 深入人心，对中国文化旅游业的推广与当地百姓的精神文明涵养提升做出了巨大的贡献，为国民经济服务这一块显然并不弱。但如果文学地理学仅能在这一块做出贡献而止，那确实不足以代表一个学科的担当能力，还应该在其他不同领域有所作为，才见潜力。

刚刚接受文学地理学学科理论系统培养的专业硕士研究生，眼光独到地开拓新天地，率先投入服务国民经济或地方发展的探索。广州大学部分学科（语文）的硕士研究生，积极探讨文学地理学资源对中学教学的应用与实践。2016 年，曾大兴教授指导的钟健芬以论文《文学地理学方法在高中语

---

① 曾大兴：《序》，见杨宗红《明清白话短篇小说的文学地理研究》，中华书局 2019 年版，第 3 页。

② 曾大兴：《文学地理学的学科建构》，曾大兴、夏汉宁、方丽萍主编《文学地理学》（第七辑），中国社会科学出版社 2019 年版，第 25 页。

③ 曾大兴：《中华名楼》，中国财政经济出版社 2019 年版。

文阅读教学中的运用》获得学位，2017年，关慧慧也以《文学地理学研究方法在中学古诗词教学中的运用》为题，获得学位。在此前的实践之下，竟有5篇此类论文诞生，如甄星颖的《文学地理学研究方法在初中古诗词教学中的运用》、邓淑华的《文学地理学方法在初中古典诗词教学中的运用》、李悦的《用文学地理学方法解读高中语文的地域文学作品》、唐可欣的《文学地理学方法在高中古典诗词教学中的运用》、何俊妮《高中语文教学中的景观教学》等。2019年也有2篇此类硕士学位论文，就是黄莲心的《粤南文学景观在高中古诗词教学中的应用》、黄诗钧的《粤北文学地理资源在高中语文教学中的应用》。这些研究互相借鉴，积少成多，批量出现，由点到面，具有开拓性的意义：将教育学与文学地理学结合的首创；将地方性、区域性文学地理资源与教育学结合的首创；用文学地理学成果服务地方教育的首创；将文学地理学从高校研究生、本科生教育引向中学教学的首创。相信带着这些理论、具有如此创新精神的研究生，进入中学课堂后，在教学实践中，其思维也能激发教学创新，迅速成熟，提高业务能力。

新青年学者显然有无穷潜力，这种先锋性的服务精神，值得推广与赞赏。这是文学地理学服务地方与培养人才的新增长点。中老年学者和“资深青年”学者在高校负责理论探索与人才培养，而“新青年”主动服务地方，为社会主义事业做贡献，这是很好的搭配与互动。这是从理论到实践的必然过程，也是实践检验理论的必经之途。随着实践的深入，他们的实践反过来推动理论研究，也促使理论研究者加速探索理论到实践的进程，以产生社会效益。

五

文学地理学还从情感上影响青年学者。从文学地理学的角度挖掘本土文学资源，对故土现实空间的呈现，对理想空间的建构，都可以唤醒家园感，深化地域感，触动人类深层精神的共鸣。青年学者自身就是这种情感的最初体验者，在体会自然地理、人文环境的伟力与魔力中，自身的情感与境界也得到升华。姜淼的《〈绿山墙的安妮〉的文学地理学解读》写到，19 世纪末 20 世纪初的加拿大爱德华王子岛秀美迷人的自然风光，树木、河流、小鸟等自然景物与农舍、教堂、学校等人文环境，为安妮的成长提供了一片净土，正是安妮养成乐观向上、活泼开朗、无所畏惧性格的要素，为安妮自我价值的追寻和实现提供了土壤。通过文学地理学解读安妮形象，再透过安妮形象想象到如诗般的自然人文环境，这不仅深深地打动着每一位读者，大概也能使学者深刻体会到“人与人，人与自然和谐相处”而“令人拥有充沛的精力和愉悦的心情”这种魅力，因此得出这样的结论：“安妮善良、纯真、乐观向上、勤奋努力、坚韧、坦诚、极富想象力等美好性格，将会成为人们学习的榜样，伴随着一代又一代人的成长。”① 其所建构的地理空间，已经升华为读者（包括研究者）理想的心理空间。

带着深情投入文学地理学研究者，其成果的社会价值最大。李文辉在学位论文《艾特玛托夫小说的文学地理学解读》的《后记》中这样介绍其选题缘由：

> 最早接触艾特玛托夫是通过影片《白轮船》，那个无名小男孩清澈的眼神一下子就扎进了我的心窝里，让我情不自禁痛着他的痛……后来，在好奇心的驱使下我阅读了艾特玛托夫的所有作品，那种在心底丝丝缠绕的钝痛变成了巨大的哀痛，我很想知道这种痛的来源是什么，所以把艾特玛托夫的小说选作自己的研究课题。②

这段话正好阐释了文学地理研究者情感投入的真挚，始于情，带着深情从事文学地理学解读，经过文学地理学解读之后，又升华了情。这种情感又使研究者“从理念上和方法上得到洗礼和提升”，这是文学地理学最吸引人

---

① 姜淼：《〈绿山墙的安妮〉的文学地理学解读》，硕士学位论文，齐齐哈尔大学，2014 年。

② 李文辉：《艾特玛托夫小说的文学地理学解读》，硕士学位论文，东北师范大学，2017 年，第 36 页。

之所在，也是文学地理学研究的终极目标。

不少研究生在撰写硕士学位论文时，即以文学地理学为选题，初步掌握了文学地理学理论。有的到撰写博士学位论文时，仍以文学地理学为选题，这时的研究，因为广泛接触文学地理学研究理论与研究成果，有一定的理论功底，在开拓创新方面便有了独立思考的能力，经过多年浸淫，到了工作岗位，其研究简直如鱼得水。从硕士研究生开始，到博士研究生，再到博士后研究，再到独立工作，完全在文学地理学的环境中成长，都有文学地理学研究、理论的氛围感染，这渗透到骨子里的思想意识与思维能力，大概会伴随其一生的学术活动。走上工作岗位的新青年学者马上获得了国家社会科学基金的资助，有了经费的支持与国家的认可，研究将走得更深更远，正在高调发挥潜在的文学地理学研究能量。

越来越多的青年学者关注家乡，关注学习地、工作地，关注身边文学的价值与意义。李惠玲教授为广西人，又是广西民族大学的教授，长期挖掘广西本土作家作品资源，其课题“文学地理学视野下 14—19 世纪中越使臣诗歌研究”（2015 年），利用文学地理学的方法，探讨中越使臣诗歌的思想内容与情感的地域要素，无疑有助于增强家国意识，唤醒民族情感，抒发本土情怀，又反过来催人反思“中越”边界这一自然历史界线对文学的影响。李志艳教授是湖南人，但毕业后到广西大学工作，不禁被当地具有浓厚地域性特征的壮族文学吸引，迅速投身此域，其“壮族文学的文学地理学研究”于 2016 年获得国家社会科学基金立项。学习地、工作地是一些青年学者的第二故乡，浓情生于研究对象，又因研究对象而唤醒文学情怀。传承、创新、富有活力的思想贯注在青年学者的研究中，饱含深情地研究自身的工作对象，自身工作地的文学，这样的研究是有生命力的研究，是能触发人类普遍认同感的研究，那是其他学科力所不及之处，却是文学地理学研究的长处。这种情感思维使得出生地、学习地、工作地的文学资源得到深度开发，以新方式“光宗耀祖”，传播乡里，唤起社会对乡梓情感的思考，引发共鸣。文学地理学研究，可以影响学术情怀，可以影响社会情感，这是发散性的思维方式，是一种有创新性、可影响情感的思维方式。

六

文学地理学影响着青年学者，同样，青年学者对文学地理学也有重大意义："资深青年"学者开始承担人才培养的重任，起到承上启下、继往开来的作用；"新青年"学者成长为文学地理学的核心力量，以极强的创新精神投入薄弱之处的研究或开拓新领域，成为文学地理学的增长点、爆发点；最终使文学地理学学科人才队伍的梯队结构更加合理。

某种程度上，中老年学者有一定的思维模式，思想有可能已经固化，想要他们从传统研究转型到文学地理学研究是比较困难的。但青年学者不同，他们接受新鲜事物的愿望比较强烈，没有思想包袱，没有人设包袱，转型速度比较快，一旦接受新理论或新方法，就可少花时间去摸索，少走弯路，爆发力强。参加前三届年会的李仲凡、黎清、刘双琴、李惠玲、延娟芹、王柳芳、杨秀礼、杨宗红等青年学者，经过十年的锻炼，基本上成长起来，一方面作为研究生导师，努力培养"新青年"学者，一方面作为中国文学地理学会的副秘书长、常务理事、理事等，开始深度参与中国文学地理学会的建设工作。"资深青年"学者受文学地理学影响而使自身的学术研究获得突破性进展后，又带动"新青年"学者投入了该领域研究，形成了以"老"带"新"的传承、扩散模式。

"新青年"学者一开始进入学术训练，就得到文学地理学倡导人或"资深青年"学者的培养，其硕士、博士学位论文或博士后出站报告，都由前两个层次的文学地理学研究者指导完成。青年学者使文学地理学学科人才队伍不断扩大、壮大，学历更高、职称更高，说明学术训练更严谨、更系统，出身更"纯正"。经历长时间系统训练的"新青年"学者，正快速"升级""进化"为新的"资深青年"学者。众所周知，许多学会与年会，一般比较推崇与追捧老资格的学者，青年学者并没有发言发声的机会，形成了年会就是集体"围观"老资格学者的现象，青年学者即使参加，也多是"打酱油"

的“过客”。而中国文学地理学年会专门为新青年学者设立了“硕博论坛”这个平台，以青年学者为中心，以青年学者为主角，中年学者反倒成了“围观者”，这种“怪现象”反而表明了中国文学地理学会的特色与活力之所在：有青年力量注入，必将前途无量。中国文学地理学会以开放的姿态，关心、培养、支持与奖掖青年学者，使之成为文学地理学科建设的生力军、未来的支柱，使文学地理学科建设具有了可持续发展的可能。

由少而精的中老年学者、多而深的“资深青年”学者与大量有创新志气的“新青年”学者三大层次组成，使文学地理学人才梯队紧密衔接，无缝过渡，又能发扬光大，学科人才队伍的分布更为合理。这种人才培养模式，使文学地理学学科人才培养更为有序而有效。由原来中老年学者单干、独干、默默地干，至“资深青年”学者聚集在中年学者周围，“抱团取暖式”地进行“拉帮结派”的集群研究，再到由导师型学者带着“新青年”学者进行集团化、有序而系统地培养，规模日壮，影响日大。有了数量的突破，才有可能使文学地理学学科建设发生质的提升，因为量变已经达到了相当程度，质变指日可待。

中国文学地理学会为了吸引青年学者，最大的举措就是坚持每年定期举办“年会 + 硕博论坛”，把这种常规学术活动做成品牌，吸引各层次的青年学者，为其提供学术联络平台，提供交流机会，增进学术友谊，传播文学地理学前沿理论，发布学科动态信息。“年会 + 硕博论坛”组合有两个功用：一是让更多青年学者保持参会热情，加强学术交流，增长见识，提升理论水平；二是让更多青年学者提高办会能力，提高组织管理能力，培养宣传能力，将来随时可以接手学会的组织领导工作。越来越多的“新青年”学者投入文学地理学学术活动，2016 年、2017 年的中国文学地理学年会暨硕博论坛的论文综述均由刘玉杰博士执笔，因其积极参与办会工作，对会务工作熟悉，对年会过程十分了解，故其对年会论文进行全面、系统的盘点，当是不难。2018 年 7 月 21 日至 26 日，“文学地理学的理论与实践学术研讨会”在新疆伊宁举行，涂慧琴博士也通览了全部论文，回顾了研讨会的过程，撰写了综述。撰写综述，最能训练、检验通盘考虑的能力。参与这些学术工作的青年学者，对文学地理学的理论与研究将有更深刻的认识，相信对其日后的研究有直接帮助。

其次，在研究生、本科生培养方案中，切实保障开设文学地理学课程，让新青年学者能够系统地接受文学地理学学科基础理论，提高理论觉悟，增强理论自信，增强学术自信。2004 年，广州大学在研究生中开设了“中国历代文学家的地理分布”这一门课程，开启了这一项培养任务。2012 年开始升级，由超星学术平台跟踪与录制“中国文学地理通论”这门课程，一共在研究生课堂教学中实地录制 72 课时，2013 年制作完毕，就在该平台发布。2016 年，由曾大兴教授执笔的文学地理学教科书式著作《文学地理学概论》撰写完成，并交由商务印书馆出版。在此过程中，率先在本科生中开设这一选修课，至今依然在开设。按照广州大学中国古代文学专业研究生招生计划，可以粗略计算出，每年至少有 10—15 名研究生接受文学地理学熏陶，至 2020 年，受影响学生总数保守估计也有 110—160 人次。按本科生选修课最低开班人数为 40 人的下限计算，如今至少也有 160 余名本科生受到熏染。再考虑到曾大兴教授每年在不同专业的本科生中定期举行文学地理学相关专题学术讲座，其影响力度是可以估算到的。这种培养方式能够很好地开发潜在的未来青年学者资源。加强研究生培养，加强本科课程开发与开设，组织更多定期而非课程式的学术活动，是促使青年学者成长的有效手段。

再次，每年定期发行《文学地理学》专刊，收录青年学者论文。特别是从第六辑开始，年刊开设“硕博论坛”专栏，每期发表论文 2 篇。除此之外，促成一些学术期刊开设文学地理学专栏，有组织地定期推出专题，率先考虑青年学者稿件。因此，青年学者自信心更强：一是稳定的发文平台可以吸引青年学者的高水平文章；二是专题论文对青年读者产生强烈影响，无形中使其不自觉地关注文学地理学成果。在“研究生论文必拒”的学术环境中，能够发表硕博论文，难能可贵，或许这正体现了文学地理学学科开放包容、勇敢创新的精神实质。

总之，以中国文学地理学学会为组织平台，以各高校研究生培养为教学基地，文学地理学形成了不少人才培养经验，自成一套培养模式。由导师型学者带动“资深青年”学者投身研究，到非导师型学者因文学地理学研究业绩而成为导师之后，又积极培养新的文学地理学学者，积蓄后备力量。文学地理学青年学者将成为根正苗红的文学地理学学科中坚，因为文学地理学中年学者的研究，在领域与方法上有裂痕，有些还是“文学 + 地理学学科理论、方法”研究模式，文学占主导，地理学学科方法与理论是研究的辅助。“新青年”学者的研究模式将是“文学地理学学科理论、方法 + 文学”，文学地理学学科方法与理论是理论主导，而文学是其研究对象。

文学地理学倡始者对文学地理学的“过去、现在和未来”[①]“昨天、今天和明天”命题极为关注，[②] 而青年学者无疑是文学地理学的“现在”与“未来”“未来的现在”“未来的未来”。文学地理学影响青年学者的学术视野与学术思维，青年学者能够影响文学地理学的兴衰成败。

---

① 陶礼天：《试论文学地理学的过去、现在和未来》，见陶东风等主编《文化研究》（第 12 辑），社会科学文献出版社 2012 年版。

② 曾大兴：《建设与文学史学科双峰并峙的文学地理学科——文学地理学的昨天、今天和明天》，《江西社会科学》2012 年第 1 期。

文学地理学基本理论与方法

试论文学地理学批评的“批评”

邹建军*

文学地理学批评是由中国本土学者提出和发展起来的一种文学批评新方法，已经在中国学界产生了比较广泛的影响，然而，并不是每一位文学研究者和文学批评家，都对文学地理学批评中的“批评”有准确的理解和科学的认识。对批评的理解与认识是否准确与科学，特别重要，并不是有的人所理解的那样，似乎只是一个评判的问题和实践的问题。因此，本文提出文学地理学批评中的“批评”一词，并进行一种全新的理解，在已有学术成果的基础上，尝试做出进一步的论述。

一　作为实践状态的文学地理学主要是文学地理学批评

文学地理学是中国学者发展起来的一门新兴学科，它包括许多方面的重要内容，它们共同构成具有学科意义的文学地理学研究。文学地理学包括文学地理学的基本理论、文学地理学的学科建设、文学地理学的批评方法、文学地理学的内部研究和文学地理学的外部研究等，而文学地理学的批评实践，则在整个文学地理学学科体系中，居于一种核心的地位。文学地理学批评，包括文学地理学的批评理论和文学地理学的批评实践，文学地理学的批

* 邹建军，华中师范大学文学院教授、博士生导师。

评理论属于理论建构，在此方面我们已经有了一些重要的成果；而文学地理学的批评实践，则在总体上面对中外文学现象之时，显得有些不足。文学地理学的批评实践，主要包括四个方面：一是对于文学作品的批评，二是对于作家的批评，三是对于文学景观的批评，四是对于文学活动的批评。之所以说文学地理学是一门实用性比较强的学科，就是因为可以用它来解释和解决人类史上许多重要的文学现象，特别是文学和地理之间存在的直接和曲折的种种关系，从而对人类所有的文学现象的发生与产生，得出一些与从前不一样的结论。如果说文学地理学可以分为理论形态的文学地理学和实践形态的文学地理学，文学地理学批评则基本上属于后者，并且更为重要的是，前者的许多东西都是来自后者，前者的许多东西也要为后者提供理论支持。“实践是检验真理的唯一标准”，文学地理学批评的几乎所有的理论，都需要在文学地理学批评实践中得到检验。所有的文学地理学理论都是来自实践，并且主要就是对中外古今文学进行批评的实践。处于理论形态的文学地理学和处于实践形态的文学地理学，二者之间是一种相辅相成的关系。然而，所有的理论都应当来自实践，而所有的实践也可以反过来有助于理论的生成和发展，因为通过特定的实践活动，可以检验、修订和补充现有的理论。文学地理学基本理论乃至所有的理论，也同样是如此，并且还只能是如此。作为实践状态的文学地理学，可以针对所有的文学现象发表意见，针对文本、现象、活动、历史，考证、分析、解读、揭示等的所有方法，都是可以用的。对于作家的批评、对于作品的批评、对于文学流派的批评等，都可以纳入其中。目前的文学地理学研究，内容丰富，形式多样，然而许多学者在进行文学地理学批评的时候，由于对“批评”的理解不到位，就出现了一些问题。如沿袭前人的东西比较多，生搬硬套现有的理论比较多，对于具体的文学现象缺少细读，没有在具体的文学现象中去发现文学与地理之间的关系，特别是有的论文所讨论的，其实不是真正的文学地理学问题，采用的也不是真正的文学地理学研究方法。“批评”本身既然是一种方法，同时也是一种方法论，体现了基本的立场与基本的观念，也有一系列的具体方式与具体方向。

这也是我们再次强调要重新理解文学地理学批评中的“批评”一词的主要原因和重要根据。

二 “批评”的前提是要有特定的选择性文本

文学地理学批评实践，首先要对研究的对象进行合理的选择。本来，一般的文学批评是可以对所有的文学文本和其他类型的文本进行研究的，然而文学地理学批评的“批评”，则需要有所选择，也必须有所选择。因为文学地理学批评所针对的对象是文学与地理之间的关系，但并不是所有的文学文本或其他类型的文本，都与地理之间发生和存在真正的联系或关系。就本质属性而言，任何文学文本与地理之间是存在关系的；然而，世界上的文学现象是多种多样的，因而也是千差万别的。有的文学文本与地理之间的关系直接一些，有的文学文本与地理之间的关系间接一些；有的文学文本与地理之间的关系密切一些，有的文学文本与地理之间的关系疏远一些。有的文学文本背后存在与地理之间的关系，但并没有直接体现在文学的内容或形式之上。因此，文学地理学批评就需要选择那些与地理之间存在关系的文本，特别是值得深入研究的文学文本来进行，不然费了我们许多时间和精力，却没有取得重要的成果，或者是我们研究了老半天，却得不出有意义的结论。在整个中外文学史上，现代派的某些戏剧与小说，特别是中外现代派和象征派的一些诗歌，和地理之间的关系可能就比较远了一些，在从事文学地理学研究的时候，可能就没有必要选择这样的文本来研究，更不可将它们作为文学地理学研究的对象。然而，如中外文学史上的现实主义、浪漫主义、自然主义、魔幻现实主义、新写实主义等文学流派中的长篇小说、多幕剧、电影和电视连续剧、长篇叙事诗和长篇抒情诗、长篇游记与报告文学作品等，似乎都可以作为文学地理学研究的对象。所以，可以根据文本的内容，具体地区分“地理文学”和“非地理文学”，“地理文学”就是文学地理学批评的对象，而“非地理文学”则不能作为文学地理学研究的对象。那我们如何进行这样的选择呢？不是要根据一些中外文学史教材上的介绍来进行选择，而是要根据我们对于具体文学作品的阅读来进行选择。当然，还有除文学文本之外的三个方面，即文学作家、文学景观和文学活动，它们也是一种文本形态的东西，也是可以纳入选择的范围的。如果把这三个方面都看作文本的话，它们与地理关系的近与远，也可以构成一种文学文本形态。一般而言，所谓“文本”是指作家所创作出来的作品；而文学地理学批评所说的“文本”，也同样是指作家所创作的文本，文学地理学批评的对象，也主要是这一部分的文本。然而，文学作品的创作者、因为文学文本而形成的文学景观、因为作家的参与而产生的文学活动，也是一种重要的文本，只不过是另外一种形态的文本。就文学与地理的关系而言，在文学文本中是大量存在的，在其他三种类型的文本中，也是大量存在的。然而，文学与地理之间的关系，并不是在每一种文本中都是存在的，至少不是在每一种文本的表面上就可以或已经体现出来。因此，除文学文本之外的其他三种文本，我们在从事文学地理学批评的时候，也要有所选择。在历史上有一些特例，可以说明这个问题。一个是黑格尔，据说他一生的活动范围在方圆一百公里之内，地理环境对他的影响也许不如其他作家和哲学家那么显著；一个是狄金森，据说她一生少有到过美国的名山大川，更是没有出国的经历，那么地理环境对其作品所产生的影响，就显得相当微弱。就文学景观而言，几乎所有的文学景观都是地理和文学的产物，但不同的文学作品却是存在体式上的区别。有的文学景观的生成是因为小说，有的文学景观的生成是因为散文，有的文学景观的生成是因为戏剧，有的文学景观的生成是因为诗歌，而有的文学景观的生成是因为电影和电视，情况往往各不相同。就文学活动而言，往往和地理之间发生一种直接的关系，如文学研究会总是和北平相关，创造社往往是与上海相关，法兰克福书展总是在德国法兰克福举行，而肯尼迪艺术节总是在美国的肯尼迪艺术中心举行，维也纳音乐节总是在维也纳金色大厅举办等。不过，也许这只是一种表面的现象，也可以表明人类历史上所有的文学或艺术的活动，与特定的地理环境之间是存在种种关系的。因此，无论我们研究何种文本与地理之间的关系，都是需要选择的，并且首先要在自我的阅读活动中进行选择。只是靠别人的介绍，或者只是按文学史上的叙述，往往是不行的，因为前人的介绍总是有局限性的，他们的介绍总是编者按照自己的理解来进行的。更为重要的是，当这种介绍变成了一种知识性的存在的时候，就会给我们的研究造成也许并不正确的前见，会极大地影响我们的学术视野、学术思维和研究水平。

三 “批评”的目标要直抵文学的地理本质

文学地理学批评的目标，就是直抵文学现象的地理本质。并不是说所有文学现象的本质都是地理的，然而文学地理学批评的目标，就是寻求文学与地理之间的关系，地理对于文学所产生的影响，文学对于地理所产生的影响。如果文学地理学研究者，所研究的东西与地理没有什么关系，探讨的对象不是地理因素的集合与产物，那文学地理学研究就与其他类型的文学研究没有什么区别，文学地理学也就失去了自己独立存在的价值与意义。对于文学地理学而言，无论是文学的内部研究，还是文学的外部研究，都是寻求文学与地理之间的关系，也就是探讨文学的地理本质。从文学地理学的角度研究中国四大古典文学名著，就是要分析小说里的地理空间与地理叙事，地理形象与地理意象，地理基因与地理诗学，同时也要探讨这些因素对于小说的主题、人物、结构、语言、风格、技巧所产生的意义，以及文学作品产生的地理基础、地理背景、地理环境，作家在作品中的地理记忆、地理意象、地理思想、地理思维和地理想象等。文学地理学批评中的“批评”，不是等同于“评价”，而是一种发现与探索，把与地理相关的而为我们所未知的东西提出来并进行讨论，并探讨背后的成因和形成的过程。中外文学史上的绝大部分作品，与特定的地理因素之间总是存在这样那样的关系，这些东西当然完全不是理论形态的规定，而是作家各自通过努力而进行的创造，因此是多种多样的、形态各异的，而批评者就是要从理性的角度对此进行深入的分析，从而有所发现、有所揭示和有所建构。之所以提出文学地理学批评要直抵文学的地理本质，是因为从前的一些所谓的文学地理学论文，探讨的对象与地理没有很大的关系，探讨的结果也不涉及文学与地理的关系，所用的也不是真正的文学地理学批评方法。有的论文扯了老半天，还没有进入核心问题，最后也没有得出有意义的、理论性的结论。因此，强调文学地理学批评要直抵文学的地理本质，不仅是有可能性的，也是有针对性的，也是文学地理学批评本质的规定性所致。如果不能直抵文学的地理本质，则有可能不是真正的文学地理学批评，同时就会让文学地理学走入别途，从而有损文学地理学的批评实践，乃至文学地理学的学科体系建设。

四 审美投入是可以进入“批评”环节的基础

文学地理学批评中的“批评”，可不是一般的观察与认识，而是一种特殊的观察与认识，审美投入是从事文学地理学批评的重要基础。如果说文本选择是我们从事文学地理学批评的前提，然而当选择阶段完成了以后，个人化的、私人性的审美投入，则是必须要经历的环节，也是一个重要的早期过程，没有任何一个人可以不对文学文本进行审美阅读，而可以完成文学地理学批评的任务。为什么呢？第一，任何文学文本都是审美创造的产物，是作家情感与思想的直接表达，是作家的世界观与人生观的体现，而这些东西都是通过作家具有高度个性化的审美活动而实现的。第二，任何文本中存在的东西都是美的存在，非美的东西在作品中是不存在的。作家对于美的追求和对于丑的批判，也许是同时存在的，然而无论是美还是丑，都是通过作家的选择与形塑，就性质而言都是审美创造的结果。世界上有许多东西是特别神秘的，文学与艺术就是其中最为重要的部分。而它们之所以神秘与神奇，就在于它们的产生只有经过作为主体的人才可以实现，如果没有主观与客观的融合与统一，就没有任何文学与艺术作品的产生。第三，文学文本中存在的地理形象与地理意象等，也都是作家审美创造的直接现实。虽然文学文本中所存在的与地理相关的东西，来自客观世界的物质化的存在，然而没有作家的审美过程与审美创造，它们就不可能进入文学文本。因此，学者对于文学文本中地理因素的研究，也就是对于作家审美结果的二度审美，两者都具有创造性，因为它们都具有同一性和同构性。通过文学文本所研究出来的地理，已经不是作为科学研究对象的地理，而是作为文学表现对象的地理，具有地理的原生性和原始性，和我们每一天在日常生活中都见到的种种地理现象是不一样的。正是因此，文学地理学者所从事的研究活动，就本质而言已经是一种审美研究，而不是一种自然科学研究，也不是一般意义上的地理研究或社会科学研究。所以，文学地理学者在从事文学文本研究的时候，首先要有对于文学文本的审美阅读，并且不是一次性的阅读，极有可能是一种多次性的阅读，也是一种探险性的阅读，一种探究性的阅读，一种情感性的阅读。在文学地理学研究中，作为研究者的文学批评家，首先是要作为一位读者而投入文学文本中，在与作品故事、情节与人物、情感思想的共鸣中，才有可能争取有所发现，特别是在地理与文学的关系方面有所发现，在地理因素所具有的美学意义方面有所发现，才可以完成文学批评和文学研究的任务。那种不把文学当文学、不把文学当艺术的研究是不可取的，那种只把文学作品当材料和历史的做法也是不可取的，那种对于文学的背景和文学的外部存在的考证虽然是有价值的，然而是没有得到文学地理学研究之精义的。当然，文学文本和其他三种文本是存在区别的，对于作家的研究、文学景观的研究和文学活动的研究，可以不把审美放在首位，然而也不可能完全离开艺术审美。没有作品就没有作家，没有文学作品和作家也就没有文学景观，没有作家与读者的参与，也许就不是真正的文学活动（读者的阅读除外）。对于这种种文学文本而言，在文学地理学批评中，可以联系到艺术审美，重点还是放在对于对象本身的探析上面。因此，文学地理学批评中的“批评”，首先就是审美投入的过程，在此基础上必定会产生独立的审美判断。文学本身是作家审美的产物，如果没有审美的眼光和胸怀，那你如何可能有所发现呢？如果没有发现，那你又如何进行批评呢？文学地理学批评是如此，所有的文学批评都是如此。在所有的文学批评中，审美批评还是第一位的。文学伦理学批评中的“批评”首先就是“审美”，文学地理学批评中的“批评”，首先也是审美。没有审美的过程和审美的判断，就不是真正的文学批评了。

五 “批评”的结果只能是审美判断和价值判断

文学批评首先是需要欣赏，并且是作为读者的批评者，在自觉的、主动的、全身心的投入情况下的审美欣赏，才可以做出真正的审美判断。一首诗中的地理意象及其组合，一篇小说里的地理空间构造及其价值，一部戏剧里的地理景观的建构及其意义，一部游记里的地理叙事的展开及其路径，都需要做出必要的审美分析，最后才可以得出自己的审美判断，并在论证的最后阶段得出自己的结论。什么是审美判断呢？第一，是对地理意象、地理形象和地理空间本身的判断。李白在《蜀道难》中创造了丰富的地理意象和地理形象，也建构了独特的蜀地空间，它们具有什么样的意义和价值，是必须要进行思考和探讨的。范仲淹在《岳阳楼记》中以自我的想象和感知为起点，呈现了洞庭湖北部阔大而超然的地理空间，以时空一体的地理意象为载体，抒写了“先天下之忧而忧、后天下之乐而乐”的情怀，具有重大的审美价值。因此，对于地理意象、地理形象和地理空间的发现与判断，是文学地理学批评过程中的第一重判断。第二，是对地理因素与人物形象关系的判断。在中国古典文学名著《西游记》中，主人公孙悟空、唐僧、沙和尚、猪八戒，以及女儿国的诸位美女形象，他们是在特定的地理环境中产生和成长起来的，他们的个性、气质、情感、思想、心理和性格，虽然有着诸多的差异，然而主要还是地理环境的产物。对于他们每一个形象与地理环境之间的关系，文学地理学研究者首先就要有自己的判断和发现，并寻找自己的根据。第三，是对地理因素与作品主题关系的判断。苏轼在《赤壁赋》中所表现的主题和在《后赤壁赋》中所表现的主题是不一样的，两者所呈现的地理因素和各自主题之间的关系，就成了我们必须讨论的问题。柯勒律治在长诗《老水手行》中，为了表现善与恶之间的对立与转化，在地理意象的选择与创造上，就形成了不同的格调与形体；同时，长诗也表现自己所发现的生态主题和人地关系主题，并且在不同的地方具有不同的寻求与建构①。第四，是对地理因素与艺术风格关系的判断。如古希腊悲剧《被缚的普罗米修斯》具有悲壮与崇高的艺术风格，与其故事的发生地高加索山崖之间具有重要的关系；奥斯特洛夫斯基的《大雷雨》所具有的沉郁与激烈之风格，与故事的发生地伏尔加河岸边的风光，也具有内在的联系。第五，是对地理因素与作家审美趣味的判断。李白与苏轼同样是中国古典时代的浪漫主义诗人，然而他们具有不同的艺术风格，李白的“明月照天山，苍茫云海间”，就不同于苏轼的“明月几时有，把酒问青天”。第六，是对地理因素之来源的判断。沈从文湘西小说中的地理意象与地理形象，多半来自他的少年情怀与童年记忆；而陶潜诗歌中的地理意象，则多半来自他的地理想象和对于中国古代神话故事的阅读。第七，是对地理因素生成机制的判断。一部文学作品中地理意象或地理空间的生成机制，也是各不相同的，需要有根有据地进行研究。在《被缚的普罗米修斯》这部悲剧中，高加索山崖的形象，以及与伊娥一生相伴的地理意象，并不是一种写实性的东西，而是作家根据自己的地理知识，以想象的方式进行创造的，这种生成方式与全剧的浪漫风格与悲剧格调是相适应的。而在稍晚些的古希腊悲剧《酒神的伴侣》中，以山谷、溪流和树林、城市为基本内容的地理意象和地理空间，则完全出自作家的艺术想象，相信这样的地理意象和地理空间，并不存在一种地理上的真实性。在文学地理学批评中，如果有了以上种种的具体判断，虽然并不一定是全面的判断，但我们的研究可以得出有意义和有价值的结论；如果没有判断，我们的研究就得不出有意义和有价值的结论。由此可见，审美判断在文学地理学批评实践中所具有的重要性和关键性意义。

六 文学地理学批评的“批评”要着眼于反思与批判

一般的文学批评中的“批评”，基本上是分析与评价的同义语，首先就

① 参见邹建军、邓岚《以自然风景呈现为基础的立体创构——〈老水手行〉主题表达与自然地理的关系》，《外国文学研究》2010 年第 3 期。

是着眼于对文学现象进行分析与判断，少有“批判”和“反思”的内涵。也许正是因此，现代以来中国的文学批评，主要是肯定与赞赏，无论是对于作家还是对于作品，无论是对于在世的作家还是已经过世的作家，无论是对于当代的作家还是古代的作家。以致在文学批评界形成了一种坏风气，产生了许多不良影响。而我们在文学地理学批评中，就要对此种现象有所纠正、有所改进。因此，在文学地理学批评中，对于文学与地理的关系，地理对于文学所产生的影响，文学对于地理所产生的影响，以致所有与此相关的问题，都要采取一种反思和批判的态度，并要直接进入反思与批判的环节。如果作家的地理观念、地理思想、地理思维存在问题，就要直接指出来，并进行适当的评判。如果作品中的地理想象、地理形象、地理意象、地理空间、地理叙事存在问题，对于作品的主题表达、人物形象塑造、艺术结构的构建、艺术风格的形成没有产生根本的意义，也需要直接地进行揭示，让读者和作家清楚地认识到它们所存在的问题，从而让后来的作家有所改进、有所发展。如果我们的文学地理学学者没有这样的态度和勇气，只是局限于呈现作品的样态、作家的思想、作家的感情，那就会缺失文学研究的创造性与探索性；而如果一直缺失下去，我们的文学地理学和前人的文学研究相比，和从前所常用的文学批评方法相比，就没有很大的区别和根本的发展。文学地理学批评、文学地理学研究和文学地理学，本身就是中国学者反思和批判的结果，正是发现了从前的文学研究和文学批评存在只重时间而不重空间的严重问题，我们才提出和发展文学地理学，无论是作为学科的文学地理学，还是作为批评方法的文学地理学，都是如此。文学地理学作为一种新的批评理论，现在已经有了一整套的术语与概念，没有反思和批判的态度与精神，就不会产生这些新的文学批评理论。而中国近代以来所出现的文学批评理论，之所以失去了相当的生命力，被人嘲笑为得了严重的“失语症”，就是因为创造性和探索性的根本缺失。

文学地理学批评是文学地理学研究中的重要内容，也是文学地理学研究的重要方式。从前我们特别注重文学地理学的学科建构，目的是要尽早地让学界认识到文学地理学的重要意义和重大价值；现在，我们在文学地理学学科建构上已经有了显著的成效，而在文学地理学批评实践中，却存在一些薄弱环节，或者说与我们的期望相比，存在比较大的偏差。我们今天讨论文学地理学批评中的“批评”一词，其目的正在于此。文学地理学批评中的“批评”，不是一个简单的词语，也不只是一种理论，背后有着特别深奥的学问。文学地理学是一种理论，同时也是一种批评实践。“批评”首先是一种实践，其次才是一种理论。在文学研究中，理论先行基本上是行不通的，所以，我们要更加注重文学地理学批评中的“实践”。只有发生了大量的、反反复复的批评实践，才可以发现文学与地理之间的真实关系，才有可能发展出一种新的文学理论，同时才可以帮助我们更加准确和深入地理解作品，理解人类有史以来所创造的所有的文学作品。文学地理学批评是文学地理学的内部研究，而对于文学文本的“批评”，则是内部研究中的重中之重、关键中的关键。毕竟我们所说的文学主要还是作品和作家，作品是所有文学现象的核心，作家是所有文学的创作者，文学和地理之间的关系是如何构成的和如何建立的，只有通过对于作品的批评和对于作家的批评，并且是大量的、反复的批评，才有可能被发现、被揭示和被陈述。而这正是文学地理学研究最重要的目标，也是文学地理学学科体系建构的最后方向。文学地理学的十六大分支学科，都是为此而设置的；文学地理学批评的展开，也需要围绕这些分支学科而进行①。如果我们没有这样的认识，那就会影响文学地理学批评的建设，也会影响文学地理学学科体系的建构。

---

① 参见邹建军《文学地理学学科体系的建构及其实现途径》，《黄冈师范学院学报》2020 年第 4 期。

论文学地理学的知识逻辑

李志艳*

一

知识逻辑是文学地理学合理性存在的必要条件。当然，文学地理学知识逻辑的确定，也能对文学地理学的整个研究体系进行逻辑推演与实证定位。目前，关于文学地理学的知识逻辑几乎没有学者进行直接论证。大多数学者将文学地理学研究的合法性与合理性诉诸经验性的直接认定。基本上沿袭了自梁启超首倡“文学地理”的思想轨迹，“由是观之，大而经济、心性、伦理之精，小而金石、刻画、游戏之末，几无一不与地理有密切之关系。天然力之影响于人事者，不亦伟耶！不亦伟耶！大抵自唐以前，南北之界最甚，唐后则渐微。盖‘文学地理’常随‘政治地理’为转移，自纵流之运河既通，两流域之形势，日相接近，天下益日趋于统一”。① 曾大兴曾言：“文学地理学的研究对象之一，就是文学与地理环境之间的关系。文学包括文学家、文学作品和文学读者三大要素，地理环境则包括自然地理环境和人文地理环境。文学与地理环境之间的关系，实际上是一种互动的辩证的关系。一

* 李志艳，广西大学文学院教授。

① 梁启超：《饮冰室文集》之十《中国地理大势论》，中华书局1989年版，第86—87页。

方面是地理环境对文学的作用与影响，一方面则是文学对特定的人文地理环境的作用或影响。”① 曾大兴的论述里显示了诸多关键信息，这些关键信息显现的是文学地理学研究的关键问题。即文学大类，细分为文学家、文学作品、文学读者；地理大类，自然地理、人文地理。两大类之间构成互动关系。下面问题就产生了，如何定义文学大类，它在根本上是人的艺术实践活动，包括生产传播消费活动全程及其可循环性。因此在一般意义上，其实就是重新确定人，并且是在地理空间的角度上确定人，才能在本源上厘清人与地的源生结构及其运动关系，进而论述清楚文学与地理间的互动关系。同样的道理，地又是如何确定，自然地理、人文地理分别又是什么，它们之间又是如何变化的，又是如何发展的，又可能会发展到什么样的程度？这些问题都应该细细考察，一一论定。如此，文学地理学的研究只有立足于人—地关系之后的文学艺术化实践才能切实可行。

持此论述的学者还有很多，梅新林等认为：“人类与地理的天然亲缘关系，不仅激发和塑造了人类的空间意识，而且也为文学与地理之间的有机融合提供了潜在的可能，因而以文学空间为重心的文学地理学研究，实为一种回归这一天然亲缘关系之本源的学术行为。”以人类与地理的天然亲缘关系为基础，文学地理学的研究形成了法国、美国和中国三大学派，“法国迪布依《法国文学地理学》、费雷《文学地理学》以‘地理环境决定论’为理论支撑，侧重于地域—区域文学研究，而后又趋于并兼容‘空间批评’，美国文学地理学以‘空间批评’为理论支撑，侧重于文学空间研究，同时又普遍兼容文学‘地图批评’，而中国学界则是以‘地理环境互动论’为理论根基，同时融合‘地理环境决定论’与‘空间批评’理论，以地域—区域文学研究为重心，然后逐步走向文本空间与文学地理地图研究，于是形成文学地域、文学空间与文学地图研究的三位一体之格局，具有融通古今中西的集成创新之优势”。② 梅新林将人—地天然亲缘关系进行了直接认定，并由

① 曾大兴：《文学地理学研究》，商务印书馆2012年版，第55页。

② 梅新林、葛永海：《文学地理学原理·总序》，中国社会科学出版社2017年版，第1—2页。

此将现象与本质进行了发生学的统一认定，由此演变为在地理还原的基础上进行文学批评，并将此看作是文学地理学批评的标本融合。

作为文学地理学文本研究中心论的代表性学者，邹建军对此问题亦是持而未论。他将文学地理学研究作为生活、学术的一体性存在，以兴趣为纽带交会链接，形成人之存在发展、工作生活、学习学术的相互融合，并且相互济补的人生模式和学术模式，为学与为人的统一显示了邹建军以中国传统智慧为底蕴而对当下诸多问题的思考与探索。“无论如何，只要我们对于文学地理学批评感兴趣，就可以从自我做起，从自己感兴趣的文学作品入手，探讨其中的自然山水描写与自然地理空间建构，就可以从事文学地理学研究。并且我们认为，无论大小与长短，只要不是纯心理描写与纯情感抒发的作品，只要不是在真空里长大的作家，其人其作定会存在地理空间的问题。只要有这样的认识，任何人与任何作品都可以纳入我们的文学地理学研究对象，其实我们的文学地理学研究的开端也就是如此简单，无论从理论上还是从实践上来说都是如此。”① 邹建军以生活实践和情绪体验为基础来进行文学地理学研究，是对文学根本性质与生成机制的直接体认和间性表达，诠释了文学批评、文学创作与人类生存的同一性与同质化。邹建军当然并不排斥对文学地理学的理论思考，但其对人、地及其关系的直接确认的确显现出反本质论、反理论先行的艺术价值与思想意义。

前人的成果为文学地理学的知识体系建立做出了贡献，也点明了应该突破的方向和亟须弥补的不足。既然文学地理学研究的起点和理论建构的起点都根源于人、地及其二者关系，进而是二者之间的互动演化规律，那么，在人—地关系相互镜照的语境下重新认知人与地，应该能够为文学地理学理论建设提供必要的知识逻辑和学理性依持，进而为全面建设文学地理学奠定基础。

---

① 邹建军：《我们应当如何开展文学地理学研究》，《江汉论坛》2013 年第 3 期。

二

讨论人、地关系必须要从宇宙始源讲起。不可否认的是，自然地理比起人类来说，一是时间要早得多；一是自然地理是人类赖以生存的物质环境。至于人类是从什么时候开始进化的，“不同的人类史研究者有不同的看法。古生物学家曾经认为人类最早的起源在 1400 万年前，而分子生物学家则认为人的历史肯定没有这么早，而且他们之间的分歧还很大，差不多相差了 500 万年。为了解决人类的起源分歧，在 1982 年，人类古生物学家与分子生物学家在罗马召开了一次人类起源学术会议，经过协商，最终将人类的起源时间确定为 750 万年前”。[①] 而承载自然环境的主要载体地球的形成时间更难精准确定，只能推测“大约 50 亿年以前，大量的气体尘埃云形成了太阳系，3 亿年以后，原始的太阳星云经过分馏、坍缩和凝聚等过程，人类生活的摇篮——地球诞生了”。而真正预示生命的产生和到来则到了距今 18 亿—13 亿年这段时间，“出现了有细胞核的真核生物——绿藻等，以后接着又有了红藻、褐藻、金藻——它们组成了绚丽多彩的藻类世界。真核生物的出现，预示着一个熙熙攘攘的生命大繁荣时期即将到来”。动物的出现大概在“4. 5 亿年前”，各个物种的演化不是一帆风顺的，“在大约 7 亿年的时间内，数以千万计的物种经历了形成和绝灭的演化过程”。在这个漫长的演变过程中，自然地理的确是一个合力运作的系统，它将它承载的生命纳入它的体系之一，以绝对的力量和强力的客观形成塑造生命，形成地—人的原始统治关系。“在漫长的人类发展史上，早期的人类逐水而居，海洋成为人类必然的选择。那些生活在沿海地区的原始人，最早和海洋发生接触。他们最初在沿海滩涂采拾起海贝、虾蟹和下海捕鱼，向海洋索取一些可以直接利用的资源。”[②] 人类最早起源于何处，学术界有争论，但以生命的生存为依据和目

---

① 梅朝荣：《人类简史 · 前言》，武汉大学出版社 2006 年版，第 2 页。

② 梅朝荣：《人类简史》，武汉大学出版社 2006 年版，第 2—8 页。

的，追逐生命生存相对容易的物质环境和物质条件，却是学术界公认的事实。

这里面关键的问题是，人类意识是如何产生的，这一问题能够直接论证人—地关系之后的文学活动行为，因为文学毕竟是思想的文字化社会实践行为。前文业已论述到真核细胞的出现昭示了生命繁荣的未来迹象。李赞民通过研究发现，“真核细胞结构化的复杂化，增强了变异性，使得真核生物向更高级的方向发展”，之后才有了动物生命由单细胞向多细胞进化的事实，以及由此相伴生的动物行为方式的进化。对于人类而言，由于自然地理环境的变化迫使其做出相应的改变和调整，在以“活下去”为一切宗旨和要义的条件之下，自然地理提供什么，产出什么成为一切问题的首要源头，人类被动地接受，不断地调整生命一切要素来适应自然地理，依附性是为主要的人—地关系。经过漫长的演化，人类学会了直立行走，这导致了古猿的前肢得以解放，大脑、身体体质与器官都在缓慢变化，走在了“正在形成中的人”的道路上，“经化石考证研究表明，这个进化过程经历了南方古猿—能人—直立人—智人（包括现代人）四个阶段”，在漫长的大约“二三百万年”的时间内，猿类“在长期使用天然工具的过程中终于学会了制造工具”，“工具的制造意味着经过思考的有意识的活动”，“标志着从猿到人过渡时期的结束”。与人类意识产生直接关联的是基因遗传与进化机制，“前者在生物进化阶段始终发挥其应有作用，表现在生命意识及生命信息作用方式替代完成生理统一性特性作用，满足动物生命的生理统一性需求，为人类意识产生创造了基础生理条件。后者在社会文化进化阶段充分发挥其独特的重要作用，并体现其社会统一性特性作用，推进社会属性进化”。以此两点为基础，人类的生命意识和社会属性处于同向性的发展中，“在作用方式上，前者是基因遗传物质的生命信息作用方式，后者是社会活动传、帮、带方法及生存技巧等信息传递方式”。“在作用效应上，前者显现相似性、连续性，后者显示其模仿性、智慧创新性与社会文化性。”①

① 李赞民：《心灵秘踪：浅论人类意识产生与进化》，安徽师范大学出版社 2018 年版，第 2—6 页。

可见在人类始源时期，自然地理条件是孕育人类生命的温床，它提供生命生存的物质资料与物资条件。然而，自然地理的提供给予是有条件的，孕养的生机与困境、毁灭同时并存，又加之自然地理环境自身的有常与无常，这些要素和条件一起构成了自然地理与人的首要关系，并以此为基础具有了向前发展的空间。以这个条件产生的人类意识，可以判断为人类意识是人类生命生存的自发性与能动性反映，传达的是自然地理对人类的要求与驯化。若要从空间来阐释，则有四个层面，其一是物理空间，自然地理和人类各自占有、显现的物理性空间，从整体上看，自然地理空间要囊括、包含人类空间。其二是空间关系，以意识产生为分水岭，换个说法就是，以人类能够制造工具为标志，往前是自然地理决定的人—地关系，偏向于地理决定论。其三是人—地互构论，在程度上来说，随着人类力量的强大，此种关系的主导力量不断向人类倾斜。其四，溢生空间，以空间关系为基础产生相应的技术技能、心理结构、精神情感乃至社会结构等，自然地理向人文地理转化，反过来，溢生空间影响、制约反生产物理空间和空间关系。其五，空间理念，指向人类对空间的认知，以及由空间理念为中心所构成的整个空间认知系统，是本体论、现象论、方法论的统一。当然，受制于人类的意识现状与能力、社会生产力水平等诸多要素，空间理念的产生在此时还是一种朴素的模糊状态。

人—地关系始终处于运动变化之中，但这种关系是稳定性与变动性交互存在的。其中的关键是基因问题。一方面，“细胞是组成生物体的基本单元，而它们会接受遗传指明的统一调控。生命起源实际是基因潜移默化的过程”。这一过程对于人类来说，“人类生理学也是特定基因与其他基因交互作用的产物，并且整个过程必须按照正常的顺序与地点进行。单个基因只是构建生物体的复杂配方中的一员，而人类基因组才决定人类的配方”。[①] 我们无意对深奥繁难的基因问题做出更为专业性的探讨，但有一点是基因研究

① ［美］悉达多·穆克吉：《基因传》，马向涛译，中信出版社 2018 年版，第 204—210 页。

界都肯定的，基因与基因组的形成都在一定程度上依赖于地理环境与人生存关系的确定，环境的作用力以信息片段和信息链的方式在基因中得以存留，进而在遗传的稳定性中显示它的常态性作用。当然，环境的变化也是诱导基因突变的原因之一。在这个角度上，自然地理环境本身就是人类的构成要素之一，它关涉人类的内部、外部系统，甚至主导了内、外部系统之间的关系建构。不仅如此，人类从外部世界和自身中获取信息，转变为意识，进而通过意识来控制自身的身体行为，显现为社会行动力与社会效果，这也离不开自然地理的作用，这个作用的承转中枢就是神经元集，“通过外部世界相互作用及自身的内部活动，神经元集具有强大的学习能力，这一点往往被人们低估”。在遗传学上，遗传学家们“低估了好几十亿年的进化过程中，自然选择所产生的蛋白质分子的令人惊异的特异性”，“意识的物理基础是神经元和它的元件（elments）通过特定相互作用所产生的突现性质。虽然意识和物理定律是完全相容的，却很难用这些定律去预测或者认识意识。”① 从蛋白质，到核苷酸、染色体，再到基因携带以及意识的形成，无不说明了自然地理与人之间的亲缘关系。它是“物理规律”和精神意识规律的统一体，在这方面，自然地理孕养人类、建构人类的决定性作用不言而喻。

另一方面，人类意识本身并不是科学规律的纯粹注解与此在显现。对于外在条件，包括自然地理环境和自身肌体，人类并非单一性的被动接受与决定性服从，他能够改变自我、改变外在，显示出自身主体性，将自然地理对人类的建构关系蜕变为互动性、非线性、偶然性的反向回馈，这便是文化的路径和方式。关于文化，雷蒙·威廉斯认为，作为一个“独立抽象的名词”有三个方面的基本含义：“用来描述18世纪以来思想、精神与美学发展的一般过程”、“一种特殊的生活方式（关于一个民族、一个时期、一个群体或去群体人类）”、“用来描述关于知性的作品与活动，尤其是艺术方面的”。但是文化一词最早起源于拉丁文“colere”，它的意涵包括“居住（inhabit）、

① ［美］克里斯托夫·科赫：《意识探秘：意识的神经生物学研究》，顾凡及、侯晓迪译，上海科学技术出版社2012年版，第11—13页。

栽种（cultivate）、保护（protect）、朝拜（honourwithworship）”，其衍生词是：“cultivation（耕种、栽培、教化）与 cultivated（被耕种的、有教养的、优雅的）。”① 威廉斯的理论隐含了另一个思想，就是文化起源于人类与自然地理之间的生产关系，进而形成相应的生活方式和精神理念，再进一步有了“知性的作品和活动”的专指功能。“文化”的观念始终处于一种变动之中，王晓路认为：“‘文化’这种从自然耕作提升到精神层面的历史语义变化，其过程所反映出来的习俗、信仰和价值等，显示了人类活动空间范围的某种迁移和对自身历史性认识的升华。前者需要对物质世界的认识、利用以及物化产品的生产与再生产，后者需要探索精神世界、精神产品和意义的生产与再生产。二者均需在某一社会结构中相互关联地发生作用。”②“文化”观念的迁移反映了人类能动创造性的提升，也折射出人类与自然地理关系的不断重构与潜在蜕变。于连·沃尔夫莱（Julian Wolfreys）就认为：“‘文化’是美学、意识形态和人类学中使用的一个术语或比喻，最基本的意义是指与自然的明显或隐蔽的对立。”文化也逐步脱离始源性“自然耕种事实”而越来越趋向于观念化，“广义上说，文化的观念包括各种人类知识形态，包括习俗信仰、社会构造、种族、宗教或社会群体的特征等。此外，文化的观念还指对人文学科、美术或其他知识或科学的追求，往往与特定个体的‘教养有关’”。文化的意志化、观念化发展使得它具备了与人类一切活动融合的可能，又加之历史悠久、积淀深厚和社会认同感的不断凝练提升，文化在大众化与精英化的交织性发展中，竟然逐步演变为当代社会语境中人类自我放逐或被动放逐的自我慰藉的口号，“‘文化’已经被如此广泛地使用，用于如此多的目的，以至于它拥有的任何意义都不再可用了”。③ 文化的人类自身偏指性越来越明显，也就显示出人类改造世界、生产自我的创造能力的不

① ［英］雷蒙·威廉斯：《关键词：文化与社会的词汇》，刘建基译，生活·读书·新知三联书店 2005 年版，第 101—108 页。

② 王晓路等：《文化批评关键词研究》，北京大学出版社 2007 年版，第 1 页。

③ ［美］于连·沃尔夫莱：《批评关键词：文学与文化理论》，陈永国译，北京大学出版社 2015 年版，第 47—53 页。

断增强。而彼得·J. 里克森（Peter J. Richerson）等生物学家认为，“文化（主要）是储存在人脑中的信息，通过各式各样的社会学习过程从一个头脑传递到另一个头脑”，文化演化有两种基本模式，一是“自然选择”，是一种“达尔文主义文化理论”；另一种是“有偏传递”，“例如一些文化变异比其他文化变异更容易学习和记忆，当其他条件相同时，变异就会传播开来，我们将这一过程称为有偏传递，这些基本过程是文化演化的动力，就好像基因演化、筛选、突变和漂变的动力一样”。① 所以文化本质上是信息，信息又是人类面对特定的环境所产生的意识。在始源上，这个意识就是人类身体肌理通过大脑产生、经由基因遗传的结果。“文化演化一部分由原始社会本能和部落社会本能所驱动，一部分作用于群体间文化差异的选择过程所驱动，这些共同产生了我们所看到的制度。长期来看，文化演化创造了新的环境，并导致了人类演化出独一无二的社会本能。”② 可见，自然地理与人类关系的构成以及相应实践行为、生理行为等形成了信息，在个体与群体中形成文化的始源内核，并通过基因的模式途径传承、演化下来，不断趋向集体化与社会化，表现出稳定性与变异性。人—地关系在文化这个角度上，依然强调文化通过改变外在环境而改变人的内在环境，走向不断发展的循环模式，在这个模式中，自然地理作用于人类的力量从来没有缺席过。

所以说，人—地之间的关系是互动互构的，在人类起源的历史上，不能否定自然的元生作用。至于二者之间的作用效果对比，应该是在不同时期有不同的现象显现和研究持论。只不过在当代社会里，虽然科技力量日新月异，但在科技、人文的关系研究中，在对科技反思的状态下，当代社会思想的自然偏向似乎也是愈加明显了。史蒂芬·平克（Steven Pinker）认为：“自然选择不是进化变革的唯一原因。生物在漫漫时间长河中的变迁还可能

① ［美］彼得·里克森、罗伯特·博伊德：《基因之外：文化如何改变人类演化》，陈姝、吴楠译，浙江大学出版社 2017 年版，第 72—73 页。

② ［美］彼得·里克森、罗伯特·博伊德：《基因之外：文化如何改变人类演化》，陈姝、吴楠译，浙江大学出版社 2017 年版，第 282 页。

由于导致孰生孰死的统计意外事件，令整个生物种群灭绝的自然灾难，以及自然选择进化产物的不可避免的副产品。但自然选择是唯一的进化驱力，它会像工程师一样‘设计’器官。”[①] 在这种条件下，自然造就了人类的身体器官。而所谓心智，则是一个由若干计算器官组成的系统，而由心智产生的意识、情感等，则是这个系统有机运转的成果。在从自然到器官，再到心智，到意识这个发展过程中，自然占据了主导的地位，这让人类也如此适应性的产生了这样一种情感，“最无可争议的事实是，我们自己的感知意识会永远超过我们对概念的把握。但如果我们的心智是自然的一部分，这本是我们所期望的，甚至是欢迎的——自然世界因通过它的生物和生物体的部分的专门化设计获得了我们的敬畏”。人类的一切都是心智的成果，“心智打开了一个由词语和句子、理论和等式、诗歌和旋律、笑话和故事组成的世界，正是这些东西使得这样的心智值得我们拥有”。[②] 因此，人类回望自身的发展历史，就是对心智起源与进化的回溯与反思，并且以自我崇高的方式向始源性的自然表示致敬和一种热切的回归企盼。自然科学与社会人文构成人类社会发展的两条基本线索，二者相互裨益，却也相互审视与反思。就当下自然科学高度昌明的情形来看，一是社会人文的飞速发展，一是对自然科学的批判思考，是以面对自然，重新发问人类与自然的关系，是一种人类内在深层情感的新呼吸，也是当代价值体系的重新评估与确认。

回到文学地理学的人—地关系研究中来，可以确定几条基本的规律，第一，人—地关系是始源性关系，昭示的是生命的起源、存在结构与发展轨迹，是科学性的逻辑前提。第二，人—地关系呈现出两条相互交织、缠绕的并进式线索。科学研究已经表明，地理条件孕育了生命，并在一定条件下通过决定人类的生理性条件来决定了人类的情感以及智性意识、思维。但另一方面，

① ［美］史蒂芬·平克：《心智探奇：人类心智的起源与进化》，郝耀伟译，浙江人民出版社2016年版，第37页。

② ［美］史蒂芬·平克：《心智探奇：人类心智的起源与进化》，郝耀伟译，浙江人民出版社2016年版，第577页。

人类通过意识的复杂与功能能够反作用于地理世界，进而改造自我，二者是互相建构的关系，在不同的社会科技条件下表现出不同的主从关系。第三，由于人—地的始源性关系建构了两个基本事实，一是人类生命的生态社会性存在与成长，标志着人类发展的自我调节、自我完善与发展；二是人类发展的生态自然性，意味着人类的生理性呈现的全面性与丰富性，智识发展的初级阶段，以及文化形成的自然天成，在另一个角度上就是人类自然天性的纯粹性存在。与此相适应形成了人类的本源性情怀，即自然的回归情怀，自然是生命的始源与母体，回归自然就是对生命起源于母体的亲近。当然，这种回归不是对愚昧混沌的向往，而是对生命成长自我、自在、自为的期盼。在此情怀之下，人类崇尚在经验与生命活动中认知自我、确认自我与界定自我。而对于先在论、本质论问题上，人类存在本能性的怀疑和抵制。

三

在人—地关系双向发展过程中，人和地都发生了变化，在这个维度上，有学者主张应将人类社会分为三个主要的阶段。以 18 世纪末的工业革命为节点，往前直至 117000 年前的全新世（Holocene），指向生命的起源与发展，以及自然力量的主导性地位；往后是人类世（Anthropocene），科技革命到来之后，人类的力量逐渐强大，在人与自然关系中一步步将主导地位取而代之，但也形成了一系列的生态环境问题。故而在人类世时代里，尤其是当代，学者们又在积极倡导“后自然”（postnatural）的科学范式，“这样一种新的研究范式要求我们在科学研究中，将人类系统理解为与大气系统、生物圈等自然系统不可分割的一部分。不仅关注地球系统本身如何运行，更要关注人类活动与自然系统的互动，以及如何让地球更适合人类居住的问题”。[①]“后自然”或者是“生态现代主义”的到来，并不是对“全新世”

① 滕菲：《人类世的到来与生态现代主义的后自然思想》，《福建师范大学学报》2019 年第 5 期。

的复制，而是在尊重自然，强调人与自然之间在平等对话的前提下追求二者的和谐共生性、持续性发展。从本质上来说，是以人类力量日益强大为基础的自省式反思与思想觉知的深度发展，在尊重双方自主性的前提下如何构建二者的生态和谐关系成为当代人—地关系的重要主题。

（一）人地生命同质期

人类社会的不断前进给“地”发展注入了动力和意义。作为地之始源的自然在人类社会的前进旅程中也有了阶段性的变化。按照马克思的观点，“地”的变化是与社会生产紧密联系在一起的，列斐伏尔（Henri Lefebvre）认为：“对于马克思而言，空间的出现是作为生产地点的总和、各种市场边界的版图出现的。”① 在马克思那里，对“地”的态度和认知主要有四个方面，其一是始源，指向的是自然界，马克思曾经说过：“任何人类历史的第一个前提无疑是有生命的个人的存在。因此第一个需要确定的具体事实就是这些个人的肉体组织，亦即受肉体组织制约的他们与自然界的关系。当然，我们在这里既不能深入研究人们自身的生理特性，也不能深入研究各种自然条件——地理条件。地理条件、气候条件亦即人们所遇到的其他条件。任何历史记载都应当从这些自然基础以及它们在历史进程中由于人们的活动而发生的变更出发。”② 其二是自然与人类的自适、制约以及发展的互动性，马克思所说的“思维和意识”都是“人脑的产物”，“而人本身是自然界的产物，是在他们的环境中并和这个环境一起发展起来的；不言而喻，人脑的产物，归根到底亦即自然界的产物，并不同自然界的其他联系相矛盾，而是相适应的”。③ 其三是作为生产资料来呈现的，“我们所考察的土地所有权形

---

① HenriLefebvre, trans. by Gerald Moore, Neil Brenner, Stuart Elden, *State*, *Space*, *World*: *Selected Essays*, London: University of Minnesota Press, 2009, p. 211.

② 《马克思恩格斯全集》第3卷，中共中央马克思恩格斯列宁斯大林著作编译局编译，人民出版社1965年版，第23—24页。

③ 《马克思恩格斯全集》第20卷，中共中央马克思恩格斯列宁斯大林著作编译局编译，人民出版社1971年版，第38—39页。

式，是土地所有权的一个独特的历史形式，是封建的土地所有权或小农维持生计的农业（在后一场合，土地的占有是直接生产者的生产条件之一，而他对土地的所有权是他的生产方式的最有利的条件，即他的生产方式得以繁荣的条件）受资本和资本主义生产方式的影响而转化成的形式”。[①] 其四是为了维护以土地为中心所生产出来的利益，生产关系则会通过政治强权的形式使得获取统治权力的土地利益占有变得合法化，“被暴力剥夺了土地、被驱逐出来而变成了流浪者的农村居民，由于这些古怪的恐怖的法律，通过鞭打、烙印、酷刑，被迫习惯于雇佣劳动制度所必需的纪律”。[②] 土地本身由天然的自然条件转变为生产对象和生产资料，进而在价值生产中演变为资本，并通过生产机制的结构与生产关系的生产程序，将土地合理演变为一种利益、情感、文化、政治、经济、技术，乃至意义的综合物。

马克思的研究启发了诸多后续研究者，或者说在各个领域得到了验证与回应。如刘易斯·芒福德（Lewis Mumford）就认为：“远在城市产生之前就已经有了小村落、圣祠和村镇；而在村庄之前则早已有了宿营地、贮物场、洞穴及石冢；而在所有这些形式产生之前则早已有了某些社会生活倾向——这显然是人类同许多其他动物物种所共有的倾向。”人类的这种始源性倾向来自生命的生存本能，也显示出与其他物种天然的一致性，天地人本就是一个系统的内在构成物。生命生存的可靠性以及由此获得的安全感，是生命本质性直接需求，这点各个物种都具有同一性，“在生命发展的每一水平上，生物都以移动换来了安全，或者想法，因不能移动而遭受危险。在许多动物物种中自然也存在着要求定居、休息的倾向，要求回归到安全而又能提供丰富食料的有利地点”。[③] 以生命生存为纽带，人—地被牢牢地扭结在了一起，

---

① ［德］马克思：《资本论》（三），中共中央马克思恩格斯列宁斯大林著作编译局编译，人民出版社2004年版，第693—694页。

② ［德］马克思：《资本论》（一），中共中央马克思恩格斯列宁斯大林著作编译局编译，人民出版社2004年版，第846页。

③ ［美］刘易斯·芒福德：《城市发展史——起源、演变和前景》，宋俊岭、倪文彦译，中国建筑工业出版社2004年版，第3页。

又因为自身力量的弱小，人类在依凭自然条件的同时产生了浓烈的依偎感与怀抱意识，自然—母亲在物质与精神双重条件下成为人类的始祖性文化基因，并在改造人类身体与意识之余得以不断繁衍、延续。人类生命的需求与生活生产的有限性促使了人类与自然物种一样具有了“领地”意识，人类领地意识的产生意味着人类对于“地”的概念和精神情感，守护“领地”与守护自我在生命风险中取得了高度一致，在这个角度上，人对地的认知可算是“生命同质期”。

（二）地之功能分化期

随着人类生产能力的提高，地的功能开始有了功能的分化。有些可以作为生产资料、有些作为交易的场所、有些可以作为居住地，有些甚至可以作为艺术创作的园地和对象，比如早期的岩画、壁画，集市、村镇、田野等的分门别类的出现，这也意味着“地”的认知已经到了“功能分化期”。“功能分化期”意味着人类价值依据“地”之属性来得以呈现，它支撑着人类力量的不断强大与自我意识的不断觉醒，“地”也从纯粹的自然状态向社会状态蜕变，人类也开始从对“地”的简单依赖向相互独立，而又相互支持的方向发展。“功能分化期”的历史很长，或一直延续至今，但中间确有诸多小阶段与人类的发展历史紧密相扣。尤瓦尔·赫拉利（Yuval Noah Harari）认为：“在历史的道路上，有三大重要革命：大约 7 万年前，‘认知革命’（Cognitive Revolution）让历史正式启动。大约 12000 年前，‘农业革命’（Agricultural Revolution）让历史加速发展。而到了大约不过是 500 年前，‘科学革命’（Scientific Revolution）可以说是历史画下句点而另创新局。”① 重新检视人类简史，可以更为明晰地把握人与地之间的关系，在“认知革命”时代，人类从动物发展为智人，渐次为人，人类能够从简单地使用工具到制造工具，人类还掌握了火，熟食让人类从茹毛饮血中蜕变出

---

① ［以色列］尤瓦尔·赫拉利：《人类简史：从动物到上帝》，林俊宏译，中信出版社 2014 年版，第 3—4 页。

来，大脑和语言能力都有了更为迅速的发展。不仅如此，通过语言，人类在传递更多信息的同时组建更大的团体，并在交流与实践中让这些不断巩固和扩大。人类也开始了驯养动物和简单的种植。如是乎有了交换，期望更为稳定的住所，对自然就有了更为深刻的虔诚和更为殷切的期盼，这在各民族诸多壁画中的日月形象中均可得到直接体现。于是有了充足的理由可以确定，“认知革命”时代是人类在不断发展自我的过程中认知“地”的，“地”在持续的物质输出之际，也在不断地塑造人类的身体生理乃至精神灵魂，意识能力与意识的产生、发展，协同语言一起组建出人类的始源性文化，有了人类认知，也就意味着“地”有了自然地理与人文地理的分化。人类与地的结构关系可以厘清为：其一，人类与地之间关系在本质上是由生命的生存、发展活动建构的；其二，人类活动的自觉性进行意味着地有了自然地理与人文地理的区分与转化；其三，在“认知革命”是“全新世”时代的早期，自然地理依然肩负着母体性质的物质输出与精神旨归功能；其四，人类基于生命生存，人类的团队构成也由单一性的血亲关系向相对多样性的社会性合作关系转化。于是，“地”不仅成了单数人的身体、意识的构成要素，乃至这些要素构成关系和行为活动特征，更加构筑了“在地”人群的社会关系。其五，地建构了人类的社会关系，反过来地也拥有了自己的属性和边界，成为人类意志的实践对象与表征，但在本质上却并未消解地对人的主导性地位，在这样的基础上，“地”又开始向空间和空间关系发展。

农业革命意味着“从采集走向农业的转变，始于大约公元前9500年—前8500年，发源于土耳其东南部、伊朗西部和地中海东部的丘陵地带”。农业革命的展开是全球性的，但主要还是集中在“中东、中国和中美洲”。农业革命有几点是可以基本确定的，其一，人类对自然界的了解和掌握逐渐加深，意味着人类与自然地理的亲密程度有了更深入的发展，自然地理的规律属性被不断认知和运用，自然地理的功能性也就日益突出显著。其二，人文地理并没有得到正比例关系的发展，人类与自然地理间的亲密关系反而造成了人类社会的灾难，人文地理还是日复一日的艰辛与困苦，“农业革命所带来的非但不是轻松生活的新时代，反而让农民过着比采集者更辛苦、更不满足的生活。狩猎者采集者的生活其实更为丰富多变，也比较少会碰上饥饿和疾病的威胁。确实，农业革命让人类的食物总量增加，但量的增加并不代表吃得更好、过得更悠闲，反而只是造成人口爆炸，而且产生一群养尊处优、娇生惯养的精英分子"。[①] 农业革命改变了人类之间的关系，也间接决定人文地理的内涵、形式的复杂化与多样化。其三，农业革命之后，农业得到了长足的发展，以地为承载和纽带，人类社会形态逐步发展和丰富起来，生活活动、经济活动、政治活动、文化活动，乃至于朴素的科学技术也成长壮大，于是地之功能与形态也更为丰富多样，集散地、村庄、城镇、都城等相继出现，与这些地点属性相适配的道德、法律、思想、习俗、宗教，乃至于文学艺术也都遍地生花、茁壮成长，如是"地"开始有了多种身份和表征方式。芒福德（Lewis Mumford）就认为："法律和秩序从城市形成之初便开始替代了野蛮的暴力。城市在其围绕皇家堡垒形成之初，便是宇宙的一种人工复制品；这就启开一幕很富吸引力的景象，确实使人憧憬到天堂的情景。"[②] 其四，"地"的物质产出与形式意义自然也是人类社会活动和意志对象化的成果，它关联的是人类社会生产能力、社会生产关系，乃至由此产生的精神意识的综合性产物。不可否认的是，这一切都起源于"地"的自然形态、自身富有与有效而相对的持续产出能力，并通过相应的经济生产活动进行联系性社会系统性生产，但此时，"地"的能指性与所指性是相对统一的，它牢固而稳定，确定着人—地关系强大的物质前提与逻辑基石。

（三）地之人类意志期

真正颠覆、瓦解"地"之能指与所指统一性的还是社会生产所引发的

① ［以色列］尤瓦尔·赫拉利：《人类简史：从动物到上帝》，林俊宏译，中信出版社 2014 年版，第 77—79 页。

② ［美］刘易斯·芒福德：《城市发展史——起源、演变和前景》，宋俊岭、倪文彦译，中国建筑工业出版社 2004 年版，第 53 页。

运动机制。从整个社会生产流程来看，主要包括四个基本的维度，生产者、生产、传播、消费者。生产者对于生产资料、生产工具的占有与改进，对生产的组织与统筹，以及由此产生的生产理念、意识等等，都会在生产者本身的“在地”移动过程的叙述中被讲述与再现。而生产总是立足于一定在地空间的集体性社会活动，生产者本身的生产及其叙述自然要表达出以地来确指的集体性意志与能力，二者融合形成影响力，进而传播开来。这其中最为显著的例证便是文学艺术，早期的口传文学，不论是西方的《荷马史诗》，还是中国的《诗经》，抑或是《格萨尔王传》《江格尔王》等史诗，都是在传颂“在地”之上的人文传奇，由此构织出人类社会关系和空间版图关系。这些在造纸术发明之后，得到了更为显著的增强。对于生产而言，主要是生产关系、生产资料与相应的生产理念，生产关系的产生本就是“在地”基础之上的人类社会关系的一种，生产资料不管是直接的，还是间接的都是“在地”产出物，当然，这些更要受到人类技术进步的影响与制约。以此为基础所产生出来的观念、思想，便自然能够形成叙述性的外在表意机制，比如自然式经济方式、牧歌式经济方式等，它播散的依然是以“地”为核心纽带的人类能力与意志。

传播大约有两种定义，第一种是将其视为一个过程“A 送给 B 一个讯息，并对其产生一种效果”；第二种是将“传播看作一种意义交换的过程”。[①] 而在生产领域则又会有物质的流通、交换及其生产价值的实现等。马克思认为，“交换过程使商品从把它们当作非使用价值的人手里转到把它们当作使用价值的人手里，就这一点说，这个过程是一种社会的物质变换。一种有用劳动方式的产品代替另一种有用劳动方式的产品。商品一旦到达它充当使用价值的地方，就从商品交换领域转入消费领域”。[②] 无论是传播，

① ［美］约翰·费斯克：《关键概念：传播与文化研究辞典》，李彬译，新华出版社 2003 年版，第 45 页。

② ［德］马克思：《资本论》（第一卷），中共中央马克思恩格斯列宁斯大林著作编译局编译，人民出版社 2004 年版，第 125 页。

还是流通，都是一个运动流转的过程，它形成发送者、发送、受众三个基本的维度和活动构成要素，在不同的人类社会史上，传播对于社会的构成能力与构成效果不同。对于“地”而言，传播能够以人或生产组织的方式形成“地”与“地”之间的沟通运动关系。以此为基础，“地”更能脱离本源性的物质性能指，而形成所指的变动与滑移。比如说族群的迁徙，更是一种复数人类的逐地运动，也是一种类属性的集体言说，表征着族群的生活方式、社会思想与文化理念。如范文澜在研究中国北朝历史时就说：“长期停顿在氏族社会，刚开始转到奴隶社会的拓跋族，因侵入中原，迅速进入封建社会。”“元宏开始大改鲜卑旧俗，尽量接受中国文化，封建制度到元宏时代才详备。”① 以“地”为中心所形成的社会形态，在地理空间的角度上就是一系列空间关系的形成，这些空间关系在不同领域又形成相对应的产出形态，如社会观念、文化思想、制度、文学艺术等，它们构成人类的心理意识、意志意愿，在一定程度上决定了人类的社会行为方式及其价值诉求。人类的地理空间运动将这一切通过传播、流通的方式跨越原地域的空间范域，重新构建了“地”的空间结构关系，使得“地”具有了超越自身物形态的能力与方式，向符号化、心理化、意义化转化。

所谓接受—消费是流通、传播的目的与效果，也是一种空间价值意义的实现。在农业革命时代，由于社会生产能力的普遍低下、社会财富的相对贫乏，受众的消费力确实有限，在这前提之下，消费者倾向于单面性的被动接受而较为缺乏对生产的反影响能力，生产全程与循环是单向的。通过接受消费，受众也被纳入空间关系与空间意识的建构之中，成为空间的新节点，完成地理空间的生产全程。社会生产全程之生产、传播/流通、接受/消费对于“地”的意义在于以下三个维度。其一是“地”的社会生产物质性。社会生产是针对“地”来发生进行的，将此作为生产资料、形成社会生产关系、塑造社会生产的行为活动等。其二是“地”的社会生产意识性。以“地”

① 范文澜：《中国通史简编》，华东师范大学出版社 2014 年版，第 185 页。

为关联点形成的社会生产还要生产与之相适应的意识形态，它使得“地”具有初步的超越物质属性的能力而向观念层次跃进。其三是“地”的流动性，整个社会生产也形成了一个关于“地”的运动机制，无论是物质形态的直接呈现，还是意识精神的潜在蕴含，社会生产都将“地”置于运动状态，在运动中“地”能够滋生出更多的生成空间，也使得“地”以符号性的意义形式超越物质形态，重新结构空间关系，分享空间影响力。

再谈谈工业革命，从18世纪60年代的工业革命算起，到如今已经先后发生了三次，在众多科学家和学者来看，第四次工业革命已然不远。第四次工业革命“变革的核心在于工业、工业产品和服务的全面交叉渗透。这种渗透借助软件，通过互联网和其他网络上实现产品及服务的网络化而实现。新的产品和服务将伴随这一变化而产生，从而改变整个人类的生活和工作方式，尤其是改变了人类与产品、技术与工艺之间的关系。这也要求工业产品的开发和生产要有根本性的转变和调整，以便高质量地部署新工艺，并使其转化为具有经济上的好处”。① 前三个阶段或称之为前三次工业革命分别是：第一阶段是1760年到1880年，先从英国开始，后逐渐蔓延发展到了西北欧、中欧及美国，主要表现为产业革命；第二阶段是1880年到1950年，工业革命逐步发展到俄国、日本，乃至拉美部分国家、东欧部分国家等，表现为工业化进程，开始了机械化大生产向现代工业的过渡；第三个阶段是从1950年至今，某些发达国家工业化的进程已经开始转向以自动化、信息化、智能化为特征的所谓“后工业化”进程了②。从农业革命到工业革命，在本质上是以科技为主导的人类社会发展史，工业革命是农业革命的发展，是农业革命产业化、科技化的不断提升过程，以此为主导纽带，渐次影响到社会

① ［德］乌尔里希·森德勒主编：《工业4.0：即将来袭的第四次工业革命》，邓敏、李现民译，机械工业出版社2014年版，第2页。

② 齐世荣主编：《精粹世界史——推动历史进程的工业革命》，中国青年出版社1999年版，第4—5页。

制度、文化思想、艺术创造的发展。从人、地乃至二者的关系来说，并没有多少实质的变化，“地”依然包括三个基本的层次，物理显现、空间关系和空间运动，并以此为基础产生相应的思想情感、精神意志等，“地”滑入不断属人化进程，但人依然是“在地”性社会关系与自然生理性产物，人与地依然存在相互建构的关系。只不过在人、地关系比较中，人的力量不断加强导致了人—地关系中中心位置向人偏移，在这个维度上，“地”也就由功能分化期慢慢蜕变为“人类意志期”。

（四）人—地交互意志期

关键的问题出现在当下，或称之为“后自然”时代，或称之为即将到来的第四次工业革命，或称之为已经进入“倒计时”的“第六次科技革命”①。它的主要标志是“信息转换器、人格信息包、两性智能人、合成生命、人体再生、神经再生、体外子宫、耦合论、整合论、永生论等”，其关键技术为“信息转换器技术、人格信息包技术、仿生技术、创生技术、再生技术等”②。人、地及其关系都同时走向了两大路径，即反视与超越。反视是指当代学术界对于人、地的研究都有自反、自省的迹象，如生态批评的核心是“生态整体主义”，其主要思想是：“把生态系统的整体利益作为最高价值，把是否有利于维持和保护生态系统的完整、和谐、稳定、平衡和持续存在作为衡量一切事物的根本尺度，作为评判人类生活方式、科技进步、经济增长和社会发展的终极标准。”③ 绿色批评就认为“依今天的标准来看，当时环境（19 世纪）对于不受限制的工业发展的反应是微不足道。人们在那时有理由把地球看成是上演人类戏剧的舞台，是自然资源永不枯竭的源泉，是无止境地容忍浪费和污染的载体。但在今天，这种假设再也不能

---

① 赵永新、王健：《中科院专家预测第六次科技革命进入倒计时》，《人民日报》2012 年 5 月 16 日第 9 版。

② 何传启：《第六次科技革命的战略机遇》，科学出版社 2012 年版，第 65 页。

③ 王诺：《生态批评与生态思想》，人民出版社 2013 年版，第 3 页。

成立了。地区生态和全球公地正在受到富国和穷国同样难以承受的发展的破坏”。[①]“新自然主义”亦是在“面对人类对大自然的无度开发和对环境的破坏”，“反思工业化时代给人类的恶果”，希望通过“后哲学的新自然”思想的讨论研究，“反对现代哲学的基础理论——‘主客二分论’，强调人与自然的和谐，构筑物我交融的‘地球村’”。[②]而后自然主义则干脆希望通过基因研究之类来改变人类当下生存的问题，人类文化和生物技术是其主要维度。如彼得·J. 里克森（Peter J. Richerson）等就提出：“将人类文化简化为在自然选择下演化而来的，为提高遗传适应度的行为。”[③]文化影响人类基因，进而在科学技术和人文思想领域内发生双重影响与发展，也昭示了自然科学和人文科学之间的通约性。

可见反视主要是在反人类中心主义的前提下如何重新结构人与地之间的关系，这不是简单的对人—地生命同质期的规复，而是在强调各自主体性的同时，在充分展示人类力量的条件下寻求二者和谐、有序发展的共赢模式，故而反视是人—地交互意志期，它是对“人类意志期”的发展与自省。

超越指的是当下数字化语境之下，人类社会活动能够对自然地理制约进行有条件的、相对性的摆脱，徐光宪认为：“生命科学和技术是第六次科技革命的核心内涵”，“新的生物学革命将是以分子生物学为基础，把传统的宏观生物学、生物分类学、遗传生物学、思维和神经科学等整合成系统生物学，将进行仿生、创生、再生，直到永生的革命”。[④]通俗一点来说，就是人有“四条命”，即“自然人”、“网络人、仿生人和再生人”[⑤]。人类自身生命的分化并不是独立的现象，对于地而言，随着经济发展的网络化、信息化、数字化，地也逐步脱离元生的物理形态，不断以网络虚拟的状态呈现。

---

① ［美］P. 拉斯金、S. 伯诺夫：《生态学与马克思主义》，刘庸安译，《国外社会科学》1992年第1期。

② 朱雨泽：《新自然主义》，文化艺术出版社2014年版，第24页。

③ ［美］彼得·里克森、罗伯特·博伊德：《基因之外：文化如何改变人类演化》，陈姝、吴楠译，浙江大学出版社2017年版，第16页。

④ 徐光宪：《第六次科技革命的内涵》，《功能材料信息》2013年第3期。

⑤ 何传启：《第六次科技革命的战略机遇》，科学出版社2012年版，第65页。

首先作为数字化、网络化的地，最基本、原初的功能是信息传递。其次是由此演化为生产方式和经济形态。再次是成为人类的生活方式和生活理念。无论是人类生命的分化，还是地的网络数字化，都意味着对地的原生物理状态的超越，它彰显的是人类对科技力量的掌握，以及由此而引发的社会系列关系的变革，但在人—地关系的构筑上，却并无本质的变化。超越是反视的并生物，这意味着人类的发展与自省意识的同进并举，并在科技越发昌明的时代，人类依然持有清醒的认知和冷静的反思。

于此可以对文学地理学的知识逻辑做一个简单的总结，第一，人起源于地，此时的地是自然地理，自然地理提供了人类生命所需要的物质材料，包括身体的生理构成和意识的物质构成。第二，人—地之间是相互建构，同向发展的，包括两个维度，其一是在人发展为人的过程中，自然将自身的影响力就以基因的方式植入了人类的身体和意识，并通过遗传而承继下来，不仅如此，地还提供了人原始的生活资料、生产方式，也朴素地塑造了一些生产的理念与思想，社会结构就有了由血缘型向以生产为主线的多元型转化的可能性；其二是意识的产生意味着三个路径，人类自身快速发展的可能性；在自然地理的基础上赋予相应的意识意义，人类认知一开始，就意味着自然地理向人文地理的转化；意识的沉淀与类聚化意味着文化必然产生，它能改变基因、改变地之种种，进而重新结构人—地关系。第三，以人类发展史为事实依据，以人—地关系结构构成逻辑支持，人—地关系发展大体经历了四个时期，从约 117000 年前到约 70000 年前（认知革命开始）这段时间，也是全新世时期的一部分，是人—地的生命同质期；认知革命后一直到工业革命前，中间经历了农业革命，这段时期大体可称为“地之功能分化期”；从工业革命直至当下，是为“人类意志期”，“地之功能分化期”与“人类意志期”比较，虽然二者都是强调一种人类认知能力与实践能力的显现，但前者更强调地的决定性与主导地位，而后者则更能凸显人类力量的显著提升，以及在此基础上对“地”的功能的修正与完善，乃至人类主体性的成熟。而就目前而言，较为昌盛的是“人—地交互意志期”，与“人类意志期”比较，二者并没有明显的时期切分，在某种程度上，“人—地交互意志期”更是前者的批判与反驳，当然也是一种深入的理论发展与实践性验证。人—地及其关系构成文学创作的前意识领域与发生语境，是文学内部研究的基础和前提。

讨论文学地理学的知识逻辑，一方面是要证明文学地理学作为一门批评方法、交叉学科存在的合理性；另一方面是要发掘文学地理学存在与发展背后的文学艺术、社会文化乃至人类发展史的问题，它提供的是一个更为广泛的人类学视野和知识史向度，文学地理学展现的是一个以文学为中心的更为宽广的人类全景式问题域。

文学区位：一种普遍存在的文学地理现象

殷虹刚[*]

引　言

20世纪80年代，中国的文学地理学研究开始复兴，发展至今，文学地理学的研究队伍日益壮大，涌现出大量的学术论著。不过，当前中国的文学地理学研究仍然存在重实证、轻理论的倾向，理论创新有待加强。戴伟华先生指出：

> 中国文学地理学理论应以实证研究为基础加以总结……中国学术体系中，重视对事物的分类。分类是研究的开始，这意味着必须对相关文献资料和现有成果作收集、分析、归纳，以求完成符合研究目标、延伸研究课题的学术分类。分类似乎是技术问题，其实是理论问题。分类应该是研究者由现象进入本质的认识。①

因此，对现有文学地理学论著进行总结归纳，从学理层面上抽象出具有

---

* 殷虹刚，文学博士、江苏联合职业技术学院苏州旅游与财经分院讲师。

① 戴伟华：《中国文学地理学中的微观与宏观》，《华南师范大学学报》（社会科学版）2016年第2期。

概括力和解释力的分类概念，无疑是一项具有学术价值的研究。基于此理念，本文通过对大量国内文学地理学论著中揭示的文学活动空间分布的非均质现象进行总结，借鉴人文地理学中的区位概念，提出“文学区位”概念，供学界同人批评参考。

区位是人文地理学的一个重要概念，英国学者约翰斯顿（R. J. Johnston）主编的《人文地理学词典》“地理学”词条认为地理学有三个基本特点，其中第一个特点就是“强调区位”：“地理学关注地球表面自然现象和人文现象的区位或空间变化。地理学试图建立准确的区位，并有效而经济地表现出来，设法理顺产生特别空间模式的要素。”① 对于区位，有一点需要注意，区位不同于位置，不存在孤立的区位。位置仅指事物空间所在的方位、范围，而“区位指人类活动的空间位置及其与外部的空间联系和所具有的社会经济意义”②。也就是说，单个的人类活动区域有位置，但没有区位，某个人类活动区域的区位价值只有在与外部发生联系时才能得到凸显，只有把某个活动区域置于一个空间系统中，才能考察其区位意义。围绕区位问题，人文地理学发展形成区位论，即“关于人类活动的空间分布及其空间中的相互关系的学说”，其基本宗旨是“寻求人类活动的空间法则”③。

在人文地理学中，区位有时也被视作“人类活动（人类行为）所占有的场所”④，而在文学地理学中，作家集会、作家迁移、文学创作、文学传播、文学接受等文学活动作为一种人类活动，也需要在具体的场所中展开，因此，文学活动也存在区位问题。纵观国内文学地理学研究成果，大量论著已涉及文学活动空间分布的区位问题，证明文学区位是一种普遍存在的文学地理现象。

简要来说，所谓文学区位是指空间系统中的某个区域，在各种文学活动

---

① ［英］R. J. 约翰斯顿：《人文地理学词典》，柴彦威等译，商务印书馆 2004 年版，第 258 页。

② 白光润：《应用区位论》，科学出版社 2009 年版，第 1 页。

③ 陆大道：《区位论及区域研究方法》，科学出版社 1988 年版，第 1、2 页。

④ 李小建：《经济地理学》（第二版），高等教育出版社 2006 年版，第 34 页。

的空间分布关系中所占有的地位及其所具有的文学地理学意义。文学区位概念的提出以一个客观存在的文学地理现象为基础，即文学活动的空间分布存在明显的区域差异。区域差异是地理学研究的一个重要主题，指“地球表面不同区域存在的自然、经济、人文、社会等诸方面差别的综合反映”①。区域差异普遍存在，文学活动的空间分布也不例外。现实世界中，各种文学活动空间分布的区域差异表现为明显的非均质特征。对此学界已经广泛开展研究，接下来本文将列举六个方面的典型文学区位现象，以展开对文学区位概念的具体阐释。

一　文学家空间分布的文学区位现象

文学家的空间分布问题是当代文学地理学的一项重要研究内容，成果较为丰硕，甚至有学者认为：“建立文学地理学最为原点的术语首先是文学家地理。”② 对文学家空间分布的研究可追溯至1913年王国维的《宋元戏曲史》，该书“元剧之时地”部分对元杂剧作家的籍贯进行考证与统计，通过揭明元杂剧作家在空间分布上的南北不均衡状态，论证了元杂剧中心由北往南转移的文学发展现象。20世纪80年代，在文学地理学发展的新时期，王尚义《汉唐时期山西文人及地理分布及其文化发展之特点》（《山西大学学报》1986年第4期）、王尚义和徐宏平《宋元明清时期山西文人的地理分布及文化发展特点》（《山西大学学报》1988年第3期）等论文踵武前贤，较早地通过数据统计的实证方法，呈现各历史时期山西文人空间分布的非均质状态，并从政治、经济、文化、交通等方面对此现象进行解释。后来，随着文学地理学的进一步发展，先后出版了多部研究文学家空间分布的专著，例如曾大兴《中国历代文学家之地理分布》（1995）、陈尚君《唐代诗人占籍考》（1997）、胡阿祥《魏晋本土文学地理研究》（2001）、梅新林《中国文

① 刘敏、方如康：《现代地理科学词典》，科学出版社2009年版，第523页。
② 余意：《文学家地理：文学地理学学科的原点》，《文艺报》2006年7月8日第3版。

学地理形态与演变》（2006）、刘跃进《秦汉文学地理与文人分布》（2012）、左鹏《唐代岭南社会经济与文学地理》（2014）、杜红亮《江河视阈下的中国古代文学流向》（2016），等等。其中曾大兴《中国历代文学家之地理分布》是较早研究文学家空间分布的专著，现以此书为例来说明文学家空间分布的文学区位现象。

在该书中，曾大兴先生通过统计文学家的籍贯，探讨了从周秦至清各历史时期文学家空间分布的格局及其特点，并揭明分布重心及其成因。例如，作者一共统计了1751名清代文学家的籍贯，指出清代文学家在空间分布格局上存在的“南方文学家仍然占绝大多数”“江淮文化区进一步壮大”“荆楚文化区的文学重心出现新的变化”[①] 等七个特点，然后分为江淮文化区、吴文化区、越文化区等十大文化区进行分述，指出各个文化区的文学重心及其成因。例如作者认为清代江淮文化区的文学重心在徽州府、安庆府和宁国府，原因是这些地区商品经济活跃，发达的经济促进了文化教育事业的兴旺，最终培养出了一大批文学家。对于“文学重心”概念，作者后来在2013年重新修订出版的《中国历代文学家之地理分布》前言中解释道：“本书对于‘文学重心’这个概念的使用，也体现在两个层级上：一是指全国的‘文学重心’，二是指各个文化区内的‘文学重心’。全国的‘文学重心’由各个文化区产生，各个文化区内的‘文学重心’，则由各个文化区内的各府（州、郡、路）产生。”[②] 作者对于文学家空间分布的研究结论揭示了典型的文学区位问题，其所言“全国的‘文学重心’”和“各个文化区内的‘文学重心’”，分别是在宏观和中观层面上对文学区位的描述。也就是说，在全国或各个文化区内，文学家的空间分布都是非均质状态，个别地区在空间系统中占有明显的文学区位优势，其余地区则处于文学区位劣势，只不过作者在具体阐述中没有使用区位概念，而是通过直观形象的“文学重心”的说法予以概括指明。

① 曾大兴：《中国历代文学家之地理分布》，商务印书馆2013年版，第472—473页。
② 曾大兴：《中国历代文学家之地理分布》，商务印书馆2013年版，前言，第18页。

此外，也有一批论文继续关注文学家的空间分布问题。例如柳汀《我国历代文学家的地理分布》[《宁波师院学报》(社会科学版) 1991 年第 1 期]、陆草《论清代女诗人的群体性特征》(《中州学刊》1993 年第 3 期)、杨静《明清时期安徽文学家数量、时空分布特点及成因》(《铜陵学院学报》2007 年第 6 期)、夏汉宁《宋代江西文学家的地理分布》(《江西社会科学》2012 年第 1 期)、晁成林《先唐江苏文学家的地理分布与成因》(《理论月刊》2015 年第 3 期)、李艳洁《论汉代文学家的地理分布特征——以淮河流域为研究中心》[《河南科技大学学报》(社会科学版) 2017 年第 1 期]、徐永明和黄鹏程《〈全元文〉作者地理分布及其原因分析》[《复旦学报》(社会科学版) 2017 年第 2 期]、张建锋和杨倩《论巴蜀文学家的地理分布特点及其与交通的关系》[《成都大学学报》(社会科学版) 2017 年第 6 期]、马艳红和刘海龙《唐代文学家的空间分布特征及影响因素》(《商洛学院学报》2019 年第 2 期)，等等。这些论文都通过量化统计的方法揭示不同时期、不同区域的文学家空间分布的非均质特征，证明文学家空间分布普遍存在文学区位现象。

二　文学家族空间分布的文学区位现象

关于文学家族的空间分布，曾大兴先生在《中国历代文学家之地理分布》的第十章“中国历代文学家族之地理分布”中有较早的专门阐述。通过翔实的数据统计，作者揭示出文学家族“主要分布在黄河与长江流域，珠江流域较少，松江与辽河流域没有”，“就黄河、长江、珠江三大流域而言，以下游流域的平原居多，黄河与长江中游流域的平原居少，上游流域的平原或盆地更少。珠江的中游流域（桂文化区）没有文学家族分布”①，这些论述分析了不同流域之间，或同一流域的上、中、下游之间，在文学家族空间分布上的差异，揭明就文学家族的空间分布而言，在全国范围内，黄

① 曾大兴:《中国历代文学家之地理分布》，商务印书馆 2013 年版，第 542 页。

河、长江、珠江三大流域具有明显的文学宏观区位优势，而在这三大流域范围内，各流域的下游平原地区具有明显的文学中观区位优势。

再如，晁成林先生在论文《地域文化视域下唐前江苏文学家族的地理分布》中，对西汉至隋代的近八百年时间里江苏出现的25个文学家族的空间分布进行了考察，指出唐前江苏文学家族的空间分布极不平衡，“江南的苏州和江北的徐州分布较多，江南的常州、无锡、镇江、南京和江北的扬州、淮安、连云港分布较少，江北的南通、泰州、盐城、宿迁没有出现文学家族”[①]。与曾大兴先生的研究相比，作者这是在微观尺度上研究唐前江苏境内文学家族空间分布的文学区位问题。

此外，曾礼军《清代两浙文学世家的时空分布与文学建设》[《浙江师范大学学报》（社会科学版）2013年第1期]、白云娇《世家大族与北齐河北文学地理分布》[《太原师范学院学报》（社会科学版）2013年第3期]、杨昇《明代艺文家族的地域分布与发展概况》（《唐山学院学报》2016年第4期）、许菁频《明代江南文学世家的地理分布与文学贡献》（《南京师范大学文学院学报》2019年第1期）等论文也都对不同时期、不同区域文学家族的空间分布问题展开研究，揭示了文学家族的空间分布存在明显的文学区位差异。

三　文学社团空间分布的文学区位现象

我国文人结社的历史源远流长，结社风气至明清达到鼎盛。蒋寅先生指出：“清代的文坛基本是以星罗棋布的地域文学集团为单位构成的……可以说，地域诗派的强大实力，已改变了传统的以思潮和时尚为主导的诗坛格局，出现了以地域性为主的诗坛格局”[②]，由此可见文学社团对清代文学发展的重要性。另外，罗时进先生也指出：明清文学社团“其组织往往形成于熟人社会，大多活动于地方基层，人地关系较为紧密；其文思则焕发于乡

① 晁成林：《地域文化视域下唐前江苏文学家族的地理分布》，《西南交通大学学报》（社会科学版）2017年第5期。

② 蒋寅：《清代诗学与地域文学传统的建构》，《中国社会科学》2003年第5期。

邦皋原，具有地域化色彩；论其属性，绝大部分都属于地域文学社团”①，文学社团因其地域性特征，自然归入文学地理学的研究范畴。

与文学家一样，文学社团的空间分布也呈现非均质特征，即文学社团的空间分布也存在文学区位现象。例如何宗美先生在著作《明末清初文人结社研究》中，对明代的文学社团按区域进行了统计，得出明代文人结社空间分布的基本特点：“以东南和沿海数省为中心，既有向全国各地辐射的趋势，又明显体现了地域上不平衡的状态。”具体来说，“南直、浙江是明代文人结社的中心，其次广东、福建、江西、湖广、北直等地的结社也较为活跃”。而且，作者把明代文人结社的空间分布和宋、元时期进行了历时性比较，指明异同，其中“同者为，无论是宋、元还是明代，文人结社皆以长江下游的江浙地区为轴心，此不曾有变”②。此处“轴心”的说法，说明宋、元、明三代，就文学社团的空间分布而言，江浙地区在全国具有明显的文学宏观区位优势。接下来，作者对明代文人结社空间分布的不均衡状态进行了解释，指出：“文人结社的兴起，既决定于经济的繁荣和社会的发展，也受到自然环境和人文传统的直接影响。”③

再如，袁志成先生在论文《晚清民国词社的地理分布、成因及影响》中，对晚清民国的60个词社按省份进行了统计，发现词人结社的空间分布极不均衡，其中上海、江苏、北京三地为“词社高产省份”，共有38个词社，占全国总数一半以上；浙江、福建、广东三地为“词社一般省份”，各有4个或6个词社；而天津、安徽、贵州等六地为“词社较少省份”，只有1个或2个词社。作者据此指出，“晚清民国词学地域格局的形成，受词人结社地理分布的影响，与其基本一致，表现为以江浙、上海、北京为首的词学中心区以及岭南、闽中、湖湘、云南、贵州等代表的词学边缘区。同时，词人结社的地理分布促进词人群体、词学流派的发展，在全国形成几个较大

---

① 罗时进：《基层写作：明清地域性文学社团考察》，《苏州大学学报》2012年第1期。
② 何宗美：《明末清初文人结社研究》，南开大学出版社2003年版，第25页。
③ 何宗美：《明末清初文人结社研究》，南开大学出版社2003年版，第29页。

的词人群体或词学流派”[①]。此处所言“词学中心区”“词学边缘区”，也证明晚清民国词社的空间分布存在明显的文学区位现象。就晚清民国词社的空间分布问题而言，在全国范围内，沪、苏、京三地具有文学宏观区位优势，而津、皖、黔等六地则处于文学宏观区位劣势。

此外，文学社团成员的空间分布也存在文学区位现象，对此已有学者开始关注并研究。例如，欧俊勇在论文《粤籍南社社员地理分布研究——以文化场域、文化认同为视角》中，以县为单位对粤籍南社社员的空间分布进行了统计，指出“人数分布的不平衡性又揭示了广州地区文学地理优势仍然具有核心地位，同时粤东梅县地区南社社员群体异军突起，成为值得关注的文学现象”[②]，证明粤籍南社成员在空间分布上具有文学区位差异，而这差异形成的原因与时代和历史有关。

四　文学作品空间分布的文学区位现象

一个区域在空间系统中是否具有突出的文学区位，既可以通过文学家、文学家族或文学社团的空间分布来考察，也可以通过文学作品的空间分布来考察。文学家开展文学活动的核心是进行文学创作，文学作品最终决定一个文学家在文学界和文学史上的地位。同样，文学作品最终决定一个区域在空间系统中的文学区位。文学作品的空间分布也呈现非均质特征，存在文学区位问题。

文学作品空间分布的文学区位问题是一项古老的研究内容。《诗经·国风》中的“陈风”一共收录十首诗，其中就有《东门之枌》《东门之池》《东门之杨》三首诗与“东门”有关。很显然，在“陈风”中，东门与其他场所相比，有着明显的文学区位优势。再分析这三首诗的内容，都是描写男女青年在东门聚会歌舞的内容。《东门之枌》中有句：“东门之枌，宛丘

① 袁志成：《晚清民国词社的地理分布、成因及影响》，《湖南城市学院学报》2011 年第 2 期。
② 欧俊勇：《粤籍南社社员地理分布研究——以文化场域、文化认同为视角》，《南京理工大学学报》（社会科学版）2017 年第 2 期。

之栩”，《毛传》对该句的解释为：“枌，白榆也。栩，杼也。国之交会，男女之所聚”①，后来《孔疏》说：“知此二木是国之道路交会，男女所聚之处也”②，朱熹《诗集传》说：“此男女聚会歌舞，而赋其事以相乐也。”③宋末王应麟《诗地理考》卷三“东门之枌”条征引戴溪《续吕氏家塾读诗记》卷一的解释：“《陈诗》多言东门，必陈人游息之地”④，指出东门是当时陈国男女青年聚会游息的固定场所，已经意识到东门在陈国的特殊性。东门的这种特殊性表现在文学地理中，即东门对那些向往爱情、情怀浪漫的文学青年能产生巨大的吸引力，从而创作出众多与之相关的动人诗篇，使东门在陈国具有突出的文学区位优势。

再如，戴伟华先生在《地域文化与唐代诗歌》第三章“诗歌创作地点和地域文化”中探讨了唐诗创作的分布格局及其意义，其数据统计既有唐诗地域分布的总体情况，也有初、盛、中、晚唐和五代的分时段情况，揭示了“京都为创作最集中的地点”⑤ 这一诗歌创作地点地理分布呈现的普遍性原则，证明西安和洛阳所在的陕西和河南在全国唐诗版图中占有绝对的文学区位优势。

又如，夏汉宁等主编的《宋代江西文学家地图》第四章“宋代江西文学家作品量的地理分布”中，对宋代江西各县诗、文、词的作品数量进行了分类统计，并将此三种文体作品总量的空间分布划分为六个或四个层级，得出“不同的县各体文学的创作并不平衡”⑥ 的结论，揭示了宋代江西诗、文、词作品空间分布的文学区位关系。数据显示，宋代吉州在诗、文、词的作品数量上都名列首位，在宋代江西范围内具有明显的文学区位优势；而在吉州范围内，庐陵县又具有首屈一指的文学区位优势。

---

① 《十三经注疏》整理委员会：《毛诗正义》，北京大学出版社 1999 年版，第 440 页。
② 《十三经注疏》整理委员会：《毛诗正义》，北京大学出版社 1999 年版，第 441 页。
③ （宋）朱熹注，赵长征点校：《诗集传》，中华书局 2011 年版，第 106 页。
④ （宋）王应麟撰，张保见校注：《诗地理考校注》，四川大学出版社 2009 年版，第 119 页。
⑤ 戴伟华：《地域文化与唐代诗歌》，中华书局 2006 年版，第 59 页。
⑥ 夏汉宁、刘双琴、黎清：《宋代江西文学家地图》，江西美术出版社 2014 年版，第 222 页。

此外，也有一些论文关注到文学作品空间分布的文学区位现象。例如胡迎建先生在论文《江西山水名胜与宋代诗文》中根据其主编的《江西名山志丛书》艺文部分，对唐宋时期江西各名山诗歌数量进行了统计，揭示了唐宋时期江西名山诗歌在空间分布上的非均质特征，从中可见唐宋时期庐山在江西文学版图中拥有重要的文学区位。①

五　文学传播的文学区位现象

金克木先生的《文艺的地域学研究设想》是一篇在文学地理学学术史上有纲领性作用的重要文章，他在文中提出文学地域学研究的四个方面："一是分布，二是轨迹，三是定点，四是播散"②，可见文学传播也是文学地理学的重要研究内容。但目前对文学传播的研究尚未引起学界重视，有学者即指出："文学的地域性研究，不仅要研究地域环境对文学生产的影响，亦应当研究地域环境对文学传播的影响。过去的研究亦往往是重视文学生产，而忽略文学传播。"③ 影响文学传播效果的因素有很多，在山水阻隔、舟车不便的古代，传播源与接受地之间的距离、交通状况等对传播效果会有很大影响。此外，文学传播的效果还受到传播源的政治、经济、历史、宗教等其他因素的影响。例如，京都作为全国的政治中心，对全国的文人有"聚集—扩散"效应，京都文学家的作品一般更容易因科举、铨选、命官、流贬等进出京城的文人传播到全国各地。再如，经济发达地区的文学家，一般更有经济实力去刻印诗文集，从而促进自己作品的传播。总之，作为传播源的不同区域之间的关系是不平等的，对文学传播发挥着不同的作用，因此，文学传播也存在文学区位现象。

这种在文学传播过程中存在的文学区位差异，已经引起了一些学者的关

---

① 胡迎建：《江西山水名胜与宋代诗文》，见曾大兴、夏汉宁《文学地理学》，人民出版社 2012 年版，第 222 页。

② 金克木：《文艺的地域学研究设想》，《读书》1986 年第 4 期。

③ 汪文学：《边省地域与文学生产：文学地理学视野下的黔中古近代文学生产和传播研究》，上海古籍出版社 2016 年版，第 33 页。

注。例如，李德辉先生在著作《唐代交通与文学》的第四章中探讨了唐代交通对文学传播的影响。后来作者继续深入研究，发表了多篇相关论文，其中《唐代五都交通圈及其文学效应》主要探讨了唐代五都交通圈对文学传播的影响。五都即长安、洛阳、太原、成都、江陵等五座唐代建过都的城市，五都交通圈即由上述五城及其周边地区构成的文人活动圈。这是“一个诠释唐代文学生产和文学传播之规律的新视角。其提出主要是着眼于唐代不同地域在地理空间的连续性、文学功能的差异性、文人行旅的规律性，并考虑到唐代不同地域的区位优势和互补功能”①。五都交通圈所影响的文学传播范围分为三个层级，“一是以长安、洛阳为中心的两京地区，为五都交通圈的第一层级。就其地位、作用而言，可以称为核心区……二是从它的外缘到中原的边缘，以成都、江陵、凉州、太原四个陪都为四角而形成一个大圈，刚好把唐代的主要区域框定出来，可称边缘区、外围区或次核心区。它是五都交通圈的第二层级，内联京畿，外接四裔，几座外形孤立的城市，通过几条水陆道路，与地方上的大片经济文化落后区连成一体……边缘区之外，是中原文化的影响区，即周边少数民族聚居区。此为五都交通圈的第三个层级”。作者看到了唐代文学传播过程中存在的文学区位差异现象，用“五都交通圈”三个层级的空间结构揭示了唐代以都城为中心，向周边陪都，再向更边缘地区层层传播的路径。在这个结构中，两京、陪都等不同等级的城市在不同层级上具有文学区位优势，对文学传播的影响力也不同。这三个层级之间，依靠交通路线组成的网络相互连接，实现传播。在具体的阐述中，作者借鉴了区位论中的区位及空间结构的概念，已经明显涉及文学区位问题。

六　文体发展的文学区位现象

王国维在《宋元戏曲史》中提出：“凡一代有一代之文学：楚之骚，汉

① 李德辉：《唐代五都交通圈及其文学效应》，《华南师范大学学报》（社会科学版）2015年第1期。

之赋，六代之骈语，唐之诗，宋之词，元之曲，皆所谓一代之文学，而后世莫能继焉者也”①，揭明了文体的历史演变规律。文体的发展不仅有时间性，也有空间性，例如“楚辞”即以“楚”地名之。

文体的发展有其空间规律，也存在文学区位现象。很早就有学者注意到文体的地域性问题。梁启超《中国地理大势论》即云：“自唐以前，于诗于文于赋，皆南北各为家数……散文之长江大河一泻千里者，北人为优。骈文之镂云刻月善移我情者，南人为优。盖文章根于性灵，其受其四围社会之影响特甚焉。”② 以往学者往往引用其论述来证明地域文化对文学风格的影响，以凸显南北文学不同，若转换视角，即能发现其“于诗于文于赋，皆南北各为家数”的说法中，其实从宏观上揭示了诗、赋、散文等不同文体南北发展不均衡的文学现象。

后来金克木先生在《文艺的地域学研究设想》中指出：“文学和艺术的地域分布研究不是仅仅画出地图，作描述性的资料性的排列，而是以此为基础提出问题。例如楚辞兴于楚，影响虽大，却无后继。其中楚语未必多，作为地方性文学也没有衍续下来。为什么？又如敦煌变文，孤立于一地，集中于一时期，此流行文体何以前无古人，后无来者？其源流有无地域性？”③ 金克木先生以楚辞和敦煌变文为例所提出的两个问题，正式开启了学界从地域视角对文体发展的思考和研究。直至曾大兴先生在著作《文学地理学研究》中论述中国文学的地域性时，正式提出“文体的地域性”命题。书中引用了王国维《宋元戏曲史》中的研究发现，并对宋代词人的地域分布进行统计，指出“宋词则是一种具有浓郁的南方文化色彩的文体，它的作者，80%都是南方人”④。

随着文学地理学的发展，目前学界对于文体的文学区位问题的研究在不断深入。李静在论文《北宋前期词人词作的地理分布》中，统计了词作的

① 王国维：《宋元戏曲史》，上海古籍出版社 1998 年版，第 1 页。

② 梁启超：《饮冰室文集全编》（卷三），广益书局 1948 年版，第 105 页。

③ 金克木：《文艺的地域学研究设想》，《读书》1986 年第 4 期。

④ 曾大兴：《文学地理学研究》，商务印书馆 2012 年版，第 81 页。

空间分布情况，继而在数据统计的基础上进一步分析：“从前面所作排列看，大致有这样一些特征：一是汴京一地创作数量的一枝独秀……由此可以看出汴京已经成为当时名副其实的创作中心。二是杭州等地数量亦引人瞩目”，“在这些城市之中，从总体的数量看，南方的苏杭等地词人和词作的数量要高于北方。由此也可以见出，南方的苏杭等地也是词的高产地。而综合南北词坛所产生的词的数量看，北方的汴洛与南方的苏杭等地成为两个显见的词坛中心所在”①。论文用数据证明，北宋前期全国各城市在词体创作方面，汴京作为都城具有十分明显的文学区位优势，是全国词体的“创作中心”，而杭州的优势则相对较弱，但也是全国的亚中心。论文中“序列排比”的研究方法，其实已经暗含了通过比较来研究一个区域在空间系统中的文学区位的思想。最后，论文从政治、自然环境、地域文化等三个方面分析了形成各城市词作空间分布差异的原因。后来娄欣星在《〈全宋词〉作者的地理分布及其成因》一文中继续推进该方面的研究，运用 GIS 软件技术可视化呈现了《全宋词》作者分别在省、县级层面上的空间分布与密度。在省级层面上，揭示出“宋词创作重心集中于以两浙、江西、福建为主的东南地区”，由北宋至南宋，总体上“作者分布重心由北向南移，最后形成以东南地区为中心的宋词创作”② 的宋词发展的空间规律。

再如，汪文学先生在著作《边省地域与文学生产：文学地理学视野下的黔中古近代文学生产和传播研究》中设有“边省地域与黔中古近代文学文体”一章，从空间维度讨论“文学文体的地域性特征和空间分布特点”③。作者经过统计发现：“黔中古近代文学创作的主体是诗和文，占总数的百分之九十四；词、曲、小说的数量极少，且清代以前基本上是空白，多集中在清代晚期，仅占总量的百分之六……黔中古近代地域环境和文化背景适宜于

---

① 李静：《北宋前期词人词作的地理分布》，《学术论坛》2012 年第 8 期。

② 娄欣星：《〈全宋词〉作者的地理分布及其成因》，《台州学院学报》2020 年第 2 期。

③ 汪文学：《边省地域与文学生产：文学地理学视野下的黔中古近代文学生产和传播研究》，上海古籍出版社 2016 年版，第 45 页。

诗与文的生存，而于词、曲和小说的创作，则可能有些水土不服。”作者进而指出：“某时代或某地区盛行某种文体……一定是该文体与该时代、该地区的社会特征相吻合”①，然后作者详细阐述了黔中地理环境与文体之间的关系，得出结论：“黔中文士长于诗，‘地势’使然也；黔中文士不擅于词、曲、小说，亦‘地势’使然也”②，这“地势”既包括黔中集阳刚和阴柔于一身的自然地理环境，也包括黔中商品经济不发达、城市文化基础薄弱、缺乏世俗享乐精神等人文地理环境。

结　语

至此我们可以明确，众多论著已经通过实证研究揭示了文学区位现象，并用“重心”“轴心”“中心”“中心区”“核心区”“亚中心”“次核心区”“边缘区”等不同说法来指明此种现象，因此文学区位是一种普遍存在的文学地理的客观现实，此概念是对相关文学地理学研究成果的“收集、分析、归纳”，具有较强的概括力。借鉴文化地理学中“文化区”概念提出文学地理学“文学区”概念的曾大兴先生也指出：

> 中国学者的文学地理研究……对理论问题的探讨也具有实证色彩。中国文学地理学学者的理论研究多是通过大量的实证研究得出一个结论，再根据大量的结论提炼出一个观点、概念或者理论，最后由这些观点、概念或者理论来建构文学地理学的学科理论体系。也就是说，中国的文学地理学学者不是从一个观点（概念、理论）推导出另一个观点（概念、理论），不是用演绎法，而是用归纳法。③

---

① 汪文学：《边省地域与文学生产：文学地理学视野下的黔中古近代文学生产和传播研究》，上海古籍出版社2016年版，第305—306页。

② 汪文学：《边省地域与文学生产：文学地理学视野下的黔中古近代文学生产和传播研究》，上海古籍出版社2016年版，第323页。

③ 曾大兴：《文学地理学的学科建构》，见朱立元《美学与艺术评论》（第19辑），山西教育出版社2019年版，第6页。

本文提出文学区位的概念，即遵循此研究思路。文学区位概念是对大量文学地理学研究成果的总结归纳，不仅标明了文学地理学研究对象中的一个重要分类，而且能帮助我们看到此类论著的共性，深化理解。揭示出隐藏在文学活动背后的非均质分布的空间规律，进而掌握不同区域文学演变现象的历史规律。

此外，通过以上所列论著可以看到，文学区位现象包括表象和实质两个层面的研究内容。表象层面，指各种文学活动空间分布的非均质特征，这部分内容一般通过数据统计的实证研究即能揭示。实质层面，指不同区域的地理属性与文学区位之间的关系，需要通过分析区域的自然地理环境和人文地理环境，并结合对文学作品文本的深入解读才能揭示。因此，对某个区域文学区位的研究正是“由现象进入本质”的过程。综合来看，正如戴伟华先生所言，文学区位概念既是研究方法上的“技术问题”，也是对于一种普遍存在的文学地理现象的揭示和探讨的“理论问题”。曾大兴先生提出：“文学地理学的研究对象，就是文学与地理环境的关系。由于地理环境与文学的互动，产生了许多的文学空间（包括空间要素）……因此文学地理学研究的内容也可以概括为这样两句话：一是‘空间的文学’，二是‘文学的空间’。”① 文学区位的表象层面正对应“空间的文学”，主要考察文学活动的空间分布情况；文学区位的实质层面正对应“文学的空间”，通过解读文学作品来剖析区域的地理属性与文学活动非均质空间分布特征之间的关系。因此，文学区位概念不仅富有概括力，而且可以将文学地理学研究的外在地理空间和内在文本空间结合起来，展现出对于文学地理现象本质的解释力，对推进文学地理学研究具有积极意义。

“概念命名并不是研究的终结，在这之后，还要对已经命名的学理进行合理性论证和深化延伸”②，本文提出文学区位概念只是第一步的尝试，对文学区位形成的内在原因、文学区位的基本特征、文学区位的理论价值等问题还有待后续深入系统的研究。本文旨在抛砖引玉，就正于方家。

---

① 曾大兴：《文学地理学概论》，商务印书馆 2017 年版，第 4—5 页。

② 刘畅：《从传播学的几个发现看创新思维素养》，《当代传播》2013 年第 2 期。

地理空间、意象与文学

欧·亨利的曼哈顿:地理空间的构建及其意义

谭永利　薛芸华[*]

文学中的地理空间研究在近年来已成显学。关于地理空间研究在近年来的发展，可以看到中国和西方不同的两条线索，在中国（这里指由中国本土发展起来的理论体系，中国学者对西方地理空间批评的研究不在此列）主要是文学地理学研究，在西方主要是空间批评、文学地理批评和地域主义批评三个不同维度的研究。中国文学地理学会会长曾大兴教授认为，文学地理学的研究对象是文学与地理环境的关系，包括以文本为中心研究文学的地理分布与地域特征等方面。中国有悠久的文学地理批评传统，从《左传·襄公二十九年》所载吴公子札对于“国风”的批评，到《文心雕龙》的《辨骚》《物色》等篇以降，地理批评与时代批评都是并行不悖的。[①] 文学地理学研究应该包括以下三个层次。第一，从文本出发，根据文本所建构的地理空间来考察作家所生活的地理空间和作品创作的地理空间；第二，探讨作家对于地理空间的想象和建构，以及文学虚构空间对于真实空间的重构和再现；第三，联系文本传播的地理空间，揭示文本创作与传播对于认知和改造环境所带来的启示及意义。在此基础上，中国的文学地理学经过杨义、曾大兴、邹建军、梅新林等学者逐渐系统和深入的研究，曾大兴提倡应该建设

* 谭永利，成都理工大学讲师；薛芸华，中山大学研究生。

① 曾大兴：《文学地理学概论》，商务印书馆 2017 年版，第 23 页。

一门与文学史双峰并峙的文学地理学科。[1] 目前中国的文学地理学在中国古代文学的研究中已经成果斐然。

西方的地理空间研究可以分为三个方面：空间批评、文学地理批评、地域主义批评。

一是空间批评。西方理论界的学术思想在近半个世纪以来产生了地理空间转向，主要渊源是由于后现代主义思潮的兴起。传统的西方思想主要强调时间，在现代主义，如意识流、现象学、存在主义等思潮中都强调从时间维度来理解和揭示存在的意义和内涵，而晚近城市化、全球化、网络化进程的加剧使人们对于空间的体验感越来越强。在后现代主义中，空间主题化成为日常经验、社会发展和学术思想的重要潮流。从米歇尔·福柯（Michel Foucault）到亨利·列斐伏尔（Henri Lefebvre），从大卫·哈维（David Harvey）到爱德华·索亚（Edward W. Soja，又译苏贾），马克思主义空间批评、批判社会理论空间研究、都市空间研究、空间叙事研究、女性主义空间研究等方面都逐渐受到研究者的重视。

二是文学地理批评。法国学者米歇尔·柯洛（Michel Collot）2009 年在中国作文学地理学的讲座时，认为这一批评可以分为狭义的文学地理学、地理批评和地理诗学三个层面。西方文学地理批评的代表人物主要有法国学者伯兰特·韦斯特法尔（Bertrand Westphal）和美国学者罗伯特·塔利（Robert T. Tally Jr.），他们皆从文本的地理空间，即实在的、主观体验的而非符号化的文学地理空间来阐述批评方法或进行文本研究，与后现代的空间政治、空间叙事等研究区分开来。韦斯特法尔通过阐释三个基本概念：空时性（spatio-temporality）、越界性（transgressivity）和指涉性（referentiality）建构了地理批评的理论基础。塔利除将韦斯特法尔部分著作译介到英语世界外，他还借用弗雷德里克·詹姆逊（Fredric Jameson）的“认知地图”理论，认为作家的创作就是在“绘制地图”，地理批评就是要关注想象的文本

① 曾大兴：《文学地理学概论》，商务印书馆 2017 年版，第 7 页。

空间的再现，结合真实的地域和历史因素来探讨作家和文本人物对文本地域的“认知地图”。西方的文学地理批评可以看作文学理论界对于空间批评研究过于泛化的一种回拨。与中国的文学地理学研究相比，西方的文学地理批评的理论性更强，但是系统性稍差，也就是说，中国的文学地理学有渐成一门学科之态势，而西方的文学地理批评更多的是作为一种批评方法。

三是地域主义批评。19世纪后期至20世纪早期风行于美国的一种文类可以被称作地域主义文学，包括地方色彩小说、乡土文学、城市文学等。在20世纪30年代之后，沉寂了几十年，于20世纪晚期再次兴起了对文学地域主义的探讨，使“地方”成为文学的批评要素之一。文学地域主义研究在20世纪30年代与现代主义思潮相结合，从20世纪晚期到晚近以来与生态批评相结合，主要强调两个方面：一是地域对文学的作用，二是文学对地域和社会的反作用。这一研究其实与中国文学地理学的部分研究内容，如文学景观、文学区、文学与地理环境的关系等方面，是一致和重合的。

就本文来说，我非常赞同曾大兴与韦斯特法尔的观点，但是我认为对文学作品具体的地理空间批评应将四个方面纳入考虑之中，一是作品所指涉的真实的地理空间，二是作品中想象和建构的地理空间，三是作品中建构的地理空间与真实的地理空间之间的关系，四是读者在阅读过程中与作者共同建构的地理空间。

一　小说作品地理空间的界定

时间和空间的绵延是人类活动的基础，也是构建小说作品叙述的基本前提。时间线索便于作者传达故事情节，也便于读者理解小说内容。然而小说既是时间的，也是空间的，自20世纪初以来，现代主义小说家们在创作中有意打破单一的时间叙事方式，将不同空间的交叉引入进来，显示了一种空间化了的时间。

20世纪以来现代小说对地理空间的重视和追求有以下三方面原因，首先是社会层面的原因。两次世界大战，以及传统价值观的逐渐消解，使大家感受到一个快速变迁、分崩离析的社会，传统的消逝、社会的无序化、时间的断裂，都促进了大家对于空间的感知。其次是哲学层面的原因。当世界陷入混乱和困惑时，哲学家也在积极探索人作为本体与世界之间的关系，文学中的“意识流”手法将传统的时间观重新组织，导致大家越来越重视时间的心理化而非只关注物理时间，空间的引入也使小说家逐渐重视构建立体的时空叙事方式。最后是科技层面的原因，由于各种交通运输方式的大力发展，通信手段的不断加强，以及图像力量的崛起，使人的体验更多地集中在现在，[①] 同时影视媒体的兴起又使过去和未来以可视的方式呈现在当下观众的眼前（虽然是被建构的过去和未来），造成视觉上时间的可逆，空间的拉近，距离感不断消弭，现场感不断建构。列斐伏尔的“空间生产”（the production of space）、福柯的“另类空间”（des espaces autres）、布尔迪厄（Pierre Bourdieu）的“空间区隔”（distinction of space）、吉登斯（Anthony Giddens）的“时空分延”（time-space distanciation）、德波（Guy Ernest Dobord）的“景观社会”（spectacle society）、哈维的“时空压缩”（compression of time and space）、卡斯特尔（Manuel Castells）的“流动空间”（space of flows）、索亚的“第三空间”（the third space）等理论已经反映出以空间为视角理解人类社会的重要维度。从列斐伏尔《空间的生产》、哈维《后现代的状况》、吉登斯《现代性的后果》中可以看出，现代学者对于空间问题的思考伴随着城市化的兴起，现代交通和通信技术引起大众时空体验的巨大变化，因此，在现代意义上的空间讨论，大多是以城市生活为背景的。[②]

空间的概念界定很多，有的相互矛盾，但普遍认为空间存在物理空间、地理空间、自然空间、社会空间、文化空间、心理空间等多个层面。笔者认为，这些层面的空间都能反映在文学创作中，而并非只是作者处理文本的一

① ［美］杰姆逊：《后现代主义与文化理论》，唐小兵译，北京大学出版社1997年版，第228页。

② 参看 Henri Lefebvre, *The Production of Space*, Hoboken, New Jersey: Blackwell, 2011, pp. 430 – 431; David Harvey, *The Condition of Postmodernity: An Enquiry into the Origins of Cultural Change*, Cambridge, Massachusetts: Blackwell, 1990, p. 260; Anthony Giddens, *The Consequences of Modernity*, Cambridge: Polity Press, 1990, p. 16。

种方式。正如钱钟书在《人·兽·鬼》中的一个短篇小说《灵感》所描述的，作者将人物写扁平了，写死了，这些人物到了阴曹地府，也要找作者论理。① 小说里的空间，就和平行宇宙一样是一个独立的世界。因此，笔者在国内的文学地理学和国外的空间批评理论的启发下，认为小说的地理空间应分为以下三个方面。

第一，小说中的物理空间。这一层面主要是指小说中所提及的真实世界的地域空间。

第二，小说虚构的地理空间。指因叙事发展的需要而呈现的虚构空间，包括自然环境、社会环境和地域场所等。这一层包括"大空间"和"小空间"，"大空间"指小说故事发生的社会背景大空间，即常说的时间地点中的地点，而且是时代化了的地点；"小空间"指人物活动的小场所，如房间、客厅、车厢等。

第三，小说的心理空间。指在作者描写和读者阅读中呈现出来的抽象的感知空间，它包括两层含义，一是作者的情感和思想，二是小说中人物的情感和思想，这些抽象的感知空间也要通过具体的地理景观表现出来。

前两个方面着重于"地域"或"地理"，后一个方面着重于"空间"。除了时间作为小说叙事的重要线索之外，小说描写在本质上就具有地理属性，其中的高山、湖泊、高楼、低谷、庙宇、森林等，给读者以身临其境的快感。"地域往往折射出对现实地理的直接摹写，而空间则体现创作的主观意味，包括人文精神的灌注和文化隐喻的移植……所研究的地理空间则是这两方面的高度融合，是指小说中经过作者精心设计的、赋予了丰富情感、人文精神和审美意义的地域场所。"② 小说所描述的单个地理空间，如街道、商店、公园等，还只是一些符号，不足以构成地理空间的场域，只有这些符号和历史记忆、人物活动、文化描写相呼应时才会参与到小说叙事中来。

---

① 钱钟书：《人·兽·鬼》，生活·读书·新知三联书店 2002 年版，第 82 页。

② 邓颖玲：《二十世纪英美小说的空间诗学研究》，商务印书馆 2018 年版，第 28—29 页。

二　小说中的物理空间和虚构空间

《四百万》（*The Four Million*）和《剪亮的灯》（*The Trimmed Lamp*）是欧·亨利（O. Henry）最著名的作品集，描绘了纽约曼哈顿热闹繁华的生活，其中对城市的剖析，为读者更好地理解文学地理学和后现代空间理论贡献了一个颇为不错的例子。

威廉·西德尼·波特（William Sydney Porter，1862－1910），笔名欧·亨利，美国著名短篇小说家，他的故事以出人意料的结局而闻名。1882年，20岁的波特因为健康原因前往得克萨斯州，在那里学习了西班牙语。得克萨斯州后来成为了他小说中三个主要故事发生地之一，例如1907年出版的《西部之心》（*Heart of the West*）。他换过很多工作，做过会计、记者、制图师等。但改变他生活轨迹的是，他在奥斯汀第一国民银行（First National Bank of Austin）做出纳员期间被控挪用资金后经历的坎坷旅程。第一次保释后，他逃离了审判，逃到了洪都拉斯，那里成了另一个故事的背景地，例如1904年出版的《卷心菜与国王》（*Cabbages and Kings*），然后因为回国去看他垂死的妻子而被捕。在五年的牢狱生活中，他开始以各种笔名写短篇小说来养活他的女儿，其中最著名的是欧·亨利。1901年出狱后，他搬到纽约市，住在出版商附近，这成为他最后一个讲故事的地方，他在这里高效而多产，一生共写了381篇短篇小说。在纽约，他每周为《纽约世界星期日杂志》（*New York World Sunday Magazine*）写一篇文章。欧·亨利的酒量很大，到1908年，他的健康明显恶化，影响了他的写作，1910年他死于肝硬化和心脏肥大。①

欧·亨利的最后10年是在纽约曼哈顿度过的。他短篇小说的成功并未给他带来富裕的生活，但是那些他在日常生活中所接触到的底层社会的人变成了他笔下的故事人物：工人、小公司的职员、贫困的艺术家甚至流浪汉。他不吝笔墨，以这座城市为题材创作了四部短篇小说集：《四百万》、《剪亮

① ［美］欧·亨利：《四百万》，刘艳译，远方出版社2013年版，第1—4页。

的灯》、《城市之声》（*The Voice of the City*）、《命运之路》（*Roads of Destiny*）等。《四百万》和《剪亮的灯》不仅因包含《麦琪的礼物》、《警察与赞美诗》和《最后一片叶子》等名篇而为读者所熟知，而且还通过小说的发生地描绘了充满活力的曼哈顿城市空间、迷宫般的街道和令人眼花缭乱的酒店和俱乐部，欧·亨利非常擅长通过书写特定空间来塑造人物形象。《四百万》的寓意是纽约贫民大众的四百万人，作者认为，并非如别人声称的纽约只有“四百人”值得关注，这个数目要大得多，是四百万人。文学，尤其是关于城市的文学作品，并且时间跨度从19世纪到20世纪，体现了美国社会最大的变化。因为城市是美国现代性最重要的象征，纽约是为美国现代化做出贡献的众多城市的缩影，曼哈顿又可以说是纽约的缩影。城市是人类文明发展的产物，象征着人类力量的日益进步，折射出人们对地理空间的反应。由于资本主义的发展，工业化和机械化的出现，城市大量兴起，在生产力转型的关键时期，原有的农村结构逐渐解体，大量农村居民涌入城市，城市人口大幅增长。因此，从一定程度上说，这一时期激发作者想象力的地方已不再是荒无人烟的荒郊野地，而是冉冉升起的大城市。国内外有许多研究关注美国城市地理和空间，例如：理查德·利罕的《纽约夜景：天黑以后的城市文学、绘画和摄影》（*New York Nocturne*：*The City after Dark in Literature*，*Painting*，*and Photography*）是第一本探讨了照明技术如何使纽约成为“光之城”，并改变人们认知方式的书。①

曼哈顿区在纽约市五大人口稠密区中排名第三，是世界上主要的商业、金融和文化中心之一。空间在小说叙事中可以形成场所，在欧·亨利的笔下，这些关键的场所形成典型的地理空间意象，这在文学地理学领域非常常见，大多是文学作品的地理空间要素，或者是文学景观。小说中的地理空间包括显性要素和隐性要素，显性要素指的主要是都市景观，是指土地上所有可见的物体，包括土地本身，也包括在这基础上生活的人；隐性要素是爱

① William Chapman Sharpe，*New York Nocturne*：*The City After Dark in Literature*，*Painting*，*and Photography*，New Jersey：Princeton University Press，2008.

情、友谊和家庭，这些都与情感和思维有关。这里的四个要素，公寓和房屋、街道、娱乐场所等都是地理空间中的显性要素。换句话说，曼哈顿的地理形象可以通过一些典型的场所来阐述。

1. 公寓和住宅

与客观物理景观相比，文学作品中的景观是一种虚拟的景观。然而，这种虚拟景观也可以分为两类：一种是现实场景中的虚拟景观，如沈从文《边城》中的湘西，《四百万》与《剪亮的灯》中的曼哈顿；另一种是陶渊明《桃花源记》中的乌托邦式的纯粹想象。将风景小说化虽然是作者的特权，然而，一个聪明的作家一定会考虑到风景和周围的环境是否适合。在《四百万》和《剪亮的灯》中，一般有三种类型的公寓和住宅：豪华的高档住宅，普通的寄宿处和为穷人提供的糟糕的出租房屋。在曼哈顿住宅的历史中都可以找到这三种住宅，它们的原型至今仍屹立不倒。在《财神与爱神》（*Mammon and the Archer*）中，老安东尼·洛克威尔是一位退休的肥皂大王。他“正从自己第五大道宅第的书房的窗子里向外面瞧。他的右邻那位贵族和俱乐部会员乔·范·舒莱特·萨福克-琼斯正从家里出来，向守候着他的轿车走去。像往常一样，他总要朝那肥皂王宫正面高处的意大利文艺复兴式雕塑嗤之以鼻”。[①] 曼哈顿岛通常被非正式地划分为三个区域，每个区域都与它的长轴对齐：下城、中城和上城。曼哈顿中城在纽约曼哈顿的中央部分，其中有一些最具标志性的建筑和街区，如百老汇、时代广场、帝国大厦和第五大道。第五大道尤其以名贵和优雅著称，同时它也是东、西两侧的分界线（如图 1 所示）。

实际上，传统的上流社会主要位于上西侧或上东侧，靠近中央公园。前肥皂大王在第五大道的豪宅彰显了他的新贵身份，房子本身是意大利文艺复兴风格的，体现了美国新贵对欧洲祖先的矛盾情结：追求贵族感，同时又对美国身份过于骄傲。

在欧·亨利的小说中，由于人口的大量移动，空间的流动性加强，特别

① ［美］欧·亨利：《四百万》，刘艳译，远方出版社 2013 年版，第 26 页。

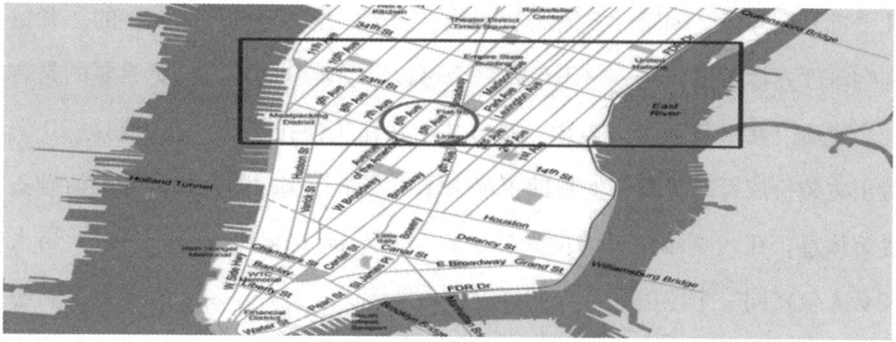

图1　第五大道（圈里）和曼哈顿中城（方框里）

是在都市的底层空间中，因此他的不少故事都发生在出租屋里，不管是被迫的空间位移，还是主动的外出求职和旅居，新空间对人的冲击是不言而喻的。在城市化的进程中，最典型的空间活动是日常生活中的空间和地域体验，尤其是像曼哈顿这样快速崛起的地区，人与居住地的情感纽带快速丧失，归属感缺失，微小感、不确定感、危机感无所不在，人的意识、情感和价值观与地理环境交互影响。比如在《华而不实》（*Lost on Dress Parade*）中，年轻的建筑师住在一间“大厅卧室”（hall bedroom）里，“一个熨斗放在小煤气炉上加热”，这意味着这间兼作厨房、卧室、客厅甚至浴室的房间其实只有卧室那么大，原本是一栋建筑的走廊，但这并不妨碍他每周末穿着光鲜到百老汇大街吃饭，感受作为“纽约人”的多姿多彩。

2. 娱乐场所

20世纪末，现代化进程开始加速，各种娱乐场所一夜之间拔地而起。正如佛朗哥·莫雷蒂（Franco Moretti）所说，“地理并非惰性的容器，不是一个文化历史‘发生’于其中的盒子：它是一股积极的力量，弥漫于文学领域之中，并深刻地影响着它”。[①] 在《四百万》和《剪亮的灯》中，故事

① 转引自［美］苏珊·斯坦福·弗里德曼的《空间诗学与阿兰达——洛伊的〈微物之神〉》，参见［美］James Phelan、J. Rabinowitz主编的《当代叙事理论指南》，申丹等译，北京大学出版社2007年版，第209页。

几乎都是在餐馆、咖啡厅、酒店、剧院、著名广场甚至公园里发生的。餐馆和咖啡厅发挥关键作用，这不仅是一个可以享受美食的地方，更重要的是有社会交流。在《华而不实》中，贫穷的年轻建筑师托尔斯·钱德勒每 70 天就出去装扮成百万富翁，他帮助了一个不小心扭伤脚踝的女孩，并邀请她去餐馆休息；在《咖啡馆里的世界公民》（*A Cosmopolite in a Café*）中，男人和女人坐在同一个屋檐下，人们可以自由地聊天。此外，对于大多数工薪阶层的工人来说，高档餐馆都类似于仙境，在那里他们可以躲避繁忙的城市生活，从容而自由地呼吸。例如，在《桃源小憩》（*Transients in Arcadia*）中，一位做销售的女孩花一整年节省的钱去豪华酒店度一周假，这些甚至与虚荣心无关，这就是纽约人度假的方式。

20 世纪晚期，公园在美国曼哈顿蓬勃发展，如著名的麦迪逊广场花园、中央公园、华盛顿广场公园等。在欧·亨利的小说中，它们是工薪阶层夫妇理想的约会场所。例如，在《伯爵和婚礼贵宾》（*The Count and the Wedding Guest*）中，情侣走进市中心的一个老公园，然后并排坐在一张长椅上聊天。公园的功能还不止于此，最著名的中央公园的中心也是家庭野餐的理想空间或人们在钢筋水泥丛林中的休憩之所，就像《爱的牺牲》（*A Service of Love*）里的乔，他热衷于在中央公园画具有早晨清新风格的素描。而且，公园也是无家可归的人徘徊之所，因为那里有方便的设施向公众开放，如同《警察与赞美诗》（*The Cop and the Anthem*）中的索皮，一个游手好闲的人，就在公园和广场漫游了一年多。①

3. 街道和林荫大道

曼哈顿的街道和各种林荫大道设计像棋盘一样，有利于准确定位。更准确地说，林荫大道通常是南北向延伸，共 12 条，而街道是东西走向的，通过命名数字的增减来显示在北方或南方。百老汇是曼哈顿的主要街道，在曼哈顿中城的西侧与格林尼治村以南的东侧形成一条对角线。

① ［美］欧·亨利：《四百万》，刘艳译，远方出版社 2013 年版，第 26 页。

街道和林荫大道交织成了一个实体的曼哈顿经纬线，并在很多时候作为欧·亨利故事的背景。《四百万》和《剪亮的灯》中的大部分故事发生在第一大道和第八大道之间，百老汇大街上餐厅、旅馆和剧院星罗棋布（如图2所示）。在《最后一片叶子》中，欧·亨利开篇就描写到，“在华盛顿广场西面的一个小街区里，每一条街道都像疯子一样把自己分割成许多狭窄细长的‘小巷’”。[①] 小说中，街道和林荫大道成为故事的主要舞台：在《警察与赞美诗》中，流浪汉索皮在街上游荡并制造麻烦，希望警察会把他扔进监狱；在《财神与爱神》中，富人为了赢得儿子求婚的时间而造成了交通堵塞。曼哈顿迷宫般的街道和林荫大街可能让游客或外国人感到惊讶和困惑，他们很可能认为识路是一个头痛的问题。然而，对当地人来说，街道和大街是枯燥的，因为他可以告诉你，当走到每条街的尽头时，会是什么样子。住在曼哈顿的人，不论男女，不论贫富，都难免要在大街上行走，因为在那里，社会阶层被打破了，社会融合了。

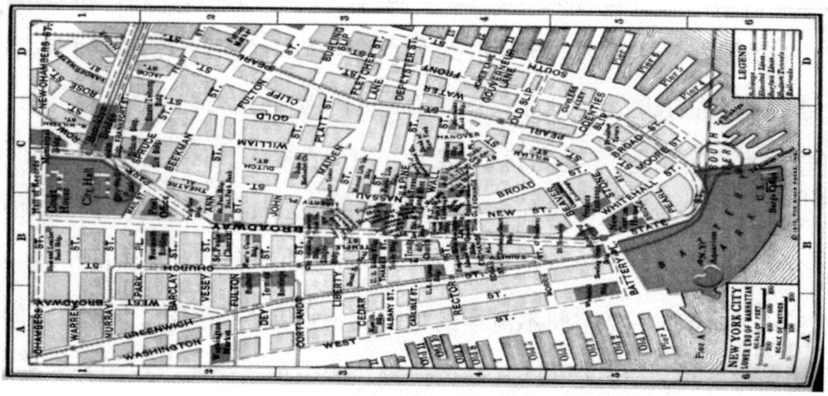

图2　1916年曼哈顿下城百老汇大街2-2号

4. 住在曼哈顿的人

如前文所说，小说集《四百万》的名字有一个隐含的含义，那就是曼

① ［美］欧·亨利：《四百万》，刘艳译，远方出版社2013年版，第105页。

哈顿是由四百万甚至更多的普通人而不是四百个大人物所构建的。“人”作为一种显性要素，在新的文化地理理论中的地位受到了高度重视。新的文化地理学既不支持地理环境决定论，也不支持文化基因决定论，而是注重人与环境的互动，即以地理空间为中心的互动，因此人在空间中的活动也应该纳入分析之中①。

住在曼哈顿的富人和穷人之间差距大得令人吃惊。到 19 世纪 80 年代中期，美国成为世界上最富有的国家，但是超过 45% 的财富掌握在最富有的 1% 的人手中。在工业革命时期，美国和大部分欧洲国家从农业社会转型为工业社会，随着大城市的迅速崛起，数以百万计的移民和挣扎的农民涌入纽约或芝加哥这样的大城市。到 1900 年，大约 40% 的美国人生活在大城市，而且人口流入的速度远远快于城市建设，大多数城市对人口的迅速增长都毫无准备，其中一个集中体现就是住房紧张。尤其是居住在纽约曼哈顿的人，生活条件极差。为了从出租中获得更大的利润，许多房东把标准房分成许多单元，一套房间可以容纳 8—12 人，一些人甚至建造临时住房或简陋的避难所。一夜之间，全国各地的城市都出现了贫民窟，普通工薪阶层的收入难以追上水涨船高的房屋租金。在《四百万》和《剪亮的灯》中可以看到，普通男性的平均周薪是 16 美元到 20 美元，而女性是 8 美元到 16 美元。而租金呢？让我们看看《天窗房间》（*The Sky Light Room*）的描述，给医生住的有两个客厅的房间，一周要花 20 美元；有两个前厅和独立卫浴的房间一周要花 8—12 美元；一个空间不流通的小房间一周花 5—7 美元，最便宜的可能是“天窗房间”，房间里只有一把扫帚，费用是 2 美元。在扣除交通费、伙食费和服装费之后，租房是一笔不小的开销。上班的男男女女们为了度一个像样的周末和假期，需要存钱一周、一个月甚至一年。“一年以来我一直计划来这里，每周我都存点钱，这样我就有足够的钱了。我要像一个有钱的女人那样生活一个星期。”②（《桃源小憩》）这可能是很多普通人的心声。

---

① 参见唐晓峰《文化地理学释义：大学讲课录》，学苑出版社 2012 年版。

② ［美］欧·亨利：《四百万》，刘艳译，远方出版社 2013 年版，第 100 页。

对于那些连栖身之所都付不起的人来说，他们成了流浪者，在大型公园或花园中游荡，就像上文提到的索皮。

与之形成鲜明对比的是，富人的家可谓蔚为壮观，他们把自己想象为王族，并且以显赫的房产来作为自己的标识物。他们住在上东区或上西区的大宅子里，呼吸着中央公园的新鲜空气。就像《学校呀学校》（*Schools and Schools*）开篇描写的那样，老杰罗姆·沃伦住在东五十几街三十五号，那是一座价值十万元的大宅子。他在市中心当经纪人，广有资财，以至于他可以为了健康每天早上朝他办公室的方向走上几个街区，然后再叫一辆出租车。

男人和女人因为从事不同的职业而得到不同的报酬。有必要指出的是，他们的收入差距并不是性别歧视的证据，只有男性和女性从事相同工作但收入不同时，女性才会被认为是受到性别歧视。然而，在 19 世纪末 20 世纪初，美国正经历从自由资本主义到垄断资本主义的转变阶段，法律上的漏洞使妇女的权利不能得到很好的保护，即使她们做同样的工作，也不能得到相同的报酬。正如上文所提到的，许多涌入纽约的年轻移民缺乏技能，只能被迫接受长时间工作，但薪水很低，尤其是女性。在《四百万》和《剪亮的灯》中，有几种女性的基本工作通常工资很低：清洁工、大型商场的销售员、餐馆或酒店的服务员、洗衣店的服务员。从事这几种工作的女性通常周薪最多 8 美元，而且这些工作非常累人。女性进入职场，虽然收入低，但也有好的方面。随着美国现代化的深入，到 1910 年，女性打字员和速记员已经占到职场女性的 7%。1914 年的第一次世界大战再次将美国女性的事业发展推向了一个高峰，不断扩大的战争丧失了大量男性劳动力，从而需要女性劳动力。失业的女性也获得了再就业的机会，虽然她们还不能进入医生、律师和政府官员的职业。

三　小说的心理空间

小说的心理空间是由情感和思维构成的。一般来说，它们不会直接表现出来，而是通过特定的景观、人物和事件表现出来。文学作品有两层情感和思维，即作者的情感思维和人物的情感思维。

1. 爱情

在欧·亨利的短篇小说中，爱情主题占了很大一部分，最著名的故事有：《爱的牺牲》（*A Service of Love*）、《忙碌经纪人的浪漫史》（*The Romance of a Busy Broker*）、《麦琪的礼物》（*The Gift of Magi*）、《带家具出租的房间》（*The Furnished Room*）、《艾克·舍恩斯坦的催情药》（*The Love-Philtre of Ikey Schoenstein*）、《伯爵和婚礼贵宾》（*The Count and the Wedding Guest*）等，这些爱情故事大致可以分为虚假的爱（即对地位或金钱的欲望）和纯粹的爱。

欧·亨利笔下的爱情故事多有提到科尼岛，这个岛位于纽约市布鲁克林区的西南部，是一个集居住、商业和娱乐于一体的社区。据说它是“富人”的理想度假地，这里的“富人”不是真正的有钱人，因为有钱人会选择去欧洲旅行。在《一毛不拔的情人》（*A Lickpenny Lover*）中，18 岁的大商场女售货员梅西总是收集其他女孩的智慧经验。当她听到卡特关于未来婚姻的一系列计划时，她有一种预感，即那个疯狂追求她的年轻人卡特先生，可能是一个假装自己很有钱的骗子，因为她从其他女孩那里听到了类似的故事。卡特告诉她的奇妙旅行计划，实际上与她的预期相悖，如她期待浪漫的威尼斯之旅，结果却是在美国的某条河上划船，她就知道自己没有机会嫁给一个有钱人。结尾时她说，“不是；他才舍不得花那么多钱呢。他提出要我跟他结婚，到科尼岛的海滩上玩一趟就算蜜月旅行呢。”① 故事表达了欧·亨利对这些美丽、肤浅的女孩持同情态度，又有一点淡淡的嘲讽，她们认为自己很聪明，但现实是她们的生活环境限制了她们的视野。

2. 友谊

在《四百万》和《剪亮的灯》中，欧·亨利对友谊的态度是显而易见的。他高度赞扬好朋友之间纯洁、忠诚的关系，认为这可能是人类内心的另一种伟大情感。小说集中有很多关于友谊的著名故事，比如众所周知的

---

① ［美］欧·亨利：《四百万》，刘艳译，远方出版社 2013 年版，第 228 页。

《最后一片叶子》(*The Last Leaf*)。小说的主人公来自不同的地区，在建立友谊时会有一些不同的举动。在故事中，从得克萨斯州来的人们似乎更加直率、勇敢和无拘无束，他们的友谊是建立在一起牧牛、赛马甚至一起抢劫夜车的经历上。在《活期贷款》(*The Current Loan*) 中，朗格利认为他的好朋友汤姆是最值得信任的，所以他借给他 1 万美元，没有任何抵押。汤姆也没有让朗格利失望，他甚至会抢劫一列火车来还给朋友钱。从欧·亨利的小说中可以看到，这些故事中友谊的核心是，支持、自我牺牲和关心，这些品质即使在城市里也似乎没有改变。即使是住在出租房里，这些普通人更加珍惜彼此，尤其是邻居。在《最后一片叶子》中，为了挽救邻家女孩的生存希望，老艺术家在一个寒冷的雨夜把最后一片叶子画在了墙上。他最后死于肺炎，而那个女孩却活了下来。但是，在《二十年后》(*After Twenty Years*) 中，搬到曼哈顿的鲍勃，出卖了他童年时期最好的朋友吉米——一个通缉犯，很难说欧·亨利在这里的态度如何。作者很可能暗示了人们在大城市的生活为复杂的城市礼仪和规则所操纵，从而终止了纯洁的、无条件的友谊。

3. 家庭

在欧·亨利的 300 多个故事中，鲜有关于有孩子的家庭的，大多数是新婚夫妇家庭。在《麦琪的礼物》中，我们可以看到一个体贴、负责任的丈夫和一个深情的妻子。吉姆和黛拉真心相爱，吉姆的手表是他父亲送给他的，他用了很多年，然而出于对黛拉的爱，他还是卖了它，给妻子买礼物，黛拉也一样，用卖掉头发的钱给吉姆买礼物。《钟摆》(*The Pendulum*) 则是一个不同的故事，用独白的方式写成。约翰下班回家后发现他的妻子凯茜不在家，他渐渐沉浸在悲伤中，非常想念她的一切，这是妻子在身边时他从未有过的感觉。当他终于下定决心要放弃晚上和朋友闲逛的坏习惯时，凯茜回到了家，而结局他却说，“我要到麦克洛斯基去，和伙伴们打一两局台球”。如前所述，新兴的娱乐场所点亮了男人和女人的夜生活，“是啊，窗外的城市喧嚷着要它出去跟着莫摩斯跳舞。在麦克洛斯基俱乐部那里，小伙子们懒洋洋地整夜将球击进球袋里”[①]。对于已婚男性来说，辛苦工作一天后，他们不太在乎花时间和妻子在一起，更愿意出去放松一下，《钟摆》是对家庭中男人婚后样子的嘲讽。

《哈莱姆区的悲剧》（*A Harlem Tragedy*）中的故事是一个彻头彻尾的家庭悲剧。哈莱姆区是曼哈顿的一个黑人居住区，住在那里的人大多来自社会地位较低的工人阶级。男性工人常常醉醺醺地回家，温柔顺从的妻子就成了暴力的受害者。令人恐惧的是女人们认为暴力完全可以接受，甚至渴望被丈夫拳脚相加，因为她们认为这是丈夫对她们爱的体现。作者暗讽生活在底层的男性和女性都是受不良教育的受害者，致使他们不能分辨是非。

四　小说的空间叙事

20世纪后期，“空间转向”在文学艺术领域受到高度重视。在这一趋势下，另一种空间批判主义——后现代主义空间叙事发展起来，它关注的是哲学、社会空间而非地理环境。

1. 文本空间

加布里埃尔·佐伦（Gabriel Zoran）创造性地提出了三个层次的空间叙事：第一，地理空间作为一种静态的实体空间，可以是一系列对立的空间概念（如室内外、村落、城市等），也可以是人或物存在的形式空间（如神与人、现实与梦境等）；第二，事件及其运动形成的空间结构也可简单称为“时间与空间”；第三，文本空间，即文本所呈现的空间。佐伦指出，并置的情节、回顾和倒叙以及重复出现的画面打断和破坏了叙事结构的时间顺序，这是一种普遍的文本技巧。[②] 这里讨论欧·亨利小说的文本空间，也主要从并置的情节、回顾和倒叙以及意象的重复几个方面入手。

第一，并置的情节。以《带家具出租的房间》为例，主要情节是一个

① ［美］欧·亨利：《四百万》，刘艳译，远方出版社2013年版，第273页。

② Gabriel Zoran, “Towards a Theory of Space in Narrative”, *Poetics Today*, 5.2（1984）: 309–335.

年轻人寻找他心爱的女孩。女孩梦想成为曼哈顿的一名歌手，但徒劳无获，年轻人也没有找到他的心上人，然后在女孩自杀的同一间房间里，年轻人也自杀了。另一个并置的隐藏情节是女房东珀迪夫人的租赁业务，她对可怜女孩的死亡漠不关心。女孩死后，她立即整理房间，把它转租给下一个不知情的房客。“‘房间嘛’，珀迪太太用舌苔非常腻厚的音调说，‘本来就是为了出租而准备的。我没告诉他，麦库尔太太。’”[①] 这一情节在叙事结构上打破了主要情节的时间顺序，产生了一种共时效应，为故事的叙事空间做出了贡献。

第二，回顾和倒叙。同样在《带家具出租的房间》里，很容易找到回忆的痕迹。男人坐在空荡荡的房间里，想着自己是如何一直在寻找自己的爱人，同时从侧面反映了女孩的工作和生活经历。年轻人在这个房间里探索的物品承载着以前房客留下的动作和情绪的痕迹，就像密码一样，这些符号变得显著起来，这些细小的痕迹在行文中逐渐变得有意义。梳妆台前面地毯的破洞之处似乎在诉说男人的心上人曾经在那里来回走动过；墙上被溅出的污迹，像一颗爆炸的炸弹的影子，可以看出掷出的玻璃杯或瓶子和里面的东西一起在墙上裂成碎片，等等。这种倒叙式的叙事手法破坏了时间的顺序，形成了一种空间结构。与此同时，这样的手法补充了主要情节，表明追求梦想成为歌手或演员的年轻女孩往往会涌向纽约等大城市寻找更好的机会。

第三，意象的重复。在《带家具出租的房间》里，有几个画面反复出现，比如昏暗的灯光、潮湿的空气和木犀草的气味。故事开始，当年轻人被介绍到房间的时候，不知从何而来的微弱灯光冲淡了阴暗的大厅；当他去女管家的房间询问前房客的情况时，房间里也有一盏昏暗的灯；当他最终屈服于命运时，他选择了煤油灯来结束自己。所有这些光线创造了一个心理空间：第一束光线表明年轻人进入了希望的空间，第二种光线代表了精神世界的崩溃，而最后一种则摧毁了一切。潮湿的空气是这座房子的另一个显著特

① ［美］欧·亨利：《四百万》，刘艳译，远方出版社 2013 年版，第 214 页。

征。除了这个男人租的房间，整栋楼都因为环境太差而遭到谴责，这一点把它和浮华耀眼的曼哈顿区分开了，这里弥漫着污浊潮湿的空气，暗示男人和心上人被困在里面，没有机会逃出去，悲剧的种子从一开始就埋下了。第三个重要的意象是木犀草的气味，这是一种香味浓郁的草本植物。正是这种药草将这对恋人联系在一起，打破了生与死的空间，为他和她创造了一个专属的空间。“浓郁的气味紧跟着他，包围着他，他伸出双臂去抓它，他所有的感官都混淆了。”①

2. 社会空间

列斐伏尔在《空间的生产》中提出了“社会空间”的概念②，他将空间区域划分为物理空间、心理空间、社会空间，并进一步划分为空间实践、表征空间等。在这一节中，笔者旨在分析空间实践和表征空间理论视角下的《学校呀学校》。

第一，空间实践。空间实践，换句话说，就是人们日常生活发生的空间。欧·亨利的短篇小说基本上以充满激情的曼哈顿为背景，小说人物的生活也依赖于拥挤、混乱的曼哈顿。故事《学校呀学校》的舞台主要设置在三个地方：火车站、老杰罗姆豪宅的休息室、西里尔·斯科特的绘画工作室。老杰罗姆是个相当有钱的经纪人，但他没有自己的孩子，斯科特是他的养子，也是个很有前途的画家，经常待在画室里。另一位家庭成员是老杰罗姆妻子的侄女芭芭拉·罗斯，一个真正的纽约女孩，大部分时间待在豪宅的休息室里。她受过良好的教育，举止优雅，就像其他曼哈顿的富家女孩一样。一天，老杰罗姆收到哥哥的一封信，请求他照顾自己的女儿——老杰罗姆的侄女，内瓦达，一个真正的西部女孩。内瓦达来到老杰罗姆家，相当于进入一个不属于自己的空间，所以产生各种不适和困顿。

第二，表征空间。表征的空间关系到意象和想象，而意象和想象又与艺术家和作家相联系。一方面，汽车、火车等现代交通手段的迅猛发展，带来

---

① ［美］欧·亨利：《四百万》，刘艳译，远方出版社 2013 年版，第 212 页。

② Henri Lefebvre，*The Production of Space*，New Jersey：Blackwell Publishing，2011，p. 85.

人口的快速流动，城市人口激增；另一方面，同质化的城市生活和共同面临的困境激发了大众的乡土意识和怀旧情结。物质生活的依赖和主观情绪上的抗拒，以及人群中的孤独感，自身的身份意识，等等，形成了非常复杂的现代都市体验。因此，这一时期的城市小说和地方小说并存，作家们从不同的面向描写现代性的冲击和城市化带来的体验，都是以地域为中心与世界的交流，形成不同立场的文学世界主义。从地理空间上看，美国20世纪早期的文学打破和超越了乡村与城市、本土与外界、地方和全球之间的二元对立话语，大量的作家逐渐在世界文坛上占据了一流的位置，这也被虞建华等学者称为“美国文学的第二次繁荣”①。火车站是连接繁华的曼哈顿和自由、狂野的西部的过渡地带，在这个半封闭的空间里，女孩内瓦达立刻赢得了老杰罗姆的青睐，因为她带来了一股来自西部的自由、不羁的风。豪宅休息室曾经是芭芭拉喜欢的地方，在这里展示了她的身份和社会地位，她不仅是一个非常漂亮的城市女孩，而且聪明，受过良好的教育。现在，由于这个“天真、晒黑的丑女孩”的入侵，这里成了她的无烟战场。内瓦达实际上是个文盲，尽管如此，当她待在书房里的时候，她并不觉得自己格格不入，因为那里有更明亮的灯光，她天真地为进入这个空间而奋斗。斯科特的工作室代表了他的私人空间，如果两个女孩中有一个单独来看他，这里就是一个亲密的地方。被芭芭拉的恶作剧愚弄后，内瓦达在午夜独自来到斯科特的工作室，打破了芭芭拉、斯科特和她自己的空间。欧·亨利批判了像芭芭拉这样的城市女孩，即使她们受过良好的教育，但以一种居高临下的态度对待别人，她们也永远不会成功，因为她们缺乏一颗善良的心。

任何地方都是不封闭的空间，而是开放和动态流动的。由于人口迁徙、货品流动、思想传播，都可能造成一个空间的不断演化，而社会关系又使这个地方拥有了独特性。

在欧·亨利笔下的时代，刚好是美国城市化进程加快的时代，大批人口

① 参见虞建华等《美国文学的第二次繁荣》，上海外语教育出版社2003年版。

向人口密集的核心区域移动，形成超大型的城市，城市数量的增加和规模的扩大，形成自己的生活方式、组织样态和价值体系。城市作为一个地理空间对于普通的民众意味着什么？德国城市研究学者齐美尔认为，现代城市让人变得冷漠、精于算计，人际关系肤浅，生活方式瞬息万变；芝加哥学派的路易斯·沃斯认为，城市的生活节奏快，人与人的关系浅尝辄止，但是同时也催成了各种新型的社会组织和商业团体；新马克思主义城市研究学者则认为，正是资本主义的贫富差距造成了城市化的负面后果。在21世纪生活的我们，实际上既感受到城市给大家生活带来的便利红利，也在城市中承担着各类竞争带来的压力。一方面生活便利，效率提高，另一方面交通拥挤、环境恶化，人口密集带来空间紧张，因此社会空间的扩张和挤压带来心理空间的杂乱感，城市中人的生活方式、审美趣味、思想观念等发生巨大变迁。“现代化的历史进程更像是一个极具地理色彩的故事。”①

时空关系的极速重组关系到社会生活方方面面，城市中发达空间与落后空间之间的差距巨大，因此在城市化的进程中，尤其是在城市化的初期，城市聚集了大量的人群，不仅没能消除空间的区隔，反而加强了这种隔离。

五　地理空间的构建及其意义

曼哈顿作为一个大城市空间，对人物的塑造有着特殊的影响。密集的人口、摩天大楼和流行的消费文化对人物有同化作用。然而，城市的分裂、严格的社会阶层和自然环境的变化对人物也产生了异化效应。这两个方面在《四百万》和《剪亮的灯》中都有体现。

第一，对人物的同化作用。城市空间的自然属性之一是其密集的物理空间，曼哈顿体现得尤为彻底。19世纪末20世纪初，快速的现代化发展使城市成为经济、政治和文化的中心。为了寻找更好的工作机会，许多移民从乡下或从西部各州那样荒凉的地方涌入纽约和芝加哥这样的大城市。小说中的

① 陆扬：《空间和地方的后现代维度》，《学术研究》2009年第3期。

故事都生动地描绘了曼哈顿，奢华的百老汇街，那里有许多剧院、珠宝店、服装店、令人眼花缭乱的餐厅和其他娱乐场所。街道和林荫大道已经成为一个所有社会阶层都模糊的地方，来自不同背景和社会地位的人，真正的纽约人，移民农民，工人或商人，男人和女人，富人和穷人在街上共存。此时此刻，他们就属于曼哈顿，他们有着共同的情感，同时也抛弃了过去的身份。在《一个纽约人的成长》（*The Making of A New Yorker*）中，流浪汉拉格斯初到曼哈顿时，对列举曼哈顿各个阴暗的方面都显得漠不关心："对拉格斯来说，居住的城市只不过是一堆砖头和灰泥，住着一定数量的居民。"然而，当他在百老汇大街上被陌生人从一场轻微的事故中救出来时，他立刻转变了态度，老太太、医生、"当时成百上千的人关心地围在他身边"①，他终于有了自己属于纽约曼哈顿的感觉。

第二，对人物的异化效应。在现实中，同化效应之下是广大的异化效应。工业时代的城市发生了巨大的变化，城市是强者的天堂，弱者的地狱，各个区域都被人为地划分成不同的功能区，拥有无形的围墙。这些"墙"根据不同的社会地位把他们分开，让小说人物怀疑自己的身份。

欧内斯特·伯吉斯（Ernest Burgess）的同心圆模型（如图3所示）表明了一个城市的发展模式。他认为，城市像同心圆一样一圈一圈地生长，处于中心的是商业区，向外依次是工厂区、条件差的贫民窟和工人阶级区域，

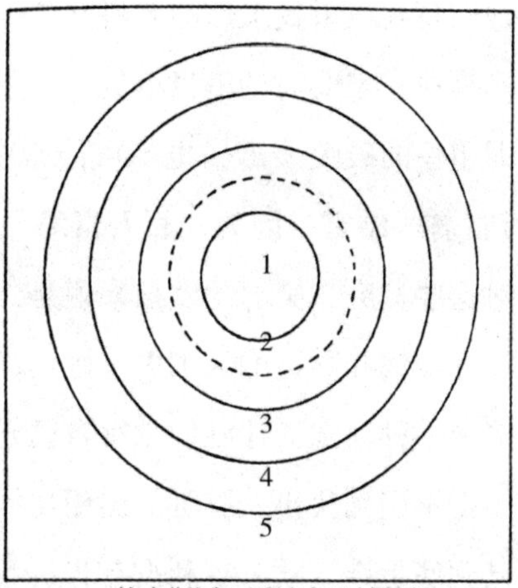

伯吉斯同心圆城市地域结构
1-中央商业事务区；2-海外移民和平民居住带；
3-低收入工人居住带；4-中产阶级居住带；5-通勤区

图3　同心圆模型

① O. Henry, *The Trimmed Lamp*, Boston: Createspace Independent Pub., 2017, p. 185.

再向外是高级的公寓住宅区，最外圈是郊区通勤上班者的区域。伯吉斯说，城市圈决定一块地的使用方式。[①] 城市中央商务区位于中心，聚集了富人，就像《财神与爱神》里前肥皂大王的豪宅位于第五大道，曼哈顿的中央。圈的外层是内郊，点缀着工人阶级的房屋和公寓，欧·亨利的短篇小说中大部分人物住在那里，因为租金便宜，而且节省了通勤时间，就像那个住在天窗房间里的年轻女孩和住在带家具的糟糕房间里的年轻人一样。最后是以住宅区域闻名的远郊，那里有更好的生活质量，特别是对于那些能负担得起高通勤成本的人，就像《学校呀学校》中的老杰罗姆，生活在上东区，城市用地趋势是富人向远郊迁移，而弱势群体则留在衰败的中心城市，如今，曼哈顿的许多贫民区都非常靠近繁华的中央商务区，这种鲜明的对比使人产生一种强烈的疏离感。

第三，曼哈顿空间与人物身份的关系。小说中人物的身份感与他们工作或生活的空间紧密相连。在《剪亮的灯》中，露和南斯是众多移民中的两位，她们是到城里找工作的乡村女孩，露在一家洗衣店做计件熨衣工，南斯的工作是在一家大商场里当柜员。由于她们的工资很少，她们居住的物理空间，即租住的破败公寓，也不可能很快改变。她们“真正的职业”是找到“百万富翁”结婚，因为“百万富翁”能够提供进入上层社会的门票。购物中心对这些贫穷、美丽的女孩来说是一个陷阱，在这些豪华的商场里，女孩们沉浸在金钱和财富的氛围中，她们面前精美的商品和与大客户的互动，可能会造成一种错觉，让她们觉得自己是其中的一部分。然而事实是，她们下班后不得不回到狭小、肮脏的出租房间，这又让她们摆脱了幻觉，并一直探寻自己到底是谁。欧·亨利没有告诉我们露最终是如何嫁入富裕阶层的。我们所知道的是，当她回来找南斯，听说南斯要嫁给丹——露的前情人时，她突然大哭。也许露在她的婚姻中从来没有真正快乐过，她可能永远也无法真正融入上流社会。

---

① Robert Ezra Park，E. W. Burgess & R. J. Sampson，*The City*，Chicago：The University of Chicago Press，2019，p. 26.

一个地方，尤其是现代化大都市，不仅是人的体验和理解的空间，也是一个富有意义的社会建构，它汇聚了各种社会关系，既割裂了个体之于原住地的生活环境，又逐渐建立个体对它的经济依靠和文化依恋，至于建立亲密持久的关系、个人的身份认同感和社区归属感，这是直到今天城市管理者仍在努力的方面。由此可见，一个地方的含义是多维的，“它不仅是物质的，还是心理的、社会的、政治的和形而上的”①，地方实际上是“地方”和“地方感”的结合。② 但是在列斐伏尔和索亚那里很少提及“地方”一词，因为他们认为“地方”的含义已经被“空间”一词有效地覆盖了。③

美国作为现代化国家崛起的过程也是一个城市化的过程，地理空间的变迁是她的基本特征，地理空间不仅涉及地域的变化，还关乎人们感知空间、认知世界的变化，这在文学作品中也深刻地反映出来。20 世纪 20 年代，一战后的美国已成为当之无愧的世界第一经济强国，美国已经由以乡村为主的国家变成一个以城市为主的国家，城市化、现代化进程中的地理空间表征在文学作品中也建构了出来。刘英认为，“美国文学不仅再现美国现代化进程中地理和空间变化，而且也参与了美国现代性地理和空间的建构。可以说，美国文学既是美国现代化进程中空间变迁的见证者，也是现代化进程中空间变迁的生产者”。④ 在城市小说研究中具体的城市景观（如城市地标、摩天大厦）和现代化交通技术（如火车和汽车）造成地理空间体验的剧烈变化。城市化中地理空间的变迁如何影响人们的感官体验和审美经验的表达，宏观的地理空间变化是怎样通过日常生活的地理空间体验表达出来，并且引起了人们对于地理空间怎样的认知方式调适和心理与情感的调适？如果我们可以以身体的流动感，空间的扩张感，不同空间的异质感，空间的脱节感等等来

① 刘英：《书写现代性：美国文学中的地理与空间》，商务印书馆 2017 年版，第 16 页。

② 段义孚将“地方感”称为“恋地情结”（topophilia），参见［美］段义孚《恋地情结》，志丞、刘苏译，商务印书馆 2018 年版。

③ Edward W. Soja, *Third Space: Journeys to Los Angeles and Other Real-and-Imaginged Places*, Hoboken, New Jersey: Blackwell Publishers, 1996, p. 40.

④ 刘英：《书写现代性：美国文学中的地理与空间》，商务印书馆 2017 年版，第 2 页。

画出一幅地理空间的认知地图的话，我们从中可以看出，一个个鲜活的个体在空间的实际定位，超越了他们对于不断变化的城市化空间的自我测绘和感知的能力，这种身体与环境之间的脱节营造了小说叙事的基本矛盾，这正是詹姆逊所说的“空间脱节感”①。

另外，文学不仅反映了当时的地理空间认知状态，也积极参与到新的地理空间建构中，这体现在欧·亨利的小说不仅在新的地理空间变化中吸收到创作的灵感和素材的来源，也反过来批判在变化的地理空间中的制度因素，同情在新旧空间交替中的受苦受难者。新空间的出现在有的作者笔下展现为抵抗性的笔触，在有的作者笔下呈现出怀旧的情愫，也有的作者展开乌托邦式的畅想，有憧憬也有畏惧，这些常人难以言表的矛盾在文学中被敏锐地捕捉并表达出来，文学对于地理空间变化的面对、思考和回应正是其时代性的体现。

---

① Fredric Jameson，*Postmodernism*，*or*，*the Cultural Logic of Late Capitalism*，Durham，N. C.：Duke University Press，1991，p. 44.

论《金山》中的地理空间与身份焦虑

曾小月　郁叶梅　唐　园*

引　言

作为一位华人作家，张翎热切关注华人在海外的生活状况以及身份问题。这不仅是作家的一个书写焦点，同时也是张翎作为华人一分子对于华人的关怀。关于《金山》这部小说创作的缘起，张翎在序中作了解答。最初的创作灵感萌芽于1986年，在去卡尔加里城外赏秋的路途中偶然发现了埋在野草中的墓碑，张翎从模糊的字迹和残缺的照片中推测出埋葬在此的人是"被近代史教科书称为先侨、猪仔华工或苦力的那群人"。[①] 创作一部关于金山客的小说的念头在张翎心中燃起了一点火花，却还缺少足够的燃料让它绽放。直到2003年夏天，张翎去到广东开平——著名的侨乡，她又有了新的发现：开平特色建筑群——碉楼，褪色的旧衣，挂了丝的袜子……带着灵魂的追问，张翎通过实地考察、查阅丰富的文献资料，打下了坚实的创作基础，最终完成了《金山》这部40多万字的作品。她希望："那些长眠在洛基山下的孤独灵魂，已经搭乘着我的笔生出的长风，完成了一趟回乡的

---

* 曾小月，汕头大学文学院副教授；郁叶梅、唐园，汕头大学文学院硕士研究生。

① 张翎：《金山》，北京十月文艺出版社2009年版，第1页。

旅途——尽管是在一个世纪之后。”①

《金山》是一部宏大的长篇小说，围绕广东开平一个方姓家族的历史故事展开叙述，以跨越时间和空间的形式将整个故事容纳起来，内容丰富，涵盖了中国近现代历史以及海外华人移民史。小说故事的发生、开展于广东开平以及加拿大两地，作者对两地的地理空间有相当多的笔墨叙述，这是由于地理空间作为人物存在的背景空间，不仅是人物物理活动的空间，而且通过地域差异构建了人物身份。本文旨在运用文本细读的方法，对比分析《金山》中关于广东开平与加拿大的自然地理与人文风俗的描述，结合文学地理学研究方法，深入探讨小说人物在两种不同文化地理空间中的身份问题。

一 《金山》的地理空间意象

邹建军教授在《文学地理学批评的十个关键词》中指出，“文学地理学主要研究地理与文学的关系问题，涉及空间的研究，则主要是关注作家在文学中所描写的地理空间与所建构的地理空间问题”。② 借助“开平”“金山”两个地理空间，探究原乡与异乡的象征意义，是可以为我们加深理解《金山》的思想意蕴提供契机的。

从自然地理空间视角出发，可以看到《金山》描绘了广东开平和加拿大金山两个地区独具一格的自然地理风貌。

广东开平是方家祖籍所在地，更具体一点是在自勉村，“自勉村村头有一条小河，村尾是一片矮坡，中间是一片低洼之地”。③ 以耕种为生的村民，依赖雨水、河流的灌溉。风调雨顺之时，农产足以糊口；若遇旱涝之年，民不聊生。张翎是钟爱“水”的，她故乡温州的那条藻溪流淌在她多部文学作品中——《邮购新娘》、《雁过藻溪》、《羊》……在《金山》中，

① 张翎：《金山》，北京十月文艺出版社2009年版，第6页。

② 邹建军、周亚芬：《文学地理学批评的十个关键词》，《安徽大学学报》（哲学社会科学版）2010年第2期。

③ 张翎：《金山》，北京十月文艺出版社2009年版，第13页。

那条河流变身成为自勉村的“无名河”。“水”是中国文学传统中一直被关注的意象，或是吟咏“君不见黄河之水天上来”直接展现自然山川之壮美，或是宣扬“上善若水”以言说道义，或是将河流比拟母亲以抒感恩之情……于此处，自勉村的无名河是养育村民的“母亲河”。它柔美、安静地流淌，又始终如一地哺育人类。自勉村的村民用它来灌溉土地，用来淘衣洗裤，同时，它还是一个乐园——“夏天全村的孩子都在河里游水。”① 河流与人类在这种社会生活的连接基础之上，继而形成了一种精神上的联系——无名河成了故乡的代名词。无疑，无名河地理位置的所在，即涵括了方家所在地。加拿大移民局拷问锦山的身份时，把无名河的相关信息也纳入其中。“你家住的村子里有河吗?”“河叫什么名字?”“从河里走上来往你家走，中间要经过谁的家?”② 沿着这个追问，锦山回答的路线目标逐渐指向方家碉楼。方家的金山客都沿着这条路线踏出又踏入，无名河成了方家历史的见证者。

关于金山的自然地理空间，张翎主要聚焦于金山客对于异乡的疏离感，描绘出了一幅寒冷、坚硬的冷色调画卷。风，这种无差别的自然现象，在作家笔下似乎也带上了国别差异，给人物不一样的体验感。阿法刚到金山时，便感受到风的不同。“心想这真是到金山了。家那边的风不是这样的。家那边的风是圆软的一团，擦着碰着了，都留不下痕迹。金山的风长着边长着角，刮着了，不小心就蹭掉一层皮。”③ 从本质上来说，这里所描写的风的意象，透露出阿法对异国的“冷”的陌生感，又包含对故乡的“暖”的依恋。在《金山》中，张翎对两地的自然地理风貌做了截然不同的选择性描绘。开平自勉村的夜晚极具平淡美的意味——夜风轻拂，蛙在池塘呱呱，宿鸟惊飞于眼前，云淡天蓝，星星入炬。而金山的四月天，“树上的雪还没来

---

① 张翎:《金山》，北京十月文艺出版社 2009 年版，第 189 页。
② 张翎:《金山》，北京十月文艺出版社 2009 年版，第 189 页。
③ 张翎:《金山》，北京十月文艺出版社 2009 年版，第 36 页。

得及化完，又结成了冰凌，枝桠在风中舞动，发出沉重的撞击声”。[①] 这种冰冷色调似乎是对自然环境的描绘，实则暗示了华工在外的生存困境——其一是修建铁路的自然环境恶劣，其二是异国人对华人身份的态度冷漠。

开平方家的碉楼是方得法从金山寄钱回来给盖上的，取名“得贤居”，“得”取自方得法，“贤”来源于关淑贤，这种取名方式在1913年的广东是非常前卫的。这座碉楼在当时独树一帜，其设计目的，第一是为了防贼，第二是为了防水淤积。碉楼一共五层楼，“顶楼的阳台用来搁置枪支武器，下面的五层都是住宅。天井设在中间，围着天井四个方向都有房间，是一模一样的布局：两个过道，两间卧室，一间储藏室”。[②] 整齐对称的布局象征一种严肃的传统秩序。碉楼里的住屋分配也是依照一定准则分配。最底下一层是用人所住，第二层是麦氏和六指所居，佛像和祖宗灵位也就近摆放在这层，其他三层各自住着方家族人。男性在家庭中的缺席，使得女性占据了家庭（碉楼）文化地理空间，但隐形的男权主义仍旧笼罩着碉楼。麦氏是中国传统女性的代表，在方元昌去世之后，成为方家的权威，掌管家庭的大小事务。这种掌权直到麦氏死后，自然而然地移交给了六指。女性这种“主人”身份限制在碉楼这个文化圈中，一旦离开碉楼，其身份将无法建构。因此，碉楼在居所本义之上，更是女性身份构建的空间。

金山的文化地理空间以唐人街为代表，唐人街是华人聚居区，是原乡人在异乡的家园。唐人街所在的地势和自勉村意外的相似，都是处在低洼地。似乎唐人街成了金山的“自勉村”。在淘金热的浪潮下，一波又一波的华人奔赴海外。然而外国的生存环境并不是想象中那么简单。生活居所简陋，“泥路的两旁密密麻麻地盖了屋，都是薄板钉的，大多是平房，也偶有两层的，不管是高的还是矮的，看上去都像工棚，墙上的木板和木板之间裂着大大小小的缝”。[③] 稍微拿得出手的房子都不是给活人住的，菲士街的平房是

---

① 张翎：《金山》，北京十月文艺出版社2009年版，第54页。
② 张翎：《金山》，北京十月文艺出版社2009年版，第76页。
③ 张翎：《金山》，北京十月文艺出版社2009年版，第42页。

用来祭拜的谭公庙，士多街的扁楼房是存放金山客骨灰的“停尸房”。祭拜鬼神是中国传统祭祀礼仪之一，通过举行一系列的祭拜仪式、庆祝活动，表达对神的虔诚信仰，寄托对未来生活的希望。谭公庙从广东移植到加拿大唐人街，表现出金山客对传统信仰的坚持，同时这也是金山客维系华人身份的一个途径。“停尸房”只不过是死去的华人的寄居点，他们最终的归宿还是那个养育他的原乡。

与原乡联结的基因流淌在华人的血液里，永远无法割裂，落叶归根成为金山客最大的期望。“自我与他者”的身份需要对照才能够进行定义、区别，原乡与异乡同样需要互相作为参照，以确定自己的特性。张翎利用“唐人街”这一最具代表性的地点作为观察口，从街道上房子的外形到“居住者”，展现金山客的生存环境，与异乡格格不入的祭祀传统、鬼神信仰，既区别了自我与他者的身份，也加强了对自我身份的肯定。

二 《金山》的地理空间与身份焦虑

空间是个体存在之基本，空间与个体身份紧密相连。在对个体进行文本叙事时，时间与空间同时展开。“时间在这里浓缩、凝聚，变成艺术上可见的东西；空间则趋向紧张，被卷入时间、情节、历史的运动之中。时间的标志要展现在空间里，而空间则要通过时间来理解和衡量。”①《金山》这部小说便是在时间与空间的交织中展开叙述的，而这种叙事手法顺理成章地将空间与个体身份问题联结。地理空间给个体提供基本立足点，使个体确定身份之源；反之，个体对空间的塑造，赋予空间更复杂的文化意义。

《金山》的空间书写呈现出来的既有身份认同的焦虑，也有身份重构的焦虑。认同问题是一种主体自我意识问题，认同感的产生是主体意识的觉醒，“是主体在特定社会—文化关系中的一种关系定位和自我确认，一种有

① ［俄］巴赫金：《巴赫金全集》（第三卷），白春仁、晓河译，河北教育出版社 1998 年版，第 275 页。

关自我主体性的建构与追问。”① 认同焦虑的出现，是主体意识面临缺失或已然缺失的结果。伴随认同焦虑而生的是重构身份的焦虑，主体亟须为自己寻求一种新的身份或改变原有的身份形象以重新获得认同感。

留在开平的女性，不管是麦氏还是六指，都面临着女性身份认同的焦虑。“‘碉楼’无论是地理空间还是文化空间都被方家女性所充斥，形成了独立存在的‘女儿国’，但这是一个处于东方传统文化下的女性世界。”② 碉楼是开平最独特的建筑，其封闭性的建筑风格，是一个家庭传统的体现，也是控制女性的象征物。以麦氏、六指为代表的中国传统女性，一生都被困在碉楼这个封闭的空间里，她们的一个身份是被困者，另一个是传统的掌权人。一旦脱离碉楼，她们便将灌入新的身份信息。而空间的定型使她们难以摆脱现有身份。在进入碉楼之前，六指是一个独立的女性，身上充满斗争精神，不惜以自己的生命抗争命运，最终嫁给方得法。然而进入碉楼之后，她女性身份的独立性削弱了。她拥有了部分掌控家庭事务的权力，却无法掌控自己的人生。六指最初期待逃离碉楼，等待方得法买一张船票共同去金山生活，在麦氏的压力逼迫下，逐渐打消了这个念头。走上了和传统“留守”妇女同样的道路，即管理家庭事务，养育儿女，等待丈夫归来。媳妇、妻子、母亲——这三个社会给予的身份——将她牢牢地关在碉楼里，六指的金山梦被抛弃在碉楼外。六指无法走出象征传统伦理规范和秩序的碉楼，因此，她女性身份的个体性无法实现。

“相对于‘碉楼’静止与留守的状态，‘金山’则处于文化主体流动的状态，而‘金山’的文化场域与闯入者之间存在着文化隔阂，即文化身份的定位问题。”③ 金山客在淘金浪潮下背井离乡，从开平小村去往加拿大金山，继而又参与修建铁路工程，他们被形容为“猪仔”，因肮脏的外表遭人

---

① 周宪：《文学与认同》，《文学评论》2006 年第 6 期。

② 徐榛：《“金山”与“碉楼”的文化想象——论张翎〈金山〉中族裔文学书写的两种面向》，《世界华文文学论坛》2018 年第 3 期。

③ 徐榛：《“金山”与“碉楼”的文化想象——论张翎〈金山〉中族裔文学书写的两种面向》，《世界华文文学论坛》2018 年第 3 期。

厌恶，干的却是最辛苦、危险的工作。他们处在原乡的外围，异乡圈的边缘。“不但美国式的‘光荣与梦想’永远不可能属于他们，即便是在母语世界里，他们也基本上与历史无关。”①

在方家第三代方延龄及其女儿身上，体现更多的是渴望重构身份的焦虑。方延龄出生、成长于金山，对于华裔身份的焦虑在她身上体现得尤为明显。她试图重构身份的方式主要有两种：一是与白人男子交往；二是试图让女儿成为白人社会的上等人。在和庄尼寻找住处时，遭遇许多拒绝。“这个世界没有一方空间，会留给一对没有婚约的男女，和一个中国人的。”② 这个土地连生存空间都不提供给中国人，华裔该何去何从？方延龄离家出走，投奔白人男子的怀抱，象征着她对自己华裔身份的厌弃，渴望获取白人身份得到社会认同感。她也将这种身份焦虑传达给了女儿艾米，教导艾米人前人后都要讲究礼貌，阻止艾米了解家族历史，致力于将艾米打造为一个上等社会的白人。在中西两种文化的冲突下，方延龄为摆脱这种身份焦虑，选择放弃原乡身份，以求在异国生存。而艾米恰恰相反，在西方文化熏陶之下生长，却选择了接受中国文化，通过了解方家家族历史，承认自己身体里拥有中国基因，接受了自己的华裔身份。

张翎以“移民个体、家庭日常生活的‘小历史’去楔缝对接社会变迁、时代风潮的‘大历史’”，③ 又借助描摹个体在不同地理空间的生活状态去展示个体的身份焦虑问题，这是张翎对个体、对华人命运的关注，也是她对移民如何跨越原乡、异乡两个国度边界的探讨。

三　地理空间与身份焦虑书写之因

根据阿兰·德波顿的界定，身份的焦虑“是一种担忧”，“担忧我们处

---

① 陈福民：《向无名者敞开的历史书写——关于张翎的〈金山〉及海外华文文学写作》，《南方文坛》2010 年第 2 期。

② 张翎：《金山》，北京十月文艺出版社 2009 年版，第 375 页。

③ 高侠：《文化交错时空中的“族性栽植”——论张翎小说的历史叙事》，《世界华文文学论坛》2015 年第 3 期。

在无法与社会设定的成功典范保持一致的危险中，从而被夺去尊严和尊重，这种担忧的破坏力足以摧毁我们生活的松紧度；以及担忧我们当下所处的社会等级过于平庸，或者会堕至更低的等级”。[①] 简单而言，就是我们所处的环境，当下拥有的身份，与社会公认的“成功典范”相差甚远，因而就会产生“焦虑感”。我们常常担忧当下所处的社会环境，拥有的社会身份，是否能够获得别人的尊重。要言之，就个体上而言，身份焦虑产生之源有二：一为自我意识的缺失；二为缺乏来自他者的认同。

首先，空间有意识地建构了主体特性，在此建构过程中，空间让主体产生焦虑感。通常而言，空间容易对主体形成压迫感。从大空间上看，譬如在当下的城市空间，人口暴增，土地资源不足，人无法获取满意的住宅空间，无法为自己寻求足够的生存空间，因而较易产生焦虑感。在方家的传统观念里，土地是最为重要的保障，所以每当方得法从海外寄回银票，母亲都要强调要买地。哪怕六指和锦河被山匪掳去，需要卖地筹钱赎人，她竟心疼卖掉的土地和花去的钱财。在中国传统安土重迁的观念中，占有土地，比任何其他事情都重要。反过来说，是因为他们能从土地空间的占有中获得安全感和身份优越感，拥有更多的土地，就意味着这个家族更有财富，而财富可以决定一个家族的社会地位。

其次，与自我意识被切断相对应的，是外界认同的缺失。如果说，留在开平乡下的六指是由外而内的认同被禁锢，那么去往金山的方得法父子是由内而外的不被认同。“金山”是华人对温哥华的称呼，广义上可以用来代指整个加拿大，它不仅是一个地理位置，更是一个被表征的空间，并且蕴含丰富的意义。方得法的洗衣房开在唐人街上，起名“竹喧洗衣行”，店外挂着宫灯，店内贴着字画，景观空间狭小，但是布置都是他理想中的样子，符合了他寻求故土与传统中国特色的心理愿景。然而这样的装饰与加拿大的文化环境是相差甚远的，在异质空间文化的包围下，反而显得孤立无援，

① ［英］阿兰·德波顿：《身份的焦虑》序言，陈广兴、南治国译，上海译文出版社 2007 年版，第 6 页。

这间小小的洗衣房并不完全属于方得法，在洗衣房遭遇劫难时，他甚至不能出来阻挡。可是，作为“金山伯”，每次他们回乡，都是一场盛大的狂欢，他们带回去的新鲜事物和钱财，令他们得到了同乡人的尊重和羡慕。然而，在异国他乡的加拿大，他们也只是社会的底层人之一。这种落差感，让他们陷入自我矛盾和怀疑，在两个迥异的社会空间中，他们的身份形成了两个极端。

作为一个“外来者”，华人在金山并不能得到认同，不管是社会身份，还是文化认同上。可他们必须在此环境中生存下去，就要不停地挣钱，争取在财富上不输于白人。阿兰·德波顿认为：“在新的社会秩序下，人的社会地位只与每一代人的自身成就相关，特别是他们在经济方面的成就。”① 然而事实可能会与之相悖，白人并不买账，无论你做的生意多好，他们都会眼红，想办法来诋毁你，让你破产。华人在异乡抱团生活，其实就是不被认同的结果，白人拒绝他们加入，占用他们的空间和资源。来自种族的歧视，很大程度上表现为“空间的歧视”，这片国土属于白人，不属于华人，所以《排华法案》出来了。法案的实施，无非就是想要将华人以及其他不属于白人的种族，从这片土地上驱逐出去。华人对于身份的焦虑感，促使他们发声，为自己赢得认同，赢取生存的空间。

地理空间作为一种概念化的“容器”，标示着人物的身份、文化、价值观等。而人物的活动场域的变动，势必使其身份也发生变化，这种变化会带来焦虑感。这种焦虑感可以通过书写得以抒发，地理上的错位产生的身份焦虑感，也可以通过地理的书写得到缓解。张翎把这种焦虑感诉诸空间，并不是无意识的，而是有意地安排了人物行动的时间和空间。空间上的跳跃性加上时间上的延续性，使故事呈现出一种完满的姿态，完成了一次宏大的跨时间和地域叙事。

① ［英］阿兰·德波顿：《身份的焦虑》，陈广兴、南治国译，上海译文出版社2007年版，第44页。

结 语

张翎在小说中运用了“过去—现在”“原乡—异乡”的叙事模式，形成了时间与空间上的二元对立。通过分析《金山》中的地理空间，解读张翎对人物身份问题的探讨，由此了解到人物身份跟随空间位移所产生的焦虑感，不仅存在于过去，也存在于当下。因此，对该小说进行跨地域的观照，能帮助我们了解21世纪以来的“留学热”“移民热”等问题，同时也为我们解决当下人的精神困境问题提供一些积极的参考。

“家园—他乡”之间：明清士人西山诗文的心灵镜像*

吴　蔚**

“自然地理空间的文学价值即在于‘发现’，并由此产生‘发现—阐释—再发现—再阐释’的良性循环。”① 明清时期京郊西山是能够映照士人心灵深处，具有特殊意义的文学地理空间。本文讨论的“士人”尤指汉族士人。明清文学史上赫赫有名的士人如李东阳、李梦阳、何景明、文征明、李攀龙、王世贞、唐顺之、钱谦益、吴伟业、施闰章、朱彝尊、王士祯等，均留下了大量题咏西山的诗文作品，凝结成了明清士人的西山情结②。

一　“家园—他乡”之间：西山的人文地理空间

“家园—他乡”是具有本源性意义的一对空间二元结构。但现实中的文

* 基金项目：北京联合大学2020年度校级科研项目“北京著名文学景观研究”阶段性成果，项目编号：SK30202003。

** 吴蔚，文学博士、北京联合大学师范学院副教授。

① 梅新林：《文学地理学原理》，中国社会科学出版社2017年版，第380页。

② 按：这里主要讨论的是近代（1840年）以前的诗文。目前笔者所见明清两代文人所撰写的有关西山的诗歌大约618首。其中明末刘侗、于奕正所著《帝京景物略》卷六西山上、卷七西山下所收诗歌492首，主要包括明代李东阳、李梦阳、何景明、文征明、李攀龙、王世贞、唐顺之、王世懋、袁宏道、袁中道、钟惺、谭元春等220多位诗人的作品。清吴长元《宸垣识略》卷十四载明清西山诗歌72首，主要收录了明代李东阳、姚广孝、陈元龙，清代查慎行、王士祯、宋荦、朱彝尊等人的诗作。另外，笔者还从清代文人别集中搜集到有关西山的诗文34篇。今人张还吾所编《历代咏北京诗词选》也收录明清西山诗歌20余首。

学空间可能并不一定总是处于两极，而是存在两极之间的中性地带。如东晋士族从徐州迁到镇江，后称镇江为“南徐”，以保留对故乡的某种念想；白居易祖籍太原，出生于河南新郑，晚年居洛阳履道坊，早已把洛阳当作自己的归宿。或者说，当家园失落了以后，人们找到了一个“替代空间”，来满足自我的“恋地情结”。西山对于明清京师士人来说就是一种具有地方感的“替代空间”。这源于西山独特的人文地理特征。

首先，西山深林幽翠却毗邻都市。西山幽深林茂，却离皇城之西仅仅30里，北京城就在西山所护卫的京西平原之上。金元时期西山泛指京西山区。明清时期有小西山和大西山之分，大西山即城西部的山，与金元时期概念相同。本文所称的亦是大西山的概念。香山、翠微山、玉泉山、鹫峰、凤凰岭等众多山峰均属于西山。西山的名气却远不如庐山、泰山等诸多著名自然文学景观。相比而言，它的名字非常普通，就像古诗文里诸多的南山、北山、东山一样。“我徂东山，滔滔不归”“陟彼北山，言采其杞”，仿佛都只是一个抽象的符号。然而对于京师士人来说，西山却是可以暂时抖落一身尘滓慰藉心灵的家园。一座不远京师的山林，无论如何也会蒙上权力的色彩；他们即使身在西山，也“帝城看不远，时见五云还”①；常常今天来了，明天又回去，“回首尘沙生客海，明朝车马又长安”②（这里的长安显然用来借指北京）。但这又何妨，“无人遂此辞尘去，一宿禅关也是闲”。③ 能够有一宿的清闲，他们就已经心满意足了。

其次，虽为北方山水却带南方灵秀。西山属于太行山余脉。在人们的印象中，太行山脉具有典型的北方阳刚属性，明代诗人石珝《太行山行》诗曰“太行之山何崔嵬，岩幽谷隐藏风雷”，其雄奇壮伟的形象已深入人心。然而西山却有着南方山林的灵秀之美。试看袁中道《西山十记》（其八）所

---

① （清）于敏中等：《日下旧闻考》，北京古籍出版社1985年版，第1664页。

② （明）方新：《碧云寺》，（明）刘侗、于奕正《帝京景物略》，上海古籍出版社2001年版，第364页。

③ （明）郭正域：《碧云寺》，（明）刘侗、于奕正《帝京景物略》，上海古籍出版社2001年版，第367页。

描绘的西山景象：

于时宿雾既收，初日照林。松柏膏沐之余，杨柳浣澣之后，深翠殷绿，媚红娟美。至于原隰隐畛，草色麦秀，莫不淹润柔滑，细腻莹洁，似蕫簟初展，文锦乍铺矣。[①]

这段文字写雨霁的西山，一切仿佛沐浴之后，是那么的清新、爽洁，松柏也好，杨柳也好，颜色深深浅浅，花儿红得娇媚美丽。就连原野上的草啊麦啊，都是洗刷过的，细腻柔滑，把绿草比作刚刚展开的簟席，突出细腻柔滑，把盛开花朵的草地比作文锦铺地，分明就是一幅优美的江南山水图。明代文徵明用“十里青山行画里，双飞白鸟似江南”的诗句来歌咏西郊山水；清代曹寅曾忘情地写下“雁被西风驱遣，人被西山留恋”的佳句；袁中道《西山十记》（其二）描写“溪壑间民方田作，大田浩浩，小田晶晶，鸟声百啭，杂华在树”，直呼“宛若江南三月时矣”[②]；士人们纷纷感叹“风光绝似吴”[③]，“全画潇湘一幅”[④]“江南只信春能此”[⑤]。可见西山在文人心中的江南印象并非偶然。

再次，佛寺禅境却伴行宫御柳。西山又佛寺众多，“白塔无虑数十”，著名的有卧佛寺、碧云寺、香山寺、潭柘寺、洪光寺等。仅《帝京景物略》就收录了西山八个寺庙的诗文。明清士人来西山半是为了风景，半是为了参禅。一方面，参禅礼佛可以消解乡愁，“愁客乡关意，空禅莫使侵”。[⑥]“烟

---

① （明）孙旭升：《晚明小品名篇译注》，凤凰出版社2012年版，第78页。

② （明）孙旭升：《晚明小品名篇译注》，凤凰出版社2012年版，第72页。

③ （明）姚汝循：《望湖亭》，（明）刘侗、于奕正《帝京景物略》，上海古籍出版社2001年版，第438页。

④ （明）傅淑训：《玉泉山》，（明）刘侗、于奕正《帝京景物略》，上海古籍出版社2001年版，第441页。

⑤ （明）管绍宁：《饭圆静寺》，（明）刘侗、于奕正《帝京景物略》，上海古籍出版社2001年版，第449页。

⑥ （明）王在晋：《夜宿碧云寺》，（明）刘侗、于奕正《帝京景物略》，上海古籍出版社2001年版，第365页。

云消客思，泉石慰禅心。”① 另一方面，是为了从尘俗中暂时抽身，“忘机吾得意，鱼鸟欲惊回”。②“山泉相与古，不去人尘嚣。”③

西山诗文中围绕佛寺常出现种种自然意象，如古柏、残月、夕阳、流泉、林壑、钟声、泉石、暮霭、暝色、云烟、林苑、曲沼、古洞、松杉等，叠加在一起常常构成一种禅境。士人们通过禅境来获得心灵的解脱。清代王士祯《碧云寺》曰：“入寺闻山雨，群峰方夕阳。流泉自成响，林壑坐生凉。竹覆春前雪，花寒劫外香。汤休何处是，空望碧云长。”④ 这首诗颇有空明、得自在的感觉。尤其是颈联是很有审美意味的瞬间画面。“劫外”谓未遭受灾难之天地，犹净土，“劫外香”大概是说非常纯净的香味，这令诗歌带上了浓浓的禅意。

然而西山佛寺之旁却常与行宫别垣相伴。自辽代开始，西山就建有皇家清水院，金代有玉泉山行宫，清代更有香山静宜园。西山也是皇家常常临幸之风景胜地。“白头中官无多事，夕阳相对说承平”⑤，反映了西山这一典型特征。明张治《望湖亭》诗曰：“望湖亭下水如天，曾记宣皇赐幸年。玉辇不来凫雁冷，一湖杨柳锁寒烟。”⑥ 玉辇缺席之下，凫雁、杨柳、寒烟共同构筑了一种寒与冷的心理状态，也是人生失落的写照。钱谦益《西山道中》（其二）“望裹青山开复遮，数峰缺处有人家。沟渠流出垣墙水，篱落飘来禁苑花。夕照对衙宫树直，晚风旁掠酒帘斜。软红尘土原如许，一入东华便可嗟。”⑦ 诗中的夕阳与宫树，青山与行宫垣墙，沟渠与禁苑花形成了鲜明

---

① （明）许国：《游碧云寺》，（明）刘侗、于奕正《帝京景物略》，上海古籍出版社 2001 年版，第 362 页。

② （明）冯惟敏：《碧云寺》，（明）刘侗、于奕正《帝京景物略》，上海古籍出版社 2001 年版，第 363 页。

③ （明）李言恭：《卧佛寺》，（明）刘侗、于奕正《帝京景物略》，上海古籍出版社 2001 年版，第 381 页。

④ （明）周啸天：《元明清名诗鉴赏》，四川人民出版社 2001 年版，第 801 页。

⑤ （明）文征明：《功德寺》，（明）刘侗、于奕正《帝京景物略》，上海古籍出版社 2001 年版，第 424 页。

⑥ （清）吴长元：《宸垣识略》，北京出版社 2018 年版，第 297 页。

⑦ （清）钱谦益著，（清）钱曾笺注，卿朝晖辑校：《牧斋初学集诗注汇校》，上海古籍出版社 2012 年版，第 86 页。

的对照，无不显示出诗人对旧朝覆灭、人生失意的无奈和尴尬。

不即不离的距离使得士人没有不可跨越的障碍，北国中难得的江南风光让人心醉神迷，又使得士人中数量众多的南人更能找到家园的感觉，佛寺的钟声使人心静，而一旁的行宫又时刻提醒自己的身份，提醒自己身在“他乡”。

二 “朝市—山林”之间：西山诗文的心灵空间

京师处于皇权中心，诗文又是正统文学样式，京师士人的诗文创作必然带有雅正之音，而各地士人尤其是南方士人的“国风”则相对更为自由。明末公安派、竟陵派均诞生于南方湖北，即便是文字狱盛行的清代，性灵派袁枚也主要活动于南方。一些地方文学集团一旦转移到京师也变得更为雅正清真符合正统思想。南北文学地理空间有着边缘与中心鲜明的差异性。庙堂文人群体在离开宫廷之后文学创作也会有很大不同。初唐沈佺期、宋之问离开宫廷之后的创作比起应制诗来有更为感动人心的力量。京师西山的文学空间却介于朝市与山林之间，京师士人在这里始终涌动着痛苦与逃离、追寻与屈服的矛盾与挣扎。他们对于生命的感悟和认识，通过西山这一地理空间得到极大的触发和表达。

1. 逃离朝市

在明清京师文人的笔下，西山是士人精神逃离的场所。明代士大夫地位虽高于元代，但“明代政治暴虐，已是一个常识性的话题，且已获得某种象喻资格”①。明初茶陵派领袖李东阳在京为官五十余载，却始终能够保持一个士大夫的操守。《明史·李东阳传》载“是时，帝数召阁臣面议政事。东阳与首辅刘健等竭心献纳，时政阙失必尽言极谏”。② 他在与大宦官刘瑾的政治斗争中始终保持正派而渐被孤立，正德九年（1514）坚决反对武宗调宣府君保卫皇宫，拒不起草诏书，最终借病退休。宦海浮沉中，他曾写下

① 赵园：《明清之际士大夫研究》，北京大学出版社 1999 年版，第 3 页。
② （清）张廷玉：《明史》，中华书局 1996 年版，卷九十三。

《西山》诗曰："日日车尘马足间，梦魂连夜到西山。近郊地在翻成远，出郭身来始是闲。云里荡胸看缥缈，溪边洗耳听潺湲。秋风忽散城头雨，先为游人一解颜。"① 诗人似乎在官场的争斗中倍感身心疲惫，竟在梦中就连夜逃离到了西山，当走出皇城宫墙的那一刻，他感到轻松自在，心胸耳目都得到了洗涤。又有《玉泉道中》"十年几度登临约，未尽平生吏隐情"②，道出了登临西山的初衷，即他与西山曾经订下"盟约"，将西山作为安放"吏隐"情怀的处所，故而西山让他魂牵梦绕。

明清易代，士人更要承受来自皇权和士人双重的压力。"钱谦益以其文人的敏感，也一再提到了弥满着的戾气"，"他说到普遍的'杀气'，说'刀途血路'，说毁灭人性的怨毒和仇恨。他另由一时诗文，读出了那个残酷时代的时代病"。③ 作为降清的士人，钱谦益心中是纠结的。他说："上陵何美得幽期，梦里西山慰我思。"（《西山道中二首》其一④）两句诗歌饱含对生存环境的担忧，对精神自由的渴望。清尤桐《过都城》"沙河门外草萧萧，落日西山影寂寥。空绕紫城寻陌路，祇看白塔起云霄。天边大老施行马，月下孤儿出射雕。三过长安缘底事？使车不为午门朝"。诗人竟三过"长安"（此处亦指京师），空绕紫禁城，远远观看落日西山的寂寥美景，不是为了进午门朝拜天子，而是为了观赏西山的美景，带来审美的愉悦。

西山寄托了一种被压抑的生命意识。明代蒋一葵《长安客话》中说"西山来自太行，连冈叠翠，上干云霄，挹抱回环，争奇献秀。值大雪初晴，凝华积素，若肖琼雕玉，千岩万壑，宛然图画"。⑤ 这其中不无夸张。"仰天大叫想天闻，山只三分兴十分"⑥，可见山色纵然美好，但只是三分，

① （清）吴长元：《宸垣识略》，北京出版社 2018 年版，第 299 页。

② （明）刘侗、于奕正：《帝京景物略》，上海古籍出版社 2001 年版，第 432 页。

③ 赵园：《明清之际士大夫研究》，北京大学出版社 1999 年版，第 4 页。

④ （清）钱谦益著，（清）钱曾笺注，钱仲聊标校：《牧斋初学集》（上），上海古籍出版社 2009 年版，第 64 页。

⑤ （清）于敏中：《日下旧闻考》第 160 卷，北京古籍出版社 1981 年版，第 123 页。

⑥ （明）倪元路：《游香山》，（明）刘侗、于奕正《帝京景物略》，上海古籍出版社 2001 年版，第 350 页。

还有七分发自士人的心灵呼唤。从西山诗文可以看到明清士人对自然生命的强烈渴望和歌颂。西山丰厚的植被给京师干燥的自然气候和政治气候均带来滋润，能慰藉士人干涸的心灵。

2. 难归山林

“唯有终南寂无事，寒光不入帝乡尘。”（唐·高蟾《长安旅怀》）① 青山绿水是痛苦心灵的抚慰品，然而对于身处京师的明清士人来说，梁园虽好终非久留之地。虽然偶也有“南客言归久，郊游坚此心”② 的感叹，但更多是“几欲禅栖淹岁月，终趋尘马入长安”③，或者“浮名前此遁，薄禄竟难辞”④。

袁中道在万历二十六年再次科考落第，写作的《西山十记》把西山描绘得十分美丽动人，充满了生机活力。袁中道中进士为官之后，他又写作了《西山游后记》，世人读后记感觉已经少有之前的性灵色彩，文学成就大为逊色。文中直抒胸臆写道：“久之而复撄世累，未汰染习，岂识及而骨柔软？抑初心易猛，而久长难持欤？今日对此山灵，实有愧焉。”⑤ 他反思自己骨头软，失去初心，愧对山林，人格选择的矛盾与苦痛溢于言表。

因而，较之布衣文人对性灵的自由书写，士人的西山书写更多的是一种戴着镣铐的跳舞，在平静的山光水色的底下涌动的是一颗颗波澜起伏的心。“风尘归骑促，怅怅下蒲团。”⑥“怅怅”二字足以说明内心的不情愿，然不情愿又能奈何，终究是“下”蒲团了，归“风尘”了。“不道宦游茫似海，归玄归释也茫然。”⑦ 心里有一万个想要归去的念头，但是归去哪里，归玄

① 王启兴主编：《校编全唐诗》（下），湖北人民出版社2001年版，第3485页。

② （明）欧大任：《金山寺》，（明）刘侗、于奕正《帝京景物略》，上海古籍出版社2001年版，第437页。

③ （明）方新：《碧云寺》，（明）刘侗、于奕正《帝京景物略》，上海古籍出版社2001年版，第364页。

④ （明）冯惟敏：《香山寺》，（明）刘侗、于奕正《帝京景物略》，上海古籍出版社2001年版，第340页。

⑤ （明）袁中道：《西山游后记》，《珂雪斋集》（中册），上海古籍出版社1989年版，第682页。

⑥ （明）王应麟：《宝珠洞》，（明）刘侗、于奕正《帝京景物略》，上海古籍出版社2001年版，第404页。

⑦ （明）华廷琳：《吕公洞》，（明）刘侗、于奕正《帝京景物略》，上海古籍出版社2001年版，第445页。

归释？终究找不到出路，只有放弃，仍旧归入宦海之中漂泊。“弱冠爱闲今皓首，缁尘依旧冗长安。”① 如此从少年直至白首，也终究没有找到出路，依旧只能在这“缁尘”飞扬的“长安”度尽余生。

清初“江左三大家”之一的龚鼎孳，名列“贰臣传”，严迪昌评其“不大讲操守”，为人“实无本末”②。观其《贺新郎·秋日蒙遣祭至唐家岭因游西山》却可见其内心的凄苦与困顿。其词云：“孤鹤云中卷。喜三回、看山奉敕，九天差遣。何处麒麟高冢客，杜宇梦回啼泫。跳不出、乾坤围茧。岸柳萧疏村菊放，任宦情、也向西风浅。”③ 从标题“蒙遣”、“唐家岭”和第二句“奉敕”可以看出，这是龚鼎孳在京师为官时期的作品。开篇孤鹤的意象似有象征意味，貌似自比。高塚客何其悲凉，杜宇啼泫又何其哀怨，“跳不出、乾坤围茧”似有宿命论，哀叹自身命运不能把握。下片转入“少豪安意功名显”，词意似有转折。后半段写射猎、欢宴，似乎淡漠了愁伤，忘却尘海事，一醉而剪却愁思，最终归于调和。此词可谓明清京师士人心理概貌的写照。而清初吴伟业、钱谦益、龚鼎孳诸人经历鼎革的两截人则更为典型。

相对于边缘地域空间，则中心空间的士人更为保守、因循、板滞。虽然西山的好处就在于可以让士人出入于都市与山林之间。但他们深知“只此畿中壑，何无市上尘”。④ 他们也只能“山林朝市两茫然”⑤ 罢了。

三　“帝乡—家国”之间：明清士人西山诗文的想象空间

“文学空间是指摄取到文学文本之中的想象世界，无论这些想象是基于现实还是超越现实，在作品中都被作为一个独立而自足的存在，成为中国文

① （明）阴公鼐：《游戒台山》，（明）刘侗、于奕正《帝京景物略》，上海古籍出版社 2001 年版，第 452 页。

② 严迪昌：《清诗史》，人民文学出版社 2011 年版，第 339 页。

③ （清）龚鼎孳：《定山堂诗余》卷四，《清代诗文集汇编》编委会编《清代诗文集汇编五一》，上海古籍出版社 2010 年版。

④ （明）王稚登：《弘教寺》，（明）刘侗、于奕正《帝京景物略》，上海古籍出版社 2001 年版，第 394 页。

⑤ （金）周昂：《香山》，（清）孙承泽《天府广记》（下），北京古籍出版社 1962 年版，第 591 页。

学抒写情志、表达理想与寄托愿望的所在。”① 明清士人身处帝乡，浸润于京师文化之中，然常思接千载、视通万里，超越于此一视域之外，表达更具有普遍意义的家国情怀。

1. 帝乡自然景观的家园想象

清吴长元《宸垣识略》载“西山……流泉满道，或注荒池，或伏草径，或散漫尘沙间。春夏之交，晴云碧树，花香鸟声，秋则乱叶飘丹，冬则积雪凝素，信足赏心，而雪景尤奇”。② 这里描述西山四季最具特色的风光，突出了其中三大自然意象。一是泉，尤其是玉泉山泉，早在明代即为燕京八景之一，当时称玉泉垂虹，清代改为玉泉趵突，其意象清新恬淡，又寄托着宏大豁达的思想感情；二是雪，明代“西山霁雪”清代易名为“西山晴雪”景观，与玉泉同列八景之中，“意象朴实纯净，饱含了厚积薄发的磅礴之情”③；三是“秋日胜春朝”的美景，香山静宜园二十八景之中亦有绚秋林一景，乾隆御制诗序中有“绮缬不足拟其丽，巧匠设色不能穷其工”的赞叹。皇家园林景观诸名皆由帝王钦定，亦有特定内涵，寄托着官方正统思想。而众多明清士人笔下的三大自然意象内涵却与之大相径庭。

如西山的泉水，钱谦益诗曰：“泉石雨枯惟有骨，莺花春老尚无姿。归鸦禁钥愁偏急，羸马斜阳喜并迟。”［《西山道中二首》（其一）］④ 枯泉有骨，春老无姿，无疑是借景生情，是诗人心境的写照。王崇简《碧云寺》“峭壁突来泉沸沸，乱山深处叶纷纷”。⑤ 沸沸、纷纷，重叠之音，绘声绘色，泉声突起，乱叶飘翻，扰人心绪，没有逐泉而戏的轻松快乐，也无幻色炫彩的静赏雅致。泉水可以慰藉心灵，“烟云消客思，泉石慰禅心”⑥；泉水

---

① 曹胜高：《想象世界与中国文学空间的早期建构》，《社会科学文摘》2017 年第 3 期。

② （清）吴长元：《宸垣识略》，北京出版社 2018 年版，第 299 页。

③ 刘沁淳：《元明清“燕京八景诗”研究》，硕士学位论文，河北大学，2019 年。

④ （清）钱谦益著，（清）钱曾笺注，卿朝晖辑校：《牧斋初学集诗注汇校》（上），上海古籍出版社 2012 年版，第 86 页。

⑤ 张还吾：《历代咏北京诗选》，北京出版社 1996 年版，第 150 页。

⑥ （明）许国：《游碧云寺》，（明）刘侗、于奕正《帝京景物略》，上海古籍出版社 2001 年版，第 362 页。

又如同思乡之曲，“水流每在曲，声色使人耽”，“醒知听夜尽，梦即到江南”。[①] 又如西山雪，洪昇的《望西山》描写西山雪景“雪霁寒沙曙日升，朔风千里逐孤鹰。马头遥见西山树，倒挂天边百丈冰”，于纯净当中有一种悲凉的美感。尤桐的《花犯·西山晴雪》“遍皇州玉龙飞舞，千门六花绕……翻追忆，故园雪夜，万峰里，梅花消息早”[②]，从西山雪联想到故园雪，饱含了思乡之情。

当然，文人笔下的西山秋天一如既往地充满了愁绪。“才倚石栏容易昼，久尘都市不知秋。”[③]“未寒秋色愁衰老，早放黄花为送君。此去都门何所见，孤鸿天畔入斜曛。”[④] 这些诗的审美内涵都与一般的八景诗相比有更为曲折的情感世界和内在的韵味，常常表达了京师士人深切的乡关之思。

2. 帝乡历史景观的家国想象

类似洛阳的北邙山，埋葬着历代无数帝王将相，“北邙山头少闲土，尽是洛阳人旧墓”（唐王建《北邙行》）[⑤]。西山周围有很多帝王陵墓，前朝行宫，忠臣贤相祠堂，奸人权贵的墓地，这些历史景观常常引发文人对前代之追思，发思古之幽情。与金陵、长安、洛阳等古都的咏史怀古之作不同的是，明清京师怀古之作常带有对夷夏之别、异族主政的感慨。汉族文人多站在自身民族的立场上评价埋葬在这里的古人。

西山下的耶律楚材墓常引发文人历史的追忆：

> 西山几度只空还，好事怀贤动我颜。蒙古有公方用夏，居庸从此不为关。犹闻宰地三髯委，自笑登高独影闲。今日幽燕归圣代，可怜埋骨

① （明）樊良枢：《夜宿碧云寺听泉》，（明）刘侗、于奕正《帝京景物略》，上海古籍出版社2001年版，第371页。

② 张还吾：《历代咏北京诗选》，北京出版社1996年版，第172页。

③ （明）谭贞默：《来青轩次友夏韵》，（明）刘侗、于奕正《帝京景物略》，上海古籍出版社2001年版，第349页。

④ （明）董应举：《送杨德秀下香山》，（明）刘侗、于奕正《帝京景物略》，上海古籍出版社2001年版，第452页。

⑤ （唐）王建著，尹占华校注：《王建诗集校注》，巴蜀书社2006年版，第8页。

尚荒山。（王鏊《元耶律丞相墓》）

斡难河水正滔天，成吉思军已入燕。破国年年兵作戏，屠城处处血成川。公于夷狄称君子，兽出流沙动上天。莫说金元如晋楚，追思宗国想凄然。（姚涞《吊翁山耶律楚材墓》）①

诗中痛斥成吉思汗对幽燕大地的屠虐，作者否认金元的性质类似古代晋楚，或是歌颂明代又重新恢复“圣代”，民族立场十分鲜明，尚未形成中华民族大一统的意识。

来青轩，始建于明代，是香山半腰一处悬崖边的敞轩。明清易代，西山变更了它的主人。对于汉族士人而言，他们也不得不换一种不同寻常的眼光去看待西山，造成了另一重审美的“心理距离”。清初朱彝尊《来青轩》写道“天书稠叠此山亭，往事犹传翠辇经。莫倚危栏频北望，十三陵树几曾青？”他的视线却从来青轩可眺望到明十三陵。通过眼前万历皇帝所题来青轩匾额，以及遥想中的明陵景物的勾连，他的抒情空间从来青轩跨越到了前朝。往事代表着历史记忆，回忆就意味着把苦难变成一种往事。诗人让自己“莫倚危栏”“频北望”，实际上是无法找到精神皈依之所。

清代文人也纷纷从历史的追索中寻找明朝失败的答案。王士祯《故明景帝陵怀古》思索明景帝朱祁钰虽知人善任，不近声色，但天性未能尽善尽美，致使奸臣趁机作乱，最终“咫尺天寿云气接，抔土独葬西山隅”“君臣一代尽宿草，雍门太息当何如”②。朱彝尊《西山碧云寺记》则借魏忠贤之墓对宦官专权小人得志发出批判。“《易》曰：‘君子以远小人，不恶而严。’夫身为宰辅，其地不为不峻，必先假之以颜色，而后小人得邀其文章。……呜呼！士君子立朝，务明《周易》之义，毋为小人所狎，而轻假

① （明）刘侗、于奕正：《帝京景物略》，上海古籍出版社2001年版，第448页。

② （清）王士禛著，惠栋、金荣注，宫晓卫、孙言诚、周晶、闫昭典点校整理：《渔洋精华录集注》（上），齐鲁书社2009年版，第463页。

以文章，要在严之于始。”① 与朱王等人的应制恭纪之作相比，这些文章文字质朴，却饱含对国家和民族的深切关怀，其文学意义更为深厚。

综上所述，相同地域的作家，尽管风格不同，作品主题各异，但透过作品内在的脉络，依旧能够找到其中共同的地理特征。京师士人且认西山作故乡，对西山的书写体现了共同的地理特征。由于临近京师，又有南方山林的蔚秀，西山构成了独特的文学地理空间。它处于家园与他乡之间，虽不是家园但常具备慰藉心灵的功能。它处于朝市与山林之间，士人往往表现出追求自由人格精神的强烈愿望，但又大多没有彻底投入山林的决心和勇气。它又处于帝乡与家国之间，士人虽然身处帝乡，西山诗文却体现出了与皇权文化不一样的想象空间，其中饱含士人的家国情怀。

① 谭其骧主编：《清人文集地理类汇编》第六册，浙江人民出版社1990年版，第774页。

“塞上”意象的生成、经典化及其审美蕴涵

陈鹏程　王腾可*

著名学者朱寿桐先生曾非常精辟地指出：“在中国传统的文学表现中，形成传统、历史和经典性思维的艺术成果的空域背景，有塞上，有中原，最突出的则是江南。”① 确实如此，在传统文学尤其是古典诗歌创作中，塞上和中原、江南交相辉映，一起作为最具审美表现力的艺术空间，潜在但亦完美地契合了中华文明历史中的三个标志性地理空间。在一定意义上可以说，塞上、中原、江南由北到南，完整地构成了华夏族群活动的地理空间。这三个地理空间又和深刻影响了中华民族历史乃至文化心理的长城、黄河、长江等地景息息相关。这是其在中国文学尤其是古典诗歌中凝聚为经典空间意象的深层基础。其中“塞上”尤为值得关注，它和其他两个地理空间意象构成了对立共生的关系。塞上与中原构成文明边缘与核心的对立共生关系，展现边疆地区的广袤与荒凉。塞上与江南构成南北文学差异的标志性表征符号，徐悲鸿的名联“白马秋风塞上，杏花春雨江南”② 引起广泛赞誉，即因其昭显了刚健、悲壮与苍凉的北方文学艺术和柔媚纤丽的南方文学艺术之间

---

* 陈鹏程，史学博士、文学博士后、天津师范大学文学院副教授，硕士研究生导师；王腾可，硕士研究生。

① 朱寿桐：《江南作为期诣空域的意义销蚀》，《探索与争鸣》2019 年第 2 期。

② 林元：《香港画家李流丹和他的版画》，《美术》1984 年第 2 期。

的鲜明对照。本文拟从文学地理学视角对“塞上”这一空间意象进行探讨，以就正于方家。

一　塞上意象的生成

任何一种文学意象从其根源来讲都是一种文化意象，而文化意象始于自然物象。自然物象约略可分为两类，一类是自然物和自然现象，即由自然伟力造化而成，如天、地、风、雨、野生动物、野生植物等；另一类则是人的创造物，既包括人所制造的琴、剑、钥匙等无生物，也包括人所驯化、饲养和栽培的动物与植物，如战马、杏花等。这些自然物象习见习闻于人们的现实生活，或直接发挥重要作用，或对人们精神世界有着巨大深远的影响。人的实践主体地位决定了其对客观世界的认识和反映必然具有主观化取向。久而久之，这些自然物象必然会融入特定族群对世界的认知和反映等心理活动中，成为情感表达、伦理价值评判的表象，逐渐被赋予了超越于实用功利的文化意蕴，因而成为文化意象。例如黄河在华夏文化形成和发展中起着极其重要的作用，在一定程度上扮演着华夏先民“母亲河”的角色，因而很早就在民族心理中积淀成为文化意象。文化意象进入文学作品被赋予审美表现功能就升华为文学意象。塞上意象的生成亦是如此。

塞上意象生成的坯胎自然是“塞”。《说文解字》释塞为“塞，隔也”。①此系从其动词性维度而言，“塞”还有名词性，它属于名动同形，“所谓名动同形，就是一个名词与相关意义的动词共一个词形”。② 其实质就是体用同形。名动同形颇为普遍，例如“军”，《史记·项羽本纪》言“沛公军霸上”③，此处“军”表动作，而同篇中项羽言“为击破沛公军”④，其中“军”表事物。《说文》以“隔”释“塞”即强调其用。从“体”的角度来

① 王贵元：《说文解字校笺》，学林出版社 2002 年版，第 604 页。

② 郑艳芳、方平权：《〈论语〉词类中的名动同形现象考察》，《湛江师范学院学报》2010 年第 1 期。

③ （西汉）司马迁：《史记》，中华书局 2014 年版，第 397 页。

④ （西汉）司马迁：《史记》，中华书局 2014 年版，第 397 页。

使用和解释“塞”的情形也屡屡见诸先秦两汉典籍，《礼记·月令》言孟冬之月需“完要塞”，郑玄注云“要塞，边城要害处也”。[①] 于此可见，“塞”作为一个名词，其主要含义即于险要地理位置所修建的承担军事防御功能的建筑。

冷兵器时代，塞自然是战争各方所必需，但比比皆是的关塞则似为华夏军事文化特色，有学者称之为“中国历史上独具特色的地理景观”[②]，颇有道理。塞的大规模营建体现了注重防守的军事观念，它根植于华夏族群农耕文明所生成的文化心理。安居乐业既是华夏农耕族群的生产生活伦理，也是他们太平盛世图景的应然构成要素。对稳定与平安的追求决定了防卫成为华夏战争策略的中心取向，塞的建筑便体现了这一文化心态。

塞的大规模营建还与华夏先民推重地利的人地关系观有着密切关系。与其他文明形态相比，农耕文明更为强调人与自然的和谐，表现于华夏文明就是涵括天、地、人的“三才”观。《易传》反复对之阐述，如《系辞下》云：“《易》之为书也，广大悉备。有天道焉，有人道焉，有地道焉。兼三材而两之，故六。六者非它也，三材之道也。”[③]《说卦》表述更详赡：“昔者圣人之作《易》也，将以顺性命之理。是以立天之道曰阴与阳，立地之道曰柔与刚，立人之道曰仁与义。兼三才而两之，故《易》六画而成卦。”[④] 凡此表明，“《周易》其实是以天—地—人三者各自轨则及其错综复杂的关系为坐标，理解天地之间的一切事物的消息与变化”。[⑤]

相对于《周易》集中明晰的阐述，先秦诸子往往并不标明“三才（材）”，但在论述中常将天、地、人并举，如《管子》，其《九守篇》有“一曰天之，二曰地之，三曰人之”[⑥] 之语，《内业篇》有“天主正，地主平，人主安静”[⑦]

---

① 李学勤：《十三经注疏·礼记正义》，北京大学出版社 1999 年版，第 547 页。
② 安介生：《略论先秦至唐代关塞格局构建的时空进程》，《历史地理》2007 年第 1 期。
③ 马振彪：《周易学说》，花城出版社 2002 年版，第 713 页。
④ 马振彪：《周易学说》，花城出版社 2002 年版，第 726 页。
⑤ 陈赟：《〈易传〉对天地人三才之道的认识》，《周易研究》2015 年第 1 期。
⑥ 黎翔凤：《管子校注》，中华书局 2004 年版，第 1043 页。
⑦ 黎翔凤：《管子校注》，中华书局 2004 年版，第 937 页。

“天有常象，地有常形，人有常礼”① 之语。其中值得我们细致探察的是《孟子·公孙丑下》所言：“天时不如地利，地利不如人和。”② 这番话的文化心理基础无疑是“三才”思想，更可贵的是，其论及了三才间相互作用的动力机制，即天要靠“时”，人要靠“和”，而地则要尽其“利”。对于天时、地利的强调亦见于《管子·牧民》：“不务天时则财不生；不务地利则仓廪不盈。”③

地利蕴含主要有二。一是指土地能够为人们提供物产，这从土、地二字语源和本义可见。《广雅·释地》云：“地，土也。”④ 地的本质元素是土，其基本功能正如刘熙《释名》所云：“土，吐也，吐万物也。”⑤《国语·周语上》“犹土之有山川也，财用于是乎出；犹其有原隰衍沃也，衣食于是乎生，”⑥ 即此释义的生动注脚。《荀子·天论》论及三才时亦强调“地”的物资生产功能：“天有其时，地有其财，人有其治。”⑦ 二是指易守难攻的地势形便。《战国策·秦一》载述苏秦为秦惠王分析关中地利：“大王之国，西有巴、蜀、汉中之利，北有胡貉、代马之用，南有巫山、黔中之限，东有肴、函之固。田肥美，民殷富，战车万乘，奋击百万，沃野千里，蓄积饶多，地势形便，此所谓天府，天下之雄国也。”⑧ 他主要从土地生产潜能和地理地形两方面展开分析。《荀子·强国》以“其固塞险，形势便，山林川谷美，天材之利多，是形胜也”⑨ 肯定秦优越的区位条件，杨倞注云：“形，地形，便而物产多，所以为胜。”⑩ 准此，“形胜”即地利包括“便”与“物产多”两个方面。

---

① 黎翔凤：《管子校注》，中华书局 2004 年版，第 550 页。
② 杨伯峻：《孟子译注》，中华书局 1960 年版，第 86 页。
③ 黎翔凤：《管子校注》，中华书局 2004 年版，第 3 页。
④ （清）王念孙：《广雅疏证》，中华书局 2004 年版，第 297 页。
⑤ （东汉）刘熙：《释名》，《四部丛刊初编》江南图书馆藏明嘉靖翻宋本。
⑥ （三国）韦昭：《国语注》，世界书局 1936 年版，第 4 页。
⑦ （战国）荀子：《荀子》，杨倞注，上海古籍出版社 2010 年版，第 192 页。
⑧ （西汉）刘向集录：《战国策》，上海古籍出版社 2015 年版，第 45 页。
⑨ （战国）荀子：《荀子》，杨倞注，上海古籍出版社 2010 年版，第 187 页。
⑩ （战国）荀子：《荀子》，杨倞注，上海古籍出版社 2010 年版，第 188 页。

以险要地形地势作为军事防守首要因素在先秦即已成为广泛共识。《左传·僖公四年》载齐桓公率诸侯伐楚并以强大武力威慑楚使屈完：“以此众战，谁能御之？以此攻城，何城不克？”① 屈完不卑不亢地回击，指出武不可恃，唯依德行才能称霸诸侯，耀武扬威震慑不了楚国，“君若以德绥诸侯，谁敢不服？君若以力，楚国方城以为城，汉水以为池，虽众，无所用之”。② 屈完不露声色地指出楚的防卫优势，如诸侯进击，方城将成为楚军坚固堡垒，汉水将成为天然护城河。方城位于楚国北境，在今河南南阳市辖的方城县至平顶山市辖叶县之间，是春秋楚国同北方华夏集团对峙的军事要地，系楚人借助濒临汉水的崇山峻岭而修筑的具有城池防御功能的军事设施。这一设施完美地将山河形便的军事功能发挥到了极致。“春秋时期‘方城’不仅是城邑、关塞之名，而且是楚国所修筑的长城之号”，“‘方城’不是一山或塞，而是一可山、塞共同发挥军事防御作用的长城”。③《荀子·议兵》言及楚之优越区位：“汝、颍以为险，江、汉以为池，限之以邓林，缘之以方城，然而秦师至而鄢、郢举，若振槁然，是岂无固塞隘阻也哉？”④ 尽管荀子意在强调险不足恃，有效防卫在于壹民、明道，但其用意在于批驳时人固塞隘阻系防卫首要条件的共识，后文所言“城郭不辨，沟池不拑，固塞不树”⑤ 则恰恰昭明辨城郭、拑沟池、树固塞是先秦人加强军事防御功能的通用措施。对塞防卫功能的推重发展到战国就形成了“九塞”概念，《吕氏春秋·有始览》言“山有九塞”⑥，并具体指出：“何谓九塞？大汾、冥阸、荆阮、方城、殽、井陉、令疵、句注、居庸。”⑦ 由此看出，塞在先秦已成为军事地理学的一个范畴，它包括如下基本内涵：地理形势险要，易守难攻；常处于国家边陲；防卫是其基本军事功能，阻挡外敌入侵。在这一

① 杨伯峻：《春秋左传注》，中华书局 2009 年版，第 292 页。
② 杨伯峻：《春秋左传注》，中华书局 2009 年版，第 292—293 页。
③ 贺金峰：《“方城”是中国历史上最早修筑的长城》，《开封大学学报》2002 年第 3 期。
④ （战国）荀子：《荀子》，杨倞注，上海古籍出版社 2010 年版，第 174 页。
⑤ （战国）荀子：《荀子》，杨倞注，上海古籍出版社 2010 年版，第 175 页。
⑥ 许维遹：《吕氏春秋集释》，中华书局 2009 年版，第 276 页。
⑦ 许维遹：《吕氏春秋集释》，中华书局 2009 年版，第 278—280 页。

时期，“塞”尚未成为一个文化意象。

“塞”被赋予文化蕴涵始于两汉。这主要源于大一统、中央集权的秦汉帝国的出现。秦从西周末年部族发展成为战国最强大诸侯，并进而统一六国，主要归功于其对军事力量建设的重视。这于其对核心统治区关中的经营可见一斑。这一战略甚至延续到秦并六国建立秦王朝之后，正如贾谊《过秦论上》所形容：“然后践华为城，因河为池，据亿丈之高，临百尺之渊以为固。良将劲弩，守要害之处；信臣精卒，陈利兵而谁何。天下已定，始皇之心，自以为关中之固，金城千里，子孙帝王万世之业也。”① 四塞营建更是将防守的军事战略发挥到了极致。关于四塞，《史记·项羽本纪》载有人向项羽建言，“关中阻山河四塞，地肥饶，可都以霸”②，裴骃注引徐广《史记音义》云：“东函谷，南武关，西散关，北萧关。”③ 贾谊《过秦论下》也以“四塞之国”描述秦的地理形势：“秦地被山带河以为固，四塞之国也。”④“所谓‘四塞之国’，即有国家疆界四周都有要塞拱卫，是较为完整的区域性关塞体系。”⑤ 除贾谊《新书》和《史记》外，四塞之说亦频见于《淮南子》《说苑》《新序》《汉书》《风俗通》等两汉典籍，足见这一称谓影响汉人文化心理之深，也彰显出秦汉时人将关塞修建和政治上长治久安的规划联系起来。

秦汉帝国的建立，拉开了这样一个序幕，即中华文明进入了漫长的定居农耕文明和游牧文明对峙、冲突与融合的历史时期。在这一组互动关系中，定居农耕文明居于主导地位。对于中原王朝政权来说，确保定居农耕文明免于北方游牧文明侵扰是其必须切实履行的政治职能。夷夏之辨思想也作为一种重要观念力量强化了这一政治理念，即通过关塞，在中央王朝治下的农耕

---

① 吴云、李春台：《贾谊集校注》，天津古籍出版社 2010 年版，第 4 页。

② （西汉）司马迁：《史记》，中华书局 2014 年版，第 402 页。

③ （西汉）司马迁：《史记》，中华书局 2014 年版，第 402 页。

④ 吴云、李春台：《贾谊集校注》，天津古籍出版社 2010 年版，第 18 页。

⑤ 安介生：《略论先秦至唐代关塞格局构建的时空进程》，《历史地理》第 22 辑，上海人民出版社 2007 年版。

族群和游牧族群间筑起一道牢固屏障，以阻挡住游牧部落的进击。秦长城的修建便是这一政治理念的践行。《过秦论上》极其形象地描写了长城的防守功能：“乃使蒙恬北筑长城而守藩篱，却匈奴七百余里；胡人不敢南下而牧马，士不敢弯弓而报怨。”①《史记·匈奴列传》的载述更为详细：“于是秦有陇西、北地、上郡，筑长城以拒胡。而赵武灵王亦变俗胡服，习骑射，北破林胡、楼烦。筑长城，自代并阴山下，至高阙为塞……燕亦筑长城，自造阳至襄平……后秦灭六国，而始皇帝使蒙恬将十万之众北击胡，悉收河南地。因河为塞，筑四十四县城临河，徙適戍以充之。而通直道，自九原至云阳，因边山险堑溪谷可缮者治之，起临洮至辽东万余里。”② 尽管秦朝长城有战国秦、赵、燕等国长城作为基础，但将其修建成绵延万余里的长城，只能由中原地区强大统一的王朝政权来实施。由此，本为先秦敌国间军事对抗堡垒的关塞便演化成为农耕族群和游牧族群之间对峙与冲突的地域空间，征战、功业、死亡、离别、孤独、恐惧、思乡、怀人……人的种种生命活动和生命意识便在边塞这一空间上演和展现，关塞由此而升华成为文化意象。王昌龄《出塞》起句“秦时明月汉时关”之所以产生巨大的艺术感染力，一个重要原因就是秦汉关塞作为文化意象的生命体验唤起功能。

塞作为文化意象生成的基础是“塞”意蕴的渐趋迁移，即由普遍意义的军事堡垒转向侧重意指北地近胡区域。这一演变趋向在刘安《淮南子·人间训》“塞翁失马”叙事中得到了集中体现：“近塞上之人有善术者，马无故亡而入胡……居一年，胡人大入塞，丁壮者引弦而战。近塞之人，死者十九。”③ 这个故事值得玩味。首先，在这里首先出现了“塞上”一词，可视为“塞上”这一文化意象的鼻祖。联系下文“胡”和“胡人”，而胡在汉代的基本语义是指北方以匈奴为主的异族，此可证之以“胡人不敢南下而牧马”句。因此“塞上”当泛指长城内外的北方边境。其次，故事主人

① 吴云、李春台：《贾谊集校注》，天津古籍出版社 2010 年版，第 4 页。

② （西汉）司马迁：《史记》，中华书局 2014 年版，第 3490—3491 页。

③ 何宁：《淮南子集释》，中华书局 1998 年版，第 1257—1258 页。

公的祸福转化围绕“马”这一中心元素展开，马亡而入胡，亲友邻居都来慰问，而“将胡骏马而归”，人们都来祝贺，足见马在北方边地民众生产生活中的重要性，也展现了边地“胡汉杂糅”的民俗生活情境。再次，这一故事还凸显了边地生活的凶险和不确定性，和平生活易被战争打破，惨烈的死亡时时威胁着边地民众。这亦可从《汉书·匈奴传上》所载文帝时期匈奴侵略的猖獗程度得到佐证："匈奴日以骄，岁入边，杀掠人民甚众，云中、辽东最甚，郡万余人。"① 复次，叙事主题“祸福变化无常”实际上传达了安全感匮乏和人生虚幻的生命体验，将其置于塞上这一地域空间，实际上反映了汉人对塞上的一种文化体认。需要补充的是，这一故事深厚的哲理意蕴和表现力使“塞翁”成为一个文学形象，如北宋词人方资《黄鹤引》在感慨一生蹉跎后表达了洞悉世事的淡泊：“尘事塞翁心，浮世庄生梦。漾舟遥指烟波，群山森动。”②

正是由于关塞作为农耕族群和游牧族群的一道重要屏障，它往往成为表征匈奴和汉王朝关系的符号而渗透进特定文化内涵。匈奴大规模地入侵中原王朝往往被称作“入塞”，如《盐铁论·本议》言：“匈奴桀黠，擅恣入塞，犯厉中国，杀伐郡、县、朔方都尉，甚悖逆不轨，宜诛讨之日久矣。”③ 这一侵略行为也常被称为“犯塞”，如《汉书·匈奴传上》言：“是时汉边郡烽火候望精明，匈奴为边寇者少利，希复犯塞。”④“充国以为‘乌桓间数犯塞，今匈奴击之，于汉便。’”⑤ 与之形成对照的是，汉朝主动出征匈奴的行动常以“出塞”来指称，如《史记·卫将军骠骑列传》言“而适值大将军出塞千余里”⑥，《汉书·匈奴传上》载文帝后元二年汉匈约定“匈奴无入塞，汉无出塞，犯今约者杀之，可以久亲，后无咎，俱便”⑦。《汉书·匈

① （东汉）班固：《汉书》，中华书局 1962 年版，第 3762 页。
② （宋）方勺：《泊宅编》，中华书局 1983 年版，第 4 页。
③ 王利器校注：《盐铁论校注》，中华书局 2017 年版，第 2 页。
④ （东汉）班固：《汉书》，中华书局 1962 年版，第 3784 页。
⑤ （东汉）班固：《汉书》，中华书局 1962 年版，第 3784 页。
⑥ （西汉）司马迁：《史记》，中华书局 2014 年版，第 3552 页。
⑦ （东汉）班固：《汉书》，中华书局 1962 年版，第 3764 页。

奴传下》载匈奴和其他少数民族政权对汉王朝的主动修好、朝贡和归服被称作“款塞”，如《汉书·匈奴传下》载呼韩邪向汉朝表达臣服：“呼韩邪单于款五原塞，愿朝三年正月。”①《盐铁论·忧边》言统治者应以怀柔政策感化蛮夷使之主动归附：“夫蛮、貊之人，不食之地，何足以烦虑，而有战国之忧哉？若陛下不弃，加之以德，施之以惠，北夷必内向，款塞自至，然后以为胡制于外臣，即匈奴没齿不食其所用矣。”② 由此可见，关塞构成了匈奴和汉王朝两个政权的疆界，也是游牧文明和农耕文明在生存空间争夺的冲突中脆弱平衡的表征。游牧族群的生产生活方式决定了这种冲突往往由其主动发起，其直接目的是掠夺生活物资和人口，终极目的是征服。这使得中原王朝或曰农耕族群在这种冲突中具有天然正义性，凡此必然赋予关塞深厚文化意蕴并产生深远影响。值得注意的一条资料是《西京杂记》卷一“戚夫人歌舞”条所载：“夫人善为翘袖折腰之舞，歌《出塞》、《入塞》、《望归》之曲，侍婢数百皆习之。后宫齐首高唱，声入云霄。”③《出塞》《入塞》成为曲名，这表明在汉初，出塞和入塞作为重要生命情境成为音乐艺术表现的重要内容，由此可证“塞”已成为重要的文化意象。

塞上进入诗歌形成一种文学意象，似应追溯到魏晋六朝。建安文学中已经出现了塞意象。曹操《却东西门行》传达了悲凄苍凉的征夫思乡主题。诗歌开篇以孤独北翔的大雁隐喻离乡别亲的征人，“鸿雁出塞北，乃在无人乡”④，塞北意象运用非常成功。遥远、浩大、荒凉的空间和孤独、渺小的征人间形成鲜明的艺术张力，达到了震撼人心的审美表现效果。传为蔡琰所作《胡笳十八拍》中也多次出现塞意象。第三拍中有“鞞鼓喧兮从夜达明，胡风浩浩兮暗塞营”⑤ 诗句；第十拍中有“杀气朝朝冲塞门，胡风夜夜吹边月”⑥

① （东汉）班固：《汉书》，中华书局1962年版，第3798页。
② 王利器：《盐铁论校注》，中华书局2017年版，第150页。
③ （东晋）葛洪：《西京杂记》，中华书局1985年版，第2页。
④ （明）张溥辑评：《三曹集》，岳麓书社1992年版，第70页。
⑤ （北宋）郭茂倩：《乐府诗集》，中华书局1979年版，第861页。
⑥ （北宋）郭茂倩：《乐府诗集》，中华书局1979年版，第863页。

诗句；第十七拍中有“塞上黄蒿兮枝枯叶干，沙场白骨兮刀痕箭瘢”① 诗句。在诗中，塞上意象作为抒情主人公抒发生命悲怀的空间背景，通过对胡风、黄蒿、白骨等意象的点染，凸显了胡地的荒凉、凶险、恶劣、严酷，写出了女主人公的无奈与痛苦。迄至六朝，塞意象成为一个出现频率较高且极具审美容量的诗歌意象。这体现为，在六朝诗歌中，塞上作为一个颇具艺术表达潜力的文学审美空间，表现出很强的与其他意象组合熔铸的能力。一是塞和边地自然气象意象的混融，以凸显边塞的地域空间特征，其中最为典型的是云，如刘遵《度关山》开篇即云“陇树寒色落，塞云朝欲开”②，通过“陇树”“塞云”等边地风光的点染将离别的主题传达渗透在边塞这一广袤、宏大、荒凉的审美空间之中，强化了诗歌的审美意蕴。其次是风，如庾肩吾《登城北望诗》：“誓师屠六郡，登城望九嵏。山沉黄雾里，地尽黑云中。霜戈曜垄日，哀笳断塞风。”③ 诗篇通过“誓师”“登城远望”等情境描写，“屠六郡”以建伟功豪情的渲染，山沉地尽的辽阔视野，明亮锐利的兵器描绘，展现了一个阔大壮观的境界，诗末“塞风”意象进一步强化了这一氛围。鲍照《代出自蓟北门行》“疾风冲塞起，沙砾自飘扬。马毛缩如蝟，角弓不可张，”④ 用典型的边塞风光来渲染战场环境，前两句写风沙，后两句写严寒，极具艺术表现力。二是塞和边地典型动植物意象组合，其中最为典型的是鸿雁，如鲍照《代陈思王京洛篇》即这样描写：“春吹回白日，霜高落塞鸿。”⑤ 对于鸿雁和边塞的关系，许多诗人在其作品中都有吟咏，如王褒《出塞》云：“塞禽唯有雁，关树但生榆。”⑥ 正因为如此，塞鸿成了后世文学的一个经典意象，如廖世美《烛影摇红·题安陆浮云楼》：“塞鸿难问，岸柳何穷，别愁纷絮。”⑦“塞鸿”和“岸柳”“纷絮”两个意象相互生

---

① （北宋）郭茂倩：《乐府诗集》，中华书局 1979 年版，第 864—865 页。
② （北宋）郭茂倩：《乐府诗集》，中华书局 1979 年版，第 393 页。
③ （明）张溥：《汉魏六朝百三家集·庾度支集》，光绪信述堂本。
④ 钱仲联：《鲍参军集注》，上海古籍出版社 1980 年版，第 165 页。
⑤ 钱仲联：《鲍参军集注》，上海古籍出版社 1980 年版，第 150 页。
⑥ （明）张溥：《汉魏六朝百三家集·王司空集》，光绪信述堂本。
⑦ （宋）黄升：《唐宋诸贤绝妙词选》，《四部丛刊初编》景明刊本。

发，“塞鸿”言心上人别后音讯全无，“岸柳”写对心上人的绵绵思念，“纷絮”状深切的离愁别绪，三个意象有机交融，达到了蕴藉深婉的艺术表现效果。《蕙风词话》卷二云：“廖世美《烛影摇红》过拍云：‘塞鸿难问，岸柳何穷，别愁纷絮。’神来之笔，即已用矣！”[①] 非常有道理。其次是马，如庾信《和赵王送峡中军诗》就有“胡笳遥警夜，塞马暗嘶群”[②] 的诗句，凸显了紧急行军的场景。再次是草，如张正见《有所思》是一首闺怨诗，抒写闺妇对边塞征夫的思念之情，其中“徒思裂帛雁，空上望归楼。看花忆塞草，对月想边秋”[③]，缠绵婉约，闺房前的鲜花与边地枯黄的秋草形成鲜明对照，将闺妇对征人的思念蕴藉深切地传达出来。塞意象和这些意象凝合无间，强化了诗歌表现效果，对后世产生了深远影响。

以上表明，魏晋六朝时期尤其是南朝，塞已然成为诗歌艺术中的一个重要意象。这反映了边塞正在成为六朝文人的重要审美空间。这于钟嵘《诗品序》亦可见出：“至于楚臣去境，汉妾辞宫。或骨横朔野，魂逐飞蓬。或负戈外戍，杀气雄边。塞客衣单，孀闺泪尽……凡斯种种，感荡心灵，非陈诗何以展其义？非长歌何以骋其情？”[④] 在钟氏所胪列的几种文学情境和创作主体中就有戍边和塞客。塞意象的生成与边塞诗创作热潮的涌现息息相关。曾有学者对南朝边塞诗做过细致统计，“刘宋有诗人 58 位，其中有 10 位诗人共创作了边塞诗 26 首”，“萧齐一代诗人有 43 人，但是仅有 5 人写作边塞诗 5 首”，“萧梁文学昌盛，有名可考的诗人有 159 人之多，其中有 27 人作品中有边塞诗，总共约有 60 首”，“陈代诗人有姓名可考者有 72 人，其中 22 人作有边塞诗……陈代边塞诗共有 65 首左右”。[⑤] 准此，整个南朝共 64 位诗人创作了约 156 首边塞诗歌。由上述统计还可看出，梁陈两朝延续共 87 年，边塞诗创作 120 余首，宋齐两朝延续共 82 年，边塞诗创作 30

① （清）况周颐：《蕙风词话》，人民文学出版社 1960 年版，第 28 页。
② （清）倪璠：《庾子山集注》，中华书局 1980 年版，第 207 页。
③ （明）张溥：《汉魏六朝百三家集・张散骑集》，光绪信述堂本。
④ （梁）钟嵘著，周振甫译注：《诗品译注》，中华书局 2017 年版，第 20—21 页。
⑤ 王英：《论南朝边塞乐府诗的创作及其成因》，《内江师范学院学报》2006 年第 1 期。

余首。这彰显出边塞诗越来越受到文人青睐。随着边塞作为文学空间日益受到作家重视，塞上意象必然会在诗歌创作中占有越来越重要的地位。

二　塞上意象的经典化及其审美蕴涵

诗歌意象经典化是指一个诗歌意象大量出现，成为诸多作家生命体验审美传达的有机载体，被赋予丰厚的意蕴，并积淀为深广的文学创作和接受传统。许多文学意象都会经历一个经典化阶段。从这一角度来看，我们认为塞上意象的经典化是在唐宋时期。这主要基于以下两方面原因。

第一，唐宋时期中国诗歌艺术走向巅峰，这必然会带来文学审美空间开掘和建构能力的增强，从而对塞上意象的升华产生重要影响。第二，塞上作为军事政治意义上的边地，是与对一统王朝和中原的体认相反相成的。往往只有统一的王朝才有能力和条件经营边疆，无论是征战还是戍边，都会提升华夏族群的边疆意识，由此使得边塞成为文学表现的重要空间，促成塞上意象的经典化。正是在这个意义上，无论是汉族政权长期内部分裂的魏晋，还是夷夏南北对峙的南北朝，尽管在文学中已经生成塞上意象，但不可能完成其经典化。举南朝作家为例，正如有研究者所指出："南朝文人鲜有西北边防的经历，因而他们的诗歌创作本无法涉及边塞之事。"① 因此他们的边塞诗创作多为摹古，而非基于鲜活的个人体验和时代意识而作，这就使得其中的塞上意象缺乏浓烈生命激情的包蕴而很难引起接受主体深切而广泛的共鸣，也就不具备成为经典意象的条件。唐宋时期则具备了塞上意象经典化的文化条件。唐朝疆域广袤，声威远扬，尽管屡受侵扰，但总体来说在与西北边疆少数民族的关系中保持着优势地位，这就使得边塞生活成为唐代诗歌的一个重要领域。对边塞生活的切身体验，效命疆场、建功立业的豪情壮志和真实的关塞生活体验必然激活和强化塞上意象的艺术表现力，从而使其升华为经典意象。两宋虽然不复有大唐王朝声威，但北宋和辽及西夏的长期对

① 王英：《论南朝边塞乐府诗的创作及其成因》，《内江师范学院学报》2006 年第 1 期。

峙，南宋和金的长期对峙，兼以宋人的爱国热忱和忧患意识，使边塞也成为宋代作家表现的重要文学空间，体现于边塞诗创作，“诗人总数有五五，诗目总数二三八四”①，这必然会影响到塞上意象大量出现于宋代诗词中。因此，唐宋构成了中国古典诗歌中塞上意象经典化的历史时期。

我们注意到，唐宋诗词塞上意象的称谓丰富多彩。除塞上外，塞下之称亦屡屡出现，如唐代李昂《从军行》中就先后出现“塞下”和“塞上”的称谓：“塞下长驱汗血马，云中恒闭玉门关”“欲令塞上无干戚，会待单于系颈时。”② 这两个称谓颇为形象，画面感很强，塞下显然是就被阻挡在关外的游牧族群角度而言，塞上显然是就“一夫当关，万夫莫开”的守关的农耕族群角度而言。“塞北”的称谓亦多有出现，如唐初诗人虞世南《出塞》就有“山西多勇气，塞北有游魂”③ 的诗句，巧妙地运用了“山西”和“塞北”这两个地理空间意象。前者取典于《汉书·赵充国辛庆忌传赞》：“秦汉已来，山东出相，山西出将。秦将军白起，郿人；王翦，频阳人。汉兴，郁郅王围、甘延寿，义渠公孙贺、傅介子，成纪李广、李蔡，杜陵苏建、苏武，上邽上官桀、赵充国，襄武廉褒，狄道辛武贤、庆忌，皆以勇武显闻。苏、辛父子著节，此其可称列者也，其余不可胜数。何则？山西天水、陇西、安定、北地，处势迫近羌胡，民俗修习战备，高上勇力鞍马骑射。”④ 凸显了戍边将士的英勇善战。后者则描写了将士们为国牺牲、长眠边地的情形。南宋词人刘学箕《贺新郎·莫向愁人说》“别后君休劳春梦，转眼江南塞北”⑤ 句，以“江南”“塞北”两个空间意象描写离人睽别后距离遥远，重逢难期，表达了深沉的离别之痛。有的唐宋作家更以“塞外”来状写边疆风光的荒凉与征人生活的艰苦，如李益《征人歌》“塞外征行无尽日，年年移帐雪中天”⑥ 和辛

① 黄麟书：《宋代边塞诗钞》，台北学生书局 1989 年版，第 397 页。

② 《全唐诗》卷一百二十，《摛藻堂四库全书荟要》本。

③ 张寿镛辑：《虞秘监集》，民国二十一年四明张氏约园本，此诗一作虞世基诗。

④ （东汉）班固：《汉书》，中华书局 1962 年版，第 2998—2999 页。

⑤ 吴昌绶、陶湘：《景刊宋金元明本词·明景元钞本方是闲居士小稿》，上海古籍出版社 2012 年版，第 1072 页。

⑥ 范之麟：《李益诗注》，上海古籍出版社 1984 年版，第 108 页。

弃疾《破阵子·为陈同甫赋壮语以寄》“八百里分麾下炙，五十弦翻塞外声”[①]。“塞门”称谓也频频出现于唐宋诗家笔下，如晚唐诗人刘沧《洛阳月夜书怀》“一声边雁塞门雪，几处远砧河汉风”[②] 句中，“塞门”和“边雁”“远砧”“河汉”“风”等意象熔铸成一个孤远、苍凉、浩渺、凄迷的审美空间。南宋词人黄机《满江红》“且莫令、榆柳塞门秋，悲摇落”[③] 将“塞门”“秋”“摇落”三个意象交织在一起，塞门是荒凉的空间，秋是凄凉的时间，摇落是悲凉的情境，极具艺术感染力。“塞垣”的称谓也时时被唐宋作家用到，如岑参《初过陇山途中呈宇文判官》：“万里奉王事，一身无所求。也知塞垣苦，岂为妻子谋”[④]。通过“塞垣”意象的渲染，展现了戍边将士以身报国的情怀和慷慨激昂的进取精神。黄庭坚《水调歌头》起句“落日塞垣路，风劲戛貂裘”[⑤]，即以“塞垣”“落日”“劲风”等意象展现了浩大的边地射猎场景。和暗示绵长城墙的“塞垣”不同，隐含高大雄立的“关塞”称谓出现于唐宋诗词中的频率更高，如司空曙《送卢彻之太原谒马尚书》“榆落雕飞关塞秋，黄云画角见并州”[⑥] 和刘克庄《挽李卿倚老二首》其二“悲风起关塞，斜日薄崦嵫”[⑦]。有时径称以“边塞”，如唐人刘景复《梦为吴泰伯作胜儿歌》“胜儿若向边塞弹，征人泪血应阑干”[⑧] 和宋人吕本中《边愁》“愁声晚来急，边塞乍寒时。不似江南日，愁多只自知”[⑨]。晋人崔豹《古今注》卷上“都邑”云：“秦筑长城，土色皆紫，汉塞亦然，故称紫塞焉。”[⑩] 由此，紫塞从魏晋时期即成为诗赋的意象，于唐

---

① 邓广铭：《稼轩词编年笺注》，上海古籍出版社 2018 年版，第 264 页。
② 《全唐诗》卷五百八十六，《摛藻堂四库全书荟要》本。
③ （南宋）黄机：《竹斋诗余》，《续金华丛书》本。
④ 涂元渠：《高适岑参诗选注》，上海古籍出版社 1983 年版，第 86 页。
⑤ 马兴荣、祝振玉：《山谷词》，上海古籍出版社 2001 年版，第 33 页。
⑥ 文航生：《司空曙诗集校注》，人民文学出版社 2011 年版，第 135 页。
⑦ （南宋）刘克庄：《后村先生大全集》卷十一，《四部丛刊初编》本。
⑧ 《全唐诗》卷八百六十八，《摛藻堂四库全书荟要》本。
⑨ （北宋）吕本中：《东莱诗集》卷十六，《四库全书本》。
⑩ （西晋）崔豹：《古今注》，《增订汉魏丛书》本。

宋诗词中更是习见，如刘沧《寄远》“霜落雁声来紫塞，月明人梦在青楼”① 和宋人吕本中《冬日杂诗》其二“紫塞传烽急，黄池带剑多”②。塞上意象的这些称谓有的袭自魏晋六朝人的作品，有的则是唐宋人自创，不论哪种形式，称谓的丰富性反映了唐宋作家对塞上意象体认心理的丰富性。和前代作家相比，唐宋诗家将自身细腻、复杂、蕴藉的生命体验融入了这些称谓，从而使塞上意象变得鲜活，更具艺术感染力。

在唐宋诗词中，大量出现塞意象和其他意象的复合。有的意象复合是对魏晋六朝的承袭。如塞鸿意象，但其在魏晋六朝诗歌中出现的频率极低，据笔者粗略检索，仅见于鲍照《代陈思王京洛篇》等有限的几篇。在唐宋诗词中，塞鸿出现的次数150余处。再如塞草意象，在唐前出现的频率也不高。据笔者粗略统计，塞草意象在萧道成《塞客吟》、沈约《有所思》及《八咏诗　其六　晨征听晓鸿》、张正见《有所思》、朱超《咏独栖鸟诗》等魏晋南北朝诗歌中出现5次，在隋人薛道衡《重酬杨射山亭诗》、虞世基《出塞》中出现2次，在鲍照《芜城赋》中出现1次。在唐宋诗词中，塞草出现的次数达100余处。又如塞云意象，在唐前出现的频率也不高，在梁朝作家徐悱《白马篇》和刘遵《度关山》中各出现1次，在薛道衡《昭君辞》和《渡北河诗》中各出现1次，另见于虞世南《从军行二首·其二》及杨师道《五言奉和行经破薛举战地应诏》二诗中。在唐宋诗词中，塞云出现的次数约90处。由上述数据可知，尽管塞鸿、塞草、塞云等意象源自魏晋六朝，但大量涌现则是在唐宋诗词之中。更为重要的是，在唐宋作家笔下，这些意象往往被融入丰厚的情感，从而生发出远较魏晋六朝诗歌中这些意象所具有的艺术表现力。例如虞世基《出塞》起句即“穷秋塞草腓”③，用语似嫌平淡，境界也不够阔大，高适《燕歌行》对塞草意象的运用显然典出

---

① 《全唐诗》卷五百八十六，《摛藻堂四库全书荟要》本。
② （北宋）吕本中：《东莱诗集》卷十，《四库全书本》。
③ 逯钦立：《先秦汉魏晋南北朝诗》，中华书局1983年版，第2710页。

于虞诗："大漠穷秋塞草腓，孤城落日斗兵稀。"[①] 其所展现的阔大悲壮韵味绝非虞诗所能比。大抵和高适同时的屈同仙也创作了一首《燕歌行》，其开篇即颇具气势："君不见渔阳八月塞草腓，征人相对并思归。"[②] 其"塞草"等意象所生成的艺术感染力也远超虞世基诗作。

尤其值得注意的是，在唐宋诗词中，出现了许多新的塞上意象与其他意象组合的形式。塞月就是其中一个。我们认为，两个意象能够凝合为一体，一个很重要的原因是两者在审美意蕴和审美表现力结构上的契合和一致性。例如前文提及的塞马、塞鸿、塞草等意象莫不如此。就塞马而言，马在战争中发挥着重要作用，是游牧民族生活中最重要的家畜与物资，这与边塞作为游牧民族和农耕民族生存空间的分界线，作为战场之间有着内在一致性，自然使得二者极易组合在一起形成经典意象。就塞鸿而言，鸿雁所自由翱翔的天空的辽阔苍茫与边塞的荒凉之间存在契合，鸿雁作为候鸟的特征和征人思乡念归心理亦存在内在一致性，极易使得"塞上"与"鸿雁"组合在一起形成经典意象。就塞草而言，草作为一种生命力极为旺盛的植物，具有鲜明的地域表征功能，如岑参《白雪歌送武判官归京》"北风卷地白草折"[③] 所言白草即西北边疆地区的一个鲜明标识；草的荣枯变化、草的蔓延状态与征人的内在生命意识如怀乡念亲的情思、荣华易逝的感慨相一致，极易使得两者凝合成经典意象。

同理，塞上和明月之间也存在审美意蕴和审美表现力结构的一致性。明月的永恒意味和对关塞坚固持久的渴盼心理之间似乎有一种隐性的关联，此盖王昌龄《出塞》"秦时明月汉时关"[④] 一句艺术魅力的一个重要渊源。明月和边疆征人的思乡念亲心理存在内在关联。月夜的宁静清幽似乎也和边塞的荒寂有着契合之处。这也是《关山月》这一乐府旧题产生的根本原因。

---

① 刘开扬：《高适诗集编年笺注》，中华书局 1981 年版，第 97 页。

② 《全唐诗》卷二百三，《摛藻堂四库全书荟要》本。

③ 涂元渠：《高适岑参诗选注》，上海古籍出版社 1983 年版，第 122 页。

④ （唐）王昌龄著，李云逸注：《王昌龄诗注》，上海古籍出版社 1984 年版，第 130 页。

边塞和明月能够融合成一个有机自洽的艺术审美空间，包蕴着征人征战之苦、杀敌报国的壮志豪情、戍边的无奈与孤独、思乡念亲的深切，边地的荒凉冷寂等审美意涵。这我们可从一些同题名的《关山月》的诗作得到印证。如李白《关山月》开篇四句“明月出天山，苍茫云海间。长风几万里，吹度玉门关”①，通过“苍茫”“几万里”“吹度”的点染，明月、天山、云海、长风、玉门关等意象熔铸成一个阔大、磅礴、苍凉的审美空间。在边疆这个荒寂的世界中，潜藏着战争的凶险、杀戮与死亡，“由来征战地，不见有人还”，在漫长无聊的戍边岁月中，思乡念亲既是他们主要的心理活动，也构成了他们的精神支撑力量，“戍客望边邑，思归多苦颜。高楼当此夜，叹息未应闲”。征人、关塞、明月构成了这一审美空间的三个核心元素。唐代女诗人鲍君徽《关山月》意蕴较李白诗更为丰富，开篇四句尽管远不如李诗境界的雄浑壮观，但以“明月”意象为核心展现边塞月夜的宁静清幽，“高高秋月明，北照辽阳城。塞迥光初满，风多晕更生”②，更能见出月与关塞的内在关联。下面诗句所传达的意蕴则较李诗丰盈，既点出了“征人望乡思”，又以“战马闻鼙惊”渲染了边塞紧张的战争氛围，还以朔风、边草、胡沙等边地风物凸显了边塞特有的悲壮感。在末尾四句则凸显了戍边将士的昂扬斗志，志在必胜的豪情和对和平生活的渴盼。由上述两首《关山月》足以证明边塞和明月内在的关联，塞月意象即在此基础上形成。如北宋诗人蒋概《登雄州北门楼》：“塞月沉青冢，边声入暮河，”③ 塞月和青冢、边声、暮河等意象一起营建了一个寂寥、苍凉的文学审美空间，颇具艺术感染力。陆游《齐天乐·左绵道中》也用到了塞月意象：“角残钟晚关山路，行人乍依孤店。塞月征尘，鞭丝帽影，常把流年虚占。”④ 诗中，塞月意象与画角、晚钟、关山、孤店、征尘等意象水乳交融，勾画出征人漂泊流

① 詹锳：《李白全集校注汇释集评》，百花文艺出版社 1996 年版，第 495 页。

② 《全唐诗》卷七，《摛藻堂四库全书荟要》本。

③ （元）陈世隆：《宋诗拾遗》，清抄本。

④ 吴昌绶、陶湘：《景刊宋金元明本词·景宋本渭南词》，上海古籍出版社 2012 年版，第 246 页。

离的孤独困惫情境。

塞霜这一复合意象亦首现于唐宋诗词。霜和边塞的关系更为显豁。“在古代诗歌中，霜不仅是一种时间意象，还常常被当作一种空间意象。因为南方气候温暖少霜，北方则相反，寒冷而多霜。”① 唐人王缙《九日》即言：“莫将燕地比京都，八月严霜草已枯。”② 由此，胡霜意象在唐代诗人笔下屡屡出现，并常被作为边塞典型风物加以渲染，如李白《塞下曲六首》其五：“边月随弓影，胡霜拂剑花。”③ 边塞题材作品中，霜经常被用来状写严寒，如范仲淹《渔家傲》“羌管悠悠霜满地”④ 等句。在此基础上，唐宋诗词中频频出现塞霜意象，便很自然了。晚唐诗人周繇《送入蕃使》在运用大荒、河冻、孤城、大雁、狂风、帐幕、平沙、牛羊等一系列颇具边地特色的意象描写了出使的艰辛困苦后发出了美好祝愿：“早终册礼朝天阙，莫遣虬髭染塞霜。”⑤ 塞霜这一意象的运用和上文构成完整谐和的文学审美空间。南宋作家周紫芝在其《临江仙·送光州曾使君》下阕中，展开了对友人曾使君光州边地壮烈生活的想象，铁马、红旗等意象凸显了一种激昂豪壮的氛围，末尾两句“不应霜塞晚，横槊看诗成”，用霜塞和横槊赋诗的意象表达了对友人功业的期许。

塞雪也是唐宋作家开始频频运用的复合意象。边地在唐宋作家的认知中，除了荒凉外，另一重要特征是寒冷，而寒冷主要体现为风、雪、霜、冰。因此边塞诗词作家往往着力于塞外寒雪的描写，如岑参《白雪歌送武判官归京》等。基于此，塞雪意象便在唐宋作家笔下产生。例如晚唐诗人李频《送友人往振武》的颈联“征鸿辞塞雪，战马识边秋”⑥，运用塞雪和鸿雁、战马等意象写出了边塞的荒凉寂寥。南宋华清淑《忆江南》⑦ 一词构

① 梁德林：《古代诗歌中的霜意象》，《广西师院学报》2000 年第 2 期。
② 《全唐诗》卷一百二十九，《摛藻堂四库全书荟要》本。
③ 詹锳：《李白全集校注汇释集评》，百花文艺出版社 1996 年版，第 710 页。
④ 李勇先、王蓉贵：《范仲淹全集》，四川大学出版社 2002 年版，第 734 页。
⑤ 《全唐诗》卷六百三十五，《摛藻堂四库全书荟要》本。
⑥ 《全唐诗》卷五百八十七，《摛藻堂四库全书荟要》本。
⑦ （明）吴讷：《百家词·水云词集附录》，天津古籍出版社 1992 年版，第 1484 页。

思极为巧妙，上阕通过塞雪等意象写行人离家的艰辛凄清，“燕塞雪，片片大如拳”；下阕通过塞月等意象写闺妇对行人的思念，“燕塞月，缺了又还圆”，两阕之间构成强烈的艺术张力。

乐器也是边塞题材的一个重要意象，如胡笳、羌笛等，在魏晋六朝诗歌中即已大量出现。但和塞上形成复合意象并在诗歌中出现则始于唐宋，如杜甫《一室》中“正愁闻塞笛，独立见江船”① 和南宋词人方千里《兰陵王》中的“但目断芳草，恨随塞笛”② 等诗句中的塞笛意象。总之，唐宋诗词中以塞为核心的大量复合意象昭示了作家们对塞上意象审美表现力的不懈开掘，这是塞上意象经典化的一个重要表征。

在唐宋诗词中，有许多塞上意象在作品艺术结构上生发出很强的统摄力，这是因为其浸润了创作主体丰厚的生命体验。如在王维《使至塞上》③中，“出塞”情境构成全诗的核心，发挥着重要的艺术空间开掘功能。“征蓬出汉塞”出句不凡，汉塞作为典故既隐喻现实中的军事堡垒，更是作为一种历史文化确证符号，给中原士人们提供了深层的心理归属感、安全感和文化认同感。跨过这道屏障，中原士子们的生命体验必然是复杂的。本初的心灵的宁静和平衡状态即将被打破，两种相反相成的心理交互作用。一种是“胡天”所带来的新奇感、自由感和欣喜感，“大漠孤烟直，长河落日圆”在很大层面上是这种生命体验的符号化；另一种是进入陌生异域所带来的孤独感和焦灼感，“萧关逢候骑，都护在燕然”在很大层面上是这种生命体验的符号化。另外，诗题中的“塞上”也起到了强化这一空间体验，凝聚全诗的艺术功能。再如范仲淹《渔家傲·塞下秋来风景异》首句“塞下”统贯全篇。整个上阕，通过大雁、画角、群山、长烟、落日、孤城等意象渲染了暮秋边塞的荒凉，注入了浓厚的悲凉意味。下阕则集中展现作为塞上这一地理空间活动主体的戍边将士的生命状态。他们的生命状态与塞上这一地理

① （清）杨伦：《杜诗镜铨》，上海古籍出版社 1981 年版，第 358 页。
② （南宋）方千里：《和清真词》，四库全书本。
③ 赵殿成：《王右丞集笺注》，上海古籍出版社 1984 年版，第 156 页。

空间既有相一致之处，又有对峙冲突之处，从而形成一种艺术张力。一方面，戍边将士们渴望在边疆建功立业，浩大广袤的地理空间和壮志豪情所表征的强大的生命活力相谐和。另一方面，燕然勒石纪功的人生理想尚未实现，归乡遥遥无期。在戍边将士心中，成就功业，荣归故里既是报效君国的使命，又是个人价值实现的手段，而今却只能久滞不归。思乡和戍守塞上又构成了对峙关系，这二者之间形成一种张力，拓展了全诗的审美空间，深化了审美蕴涵。塞上意象在结构上成为全诗的聚焦点，和创作主体生命激情的喷薄相契合，这是在唐宋诗词中才出现的，由此也构成了唐宋塞上意象经典化的一个重要表征。

文学归根结底是生命体验的审美传达，空间体验是生命体验的一种重要形态，相对于魏晋六朝诗人，唐宋作家运用塞上意象传达了丰富深厚的生命体验，这是我们称唐宋是塞意象经典化时期的主要原因。

在任何一个民族的文学传统中，一种意象成为经典并代代传承，归根结底在于它契合了这个民族的文化传统，以审美意蕴的形式从深层传达和体现了这个民族的生命观、伦理观和宇宙观。中国古典诗歌中的塞上意象也是如此，其审美意蕴具体而言主要表现为如下两点。

第一，从生命哲学角度来说，塞上意象最深层的审美蕴涵是，在漫长的中国传统社会，它成了华夏英雄志士生命激情和生命活力释放的精神符码。生命活力是标度生命活动的基本范畴。“生命的本质就是人体的功能产生的生命活力。”① 生命活力的一个重要体现就是对生存和活动空间的超越。文学是人的生命意识和生命活动的审美展现，这就决定了文学发展在内涵上的一个重要表征就是对空间的审美发现与审美开掘。

作为社会的个体，其生命活力的释放往往要受到社会伦理的规约，因此其生命价值观的实现以强调个体价值和社会价值统一为准。基于此，功业意识构成了历代文人生命伦理观的重要组成部分。从汉代开始，随着汉大帝国

---

① 黎启全：《再论美是自由生命的表现》，《贵州大学学报》2015 年第 1 期。

的日趋强盛，建功异域就成为许多人释放生命激情、实现个人价值的生命意识。班超即一鲜明例证。《后汉书·班超传》就展现了他的这一抱负：“家贫，常为官佣书以供养。久劳苦，尝辍业投笔叹曰：‘大丈夫无它志略，犹当效傅介子、张骞立功异域，以取封侯，安能久事笔砚间乎？’”① 如果将《班超传》与《史记·陈涉世家》对比就会发现一个有趣的现象，班超和陈涉作为英雄人物有一共同特点，就是不甘沉沦于庸众的强烈进取心。但不同于陈涉的是，班超有一个明晰的努力方向，那就是“立功异域，以取封侯”，这是因为他所仰慕先贤张骞、傅介子的垂范作用。班超扬威于西域三十年，其首功是凭借超人胆略铲除匈奴赴鄯善使者，迫其改变骑墙态度站在东汉王朝一方。班超在动员部属果敢行动时便以“卿曹与我俱在绝域，欲立大功，以求富贵”② 相号召，激励他们“灭此虏，则鄯善破胆，功成事立矣”③，犹豫不决则“死无所名，非壮士也”④。由此看出，立功异域系那个时代许多有为之士的奋斗目标，是他们生命激情的一个重要投射空间。颇为有趣的是，暮年的班超却表现出强烈的返乡意愿，《后汉书·班超传》言“超自以久在绝域，年老思土”⑤，向皇帝上疏恳求回归故里，先以“狐死首丘，代马依风”时谚指出怀恋故土乃人之常情，而后言已已年迈，“臣超犬马齿歼，常恐年衰，奄忽僵仆，孤魂弃捐”⑥，陈说自己生命之脆弱和返回中原心理之迫切，“臣不敢望到酒泉郡，但愿生入玉门关”⑦，其念归心情之殷切和当年投笔从戎之豪迈形成鲜明对照。其实正是在这对照中我们发现异域或者说边塞作为一种文化空间对生命意义的象征意味。在文学尤其是传统诗歌中，异域常常作为与故乡对峙的空间存在，它充满了新奇、不确定性、挑战，但同时也蕴含机遇，构成生命活力的隐喻。故乡则往往作为人的精神

① （南朝宋）范晔：《后汉书》，中华书局1965年版，第1571页。
② （南朝宋）范晔：《后汉书》，中华书局1965年版，第1572页。
③ （南朝宋）范晔：《后汉书》，中华书局1965年版，第1572页。
④ （南朝宋）范晔：《后汉书》，中华书局1965年版，第1572页。
⑤ （南朝宋）范晔：《后汉书》，中华书局1965年版，第1583页。
⑥ （南朝宋）范晔：《后汉书》，中华书局1965年版，第1583页。
⑦ （南朝宋）范晔：《后汉书》，中华书局1965年版，第1583页。

家园存在，满足人的安全感和归属感。边塞就是这样的一个异域空间。班超早年投笔从戎和暮年盼归的经历非常形象地证明了这一点。

扬名异域意识在文学作品中也得到了呼应，如曹植《白马篇》[①] 对游侠形象的塑造就体现了这一点，游侠“少小去乡邑，扬声沙漠垂”，在异族入侵时，他挺身而出，“边城多警急，虏骑数迁移。羽檄从北来，厉马登高堤。长驱蹈匈奴，左顾凌鲜卑。弃身锋刃端，性命安可怀？父母且不顾，何言子与妻！名编壮士籍，不得中顾私。捐躯赴国难，视死忽如归！”自此效命边疆建功立业的意识便成为中国古典诗歌的一个重要主题，如陈子昂《送魏大从军》以春秋时期立下和戎不朽功勋的魏绛和汉代杰出的将领赵充国比况友人，“匈奴犹未灭，魏绛复从戎。怅别三河道，言追六郡雄”[②]，激励他建功报国。基于此，塞上意象频见于诗歌创作并成为经典，就非常容易理解了。

第二，从历史文化和政治伦理角度来说，塞上意象的一个重要审美意蕴是对爱国精神的礼赞和对和平生活的维护与捍卫。如前所述，边塞的文化地理学意义是表征着中华民族游牧民族和农耕民族两大族群对生存空间的争夺。对于这一争夺，无论是历史叙事还是文学表现，其主体是农耕族群的知识分子，这就决定了必然从肯定和颂扬角度来反映农耕族群这一群体在斗争中的行动，因为这反映了其共同体的整体利益，这就是塞上意象爱国精神审美意蕴的基源。戍边抗敌也是为了维护农耕民族和平稳定的生产生活环境，这实际上是塞上意象捍卫和平精神审美意蕴的基源。关于这一点，上文多已论及，此处不再赘述。

三　结语

总的来说，地理空间既是人们生命活动得以展开的场所，也是人们生命

① （明）张溥辑评，宋校永校点：《三曹集》，岳麓书社 1992 年版，第 349 页。
② （唐）陈子昂撰，徐鹏校点：《陈子昂集》，上海古籍出版社 2013 年版，第 39 页。

意识确证和对象化的空间。这就决定了它必然会审美升华为艺术空间而进入文学活动领域。对于中国古典诗歌中地理意象蕴涵和演变规律的把握必须要从人的生命活动、生命意识及中华民族独特的历史文化特征角度来切入。这也是拙文考察塞上意象所秉持的理念。

地理与文学交融研究

汉代的“南土”书写*

王志强**

有汉一代，帝国的南方认知流于肤浅化和表面化，他们从未深入理解过南方文化的独特性。于赓哲研究南方污名化的问题时便指出：“史料中南方风土问题实际上是当时南北方发展水平不一、话语权不平衡的体现。……史籍中‘南土’的书写，更多的是一种北人的认识，它有一定的事实基础，同时也与真实状况有一定差异。”① 在北方文化的傲慢与偏见中，“南方”成为一种文化想象，一个北方文化中心视角下的文化符码，一个掺杂着身份认同以及大一统政治诉求的虚幻空间。

一　史料编纂：北方文化本位下的南土书写

在北方文化本位思想的指导下，史传文献用“片面的深刻”的姿态勾画出南方的形象，将其定义为地理恶劣与风俗鄙陋的蛮夷之地。在现存汉代史料中，吴楚之地留给我们的是一副剽悍轻果的地域印象。司马迁在《货殖列传》中概括楚地风俗时说：“越、楚则有三俗。夫自淮北沛、陈、汝

* 基金项目：南昌师范学院博士科研启动基金项目（项目批准号：NSBSJJ2019012）。

** 王志强，文学博士、南昌师范学院文学院讲师。

① 于赓哲：《恶名之辨：对中古南方风土史研究的回顾与展望》，《南京大学学报》（哲学人文社会科学版）2012 年第 5 期。

南、南郡，此西楚也。其俗剽轻，易发怒。”① 褚先生补述《史记·三王世家》亦曰：“夫广陵在吴越之地，其民精而轻。”② 剽悍轻果已成为汉代对楚地的刻板印象，楚汉相争时张良曾对刘邦说：“楚人剽疾，原上无与楚人争锋。”③ 刘邦自己也有此认识，“上患吴、会稽轻悍，无壮王以填之，诸子少，乃立濞于沛为吴王”④。在这些史料文献的笔下，悍勇成为吴楚人物的标准配置。

然而，当我们将目光投向《史记》《汉书》等文献中的“循吏传”时，却可以发现一个非常吊诡的现象，即楚地人物在“循吏”中占有相当大的比例。《史记·循吏列传》记载的第一个循吏就是楚士孙叔敖，而后又有楚昭王相石奢，司马迁记录的循吏共有五个，楚士便占了两个。《汉书》又加述了汉初善治平教化的九江文翁，以及孝宣以后的“王成、黄霸、朱邑、龚遂、郑弘、召信臣等，所居民富，所去见思，生有荣号，死见奉祀，此廪廪庶几德让君子之遗风矣”⑤。其中王成、郑弘不知何郡人，黄霸淮阳人，朱邑庐江舒人，龚遂山阳人，召信臣九江寿春人，在这些郡县可考的人中，除去龚遂外，其他人都为楚地人，可见楚地循吏之多。循吏乃“本法循理之吏”，即奉公守法的帝国官僚，这正是剽悍轻果的对立面。楚地多循吏的历史记录和剽悍轻果的地域印记，二者构成了强烈的矛盾冲突。

这种历史事实与历史认识之间矛盾冲突的形成，根源就在于北方文化中心本位思想的影响。东汉末年的但望曾言：“江州以东，滨江山险，其人半楚，姿态敦重；垫江以西，土地平敞，精敏轻疾，上下殊俗，情性不同。”⑥ 但望认为，受楚人影响的巴人“姿态敦重”，而未受楚人影响的巴人“精敏轻疾”。楚人的地域形象在此一改“剽悍轻果”而变成为“姿态敦重”，巴

---

① （汉）司马迁：《史记》卷一百二十九《货殖列传》，中华书局1959年版，第3267页。
② （汉）司马迁：《史记》卷六十《三王世家》，中华书局1959年版，第2116页。
③ （汉）司马迁：《史记》卷五十五《留侯世家》，中华书局1959年版，第2046页。
④ （汉）司马迁：《史记》卷一百六《吴王濞列传》，中华书局1959年版，第2821页。
⑤ （汉）班固：《汉书》卷八十九《循吏传》，中华书局1962年版，第3624页。
⑥ （晋）常璩撰，刘琳校注：《华阳国志》卷一《巴志》，巴蜀书社1984年版，第49页。

人则取代楚人成为“精敏轻疾”的新主人。对于如何理解“剽悍轻果”地域印记的变化原理，郝经的《四夷总序》提供了一个很好的切入点，据《续后汉书·四夷总序》载：“上世甿俗敦一，均为朴野，相忘而不相竞，故无夷夏之分大庭。轩辕帝有中土，法制渐备，风俗与王化远迩，故鄙夷与粹孅别，悍暴与仁柔异。”① 郝经认为，夷夏之分在于悍暴与仁柔，悍暴是夷狄的象征性文化符号，仁柔是华夏的标志性特征。也就是说，“姿态敦重”与“剽悍轻果”是两种文化符号表征，它们展演了自我与他者、文明与野蛮的律动。

以仁柔与劲悍作为文明与野蛮的象征，可见于汉代刘敬的《作丹书铁券与匈奴分土界》：“自海以南，冠盖之士处焉。自海以北，丰强之士处焉。”② 长城以南的汉帝国为“冠盖之邦”，长城以北的匈奴为“丰强之乡”。如出一辙，汉成帝《孛星见求直言诏》亦曰：“与内郡国举方正能直言极谏者各一人，北边二十二郡举勇猛知兵法者各一人。”③ 内郡出贤良方正，边郡多勇猛劲悍，类似的诏书还有很多，汉宣帝颁布的《求贤择能诏》：“（本始四年夏四月）令三辅、太常、内郡国举贤良方正各一人。”“（地节三年春三月）令内郡国举贤良方正可亲民者。”④ 在帝国的认知中，儒雅与剽悍是内郡与外郡分野的标志，也是文明和野蛮的区隔线。概言之，文化是地域印记形成的关键性要素。

周秦时期，楚文化相对于中原文化为异质文化，被视为蛮夷的楚国与华夏有着一定的文化隔阂，吕思勉即说：“音读之殊，实惟楚、夏。古盖以夏言为正，故《论语》言子所雅言，诗、书、执礼；而孟子讥许行为南蛮鴃舌之人。”⑤ 汉代继承周秦时期的偏见，史料记载中的吴楚之地“愚悍”“猾贼”，其本质上即是指其未受到文化熏陶，处于半愚昧半开化状态。经

① （元）郝经：《续后汉书》卷七十九上，商务印书馆1958年版，第1137页。
② （唐）虞世南：《北堂书钞》卷一百四，中国书店1989年版，第400页。
③ （汉）班固：《汉书》卷十《成帝纪》，中华书局1962年版，第326页。
④ （汉）班固：《汉书》卷八《宣帝纪》，中华书局1962年版，第245页。
⑤ 吕思勉：《秦汉史》，中国友谊出版公司2009年版，第558页。

过两汉的开发，至东汉末年时，吴楚之地已经接受了中原文化的改编重塑，能够与中原文化保持一致，王夫之说道："江、浙、闽、楚，文教日兴……理学节义文章事功之选，肩踵相望，天所佑也，汉肇之也。"① 在此时的华夏文化圈看来，吴楚已经是"自己人"了，可以分享自己"姿态敦重"的文化符号。而巴人仍在中原文化圈外，故在华夏文化圈的他者视角中形成了"精敏轻疾"的地域印象。总而言之，在"姿态敦重"作为汉王朝文化的象征性符号时，"精敏轻疾"便是一种对他域文化的歧视和想象。以北方中原文化为本位的汉王朝，不顾各个地域的历史事实，从容不迫地给它们冠以各种称号与名谓，认同北方中原文化、服从帝国政府的支配则冠之以"淳朴质素"的称号，反之则冠之以"劲悍贼果"的印记。

楚地"劲悍"的地域认知已经影响到了史家的历史叙述。在书写跟楚地相关的人物或者事迹时，史家将"劲悍"的刻板形象强加于楚地人物之上，以符合其心中的楚地想象。《史记·吴王濞列传》载："吴太子师傅皆楚人，轻悍，又素骄，博，争道，不恭，皇太子引博局提吴太子，杀之。"② 吴王濞作乱的源头是吴太子被杀，吴太子被杀则是因为其争强好胜的性格，在司马迁的叙述中，此性格的养成和太子师傅的楚人身份有关，"太子师傅皆楚人，轻悍"。但是司马迁在叙述时有意忽略了吴王濞的影响，吴王濞自身就是一个赳赳武夫，他被封为吴王便是因为有胆气，"刘仲子沛侯濞年二十，有气力，以骑将从破布军蕲西，会甀，布走。……上患吴、会稽轻悍，无壮王以填之，诸子少，乃立濞于沛为吴王，王三郡五十三城"③。吴王濞是因为"壮王"而被封于吴地，高祖认为他的胆气雄心可以镇压吴地的轻悍之气，可见吴王濞自身便是一个剽悍精勇式的人物。司马迁叙述吴王叛乱的起因时刻意忽略了吴王濞对太子的影响，令读者产生太子性格骄狂的主要原因是受楚人师傅"轻悍"影响的错觉。不得不说楚人"劲悍"的地域认

① （清）王夫之：《读通鉴论》卷三《武帝》，中华书局1975年版，第71页。
② （汉）司马迁：《史记》卷一百六《吴王濞列传》，中华书局1959年版，第2823页。
③ （汉）司马迁：《史记》卷一百六《吴王濞列传》，中华书局1959年版，第2821页。

知先验地存于太史公的心里，故才有此强烈主观意识的书写。

再如《史记·司马相如列传》中文颖在释“鄢郢缤纷，激楚结风”的“激楚”时曰：“激，冲激，急风也。结风，回风，回亦急风也。楚地风气既自漂疾，然歌乐者犹复依激结之急风以为节，其乐促迅哀切也。”[①] 文颖认为楚地是风气漂疾之域，因此将“激”释为“急”，“激楚结风”即为急促哀切之乐。但早于此的《楚辞·招魂》亦有“激楚”一词：“宫廷震惊，发激楚些。……激楚之结，独秀先些。”王逸将此“激楚”解为：“激，清声也。言吹竽击鼓，众乐并会，宫廷之内，莫不震动惊骇，复作激楚之清声，以发其音也。”[②] 王逸以为“激楚”的“激”是清声，指的是用清凄舒缓的曲目来缓解宫廷的震惊。事实上，假如我们认真考察楚地音乐的代表作品，即以哀怨伤感为主旋律的“楚辞”时，便不会将“风气漂疾”与楚地音乐组合起来了。汉初的楚风楚音在帝室流传极广，其作品风格就是以哀婉清凄为主：

> 大风起兮云飞扬，威加海内兮归故乡，安得猛士兮守四方![③]（《大风歌》）
>
> 诸吕用事兮刘氏危，迫胁王侯兮强授我妃。我妃既妒兮诬我以恶，谗女乱国兮上曾不寤。我无忠臣兮何故弃国？自决中野兮苍天举直。于嗟不可悔兮宁蚤自财，为王饿死兮谁者怜之！吕氏绝理兮托天报仇。[④]（《赵幽王歌》）

这几首楚声弥漫着伤感郁结之气，或担忧江山谁来守护，或忧虑自我命运，这其中并无多少“促迅哀切”，反倒是以清凄和缓为主。从文颖的解释

① （汉）司马迁：《史记》卷一百一十七《司马相如列传》，第3039页。

② （宋）洪兴祖撰：《楚辞补注》卷九《招魂章句》，白化文等点校，中华书局1983年版，第210页。

③ （汉）司马迁：《史记》卷八《高祖本纪》，中华书局1959年版，第389页。

④ （汉）司马迁：《史记》卷九《吕太后本纪》，中华书局1959年版，第403—404页。

以及司马贞选择文颖而不选择王逸的做法中，不难看出他们以先验的刻板印象为指导，想当然地将印象中的楚地“风气漂疾”加之于楚音之上，而未曾联系实际的楚音楚风。综而言之，在汉代的历史世界，楚人“劲悍”已成为一种刻板印象与固定看法，史家在分析解释历史现象时多受到这种认识的影响。

二 《楚辞》研究：儒学背景下的南土探讨

汉代的《楚辞》研究，具体包括《楚辞》阐释及屈原评价，二者都带有浓厚的北方文化本位气息。纪晓建在其博士论文《汉代楚辞学研究》中指出：“‘依诗释骚’和‘儒道杂糅’这种看起来相互矛盾的学术特征和文人心态在两汉楚辞学领域‘和谐’地并存着。儒家价值观成为汉代楚辞学者评价屈原人格及其作品的标准。”① 楚辞学在汉代虽然成了显学，但是对其研究与探讨的标准却被儒家价值观把控着。儒家价值观是汉代楚辞研究者先入为主的视域，汉代知识阶层对“楚辞”的接受和阐释自觉带入了经学的眼光。由此，“依诗释骚”和“依经立义”成了汉代楚辞研究的核心内涵。

汉代的“楚辞”研究以刘安为发端，刘安《离骚传》曰：“《国风》好色而不淫，《小雅》怨诽而不乱，若《离骚》者，可谓兼之。”② 刘安用《诗经》中《国风》《小雅》的特征来概括《离骚》，可以说是宗经思想的先声，为后世建立了研究楚辞的范式。班固继此范式，用是否具有“恻隐古诗之义”，来评价屈原作品价值的高低，“大孺孙卿及楚臣屈原，离谗忧国，皆作赋以风，咸有恻隐古诗之义”③。王逸亦云：“屈原履忠被谮，忧悲愁思，独依诗人之义而作《离骚》，上以讽谏，下以自慰。”④《离骚》的功

---

① 纪晓建：《汉代楚辞学研究》，博士学位论文，苏州大学，2014 年，（中文摘要）第 2 页。

② （汉）司马迁：《史记》卷八十四《屈原列传》，中华书局 1959 年版，第 2482 页。

③ （汉）班固：《汉书》卷三十《艺文志》，中华书局 1962 年版，第 1756 页。

④ （宋）洪兴祖撰：《楚辞补注》卷一《离骚经章句》，白化文等点校，中华书局 1983 年版，第 48 页。

能首先是政治性的讽谏，其次才是抚慰情感的艺术效果，所以王逸阐释《离骚》的价值时说：“依诗人之义，而作《离骚》。”这便是所谓的“依诗释骚”。王氏将此原则贯穿于《楚辞章句》之中，以《离骚》为例：

> “帝高阳之苗裔”，则“厥初生民，时惟姜嫄”也；“纫秋兰以为佩”，则“将翱将翔，佩玉琼琚”也；“夕揽洲之宿莽”，则《易》“潜龙勿用”也；“驷玉虬而乘鹥”，则“时乘六龙以御天”也；“就重华而陈词”，则《尚书》咎繇之谋谟也；登昆仑而涉流沙，则《禹贡》之敷土也。①

王逸将《离骚》的诗句附着于《诗》《书》《易》等儒学经典之上，这暗示着《离骚》自身没有独立存在的价值，它只有附和于儒学经典才拥有了生命和意义。后世高似孙《纬略》仿此，在“大小山犹二雅”条将《楚辞》作品一一比附于儒学经典《诗经》，“《淮南书》有大山、小山，犹《诗》有二《雅》，黄太史言章子厚论楚辞，皆有所本。予初不以为然，因叩之，子厚曰：‘《离骚经》本之《国风》，《九歌》本之《大雅》，《九辨》本之《小雅》。’考之信然”②。这些以儒家义理为核心，去批评和检讨《楚辞》的价值意义的做法，深刻阐释着“依经立义”的深刻内涵。

《文心雕龙·辨骚》对汉代的楚辞研究做了一个整体俯瞰：“淮南作传……班固……王逸……及汉宣嗟叹，以为皆合经术；扬雄讽味，亦言体同诗雅。四家举以方经。”③ 无论是“皆合经术”，还是“体同诗雅”，表现的都是“楚辞”对经学的响应，而不是说“楚辞”自身拥有独立的价值。“举以方经”是刘勰对汉代《楚辞》研究特征的总结，也是刘勰自己研究的基

① （宋）洪兴祖撰：《楚辞补注》卷一《离骚经章句》，白化文等点校，中华书局1983年版，第49页。

② （宋）高似孙撰：《纬略》卷九，中华书局1985年版，第153页。

③ （南朝梁）刘勰：《文心雕龙注释》卷一《辨骚》，周振甫注，人民文学出版社1981年版，第35页。

点，“固知《楚辞》者，体宪于三代，而风杂于战国，乃雅颂之博徒，而词赋之英杰也。观其骨鲠所树，肌肤所附，虽取镕经意，亦自铸伟辞”①。“取镕经意”是《楚辞》的根源价值，若无此，所谓“自铸伟辞”也就流荡于言语的游戏和修饰的玩具。

北方经学不但是评价南方“楚辞”作品的价值标准，也是褒贬屈原的衡量标杆。如果屈原的行为符合北方经学所宣扬的价值传统，他就受到褒扬；但如果背离北方经学的价值传统，他便受到贬斥。如扬雄在《反离骚》中说：“昔仲尼之去鲁兮，婓婓迟迟而周迈，终回复于旧都兮，何必湘渊与涛濑!”② 扬雄以至圣先师孔子离开故都鲁国为依据，来否定屈原固守楚国的价值意义。《论语·述而》有言：“用之则行，舍之则藏。”《诗经·烝民》亦云：“既明且哲，以保其身。”先圣以明哲保身为自身的处世原则，故扬雄“以为君子得时则大行，不得时则龙蛇，遇不遇命也，何必湛身哉!”屈原固守一端而不知变通，严重违背了孔子“绝四：毋意，毋必，毋固，毋我”中的“必”“固”，并且牺牲了性命，这深为信仰北方儒家价值观的汉代士人所不取，所以班彪在《悼离骚》中说：“圣哲之有穷达，亦命之故也。惟达人进止得时，行以遂伸。否则诎而坼蠖，体龙蛇以幽潜。”③ 圣贤哲人随时顺势而动，如屈原般拘泥固执是不可取的。

与此同时，也有学者从先圣经典中发掘屈原自沉的正面性。王逸对屈原的固守楚国、自沉汨罗作了新的阐释：“且人臣之义，以忠正为高，以伏节为贤。故有危言以存国，杀身以成仁。……今若屈原，膺忠贞之质，体清洁之性，直若砥矢，言若丹青，进不隐其谋，退不顾其命，此诚绝世之行，俊彦之英也。”④ “杀身成仁”与“直若砥矢”均出自《论语·卫灵公》：“志

① （南朝梁）刘勰：《文心雕龙注释》卷一《辨骚》，周振甫注，人民文学出版社 1981 年版，第 36 页。

② （汉）班固：《汉书》卷八十七上《扬雄传上》，中华书局 1962 年版，第 3521 页。

③ （唐）欧阳询撰：《艺文类聚》卷五十六，汪绍楹校，中华书局 1965 年版，第 1016 页。

④ （宋）洪兴祖撰：《楚辞补注》卷一《离骚经章句》，白化文等点校，中华书局 1983 年版，第 48 页。

士仁人，无求生以害仁，有杀身以成仁。”“直哉史鱼！邦有道，如矢；邦无道，如矢。”① 王逸以孔子盛称的“杀身成仁”与“直若砥矢”品性来解释屈原的自沉行为，将屈原塑造成“忠贞伏节”儒家圣贤形象，从而瓦解扬雄等人以为屈原自沉不合经义的解释。

总而言之，无论是肯定还是否定，汉代对于屈原和《楚辞》的评论的立足点都是经学大义。然而屈原作为传承楚文化的典型人物，其自身的价值系统与理想观念是不同于北方儒家价值观的，以经学大义来剖判楚文化的代表人物与代表作品，可谓北方文化中心本位的直接展示。

三 文本改编：文化主流下的南土思想

南方的楚文化作为源自夏殷族的原始氏族文化，其自然区别于齐、鲁、晋等中原诸侯所接受的周礼文化，统一中国的秦汉帝国以周礼文化为主流价值观，因此对楚文化进行整合和收编便是势在必行的一件大事，而对作为文化载体的文本进行整理更是重中之重。在战国时期即开始的“直躬证父”文本改编中，背后就反映了北方中原文化对南方楚文化的整理与收编以及南方楚文化的反抗与斗争。

“直躬证父”一事最早见于《论语·子路》篇，“叶公语孔子曰：‘吾党有直躬者，其父攘羊，而子证之。’孔子曰：‘吾党之直者，异于是。父为子隐，子为父隐，直在其中矣。’”叶公眼中的“直”是公正无私，法理之下无私情；而孔子眼中的“直”是亲亲相隐，法理不外乎人情。江熙在注解《论语》时便注意到二者之间的对立，“叶公见圣人之训，动有隐讳，故举直躬，欲以此言，毁訾儒教，抗衡中国。夫子答之，辞正而义切，荆蛮之豪，丧其夸矣”。② 江熙称叶公欲“毁訾儒教，抗衡中国”，虽是微刺之言，却颇具真义。以叶公所论“证父攘羊”为楚文化之直，而以孔子所论

① （宋）朱熹：《四书章句集注·论语集注》，中华书局1983年版，第162—163页。
② 《论语注疏》卷十三《子路》，清嘉庆本《十三经注疏》，中华书局2009年版，第5448页。

“亲亲相隐”为中原文化之直，从楚文化精神与中原文化精神的文化视野重新来审视这则材料，可以给我们带来一些新的认识。近代的钱穆即指出：“当孔子之世，齐、晋霸业已衰，楚与中原诸夏往复频繁，已与昔之以蛮夷自处者远别。然当时南北文化歧见，尚有芥蒂。叶公之意，殆自负以为南方风气人物并不下于北方，故特有此问。”① 叶公在此是为自身的楚文化而自豪，为其不同于北方而骄傲。金良年也说：“叶公在此实际是楚文化的代表……（孔子）在与叶公谈到行为问题时，强调在自己的文化中是要讲伦理的，不单凭行为本身来界定，借此抑低叶公所处的文化。”② 钱穆、金良年等学者将叶公与孔子之辩深入南北文化精神对立的层面，从更高的角度来探讨这则小故事的寓意。实际上，楚民族一直颇有自异于中原的自信精神，楚先王熊渠便说“我蛮夷也，不与中国之号谥”，楚武王亦言“我蛮夷也。今诸侯皆为叛相侵，或相杀。我有敝甲，欲以观中国之政，请王室尊吾号”③，而楚成王“初收荆蛮有之，夷狄自置”④。楚地之自立自强精神可见一斑，叶公以“直”来揶揄孔子，抗衡中国，亦是极为正常之事。

此后，证父攘羊的故事在先秦诸子的文本世界中不断发展变异，其意义维度也发生了极大的转变。据《韩非子·五蠹》载：

> 楚之有直躬，其父窃羊而谒之吏。令尹曰：“杀之！”以为直于君而曲于父，报而罪之。以是观之，夫君之直臣，父之暴子也。鲁人从君战，三战三北。仲尼问其故，对曰：“吾有老父，身死，莫之养也。”仲尼以为孝，举而上之。以是观之，夫父之孝子，君之背臣也。故令尹诛而楚奸不上闻，仲尼赏而鲁民易降北。⑤

---

① 钱穆：《孔子传》，生活·读书·新知三联书店 2012 年版，第 68 页。

② 金良年：《论语译注》，上海古籍出版社 2016 年版，第 207 页。

③ （汉）司马迁：《史记》卷四十《楚世家》，中华书局 1959 年版，第 1692、1695 页。

④ （汉）司马迁：《史记》卷三十二《齐太公世家》，中华书局 1959 年版，第 1491 页。

⑤ （战国）韩非：《韩非子集解》卷十九《五蠹》，（清）王先慎集解，钟哲点校，中华书局 1988 年版，第 449 页。

“直躬证父”一事在此新增了“令尹曰：‘杀之！’”的结局，以及“令尹诛而楚奸不上闻”的影响。在令尹看来，纵然直躬是“直于君”，但他更为重要的是“曲于父”，功不抵过，本末倒置，所以要杀之。同此，文中所举的“鲁人三战三北”事例，鲁人以孝顺老父为理论根据，放弃了保家卫国的责任，这种行为得到了仲尼的赞赏。抛开韩非子所要阐述的“刑效”理论，从令尹以“不孝”之罪诛杀直躬与仲尼以“孝”之名劝赏鲁人，或许可以印证在《五蠹》所展现的世俗世界中，“孝”已然成为价值判断的普遍准则。

《吕氏春秋》对直躬的故事也有所改编：

> 楚有直躬者，其父窃羊而谒之上，上执而将诛之。直躬请代之。将诛矣，告吏曰：“父窃羊而谒之，不亦信乎？父诛而代之，不亦孝乎？信且孝而诛之，国将有不诛者乎？”荆王闻之，乃不诛也。孔子闻之曰：“异哉！直躬之为信也，一父而载取名焉。”故直躬之信，不如无信。①

直躬者的故事在此踵事增华，先是承继《韩非子》所言“令尹曰：‘杀之！’”的故事进展，“上执而将诛之”，其后是直躬欲代父受刑，最后是临刑之际的自我狡辩性陈述。故事一波三折，起伏不断，却更加明确地展示了直躬所谓的“直”是他自己沽名钓誉、欺世盗名的行为，便如应劭在《过誉篇》中所言：“讦以为直，隐以为义，枉以为厚，伪以为名，此众人之所致誉，而明主之所必讨；盖观过知仁，谓中心笃诚，而无妨于化者，故覆其违理曰过誉也。”② 直躬一事在《当务》中主要用于解释“信而不当理”，即讲究信却不合时务、不合情理，违背了世俗的正常规则，因此文章最后下

① （秦）吕不韦编：《吕氏春秋集释》卷十一《当务》，许维遹集释，梁运华整理，中华书局 2009 年版，第 251—252 页。

② （汉）应劭撰：《风俗通义校注》卷四《过誉》，王利器校注，中华书局 1981 年版，第 168 页。

结论说："直躬之信，不如无信。"

虽然《吕氏春秋》与《韩非子》对"直躬者"的后续改造有所不同，但不约而同地否认了直躬者所自我期许的"直"，认为他的行为是违背社会规则，挑战社会秩序的。与此同时，证父攘羊之事亦在其他经典文本中出现：

> 直躬证父，尾生溺死，信之患也。……此上世之所传，下世之所语，以为士者正其言，必其行，故服其殃，离其患也。[①]（《庄子·盗跖》）
>
> 言而必信，期而必当，天下之高行也。直躬其父攘羊，而子证之，尾生与妇人期而死之。直而证父，信而溺死，虽有直信，孰能贵之？[②]（《淮南子·泛论训》）

《庄子》认为直躬是"正其言，必其行"的"士者"，《淮南子》则认为直躬是"言而必信，期而必当"的"天下之高行"，在《庄子》与《淮南子》的阐述中，直躬之"直"是一种为世俗所认可的道德原则，是一种为社会所肯定与推扬的高尚行为。而后二者再站在更高的角度与更深的层面对世俗所认可的"高行"进行批判，他们认为世俗社会所期许的"直"带来的后果是"服其殃，离其患"，这是不可取的。只有懂得权衡变通，不拘泥于世俗的条条框框，才是真正的"士"，"唯圣人为能知权"。

诸子习惯于对世俗世界进行批判，以此宣扬自己的思想精神。但需要注意的是，《韩非子》与《吕氏春秋》暗示了"孝"是社会的普遍原则，直躬之"直"是作为社会普遍原则的反面出现的；《庄子》与《淮南子》则隐喻了直躬的"直"是为一般群众所认可的普遍性法则。诸子对世俗社会

① （战国）庄周：《庄子集解》卷八《盗跖》，（清）王先谦集解，沈啸寰点校，中华书局1987年版，第267页。

② （汉）刘安编：《淮南子集释》卷十三《泛论训》，何宁集释，中华书局1988年版，第952页。

所信仰的精神品质的判断出现了极大的误差，推其原因，当是楚文化传统与中原文化传统的区别和歧异所致。《吕氏春秋》是秦国吕不韦集合其门客所作，《韩非子》亦是三晋法家的合著，二者都可视为接受中原文化价值观的产物，他们直接续写证父攘羊之事，以此讥讽直躬之虚伪不堪，违背社会良俗秩序。而《庄子》和《淮南子》都是习染于楚文化的代表作品，他们笔下的世俗社会将直躬证父视为高贵正直的品行，反映了他们对楚地经典文本和模范人物的集体认同与潜意识理解。文化传统的不同是世俗社会认知歧异的根源所在，直躬文本的反复改编，征示着叶公与孔子之辩的继续。

到了汉代，帝国承继中原文化以孝治国的政治理念，“孝廉”成为抡才大典的察举制的核心科目，其理论依据是孝子即忠臣，如韦彪就说：“夫国以贤为本，[贤] 以孝为行。孔子曰：‘事亲孝故忠可移于君，是以求忠臣必于孝子之门。’”① 这种忠孝一体观，即《孝经》所言“故以孝事君则忠”。帝国将中原文化圈提倡的亲亲相隐提高到政治制度层面，汉宣帝地节四年（前66年）下诏曰：“父子之亲，夫妇之道，天性也。虽有患祸，犹蒙死而存之。诚爱结于心，仁厚之至也，岂能违之哉！自今子首匿父母，妻匿夫，孙匿大父母，皆勿坐。其父母匿子，夫匿妻，大父母匿孙，罪殊死，皆上请廷尉以闻。”② 汉元帝也多次颁布类似的诏令：“盖闻亲亲之恩莫重于孝，尊尊之义莫大于忠”“夫福善之门莫美于和睦，患咎之首莫大于内离。……传曰：‘父为子隐，直在其中矣。’”③ 亲亲相隐成为帝国运行机制的一部分，以律令制度的形式固定下来。而思想界对此亦是欢欣鼓舞，如《盐铁论·周秦》亦曰：“父母之于子，虽有罪犹匿之，其不欲服罪尔。子为父隐，父为子隐，未闻父子之相坐也。”④《白虎通·论隐恶之义》曰：“父独为子隐

---

① （晋）袁宏撰：《后汉纪》卷十一《孝章皇帝纪上卷》，张烈点校，中华书局2002年版，第221页。

② （汉）班固：《汉书》卷八《宣帝纪》，中华书局1962年版，第251页。

③ （汉）班固：《汉书》卷八十《东平思王宇传》，中华书局1962年版，第3320—3322页。

④ （汉）桓宽编，王利器校注：《盐铁论校注》卷十《周秦》，中华书局1992年版，第585页。

何？以为父子一体，荣耻相及。……兄弟相为隐乎？曰：然。与父子同义。”[①]《盐铁论》与《白虎通》是汉代两次思想大讨论的精神结晶，其讨论结果得到了绝大部分士人的认可，二者对亲亲相隐的赞同表示汉代思想世界的价值取向。

而到了东汉中晚期，舍孝为国的婞直之风开始得到推崇。“婞直”之士超越世俗认可的血缘亲情的人伦规范，以“忠义”自许，如《后汉书·独行列传》记载：“贼出母以示苞，苞悲号谓母曰：‘为子无状，欲以微禄奉养朝夕，不图为母作祸。昔为母子，今为王臣，义不得顾私恩，毁忠节，唯当万死，无以塞罪。’”当赵苞的老母被叛贼挟持，威胁赵苞退兵时，赵苞在父母之孝与国家之忠中选择了忠，所谓“义不得顾私恩，毁忠节”，最终其老母也为贼人所害。汉末多有与赵苞类似之事，如公孙瓒奔赴日南侍奉旧主时说：“昔为人子，今为人臣，当诣日南。日南瘴气，或恐不还，与先人辞于此。”[②] 王异在准备铲除马超时言：“忠义立于身，雪君父之大耻，丧元不足为重，况一子哉？夫项讬、颜渊，岂复百年，贵义存耳。”[③] 这些人都是以“忠义”为先，而将“孝”的顺序排在后面。他们以信义自我期许，将人伦规范中的“孝”置之身后，这不得不说是一种时代的新变局。

综上，楚文化视家国难以两全，在困顿中以“忠”为基本固持；而中原文化则认为家国一体，在核心处以“孝”为价值内涵。先秦时代，直躬文本处于持续变异和传播中，中原文化圈为符合自身审美文化与价值的需要，对楚地文化典故不断进行改写编造——将楚地自我褒扬的精神品质进行污名化的处理。汉帝国虽然以诏书的形式宣布亲亲相隐、以孝治国的正义性，然在现实生活中，舍孝为忠、舍家为国的行为亦是得到社会的普遍承

① （汉）班固编：《白虎通疏证》卷五《论隐恶之义》，（清）陈立撰，吴则虞点校，中华书局1994年版，第240页。

② （晋）陈寿：《三国志》卷八《公孙瓒传》，中华书局1971年版，第239页。

③ （晋）陈寿：《三国志》卷二十五《杨阜传》，中华书局1971年版，第703页。

认，这展示了中原文化与楚文化双方都在帝国的意识形态中留下了自己的痕迹。中原文化的“直”得到了帝国明面上的承认，成了意识形态中的大传统，而楚文化的“直”成为帝国思想文化中的潜流，作为小传统被帝国群众默默保留着。

东晋永和时期的会稽侨寓文人集团考论*

王建国**

一般认为，中国的山水诗至谢灵运才得以真正确立。但钱锺书先生在《管锥编·全后汉文》卷八九中论及山水文学的源流时云：

诗文之及山水者，始则陈其形势产品，如《京》《都》之赋，或喻诸心性德行，如《山》《川》之《颂》，未尝玩物审美。继乃山川依傍田园，若茑萝之施松柏，其趣明而未融，谢灵运《山居赋》所谓“仲长愿言”“应璩作书”“铜陵卓氏”“金谷石子”，皆“徒形域之荟蔚，惜事异于栖盘”，即指此也。终则附庸蔚成大国，殆在东晋乎？

钱先生在这里实质上论述了中国山水文学的特质问题，什么样的作品才算山水文学？首先，山水文学要具有“玩物审美”的特点，即以一种审美的态度来观照山水，而非像《二京赋》《三都赋》，描写山水只是“陈其形势产品”，或如董仲舒《山川颂》那样，以山水“喻诸心性德行”；其次，山水描写要成为作品内容的主体，而非如“茑萝之施松柏”，只是诗文其他内容的附庸。真正达到上述两个条件，使山水摆脱附庸地位而蔚成大国，

* 本文为国家社科基金项目（项目编号：08BZW033）最终成果之一。

** 王建国，洛阳师范学院文学院院长、教授、文学博士。

“殆在东晋”。范文澜先生亦认为，山水之诗起自东晋初庾阐诸人①。可见，山水文学从酝酿到产生有一个发展的过程，而东晋文人的山水审美活动在山水文学的形成过程中起着重要作用。尤其值得注意的是，东晋永和年间，许多侨寓士人移居会稽，形成了以王羲之、谢安为中心的侨寓文人集团。② 他们在会稽地区大量的山水审美实践，极大地提高了文人的山水审美意识，积累了丰富的山水审美经验，形成一种自觉的山水审美思潮，为山水文学的产生奠定了社会基础和艺术基础，成为后来晋宋之际山水诗兴起的重要契机。这一点似乎为过去的山水文学研究者所忽视。本文试以会稽侨寓文人集团的山水游赏活动为中心，探讨他们在晋宋山水文学发展过程中的作用及其对后世文学的影响。

一　会稽侨寓文人集团的形成及其时代背景

西晋末年的永嘉之乱打断了魏晋文学在北方的发展进程，但同时也为文学的发展带来新的契机。西晋政权瓦解后，大批的北方人涌向南方，不仅建康及其附近地区麇集了许多北方士人，就是在当时被认为偏远的福建地区，也有中原大族林、黄、陈、郑、詹、丘、何、胡等八族迁居于此。③ “中州士女避乱江左者十六七”，其总数达 90 余万人，约占当时全国人口的六分之一。④ 东晋建立后，为了更好地安置侨居的北方人，政府专门设立了许多侨州、侨郡、侨县。《宋书·州郡志》云：“自夷狄乱华，司、冀、雍、凉、青、并、兖、豫、幽、平诸州一时沦没，遗民南渡，并侨置牧司，非旧土也。”⑤ 仅在晋陵（今江苏常州一带）一郡就设立了徐、兖、幽、冀、青、

① 范文澜：《文心雕龙注》“明诗篇”注三十四案语，人民文学出版社 1958 年版，第 92 页。

② 侨寓士人，即指永嘉以后从北方迁至江左的士人，他们过江后，并不认同自己是南方人，仍然保留原来在北方的籍贯，视自己为寓居南方的北方士人，也称“侨姓士人”。

③ （明）何乔远《闽书》卷 152：“永嘉二年（公元 308 年），中原板荡，衣冠始入闽者八族，所谓林、黄、陈、郑、詹、丘、何、胡是也。”

④ 谭其骧：《晋永嘉丧乱后之民族迁徙》，《长水集》上册，人民出版社 1987 年版，第 219 页。

⑤ （南朝宋）沈约：《宋书》，中华书局 1974 年版，第 1028 页。

并六州10多个侨郡和60多个侨县机构。随着侨寓士人数量的增加，各种政治、经济特权制度也随之推行开来。其中一个重要的政策就是允许北来的士人在江南求田问舍，以重建其私有田庄。由于这些侨寓士人在北方的田业已丧失殆尽，他们来到江南后经济基础十分薄弱，所以特别注意财富的聚敛和积累。为了满足自己建屯、邸、别墅的土地欲望，他们不惜破坏山林泽地不许私有的禁令，封山占水，不断扩大在江南的经济基础以站稳脚跟。太湖流域的土地已成为江南土著士族的禁脔，为了避免与吴人争夺利益而引起冲突，侨寓士人不得不南下到人口较少的会稽一带抢置田业，经营山居，甚至继续向南迁移发展到温、台地区，形成东晋侨寓士人迁居江南后的第二次移民热潮。①

会稽郡，秦初置，治所在吴（今江苏吴县），辖春秋时长江以南的吴国、越国故地。汉武帝元狩四年（公元前119年），将“关东贫民徙陇西、北地、西河、会稽，会稽凡七十二万五千口”，开启了移民开发会稽的序幕。② 东汉时会稽郡太守马臻“创筑镜湖长堤以蓄水……溉田九千余顷”③。随着经济的发展和人口的繁衍，会稽辖域屡经分割，范围日狭。至西晋，会稽仅统山阴、上虞、余姚、鄞、句章、始兴、剡、永兴、诸暨、鄮等十县，治所山阴。至东晋时期会稽已成为三吴的腹心，不仅具有优越的经济条件，在南北对峙形势中也较为安全，是东晋政权主要枕藉之地。东晋立国前，晋元帝就曾告诫会稽内史诸葛恢：“今之会稽，昔之关中，足食足兵，在于良守。”韩康伯《王述碑》称赞会稽是“关、河之重，泱泱大邦”④，足见当时会稽之繁盛及其地位之重要。东晋咸和四年（公元329年），苏峻之乱平定后，建康宫阙尽为灰烬，朝士和三吴豪杰甚至曾提出迁都会稽的主张。⑤为了便利会稽与建康之间的交通，加强二者之间人员往来，传递信息，东晋

① 参见王仲荦《魏晋南北朝史》，上海人民出版社1980年版，第330页。
② 辛德勇：《汉武帝徙民会稽史事释证》，《中国史研究》2005年第1期。
③ （清）西吴悔堂老人《越中杂识》上卷《名宦》，浙江人民出版社1982年版，第42页。
④ （南朝梁）萧统：《文选》卷59《碑文下》李善注引，上海古籍出版社1986年版，第2549页。
⑤ 参见《晋书》卷91，《世说新语·文学》第102条注引《晋阳秋》。

政府进一步疏浚运河和水道，使寓居会稽的侨寓士人能与朝廷保持较为密切的联系。[①] 于此可见会稽在东晋中的地位。[②] 会稽有时也泛指以会稽为中心的浙东地区，即所谓的“会稽五郡”（会稽、临海、东阳、永嘉、新安），这五郡非但是汉代会稽故地，在东晋也常被看成一个地域。[③] 由于这一地区位居都城建康以东，常被人们称为“东”“东土”“东山”等。东土五郡不但人口较少，而且都有绝佳的山水美景，因此成为侨寓士人迁居的首选之地。其迁居的特点是以家族为团体，往往是举家或举族迁徙，如琅邪王氏、陈郡谢氏、太原王氏、高平郗氏、陈留阮氏、颍川庾氏等率其宗族、乡里、宾客、部曲不断迁居东土，开发庄园，经营山居，形成巨大的利益团体和政治势力。东土五郡在侨寓士人迁徙中占据重要地位，陈寅恪先生有着更为深刻的揭示，他说：“北来上层社会阶级虽在建业首都作政治之活动，然其殖产兴利为经济之开发，则在会稽临海间之地域。故此一带区域亦是北来上层社会阶级所居住之地。”[④]

在东土五郡中，会稽郡是侨寓士人迁移的中心地区。据王志邦先生研究，东晋时期侨寓士人迁入会稽郡大约分三个阶段：第一阶段在西晋末年至东晋元帝时期，主要有陈郡阳夏谢氏、颍川鄢陵庾氏、北地泥阳傅氏和高阳许氏等，其中谢氏家于始宁、上虞，庾氏、许氏家于山阴，傅氏家于上虞。他们大多趁到会稽任地方官之机，举家寓居于此，此时迁入人数相对有限。第二阶段在成帝至康帝时期，因避苏峻之乱，一些北方士族从都城建康迁到会稽，主要有庐江何氏、陈留阮氏、太原王氏以及削发为僧的琅邪王氏等。此阶段流寓会稽的士人，为避免与土著大族争夺土地，大多选择上虞江源头的剡溪流域为迁居地。第三阶段在穆帝时期，主要有太原中都孙氏、江夏李

---

① 田余庆：《东晋门阀政治》，北京大学出版社 1996 年版，第 83—89 页。

② 会稽在东晋的重要地位，具体可参田氏《东晋门阀政治》中《会稽——三吴的心腹》一节及陈国灿《试论会稽郡在东晋政权中的地位与作用》，《浙江师范大学学报》（社会科学版）1990 年第 1 期。

③ 田余庆：《东晋门阀政治》，北京大学出版社 1989 年版，第 79—82 页。

④ 陈寅恪：《述东晋王导之功业》，《金明馆丛稿初编》，生活·读书·新知三联书店 2001 年版，第 71 页。

氏、高平金乡郗氏、谯国戴氏、乐安高氏、琅邪王羲之家族及高僧支遁等。这一阶段迁移人口最多，侨寓士人中很多文化名流接踵而至，云集在剡溪—上虞江（即曹娥江）流域。[①] 在上述整个人口迁移过程中，山阴、上虞、始宁、剡县四县是侨寓士人迁徙最集中的地带。

西晋永嘉初至东晋永和年间迁居会稽郡的主要侨寓士人统计

氏族及郡望	迁居时间	迁居地点	代表人物	资料来源
晋室司马氏	咸和二年	山阴	会稽王司马昱	《晋书》卷32
	咸康年间	会稽东山	王胡之	《世说新语·方正》、《晋书》卷79
	成帝末年	剡县	竺潜（王敦弟）	《高僧传》卷4
	永和七年	山阴	王羲之、王献之、王徽之、王凝之等	《晋书》卷81、张可礼《东晋文艺系年》“永和七年”
陈郡谢氏	东晋初	始宁	谢衡	河南太康谢家堂皮藏《谢氏族谱》
	咸和初	剡县	谢奕、谢安等	《世说新语·德行》
	咸康年间	上虞	谢安、谢万、谢玄等	《世说新语·赏誉》引《续晋阳秋》、《晋书》卷49等
颍川庾氏	永嘉中	山阴	庾琛、庾亮	《晋书》卷73
太原王氏	咸和间	山阴	王述	《建康实录》卷8、《晋书》卷75等
庐江何氏	咸和四年	山阴	何充	《晋书》卷77
高平郗氏	永和年间	山阴、剡县	郗愔、郗超	《晋书》卷67、《世说新语·栖逸》等
北地傅氏	永嘉中	上虞	傅敷、傅晞	《晋书》卷47、《宋书》卷55等
陈留阮氏	咸和初	剡县	阮裕	《晋书》卷49
济阳江氏	永和中	山阴	江彪	《晋书》卷56、《陈书》卷27
高阳许氏	东晋初	山阴、永兴	许归、许询	《建康实录》卷8
乐安高氏	永和年间	山阴	高柔	《世说新语·言语》及《轻诋》等
谯国戴氏	永和年间	剡县	戴逵	《晋书》卷92、《世说新语·栖逸》等
江夏李氏	永和年间	剡县	李充	《晋书》卷92、《晋书》卷78
太原孙氏	永和年间	鄞县	孙统	《晋书》卷56
	永和七年	山阴	孙绰	《晋书》卷56
陈留关氏	永和年间	山阴、剡县	支遁	《高僧传》卷4、《世说新语·文学》

① 王志邦：《东晋朝流寓会稽的北方士人》，见氏著《六朝江东史论》，中国青年出版社1989年版，第53—58页。

侨寓士人之所以多集中在山阴、上虞、始宁、剡县四县，是因为会稽土著大族主要集中在山阴、永兴、余姚等浙东北部的平原地区，侨寓士人如欲求田问舍，通常避开浙东土著势力强固之域，向曹娥江流域的上虞、剡、始宁等山区丘陵地带迁移。[①] 而山阴作为会稽郡的治所，侨寓士人往往借出任会稽内史的权力才得以在此安置家口。

侨寓士人到达会稽后，不断地“行田，视地利”[②]，占山固泽，兴建庄园，扩大自己在会稽的经济基础。如谢氏谢安一支从谢安“寓居会稽”始，到其孙子谢混，有“田业十余处，僮仆千人”。谢混之妻晋陵公主死时，仍是“资财巨万，园宅十余所。又会稽、吴兴、琅邪诸处”的田产，皆是“太傅（谢安）、司空（谢）琰时事业”。王羲之在与谢万的通信中谈到了他在会稽的庄园生活：“顷东游还，修植桑果，今盛敷荣，率诸子，抱弱孙，游观其间，有一味之甘，割而分之，以娱目前。”“衣食之余，欲与亲知时共欢宴，虽不能兴言高咏，衔杯引满，语田里所行，故以为抚掌之资，其为得意，可胜言邪！”孙绰《遂初赋》形容他在东山的田园生活说：“余少慕老、庄之道，仰其风流久矣。却感於陵贤妻之言，怅然悟之，乃经始东山，建五亩之宅，带长阜，倚茂林，孰与坐华幕、击钟鼓者而同年而语其乐哉！”[③] 许询的父亲许归，“以琅琊太守随中宗（晋元帝）过江，迁会稽内史，因家于山阴”。许询“乃策杖披裘，隐于永兴西山，凭树构堂，萧然自致”。“遂舍永兴、山阴二宅为寺。家财珍宝，悉皆是给。既成，启奏。孝宗（晋穆帝）诏曰：‘山阴旧宅，为祇洹寺。永兴新宅，为崇化寺。’”[④] 可见许氏在永兴、山阴二县都曾有很大的宅园。

建康和会稽是侨寓士人南迁之后的两个重要据点。二者对于侨寓士人的发展有着不同的意义，建康为谢氏子弟提供了建立功业的机会，而会稽则是

---

① 刘淑芬：《三至六世纪浙东地区的经济发展》，《六朝城市与社会》，台湾学生书局 1992 年版，第 234—235 页。

② 《晋书》卷八十《王羲之传》。

③ 《世说新语·言语》第八十四条注引。

④ 许嵩：《建康实录》卷八《孝宗穆皇帝》，上海古籍出版社 1987 年版，第 162 页。

发展经济、养育后代的稳固后方。对于在外做官的人而言会稽可以退守，而在会稽成长起来的家族子弟，迟早又会转向建康寻求发展。

二　庄园经济为侨寓文人的山水审美活动提供了物质基础

在山水审美的发展过程中，东晋的庄园经济为侨寓士人提供了山水鉴赏的物质基础。这些士族一边侵占山林川泽，建立和扩大自己的田园，一边“与东土人士尽山水之游，弋钓为娱”。尽情感悟会稽的自然美景。谢灵运与庐陵王义真笺云：“会境既丰山水，是以江左嘉遁，并多居之。”[①] 会稽及其附近地区之所以成为侨寓士人的集聚之地，也与会稽这片蕴涵无限自然美的灵秀风光有关。《会稽郡记》云：“会稽境特多名山水，峰崿隆峻，吐纳云雾，松栝枫柏，擢干疏条，潭壑镜彻，清流泻注。”[②] 顾恺之形容会稽的山川之美说：“千岩竞秀，万壑争流，草木蒙笼其上，若云兴霞蔚。”[③] 王献之赞叹山阴美景：“山阴道上行，山川自相映发，使人应接不暇。若秋冬之际，尤难为怀。”[④] 会稽风景可谓美不胜收。

在会稽这片令人心醉的山水美景中，上虞东山、山阴兰亭、始宁和剡县等地成为侨寓士族的汇萃之地。据《嘉泰会稽志》卷一三《园池》载，这一带有谢安石东西二眺亭、王羲之书堂、王子敬山亭、许询园、谢康乐始宁园等东晋名士遗址。当时移居会稽的主要有谢安与谢万兄弟、王羲之家族、孙绰与孙统兄弟、王胡之、阮裕、许询、李充、江逌、江惇、郗昙、庾友、庾蕴、曹茂之、华茂、桓伟、袁峤之等一大批侨寓文士，此外还有高僧支遁、竺法深等，他们在会稽构成了一个侨寓文人集团。在这个文人集团中，王羲之、谢安是他们的领袖。上虞东山和山阴兰亭是他们的经常集会之处。

上虞东山是东晋名士谢安谢万兄弟的隐居地。《嘉泰会稽志》云：“东

---

① 《宋书》卷九三《隐逸传·王弘之传》载《与庐陵王义真笺》。
② 《世说新语·言语》第九一条刘注引《会稽郡记》。
③ 《世说新语·言语》第八八条。
④ 《世说新语·言语》第九一条。

山会稽上虞县西四十五里，晋太傅谢安所居，一名谢安山。岿然特立于众峰中间，拱揖亏蔽，如鸾鹤飞舞，其巅有谢公调马路，白云、明月二堂址。千嶂林立，下视沧海，天水相接，盖绝境也，下山出微径，为国庆寺，乃太傅之故宅。”①《世说新语·赏誉》注引《续晋阳秋》云：“初，安家于会稽上虞县，优游山林，六七年间，征召不至，虽弹奏相属，继以禁锢，而晏然不屑也。”由于这里风景优美，再加上名士领袖谢安居住这里，东山自然成为侨寓文人的一个辐辏中心。《世说新语·雅量》“谢太傅盘桓东山时”条刘注引《中兴书》曰：“安先居会稽，与支道林、王羲之、许询共游处，出则渔弋山水，入则谈说属文，未尝有处世之意。”②

王羲之家族居住在会稽山阴，《晋书·王羲之传》：“羲之雅好服食养性，不乐在京师，初渡浙江，便有终焉之志。会稽有佳山水，名士多居之，谢安未仕时亦居焉。孙绰、李充、许询、支遁等皆以文义冠世，并筑室东土，与羲之同好。”《嘉泰会稽志》卷一三《园池》云：“王逸少有书堂在山阴兰亭，鹅池、墨池亦在焉。当其与群公祓禊、赋诗，盖一时之集尔。而遗迹胜概，照映林谷，则右军或尝居之。后人追怀风流，于是葺为流觞曲水，此必皆其旧也。”王羲之永和年间曾任会稽内史，他既是高门的风流名士，又是当地的长官，因此他经常召集名士雅集兰亭，郦道元《水经注》卷十四《浙江水注》载：“湖水下注浙江，又迳会稽山阴县，浙江又东与兰溪水合。湖南有天柱山，湖口有亭，号曰兰亭，亦曰兰上里。太守王羲之、谢安兄弟数往造焉。”其中最有名的一次就是他于永和九年（353 年）三月三日在兰亭举行的集会，这次集会参加的名士达 42 人，基本是由侨寓文士构成的一个盛会。兰亭从此也成为文人雅集的代名词。

在这美丽的湖光山色之中，移居会稽的侨寓士族纷纷选择自己的息影之处，许询建园萧山，孙绰东山结宅，郗愔居于罗壁山颠，戴逵隐于剡溪水侧。在山水的感召下，玄学名士对自然山水的热爱与日俱增，如孙绰“居

① （宋）施宿等：《嘉泰会稽志》卷九，中华书局 1990 年版，第 6874 页。
② （宋）刘义庆著，徐震堮校笺：《世说新语校笺》，中华书局 1984 年版，第 209 页。

于会稽，游放山水，十有余年”（《晋书·孙绰传》）；许询“好游山水，体便登陟”《世说新语·栖逸》），他们对山水的热爱甚至达到如痴如狂的地步，如孙统，《世说新语·任诞》载：刘尹云：“孙承公狂士，每至一处，赏玩累日，或回至半路却返。”此条刘注引《中兴书》曰：“承公少诞任不羁，家于会稽，性好山水。及求鄞县，遗心细务，纵意游肆，名阜胜川，靡不历览。”《世说新语·排调》载：支道林因喜爱印山风景，托人向竺法深买印山，竺法深答道：“未闻巢、由买山而隐。”《晋书》卷八十《王羲之传》载：“（羲之）遍游东中诸郡，穷诸名山，泛沧海，叹曰：‘我卒当以乐死。’”在这种风气影响下，甚至会稽土著世族也加入山水游乐的行列，如会稽山阴孔愉“在郡三年，乃营山阴湖南侯山下数亩地为宅，草屋数间，便弃官居之”。[①] 正是会稽及其周围地区这种难以形容的秀丽风光，深深地吸引了众多的玄学名士，他们纷纷投身这片风光旖旎的山水之中，陶醉在这块大自然赐予的美景里，在“澄怀观道”中培养了敏锐而细腻的山水审美能力，形成一种自觉的山水审美思潮。《世说新语·言语》载：

谢中郎（万）经曲阿，问左右：“此是何水?”答曰：“曲阿湖。”谢曰：“故当渊注渟著，纳而不流。”

王司州（胡之）至吴兴印渚中看，叹曰：“非唯使人情开涤，亦觉日月清朗。”

道壹道人好整饰音辞，从都下还东山，经吴中。已而会雪下，未甚寒。诸道人问在道所经。壹公曰：“风霜固所不论，乃先集其惨淡；郊邑正自飘瞥，林岫便已皓然。”

王子敬云：“从阴山道上行，山川自相映发，使人应接不暇。若秋冬之际，尤难忘怀。”

---

① 《晋书》卷七八《孔愉传》。

因此，在中国山水审美意识的形成过程中，东晋时的会稽地区山水美景占有重要的地位。刘勰《文心雕龙·物色》云："若乃山林皋壤，实文思之奥府……然屈平所以能洞监《风》《骚》之情者，抑亦江山之助乎?"沈德潜《归愚文钞余集》中说："余尝观古人诗，得江山之助者，诗之品格每有其所处之地。"侨寓士人山水审美意识自觉与成熟，正是源于东南会稽地区的"江山之助"。所以宗白华先生说："中国山水诗画的最高境界，只有置身于东南山水中才能深刻体会到。"林风眠先生也说："中国的风景画，因晋代之南渡，为发达的动机。南方山水秀丽，在形式之构成上，给与不少之助力。"① 他们都强调了会稽山水景色在中国山水审美意识自觉和山水艺术发展中的重要作用。

三 永和政局和侨寓士人心态是山水审美思潮兴起的重要条件

但是，我们应看到，庄园经济只是为东晋山水审美的出现提供了必要条件，但不是充分条件。我们知道，在东晋以前，江南士族的庄园早已出现，如"吴郡四姓"顾、陆、朱、张及"会稽四姓"虞、魏、孔、贺等，大抵已有庄园，他们"僮仆成军，闭门为市，牛羊掩原隰，田池布千里"。② 但在东吴西晋时期并未出现山水审美思潮。因此，东晋山水审美思潮的出现，还必须从时代文化风气来考虑。

山水审美思潮在东晋出现，原因是多方面的。东晋经过三十几年的经营和发展，到永和年间终于迎来它最安定和平时期。永和是东晋皇权最为衰弱的时期之一，穆帝二岁即位，在位十七年，十九岁去世，他的一生基本上可以说没有执政的能力，也没有执政的机会。但这个时期没有像曹魏正始和西晋惠帝元康皇权衰弱时那样出现大的政治动荡和社会动乱，反而出现和平安定的局面。《晋书》卷八《穆帝纪》史臣曰："孝宗因襁褓之姿，用母氏之

① 朱朴编选：《林风眠艺术随笔》，上海文艺出版社1999年版，第13页。
② （晋）葛洪：《抱朴子·吴失篇》。

化，中外无事，十有余年。以武安之才，启之疆场；以文王之风，被乎江汉，则孔子所谓‘吾无间然矣。’”这种局面的出现自有外部条件和内部条件。内部条件是王、庾两大家族在政坛上相继衰落，而桓氏崛起还需要假以时日。江左士族还没有哪一家在政坛上取得王、庾那样的影响，永和政局呈胶着状态。外部条件是北方后赵石氏盛极而衰，对南方的压力大减，永和七年，东晋收复洛阳，这对南方产生了很大的政治、心理影响，给人以旧都可复的升平气象。①

永和局面也在悄悄地影响着士人心态的变化。永和时期，江左无事，士族超越了皇权，处于一种非常优越的社会地位，他们不需要像西晋文士陆机、潘岳等人那样趋走权贵门下，也不必像他们那样心中终日怀着临深履薄的忧惧。东晋门阀政治为士族提供了一个宽松自由的社会环境，庄园经济又为士族提供了一个独立的生活世界，政治的优越地位与经济的相对独立使东晋士族不必过分依靠皇权，使他们在精神上和物质上获得较多的自由。门阀士族和皇权共治为特色门阀政治的确立，使作为门阀士族政治点缀的清谈之风也开始兴盛起来。清谈玄学也不再是正始时代的政治理论探讨，而是南迁士族调剂生活的佐料。人物风流，清言隽永，成为这个时期上层社会的一个特色。在这样一个精神自由的天地里，他们追求着自己的人生理想、生活情趣和生活方式，同时影响到他们的审美趣味，甚至影响到文艺思潮的形成和发展。而江南胜景对于长期生活在景色比较单调的黄河流域的文人雅士来说，自是一种新鲜的美感刺激。当他们发现这种山水美景之后心灵便与之契合。而这种契合又是通过玄学的自然主义启迪来完成的。玄学本身就是主张亲近自然、回归自然的，《庄子·知北游》说：“山林欤？皋壤欤？使我欣欣然而乐欤？”侨寓士人对山水的热爱实际上带有浓厚的玄学色彩。而江南的良辰美景，正是清谈名士体道“散怀”的好去处，同时也激发起名士纵情山水的热情。在侨寓士族中，欣赏山水已成为一个名士的基本修养，甚至

① 参见田余庆《东晋门阀政治》“永和政局和永和人物”一节，北京大学出版社 1989 年版，第 168—170 页。

可与治国才能相媲美。《世说·品藻》云：

明帝问谢鲲："君自谓何如庾亮？"答曰："端委庙堂，使百僚准则，臣不如亮；一丘一壑，自谓过之。"

永嘉南渡的士族多为玄学人士，渡江之后，他们的放诞之风依然如旧，但是随着江东政权的稳定及门阀政治格局的确立，士族在政治和经济方面取得了相对独立的地位，南迁士人逐渐适应了优越的自然环境，渡江之初那种举目山河有异的悲伤情绪也早已被偏安的舒适环境消释。在东晋相对稳定的环境里，任自然、重性情仍然是名士们的精神追求，但已不是元康名士那种纵情败礼、毫无节制的放诞，而任自然而有节。尤其永和的和平气象，使名士们显得自适而悠闲，玄学不再是一种政治学说，而化为清谈名士的一种生活情趣，"追求宁静的精神天地"和"优雅从容的风度"是东晋士族的一种普遍心态。[①]《世说新语》载，王羲之任会稽内史时，与支遁初次相遇。"孙兴公谓王曰：'支道林拔新领异，胸怀所及乃自佳，卿欲见不？'王本自有一往隽气，殊自轻之。后孙与支共载往王许，王都领域，不与交言。须臾支退。后正值王当行，车已在门。支语王曰：'君未可去，贫道与君小语。'因论庄子《逍遥游》。支作数千言，才藻新奇，花烂映发。王遂披襟解带，留连不能已，"正反映了他们这种心境。刘师培《中古文学史讲义》说："东晋人士，承西晋清谈之绪，并精名理，善论难，以刘惔、王濛、许询为宗，其与西晋不同者，放诞之风，至斯尽革。"刘氏所说反映了东、西晋士人作风和心态的嬗变。

东晋永和士人心态一个最重要的变化就是，由西晋的放纵任诞一变为追求宁静、萧散、洒脱的精神天地，而南方清秀的山水之美恰与他们的心灵追求相契合。过去很多人往往笼统地认为由于政局动荡，仕途险恶，所以士大

① 参见罗宗强《玄学与魏晋士人心态》，浙江人民出版社1991年版，第294—305页。

夫遂以山林泽野为全身避祸之地，这是山水诗兴起的一个原因。其实在东晋，情况并非如此。东晋士族在山林中感到的，已主要不是庇护生命的安全感。他们迷恋山林，也不完全是明哲保身，更多的是为了赏心乐事，为了得到美的享受。他们把因现实矛盾的冲击而感到的苦恼、迷茫，用清幽的山水之美和玄虚的哲理来排遣，以清淡飘逸的色彩来表现他们萧散宁静的情怀。东晋隐士戴逵在他的《闲游赞》中很好地表现了东晋士族的这一心态：

且夫岩岭高则云霞之气鲜，林薮深则萧瑟之音清，其可以藻玄莹素，疵其皓然者，舍是焉。故虽援世之彦，翼教之杰，放舞雩以发咏，闻乘桴而懔厉。况乎道乖方内，体绝风尘，理楫长谢，歌凤逡巡，荡八疵于玄流，澄云崖而颐神者哉？然如山林之客，非徒逃人患，避争门，谅所以翼顺资和，涤除机心，容养淳淑，而自适者尔。况物莫不以适为得，以足为至，彼闲游者，奚往而不适，奚待而不足？故荫映岩流之际，偃息琴书之侧，寄心松竹，取乐鱼鸟，则淡泊之愿，于是毕矣。①

戴逵在这里明确指出，东晋的“山林之客”，并非仅仅是为了“逃人患，避争门”，而是为了“涤除机心，容养淳淑，而自适者尔”。会稽的山水美景恰与这种心境相吻合，而从东晋初年到永和年间，通过三次大的迁移活动，侨寓士人在会稽地区已经集聚了众多家族，这样一个大的文学集团大量的山水活动，必然会引起一股强劲的审美思潮——山水审美思潮的出现。而这种思潮的出现与东晋以来的侨寓玄学士人有着密切的关系，晚明袁宏道诗：“钱塘艳若花，山阴芊如草，六朝以上人，不闻西湖好。”② 袁宏道所说“六朝以上”实际上指永嘉南渡以前。普列汉诺夫认为：大自然“对我们的影响是随着我们对自然的态度的改变而改变的，而我们自己对自然的态度是

① （唐）欧阳询：《艺文类聚》卷三六，上海古籍出版社 1999 年版，第 650 页。

② 钱伯城校笺：《袁宏道集笺校》上册，上海古籍出版社 1981 年版，第 368 页。

由我们的（即社会）文化的发展进程所决定的”。① 没有这批带有玄学“自然观”侨寓文人在会稽的活动，东晋中期的山水审美思潮可能就不会在会稽出现。

四　会稽侨寓文人的交游与山水文学创作

韦勒克、沃伦《文学理论》认为，文学对于哲学思潮的接受，并非总是直接的反映，思想只有与文学作品的肌理真正交织在一起，对文学才有意义，因此文学研究者必须注意“思想在实际上是怎样进入文学的”②。玄学对文学的影响也是如此，我们看到，图解玄学思想的玄言诗并未获得创作上的成功，但玄学在东晋实际上已经逐渐深入侨寓士人的生活观念和审美情趣中，并影响着东晋文人心态，当时文人对山水的喜好以及对山水艺术题材的开拓，无疑受到玄学思想的影响。

《文心雕龙·明诗》云：“宋初文咏，体有因革，庄老告退，而山水方滋。”现代学者往往据此认为山水诗是从玄言诗演变而来。事实上并非在玄言诗之后才有山水诗，在玄言诗产生与盛行的时代，就已经有不少的山水诗创作，由于山水诗是在玄风影响下出现，所以东晋山水诗不免带有玄言色彩，有时甚至会出现玄言、山水混合的状态。当清谈风气衰落后，玄言诗也自然衰退，山水诗中的玄言成分也当然会逐渐减少，人们便误认为山水诗是由玄言诗演变而来。其实玄言诗和山水诗是在东晋清谈和山水游乐风气下滋生出的两种诗体。如果没有侨寓文人对会稽山水美景审美感知和体会作为基础，在讲枯燥玄理的玄言诗中无论如何都不会演变出山水诗来。会稽侨寓文人集团的出现标志着东晋人文开始由玄言清谈向山水审美的转变。

丹纳《艺术哲学》第二章“艺术品的产生”说：“作品的产生取决于时

---

① ［俄］普列汉诺夫：《论艺术——没有地址的信》，曹葆华译，生活·读书·新知三联书店1964年版，第29页。

② ［美］韦勒克、沃伦：《文学理论》，刘象愚等译，生活·读书·新知三联书店1984年版，第128页。

代精神和周围的风俗。”东晋南迁士人群体大量的山水实践，不断积累审美经验，必然影响到当时的文学创作，并走向与文学相结合的道路，形成中国文学史上山水文学的兴盛。事实上早在庾亮任征西将军期间①，孙绰就有关于山水与文学的论述。时孙绰任庾亮参军，共游白石山，卫君长在坐。孙绰云：“此子神情都不关山水，而能作文?”② 孙绰的话似乎在向我们透露一个新的时代信息，作为一个名士，除了善于谈玄之外，还必须具有欣赏山水的爱好和素养；一个性情都不关山水的人，将不会被人们看作风流名士；而没有山水游乐内容的诗文，很难被人看成是好文章。一句话，在东晋山水游乐的社会风气里，山水之于文学，正如玄学之于名士，已经成为不可或缺的生命要素之一。

事实上，西晋以来文士爱好山水的风气在东晋并未减弱，他们在玄谈中除作诗阐释玄理外，山水美景也往往以悟道的形式进入他们的诗歌创作中，这种情形在东晋初期就已经出现。庾阐即是东晋较早创作山水诗的诗人，史家称之为“中兴之秀”③。他现存诗十余首，其中，《三月三日临曲水诗》《三月三日诗》《观石鼓诗》《登楚山诗》等，都是山水诗。如《三月三日临曲水诗》：

> 暮春濯清汜，游鳞泳一壑。高泉吐东岑，洄澜自净荥。临川叠曲流，丰林映绿薄。轻舟沈飞觞，鼓枻观鱼跃。④

庾阐山水诗大概写在荆州一带，因为颍川庾氏兴盛时的势力范围在荆州，庾阐曾任过零陵太守。庾阐的时代山水审美思潮在整个社会还未兴起，清谈及玄言诗的创作还方兴未艾，故他的山水诗创作还未形成一定的气候。

---

① 庾亮任征西将军在成帝咸和九年（334 年）至咸康六年（340 年），参见附录《魏晋太原中都孙氏年谱》。

② 《世说新语·赏誉》第一〇七条。

③ 《晋书》卷九二《文苑传序》。

④ 逯钦立辑：《先秦汉魏南北朝诗》，中华书局 1983 年版，第 783 页。

只有到了东晋穆帝永和年间，这个审美思潮的社会条件已经具备，山水审美经验大量积累，山水诗创作才会成为一个时代的追求。

永和的太平气象，永和士人追求宁静洒脱精神世界的心态，及大量南迁士族在会稽的汇集，为山水诗的兴起准备了条件。白居易《沃洲山禅院记》记述当时名士与名僧游历沃洲的情形说："东南山水，越为首，剡为面，沃洲、天姥为眉目。夫有非常之境，然后有非常之人栖焉。晋宋以来，因山洞开，厥初，有罗汉西天竺人曰道猷居焉。次有高僧竺法潜、支道林居焉。次又有乾、兴、渊、支、遁、开、威、蕴、崇、实、光、识、斐、藏、济、度、逞、印凡十八僧居焉。高士名人有戴逵、王洽、刘恢、许玄度、殷融、郗超、孙绰、桓彦表、王敬仁、何次道、王文度、谢长霞、袁彦伯、王蒙、卫玠、谢万石、蔡叔子、王羲之凡十八人，或游焉，或止焉。"① 如此众多的名士赏游山水，他们把山水作为审美的对象欣赏，反映在他们诗歌创作上，产生了描写山川之美的诗篇。如李充之子李颙的《涉湖诗》：

> 旋经义兴境，弭棹石兰渚。震泽为何在，今唯太湖浦。圆径萦五百，眇目缅无睹。高天淼若岸，长津杂如缕。窈窕寻湾漪，迢递望峦屿。惊飙扬飞湍，浮霄薄悬岨。轻禽翔云汉，游鳞憩中浒。黯蔼天时阴，岧峣舟航舞。凭河安可殉，静观戎征旅。

此诗当为永和年间李颙从建康回剡县之作。② 诗中描写了太湖寥廓壮美的景象。写景远近结合，从不同角度展现了太湖变幻莫测、奇景迭现的风光，刻画细致，对仗工整，已初具谢灵运山水诗"繁富"之特色。历来被视为东晋玄言诗代表的孙绰在会稽也创作了《游天台山赋》、《遂初赋》、

---

① 朱金城校笺：《白居易集校笺》卷六八，上海古籍出版社 1988 年版，第 3684 页。

② 《晋书·李充传》："征北将军褚裒又引为参军，充以家贫，苦求外出……乃除剡县令。"按褚裒任征北将军在永和二年至五年，李氏移家剡县，当在此间，此诗盖为李颙从建康归家剡县路中所作。徐公持先生认为："此诗与庾阐《三月三日临曲水诗》等同为东晋前期优秀写景诗。"失考，见徐公持《魏晋文学史》，人民文学出版社 1999 年版，第 477 页。

《兰亭后序》、《兰亭诗》二首、《三月三日诗》、《秋日诗》等一系列的模范山水之作，如《秋日诗》：

萧瑟仲秋月，飂戾风云高。山居感时变，远客兴长谣。疏林积凉风，虚岫结凝霄。湛露洒庭林，密叶辞荣条。抚菌悲先落，攀松羡后凋。垂纶在林野，交情远市朝。澹然古怀心，濠上岂伊遥。

所谓“山居”，当指他在会稽东山的隐居处。诗的前十句写秋天萧散疏朗的景色，末四句颇有玄味，诗人淡泊情志、宁静致远的意趣与秋天疏散落寞的景象很好地糅合在一起，可称为东晋山水诗之杰作。此诗从结构、立意到风格都与后来的陶渊明有相似之处。

在会稽地区，山水赏乐和山水诗的创作并非某个个人的行为，常常形成集体性的活动，《世说新语·雅量》注引《中兴书》载孙绰、许询、王羲之、谢安、谢万、支遁等在会稽常“出则渔弋山水，入则谈说属文”。这个以南迁士族为主体的作家群出入山水之间，谈玄论道，作诗属文，不可避免地要出现大量涉及山水的文学创作。如永和九年（353 年）三月三日，王羲之、谢安、孙绰等四十二人会集山阴（今绍兴）兰亭，饮酒赋诗，得五言二十三首，四言十四首，汇编成《兰亭集》。很多人把兰亭诗视为玄言诗，却忽略了有些诗是在山阴山水美景的感召下创作的。其实这些诗明显地可以分为两类：一类是表现名士体玄独特感受的玄言诗，一类则是山水、玄言杂糅的作品。其中有几首山水的描写已占诗歌主要部分，初具山水诗规模，诗中洋溢着清新的山水气息，远非玄言诗所比拟，如：

流风拂枉渚，停云荫九皋。莺语吟修竹，游鳞戏澜涛。携笔落云藻，微言剖纤毫。时珍岂不甘，忘味在闻韶。（孙绰）

肆眺崇阿，寓目高林。青萝翳岫，修竹冠岑。谷流清响，条鼓鸣音。玄崿吐润，霏雾成阴。（谢万）

地主观山水，仰寻幽人踪。回沼激中逵，疏竹间修桐。因流转轻觞，冷风飘落松。时禽吟长涧，万籁吹连峰。(孙统)

这些诗所表现的清新怡人的山水美景与“万殊一理”之类的枯燥玄言明显不同了。王夫之评谢万此诗“不一语及情而高致自在”（《古诗选评》卷二)，显然是说他已经把自己的高情远韵融注到山水景色之中了。

但是，由于清谈的影响，东晋山水诗还没有完全摆脱玄言的影响，以玄观山水，以山水体玄是东晋山水诗的特色，处处力求山水中发现和体悟诗人的玄学人生态度。《世说新语·容止》“庾太尉在武昌条”注引孙绰《庾亮碑文》曰：“公雅好所托，常在尘垢之外，虽柔心应世，蠖屈其迹，而方寸湛然，固以玄对山水。”孙绰此处所说的“以玄应对山水”也被有的玄学名士称为“澄怀观道”①，它是指山水游历者面对山水时忘却世俗利禄，超然物外，做到心灵玲珑剔透，即“方寸湛然”，只有具备了这种空明的心境，才能真正体认到山水间的自然之美。同时，山水游历者在登山临水之际，将自己超然的心境，进一步升华到“道”或“玄”的境界，做到心与“道”冥，将观赏山水之美时享受到的心情快乐，转化为体“道”得“意”的“至乐”。“以玄对山水”，正体现了玄学对山水审美的影响，文人在自然中体悟玄理、感悟生命，把个人的生命意识融化于山水审美之中，无疑增加了山水诗的审美深度，这也是中国文人山水诗的主要特征。

① 《宋书》卷九三《隐逸传·宗炳传》：“（宗炳）叹曰：‘老疾俱至，名山恐难遍睹，唯当澄怀观道，卧以游之。’”

宋代文人行役记由纪行到文化胜览的美学转变

——以陆游《入蜀记》为中心

田　峰*

文学的发展有其自身的规律，但这种发展不是孤立的，一定会受到整个社会文化大环境的影响。宋代立国之初，统治阶级就确立了右文政策，重文抑武，士大夫阶层处于国家权力中心，引领社会风尚，文化发展达到了顶峰。关于宋代文化的发展，前贤已多有评论，如王国维说："故天水一朝人智之活动与文化之多方面，前之汉唐，后之元明，皆所不逮也。"① 陈寅恪说："华夏民族之文化，历数千载之演进，造极于赵宋之世。"② 宋代文化的繁盛已为学界共识，不必多言。作为宋代社会中坚的士大夫阶层，他们的文化品位和审美能力也有目共睹，官吏文人化、学者化的倾向也极为突出。例如，欧阳修、苏轼、司马光、王安石、陆游等人集诗、词、文、史、画、书于一身，堪称通才。文学文本本身是文化的重要组成部分，在一定程度上体现着时代的文化精神。宋代文学盛极一时，各类文体都获得了长足的发展，文人行役记自不例外，这些作品不断努力尝试新的艺术审美形式，创造出了

* 田峰，文学博士，天水师范学院文学与文化传播学院副教授。

① 王国维：《宋代之金石学》，载《王国维遗书》第五册《静庵文集续编》，上海书店1983年版，第70页。

② 陈寅恪：《金明馆丛稿二编》，上海古籍出版社1980年版，第245页。

文化内涵丰富的文学体式。宋代的文人行役记所承载的文化信息远超前代，其中的审美精神也迈越往昔。这些文人行役记，在纪行与审美之间找到了一种恰当的平衡，呈现出独特的风貌。具体来讲，宋代文人行役记出现了由纪行到胜览的美学转变。

一　宋代文人行役记对自然景观的文化建构

唐五代时期已经出现了文人行役记，如韩琬的《南征记》，李翱的《来南录》，张氏的《燕吴行役记》，王仁裕的《入洛记》《南行记》等，除了李翱的《来南录》之外，其他行记几乎丧失殆尽，只剩只言片语。这些文字已经有文化胜览的倾向了。我们略引几例：

> 入嘉陵道上，如行青罗帐中。(韦庄《蜀程记》)①
>
> 六月下瞿塘，水高于堆，不知其几。至峡口，则水汹涌逆流，舟人相顾失色。(韦庄《峡程记》)②
>
> 瞿塘水涨，一泻千里，故太白诗云："朝辞白帝彩云间，千里江陵一日还。"(韦庄《峡程记》)③
>
> 峡乃三峡之门，两崖并峙，中贯一江，滟滪当其口，真天险也。(韦庄《峡程记》)④
>
> 滟滪堆乃积石所成，江心突兀而出。《水经》所载白帝城西有孤石，冬月石出，二十余丈，夏即没。世俗相传："滟滪大如象，瞿塘不敢上。滟滪大如马，瞿塘不敢下。"(韦庄《峡程记》)⑤
>
> 淮南上元三夜，灯火排户，命河市壮女，画杖击球，至于捽髻毁

① （宋）洪炎：《西渡集》卷上，影印《文渊阁四库全书》集部，第1127册，第358页。

② （明）陶宗仪等编：《说郛》一百二十卷，《说郛三种》，上海古籍出版社2012年版，第3031页。

③ 《说郛》一百二十卷，《说郛三种》，第3031页。

④ 《说郛》一百二十卷，《说郛三种》，第3031页。

⑤ 《说郛》一百二十卷，《说郛三种》，第3031页。

肤，破额流血者，止之方罢。（张氏《燕吴行役记》）①

由于唐五代所存文人行役记太少，我们尚不能窥见其整体的面貌，但是从仅剩的文字看，自然景观和文化景观是这些行记描写的重点。其实，这些书写承接六朝地记、征伐随行记而来，在山水和文化遗迹描写上突破不多。北宋时期，出现了欧阳修的《于役志》、蒋槩的《巴东龙昌洞行记》、李复的《冯翊行记》、张舜民的《郴行录》、卢襄的《西征记》等文人行役记。《于役志》承李翱《来南录》，重点突出行程，记录较为简略，其中对游览观光的记载甚少。《巴东龙昌洞行记》是蒋槩于仁宗至和二年（1055 年）游龙昌洞时所撰行记，文章对行程的记写较少，主要写龙昌洞及其周围的风光之美，也是一篇文笔优美的游记。《冯翊行记》记李复元丰五年（1082 年）赴冯翊出任途中所经见，作者在行进途中探山涉水，考订遗迹，行记已经具有了文化胜览的特色，只不过文章较短，容量有限，不具有代表性。到了张舜民的《郴行录》则情况大为改观，作者沿途说诗览胜，已看不到行役之苦。《郴行录》是承前启后的文人行役记，不仅篇幅容量大增，而且在艺术表现手法上更加精进。作者以行程为线索，观览胜迹，摹山写水，说诗考证，显得丰厚沉淀，韵味十足。南宋时期，文人行役记数量增多，出现了像陆游《入蜀记》，范成大《吴船录》《骖鸾录》，周必大《归庐陵日记》《泛舟游山录》《奏事录》《南归录》，吕祖谦《入越录》《入闽录》等作品，其中陆游和范成大所创作的行记，堪称典范，在文学史上有不小的影响。下面我们将以陆游的《入蜀记》为重点，分析宋代文人行役记由纪行到文化胜览的转变。

文人亲近山水遗迹，由来已久，魏晋南北朝时期已形成一种文化现象。宋代文化胜览风气不减，很多文人怡情山水古迹，在名胜山水中寻找心灵的慰藉。正是在这种文化氛围下，宋代出现了一种特殊的地理书——“胜览

① （明）陈耀文编：《天中记》卷四，影印《文渊阁四库全书》子部，第965册，第175页。

型”地理总志，这种地理书所反映的审美精神和文人行役记是一致的。宋代以前的各类行记，对山川古迹的记载，多为平铺直叙式的描写，尚没有大量征引诗文的现象。到了宋代，文人在行役过程中对山水古迹的感知，主要通过自己的体验和历代文学家的描写进行双重建构，这样就使得原本比较平淡的自然山水有了厚重的文化内涵，而一些文化遗迹的浑厚感进一步加强。客体本身并没有太多的象征意味，但是随着审美主体的不断阐释，这些客体的文化意味渐浓。宋代文人行役记的这种文化转向，与胜览型地理总志的出现内在精神是一致的。南宋的胜览型地理总志大量引用诗文、四六等文学作品，反而对地理总志所关心的州郡地理及沿革情况记录较为简略，这是一种非常明显的文化审美倾向。南宋所编纂的胜览型地志是王象之的《舆地纪胜》和祝穆的《方舆胜览》，这类地理书就是在宋代文化风气影响下产生的，比较集中地反映了宋人审美取向的转变①。这些胜览所记的基本内容就是山川形胜、亭台楼阁、寺观祠庙、墓碑铭刻、官宦名贤等，记载多是通过引证大量诗文实现的，历代的吟咏使这些自然景观和文化景观都负载了更多的文化信息。当然，这类书一旦编纂完成则会给文人的诗文写作提供很大的方便，文人一册在手便可胜览天下景致，为进一步的创作积累了资料。王象

① 关于这种地理书出现的原因，已有专门的讨论。如李勇先在《〈舆地纪胜〉研究》中就指出四点原因：一是以往的地理书都是统治阶级经邦纬国之用，王象之立志编写一部为文人服务的地理书；二是通过文人的赋咏文字本身反映各地的自然和人文特征；三是南宋各地编纂地记已成为一种风气，出现了大量的地方志，这些方志查阅不便，很难广备；四是此书的编纂不仅仅是将天下山川精华和记咏辞章荟萃于一编，为骚人才士之用，还要使地理书成为一种有用之学（巴蜀书社 1998 年版，第 14—16 页）。郭声波认为李氏所言是以文化现象解释文化现象，不能道明其中的深层次原因。因此，他总结了“胜览型”地记出现的四个深层次原因。一从政治领域观察，南宋朝廷及上层官僚已放弃编修地理总志，转由下层官僚、文人编修。官方修志，不便涉及北方。另外，朝廷中的一些势力期盼恢复故土，如果官修地理总志不包括北方，会遭到这些人的反对。这样致使南宋下层私修地理总志的风气盛行，但是这些地理总志显得寡淡无味、支离破碎，很难流传下来。倒是符合文人口味的可供操翰弄墨、游山玩水之用的胜览型地理总志因其新颖的体例、丰富的文化资料而大受欢迎。二从经济领域观察，印刷术在宋代发展迅速，大量文辞典故的胜览型应该是比朴实无华的地记型好销售。三是从社会领域观察，宋代特别是南宋民间社会生活中，对普及型的文化地理工具书的需求日益增长，胜览正好承担了这一功能。此外，文人以启札相尚和州县兴修地方志的风气，也是胜览型地理总志出现的重要原因。［郭声波：《唐宋地理总志从地记到胜览的转变》，《四川大学学报》（哲学社会科学版）2000 年第 6 期］其实，这种地理总志的出现所反映的就是宋代的一种审美取向，行记也出现这种审美转向，虽然原因不同，但本质是相似的。

之在《舆地纪胜序》中说："世之言地理者尚矣，郡县有志，寰宇有记，舆地有记，或图两界之山河，或纪历代之疆域，其书不为不多，然不过辨古今，析同异，考山川之形势，稽南北之离合，资游谈而夸辨博，则有之矣。至若收拾山川之精华，以借助于笔端，取之无禁，用之不竭，使骚人才士于一寓目之顷，而山川俱若效奇于左右，则未见其书，此胜览之编所以不得不作也。"[①] 王氏对以前的地理书很不满意，认为前代的地理书只不过讲历代疆域沿革，考察山川形式而已。《舆地纪胜》的改变在于汇聚笔端之山川精华，形成一个胜览资料库，使文人得以寓目。《方舆胜览》的编纂情形也大致相同，《方舆胜览》吕午序："各州风物见于古今诗歌记序之佳者，率全篇登入；其事实有可拈出者，则纂辑为俪语，附于各州之末。较之录此而阙彼，举略而遗全，寻讹而失实，泛滥于著述而不能含咀其英华者，万万不侔也。信乎其为胜览矣！学士大夫端坐窗几而欲周知天下，操弄翰墨而欲得助江山，当览此书，毋庸他及。"[②] 可以看出，《方舆胜览》也搜集大量的古今诗歌记序、俪语，含咀英华，以备文人吟咏所用。文人对风土名胜知识的追求是这两部书编纂的直接动力。这两部书的编纂体例较之前代的地理书，发生了很大的变化，其以州县沿革、风俗形胜、景物、古迹、官吏、人物、仙释等为主体结构，使地理书的功能有了改变。正如清人张金吾在讲到《方舆胜览》时所言："是书叙述详赡，凡沿革、风俗、形胜、景物、古迹、官吏、人物、仙释、碑记、诗文分门胪取，上可作考证地理之资，下可为登临题咏之用。"[③] 这样的分类虽然有资于考证地理，但最主要的作用恐怕就是"登临题咏之用"了。《方舆胜览》中收录了大量的记、序、奏议、碑志、传、书、铭、赞、颂、檄、赋、乐府、杂说、杂文、祭文、杂志、小说、诗歌，对自然景观和文化景观的构建通过文学作品来实现。以诗文的方式呈现地理体验改变了先前地理志那种略微单调、乏味的叙述方式，正好符合文人

---

① （宋）王象之：《舆地纪胜》，中华书局1992年版，第19页。
② （宋）祝穆：《方舆胜览》，中华书局2003年版，第1—2页。
③ （清）张金吾：《爱日精庐藏书志》卷十五，中华书局2012年版，第199页。

的审美情趣。

二 《入蜀记》中景观书写的文化览胜倾向

宋代文人行役记，尤其是南宋的文人行役记，与胜览型地理总志所蕴含的审美精神高度一致，充满浓烈的文化意味。行记不同于胜览型地理总志，并不是一种资料的汇编，而是一种地理的实证。但是，这种实证不仅白描眼前的景观，而且还通过历史的记录以“文化传承”来写景，因此宋代的文人行记可以说是一种文化胜览之作，陆游的《入蜀记》就是其中的杰作。乾道五年（1169 年）末，陆游得朝廷报差通判夔州，但是由于得病，无法立即前行，只能改由第二年（乾道六年，1170 年）闰五月十八日出行。他于十月二十七日到达夔州，用时五个多月，一百六十天，《入蜀记》所记正是他这段时间到夔州赴任途中的所见所感。全文逐日记录沿途的山川、古迹、风土、人情、交往、生活诸方面，所涵括的信息极为广泛。全文内容充实，文史结合，张弛有度，是一部难得的佳作。《入蜀记》作为行记之作，承袭了前代文人行役记的一些写法，然文史结合，体例更加完备。

《入蜀记》中的景观描写很有特色，处处显示出文化胜览的倾向。陆游对景观的叙写往往是通过两种方式实现的：一是面对自然山水平铺直叙，二是通过前人之笔来呈现眼前之景。

（一）常见景观书写中的自我审美体验

《入蜀记》对自然山水的平铺直叙，为数不多，这不像唐宋以来所形成的游记常体，往往对山水景物进行集中的描摹铺陈，极尽笔力展示美景。《入蜀记》中的写景大多极为简短，随笔起意，一笔带过，很少做大篇幅的景观描写。陆游入蜀，溯江而上，沿途的景观多为历代文人所赏析，并无新奇。《入蜀记》中的景观就是在“前人题诗在上头”压力下完成的，但作者并没有被这种压力羁绊，反倒能将一些常见的景象写得动人可爱，特别是一些随手拈来的写景。我们来看几例：

(1)（六月）十一日……自是夹河皆长冈高垄，多陆种菽粟，或灌木丛筱，气象窘隘，非枫桥以东比也。①

(2)（六月）二十二日……东望京山，连亘抱合，势如缭墙，官寺楼观如画，西阚大江，气象极雄伟也。②

(3)（六月）二十八日……午间，过瓜洲，江平如镜。舟中望金山，楼观重复，尤为巨丽。中流风雷大作，电影腾掣，止在江面，去舟才丈余，急系缆。③

(4)（七月）四日……烟帆映山，缥缈如画。有顷，风愈厉，舟行甚疾。过瓜步山，山蜿蜒蟠伏，临江起小峰，颇巉峻。④

(5)（七月）十三日……州正据姑熟溪北，土人但谓之姑溪，水色正绿，而澄澈如镜，纤鳞往来可数。溪南皆渔家，景物幽奇。⑤

(6)（七月）十四日，晚晴，开南窗观溪山。溪中绝多鱼，时裂水面跃出，斜日映之，有如银刀。⑥

(7)（七月）二十二日……自离当涂，风日清美，波平如席，白云青嶂，相远映带，终日如行图画，殊忘道涂之劳也。⑦

(8)（八月）十五日……自富池以西，沿江之南，皆大山起伏如涛头。⑧

(9)（八月）十五日……夜与诸子登岸，临大江观月。江面远与天接，月影入水，荡摇不定，正如金虬，动心骇目之观也。⑨

(10)（十月）八日……夹江千峰万嶂，有竞起者，有独拔者，有

---

① （宋）陆游：《渭南文集》卷四十三，《陆游集》，中华书局1976年版，第2410页。
② （宋）陆游：《渭南文集》卷四十三，《陆游集》，中华书局1976年版，第2412页。
③ （宋）陆游：《渭南文集》卷四十三，《陆游集》，中华书局1976年版，第2414页。
④ （宋）陆游：《渭南文集》卷四十四，《陆游集》，中华书局1976年版，第2416页。
⑤ （宋）陆游：《渭南文集》卷四十四，《陆游集》，中华书局1976年版，第2421—2422页。
⑥ （宋）陆游：《渭南文集》卷四十四，《陆游集》，中华书局1976年版，第2422页。
⑦ （宋）陆游：《渭南文集》卷四十五，《陆游集》，中华书局1976年版，第2427页。
⑧ （宋）陆游：《渭南文集》卷四十六，《陆游集》，中华书局1976年版，第2437页。
⑨ （宋）陆游：《渭南文集》卷四十六，《陆游集》，中华书局1976年版，第2438页。

崩欲压者，有危欲坠者，有横裂者，有直拆者，有凸者，有洼者，有罅者，奇怪不可尽状。①

(11)（十月）二十三日……天宇晴霁，四顾无纤翳，惟神女峰上有白云数片，如鸾鹤翔舞徘徊，久之不散，亦可异也。②

(12)（十月）二十六日，发大溪口，入瞿塘峡。两壁对耸，上入霄汉，其平如削成。仰视天，如匹练然。水已落，峡中平如油盎。③

第一则写夹河两岸的植被，作者用“窘隘”一词，极为传神，“窘”是一个拟人化的词，即为难、窘迫之意，“隘”者狭小，说明菽粟和灌木那种狭小的生存空间，这些植被的生存状态正如一位遭遇尴尬、窘迫，无处遁形的人。第二则写形成环绕之势的京山，楼寺点缀其中，与大江构成俯势，雄伟异常。第三则写行舟江中，以舟中的视角观察两岸壮丽的楼观，忽遇闪电雷鸣，急系舟江边。其中用“腾掣”一词将电光在江面迅速飞腾的状貌惟妙惟肖地展示在读者面前。第四则写舟行青山眉黛之间，山如游龙，蔓延起伏，小峰凸起，颇为峻拔。第五则写姑溪水澈如镜，小鱼乘空可见的景象。第六则写溪中的游鱼，写得最妙的是鱼跃出水面，在阳光照射下所形成的形象——银刀，以静写动，想象逼真。第七则写白云青山间，景物相互映衬，如水墨画一般。第八则用浪涛形容大山，以动写静，绘出了山的气势。第九则写水天相接，月入大江的形象，作者用金虬形容月在水中，摇摆不定的情形，金光灿灿的小龙将月影入水的景象绘声绘色地呈现了出来。第十则写夹江两岸山的形态，用“竞起”写一山突出众山的气势，用“独拔”写孤山特立的景象，用“崩欲压”“危欲坠”写山势险峻、壁立侧倾的情形，用“横裂”和“直拆”写山如刀劈的情态，用“凸”“洼”“罅”写山凸出、凹陷、裂陷等形态。第十一则描写神女峰上的舒云如同鸾鸟、白鹤飞翔徘

① （宋）陆游：《渭南文集》卷四十八，《陆游集》，中华书局1976年版，第2452页。
② （宋）陆游：《渭南文集》卷四十八，《陆游集》，中华书局1976年版，第2458页。
③ （宋）陆游：《渭南文集》卷四十八，《陆游集》，中华书局1976年版，第2459页。

徊，轻灵飞动。第十二则写观瞿塘峡的感受，两岸绝壁直插云霄，从下视天，天如一匹白练。瀑布从高处落下，水静如同油盎。像上文所引这样直接写景的文字在《入蜀记》中并不算太多，但这些文字往往能将模糊的风景具象化，特别是运用一些比喻，使山水的意象显得活泼灵动，如形容绵延之山用蛇爬行之状，形容阳光照射下的鱼用银刀，形容山势用涛头，形容月影在水中的摇动用金虬，形容白云用鸾鹤，形容峡上之天用匹练，形容水的平静用油盎等等，这些生动形象的比喻如果不经过细致深入的观察是无法写出的。陆游这样的写景在《入蜀记》中信手拈来，很是随意，但是这些看似无心插柳的描写，往往能给人带来美的享受。明人萧士玮认为“陆放翁《入蜀记》随笔所到，如空中之雨，大小萧散，出于自然”①。这一评价非常到位，《入蜀记》中这种随手拈来的写景文字确实出于自然，具有“大小萧散”的特点。

当然，《入蜀记》中也有非常完整如一篇游记者，如作者在七月十七日这一天的描写：

> （七月）十七日……早饭罢，游青山。山南小市有谢玄晖故宅基，今为汤氏所居。南望平野极目，而环宅皆流泉奇石，青林文筱，真佳处也。遂由宅后登山，路极险巇，凡三四里，有两道人持汤饮迎劳于松石间。又里许，至一庵，老道人出迎，年七十余，姓周，潍州人，居此山三十年，颧颊如丹，须鬓无白者。又有李媪，八十矣，耳目聪明，谈笑不衰，自言尝得异人秘诀。庵前有小池曰谢公池，水味甘冷，虽盛夏不竭。绝顶又有小亭，亦名谢公亭。下视四山，如蛟龙奔放，争赴川谷，绝类吾乡舜山。但舜山之巅，丰沃夷旷，无异平陆，此所不及也。亭北望正对历阳。周生言，元颜亮入寇时，战鼓之声，震于山中云。夜归舟次，已一鼓尽矣。坐间，信伯言桓温墓亦在近郊，有石兽石马，制作精

① （明）萧士玮：《春浮园集》文集卷上《南归日录》小序，清光绪刻本。

妙，又有碑，悉刻当时车马衣冠之类，极可观，恨不一到也。①

这段文字可以在《入蜀记》中单独拎出，成为一篇首尾完整的游记，具备游踪、景观、情感三要素。随着游踪的推进，各种景观依次展开，既有清泉石上，翠林修竹的林泉小景，又有山势奔放，争赴川谷的大景。而一些人文景观穿插其中，丰富了单调的山川景象，谢玄晖古宅基、谢公池、谢公亭都使这片山水有了灵气。作者又听说了桓温墓这一极有观赏价值的文化遗迹，只恨没能成行。在这段景物描写中，值得注意两处人物描写：一是"颧颊如丹，须鬓无白"七十岁的老道人；一是"耳目聪明，谈笑不衰"八十岁的李媪。这二位老者，虽已高龄，但气韵不减，陆游正好从人物的角度映衬神仙般的环境。景、人、遗迹三者在这段文字中融通无缝，毫无突兀之感。

（二）诗意景观书写中的文化审美体验

在《入蜀记》中还有一种写景的方式，即借前人对某地的咏怀来写景。这样的景观建构方式在《入蜀记》中极为常见，有类于胜览型地理总志中的诗文类聚。这种叙写方式不仅能够准确描写景观，而且还能增强景观的历史文化内涵。我们且看几例：

戒坛额曰崇胜戒坛寺，古谓之瓦棺寺。有阁，因冈阜，其高十丈，李太白所谓"钟山对北户，淮水入南荣"者，又《横江词》"一风三日吹倒山，白浪高于瓦棺阁"是也。②

这是陆游对建康城瓦官阁的描写，用语极为简单"因冈阜，其高十丈"，但是这样的描写并不足以说明瓦官阁地势的险胜，所以作者引用了李

① （宋）陆游：《渭南文集》卷四十五，《陆游集》，中华书局1976年版，第2424页。
② （宋）陆游：《渭南文集》卷四十四，《陆游集》，中华书局1976年版，第2419页。

白的两首诗，前一首诗《登瓦官阁》，是李白登上瓦官阁，极目远眺金陵城之所见，钟山像一条苍龙一样盘踞在金陵东方，秦淮河南面长流。瓦官阁处在秦淮河入长江口北岸江边的一座山岗上，前瞰大江，后据重岗，六朝遗迹尽收眼底，极具气势。瓦官阁的形胜正是通过李白的两句诗来表现的。陆游后又引《横江词》，虽然此诗主要是说明横江之恶的，但是也从另一面说明瓦官阁之高。这两处诗的引用为作者描写瓦官阁地势的险要节省了不少笔墨，同时也无形增加了瓦官阁的历史厚重感。

采石一名牛渚，与和州对岸，江面比瓜洲为狭，故隋韩擒虎平陈及本朝曹彬下南唐，皆自此渡。然微风辄浪作不可行。刘宾客云“芦苇晚风起，秋江鳞甲生”，王文公云“一风微吹万舟阻”，皆谓此矶也。①

这是陆游对采石矶的描写，作者引刘禹锡《晚泊牛渚》主要表现采石矶晚风吹来，芦苇飘动的景象，江面上微风吹起的波纹，如同鱼鳞一般。存储在陆游记忆中的诗句可以恰当地反映他当时所见到的景象。牛渚一带江面狭窄，水势汹涌澎湃，微有风起，便舟阻难行，王安石“一风微吹万舟阻”所描绘的正是这种险境。

两小山夹江，即东梁西梁，一名天门山。李太白诗云：“两岸青山相对出，孤帆一片日边来。”王文公诗云：“崔嵬天门山，江水绕其下。”梅圣俞云：“东梁如仰蚕，西梁如浮鱼。”徐师川云：“南人北人朝暮船，东梁西梁今古山。”皆得句于此也。②

此处所描写的是天门山胜境，作者自己几乎没有着笔写此处的风光，全借他人之笔。李白诗所描写的是博望、梁山两山对峙如门，作者乘舟行于江

① （宋）陆游：《渭南文集》卷四十四，《陆游集》，中华书局1976年版，第2420页。
② （宋）陆游：《渭南文集》卷四十五，《陆游集》，中华书局1976年版，第2424—2425页。

中，不觉舟动，只见山来，主体与客体之间移形换位。孤舟穿过天门，到了一片广阔的水面，遥望远处，一片孤帆从日边驶来，形成了壮丽雄伟的诗境。相对于李白的描写，后所引王安石的诗句略显平淡，只是对天门山形势的白描。而梅尧臣的两句诗，用“仰蚕”形容东梁，用“浮鱼”形容西梁，形象生动。徐俯之诗则写的是天门山的历史感。这四首诗共同构成了天门山的胜境，其中以李白之诗境界为高。

陆游在引诗写景时有自己的判断标准，并不是将很多著名诗人写某地的诗歌悉数列出。我们试看一例：

> 九华本名九子，李太白为易名。太白与刘梦得皆有诗，而刘至以为可兼太华、女几之奇秀。南唐宋子嵩辞政柄，归隐此山，号九华先生，封青阳公，由是九华之名益盛。惟王文公诗云“盘根虽巨壮，其末乃修纤”，最极形容之妙。大抵此山之奇，在修纤耳。①

这是《入蜀记》对九华山的描写，李白和刘禹锡都曾经在此地写了诗歌，文中也已提到，李白在《改九子山为九华山联句并序》中“削其旧号，加以九华之目”，并在诗中写道：“妙有分二气，灵山开九华”②。刘禹锡《九华山歌并引》：“昔予仰太华，以为此外无奇；爱女几、荆山，以为此外无秀。”③ 同时在诗中大赞九华山的美景。但是，李、刘二人诗歌中的句子陆游并没有引用，他所引乃王荆公“盘根虽巨壮，其末乃修纤”，认为此句独得九华山之妙。如果把九华山比作一棵树，山基盘根错节，无比巨壮，山巅纤巧修长，富于灵动。显然王安石在《答平甫舟中望九华》一诗中的两句最能契合陆游对九华山的观感。九华山虽属于自然景观，但因李白、刘禹

---

① （宋）陆游：《渭南文集》卷四十五，《陆游集》，中华书局 1976 年版，第 2427 页。

② （唐）李白著，瞿蜕园、朱金城校注：《李白集校注》卷二十五，上海古籍出版社 1980 年版，第 1448 页。

③ （唐）刘禹锡：《刘禹锡集》卷二十六，中华书局 1990 年版，第 347 页。

锡、宋子嵩、王安石等人与此山沾染的关系，所以九华山便有了气韵。可以说，九华名胜的形成是几个文化名人共同熔铸的结果，陆游自此一笔，使九华的文化内涵进一步提升。

二十七日。郡集于南楼。……鄂州楼观为多，而此独得江山之要会，山谷所谓“江东湖北行画图，鄂州南楼天下无”是也。下阚南湖，荷叶弥望。中为桥，曰广平。其上皆列肆，两旁有水阁极佳，但以卖酒，不可往。山谷云“凭栏十里芰荷香”，谓南湖也。①

这里是陆游对鄂州景观的描写。鄂州南楼雄伟壮观，气吞云梦，周围风光静雅秀丽，黄庭坚在鄂州逗留一年有余，多次登上南楼，对这里的美景赞赏有加，曾写过《鄂州南楼书事四首》《庭坚以去岁九月至鄂，登南楼，叹其制作之美成长句。久欲寄远，因循至今，书呈公悦》等诗赞美这里的盛景，陆游这里即借用了黄庭坚的诗句，第一处引用说明鄂州楼观所营造的雄伟画图，其中南楼独步天下。从南楼弥望南湖，则是十里荷花的美景，第二处引用描绘了登楼远眺，满眼芰荷的壮观景象。东晋名士庾亮曾在武昌为官，一次他闲游至南楼遇到登楼赏月的下属，其下属见到庾亮便慌忙远避，庾亮笑阻，并与下属坐胡床一起吟咏②，故此楼又名庾亮楼。这一文化记忆使过往的很多名流常在此登楼观望，历史景像与眼前之景交错在一起，令人浮想联翩。唐代很多诗人都有与此楼有关的诗句，如李白、杜甫、权德舆、李逢吉、白居易、杜荀鹤、罗隐、郑谷等都有吟咏此楼的作品，此后宋人也不断吟咏。我们细读这些诗歌，确实能够体会到，山谷的几首诗是南楼最好的写照，就连李白的《陪宋中丞武昌夜饮怀古》也有所不及。陆游《入蜀记》中选取山谷的句子来描绘南楼的景观，确实独具慧眼。

---

①（宋）陆游：《渭南文集》卷四十七，《陆游集》，中华书局1976年版，第2443页。

②（南朝宋）刘义庆著，余嘉锡笺疏：《世说新语笺疏》卷下之上《容止》，中华书局1983年版，第618页。

《入蜀记》借用前人的诗句，来描绘所见的景观，是一大特色。陆游对前辈的诗歌极为熟悉，他每到一处看到眼前之景就会想到诗歌中的情景。以前在书斋阅读有关长江沿线的诗歌，最多是一种想象，而现在能够真切欣赏到这些风景，想象之景与眼前之景相呼应，使自己的审美多了一重维度。这种审美方式，不仅可以将焦点凝聚到某一处景观，用多首诗歌全方位阐释这一景观，而且也可以随着行程的推进，一景一诗。作者如果对历代的诗歌没有相当的把握，很难就眼前之景俯拾即诗。下面的这段文字引诗于无意之间，即景即诗，很有特色，我们引用如下：

> （八月）十九日。早，游东坡。……正南有桥，榜曰小桥，以“莫忘小桥流水”之句得名。……东一井曰暗井，取苏公诗中“走报暗井出”之句。……郡集于栖霞楼，本太守闾丘孝终公显所作。苏公乐府云：“小舟横截春江，卧看翠壁红楼起。”……酒味殊恶，苏公畲汤蜜汁之戏不虚发。郡人何斯举诗亦云：“终年饮恶酒，谁敢憎督邮。”然文潜乃极称黄州酒，以为自京师之外无过者。故其诗云：“我初谪官时，帝问司酒神，曰此好饮徒，聊给酒养真。去国一千里，齐安酒最醇。失火而得雨，仰戴天公仁。”岂文潜谪黄时，适有佳匠乎？……楼下稍东，即赤壁矶，亦茅冈矣，略无草木。故韩子苍待制诗云：“岂有危巢与栖鹘，亦无陈迹但飞鸥。”此矶，图经及传者皆以为周公瑾败曹操之地，然江上多此名，不可考质。李太白《赤壁歌》云：“烈火张天照云海，周瑜于此败曹公。”不指言在黄州。苏公尤疑之，赋云：“此非曹孟德之困于周郎者乎？”乐府云：“故垒西边，人道是当日周郎赤壁。”盖一字不轻下如此。至韩子苍云：“此地能令阿瞒走。”则真指为公瑾之赤壁矣。①

① （宋）陆游：《渭南文集》卷四十六，《陆游集》，中华书局1976年版，第2439—2440页。

这是陆游八月十九日这一天的行程，作者引用了大量诗词赋来描绘这一天的所见所感，如此密集的引用，我们很难在同类作品中看到这样的现象。第一次游至小桥，引东坡《如梦令·春思》之句，说明“小桥”之名的由来。第二次引东坡《东坡八首》其二之句，说明“暗井”一名的由来。第三次引东坡《水龙吟》，通过梦境描述乘舟横渡春江，卧观岸边高楼的情景。接着引何斯举与张耒的两首诗，前诗说明在苏轼和何斯举看来，黄州的酒是极差的；后引张耒《冬日放言》中的诗句说明张耒眼中的黄州酒醇香美味，张氏的看法与苏、何二人的看法正好相反，所以陆游怀疑：难道张耒被贬黄州时，恰逢这里有好的酒匠？后所引诗文皆是考察赤壁地理环境和位置的。这段文字写景与考证相结合，所见所感与历史的记忆高度重合。作者看到的不仅是眼前的景观，而且是一种文化的体悟。这里的每一处景观都深深打上了前代文人墨客的印迹，陆游到此一游是文化的延续，他既在看风景，又是风景中的一环，所以感同身受，陶染其中。苏轼曾贬谪到此地，很多景观便有苏轼的文化印痕，陆游引用了大量苏轼的诗文，其实就是对苏轼深深的缅怀，当然这也是自己文化亲近感的体现。苏轼贬谪于此，对他来说这既是不幸的，也是幸运的。被遗弃的土地和无人欣赏的美景，正好与他被弃用的处境是相似的。苏轼在这里欣赏自然山水，描摹美景画图，山水帮助作者暂时处于放松的境地。陆游虽不属于贬谪，但入蜀为官终究也是政治上的失意。所以，想到苏公在黄州的情景，陆游感触颇深。这段看似客观的文字，其实正是陆游与前辈诗人之间的一种共鸣。

怡情山水是古代文人一贯的传统，他们登临吟咏，说今怀古，对山水遗迹有一种深情。到了宋代，文人的这种倾向更加明显，陆游对山水的钟爱代表了一代文人的审美取向，他晚年诗中所谓“醉翁无诗不说山”[①]，虽是戏谑之辞，但也道出了自己一生钟情山水的事实。明人何宇度认为《入蜀

---

① （宋）陆游著，钱仲联校注：《剑南诗稿校注》卷二十一《饮酒望西山戏咏》，上海古籍出版社1985年版，第1623页。

记》："载三峡风物，不异丹青图画，读之跃然。"① 这句话是对《入蜀记》描写三峡风光的一种赞美，其实用这句话评价《入蜀记》全篇也不为过，因为我们可以从中随处找到画图一样的景象，读来令人愉悦。山水之美，不仅在于其本身之美，而且在于观者之愉悦，陆游对山水遗迹的审美层次很高，徜徉于山水遗迹之间，他能感觉到前所未有的释然，回到一种本真状态，正如他在《独游城西诸僧舍》一诗中所写："我是天公度外人，看山看水自由身。藓崖直上飞双屐，云洞前头岸幅巾。万里欲呼牛渚月，一生不受庾公尘。非无好客堪招唤，独往飘然觉更真。"② 尘世的纷扰消散在空谷幽兰中，作者登崖攀岩，呼风唤月，飘然而往，在独自的旅行中一个本真的自我逐渐清晰。

以诗歌的方式写景是《入蜀记》运用最多的手法之一，我们翻检全文，随处可以看到陆游利用前人诗歌所建构的景观文化。自然山川的地理意义削弱，风景"被记录"，所有的景观皆有浓厚的文化因素。魏晋南北朝时期山水作为独立的审美对象被发现，士大夫们在主客互动中获得了一种前所未有的审美体验。唐宋时期，山水审美进一步独立，出现了专门写山川之美的游记文体。纵观唐代的山水描写，还多停留在形象描摹的阶段，宋代的山水在此基础上强化了文化的表现，主体的阐释与体悟被放到更加重要的位置，士大夫们在山水中间融入了脉脉的温情，自然景观和人文景观有机结合。一方面，只有当自然景观进入人类视野，被注入更多文化内涵时，它们才有了审美的意义，以此观之自然景观也是文化景观；另一方面，一切人文景观处在自然景观之中，自然景观为人文的审美提供了物质基础。《入蜀记》中几乎所有的自然景观都染上了浓厚的文化色彩。人们在欣赏山川之美时，除了这些美景本身给他们的愉悦外，在历史长廊中所积淀的前人审美感知是一种文化审美的延续，具有厚重的人文意义。这些山川形胜所承载的是厚重的历史感，陆游在写景时不断引用前人的诗歌，正是一种文化的追溯。陆游曾在

① （明）何宇度：《益部谈资》卷上，清钞本。
② 《剑南诗稿校注》卷四，第 315 页。

《醉歌》一诗中写道："千古兴亡在眼前，郁郁关河含暝色。"① 他溯江入蜀，追寻古人的踪迹，千古遗迹不断出现在眼前，这时他的心里有了一种归属感。长江沿岸客观存在的美丽风景其实是一种集体的建构，自魏晋以来，很多著名的文人在沿途咏怀，留下了大量篇章，这些篇章已不是简单的写景之文，而是诸多士大夫人格、性情、理想、遭遇之外化。我们同样能够从《入蜀记》的这种写景之中看到这些集体建构。周裕锴在论及宋诗的人文倾向时说："由于长期沉醉于书斋翰墨之间，宋人的审美心理逐渐形成一种定势，即对人文意象表现出超乎寻常的敏感，以至于面对自然物象，老是联想起文艺作品或是其它文艺产品。"② 其实宋代的散文何尝不是如此呢？陆游看到自然景物就想起前代的诗歌，《入蜀记》中引用了大量的诗歌来写自然景物，正说明其浓重的人文化倾向。

（三）生活化景观书写中的闲趣审美体验

与唐代开拓进取、博大浑融的美学精神相比，宋代的审美开始转向内省、细腻的层面，有了更多生活化倾向，具有内倾的特征。人的价值并不体现在扬马策鞭的大漠沙场，相反书斋庭院成了阐释时人文化品格的重要场所。审美意象也由唐代的大美变为柔美。宋代以前的行记，多写"大"的景观，很少留意那些生活化的场景，但是到了宋代一些文人既写"大"的景观，也随手将一些生活化的场景写入行记，从而使宋代的文人行役记具有了闲趣的特点。陆游的《入蜀记》在写一些典型景观的同时，会随手写一些生活化的景观，读来饶有趣味，我们略举几例：

（六月）八日……过合路，居人繁夥，卖鲊者尤众。道旁多军中牧马。运河水泛溢，高于近村地至数尺。两岸皆车出积水，妇人儿童竭

---

① 《剑南诗稿校注》卷二，第147页。
② 周裕锴：《宋代诗学通论》，上海古籍出版社2007年版，第106页。

作，亦或用牛。妇人足踏水车，手犹绩麻不置。①

这是作者在过合路时看到的场景，这里人口繁盛，鲊市随处可见。道旁军中的牧马闲庭信步。运河水患为灾，水漫两岸，妇女儿童在尽力清理积水。妇女足踏水车，手中纺线。这里所表现的场景极具生活气息。

（八月）十四日……抛大江，遇一木筏，广十余丈，长五十余丈。上有三四十家，妻子鸡犬臼碓皆具，中为阡陌相往来，亦有神祠，素所未睹也。舟人云："此尚其小者耳，大者于筏上铺土作蔬圃，或作酒肆，皆不复能入夹，但行大江而已。"②

这里所描写的是江民生活的景象，巨大的木筏之上三四十家形成一个聚落，聚落中鸡犬之声相闻，神祠肃立，阡陌交通。陆游从未见到过如此的景象，所以随笔记下了这样一段，而在文中他又借舟人之言进一步描述这种木筏的广大。

十月一日。过瓜洲坝、仓头、百里洲，泊沱滗。皆聚落，竹树郁然，民居相望。亦有村夫子聚徒教授，群童见船过，皆挟书出观，亦有诵书不辍者。③

这也是江边的一处景象，在竹树掩隐的村落中，村夫子聚徒讲学，一些儿童看到江边有船往来，便辍读观船，而另一些儿童依然沉浸在书本中。作者寥寥数语，为我们呈现了极具生活化气息的场景。这样的描写看似随意，但恰恰反映了作者在行役之中闲适的心态。作者暂时放下了功名富贵，挫折

① （宋）陆游：《渭南文集》卷四十三，《陆游集》，中华书局1976年版，第2409页。
② （宋）陆游：《渭南文集》卷四十六，《陆游集》，中华书局1976年版，第2437页。
③ （宋）陆游：《渭南文集》卷四十七，《陆游集》，中华书局1976年版，第2450页。

伤痛，以一种悠然的心态关怀身边的事物。适意的生活情趣使心灵完全摆脱了功利的羁绊，人在行役心却闲。宋人对生活的关注和如此闲适的心态，说明他们善于在眼前的细小事物中寻找乐趣，建构一种生活化的审美风尚。

《入蜀记》中除了这种生活化的场景描写外，作者在写景的时候也往往注入一些生活画面，让人感觉这些美景就在眼前，不必远足到人迹罕至的地方去寻找更为原始的风景，只要留心，脚下即是美景。且看几则：

(1)（六月）四日……寺西庑有莲池十余亩，飞桥小亭，颇华洁。池中龟无数，闻人声，皆集，骈首仰视，儿曹惊之不去。①

(2)（七月）十九日，便风，过大小褐山矶。奇石巉绝，渔人依石挽罾，宛如画图间所见。②

(3)（八月）六日，甲夜，有大灯球数百，自湓浦蔽江而下，至江面广处，分散渐远，赫然如繁星丽天。土人云，此乃一家放五百碗以禳灾祈福。盖江乡旧俗云。③

(4)（八月）十四日……是日，逆风挽船，自平旦至日昳，才行十五六里。泊刘官矶旁，蕲州界也。儿辈登岸，归云：得小径，至山后，有陂湖渺然，莲芰甚富，沿湖多木芙蕖。数家夕阳中，芦藩茅舍，宛有幽致，而寂然无人声。有大梨，欲买之，不可得。湖中小艇采菱，呼之亦不应。④

(5)（九月）四日……过纲步，有二十余家，在夕阳高柳中，短篱晒罾，小艇往来，正如画图所见，沌中之最佳处也。泊毕家池，地势爽垲，居民颇众。有一二家，虽茅荻结庐，而窗户整洁，藩篱坚壮，舍傍有果园甚盛，盖亦一聚之雄也。⑤

---

①（宋）陆游：《渭南文集》卷四十三，《陆游集》，中华书局1976年版，第2408页。
②（宋）陆游：《渭南文集》卷四十五，《陆游集》，中华书局1976年版，第2425页。
③（宋）陆游：《渭南文集》卷四十五，《陆游集》，中华书局1976年版，第2432页。
④（宋）陆游：《渭南文集》卷四十六，《陆游集》，中华书局1976年版，第2437页。
⑤（宋）陆游：《渭南文集》卷四十七，《陆游集》，中华书局1976年版，第2445页。

（6）（九月）六日……并水皆茂竹高林，堤净如扫，鸡犬闲暇，凫鸭浮没。人往来林樾间，亦有临渡唤船者，使人怳然如造异境。①

（7）（十月）九日……庙后丛木，似冬青而非，莫能名者。落叶有黑文，类符篆，叶叶不同，儿辈亦求得数叶。②

第一则写寺院一角的亭桥莲池，其中写的最为生动的是龟骈首仰视与小儿扰龟相映成趣的场景，静态与动态的景象融成意趣盎然的场面。第二则不光写“奇石巉绝”的自然风光，而且也写“渔人挽罾”的生活场景，二者和谐相宜。第三则描写江乡放碗禳灾祈福的旧俗，灯球数百从江面飘荡而来，宛若漫天的星辰。这里是自然景象和生活景象所营造的一幅山水风俗画。第四则是借儿辈之口描绘的一幅景象：从小径入山，看到一处碧波荡漾的宽阔湖池，水映莲芰，木芙蕖连片。夕阳之中，民户相次，欲求梨，但呼之不应。前为自然景象，后为生活景象，二者融为一体。第五则也是生活化的场景：在斑驳的夕阳中，小舟往来江中，沿岸是“短篱晒罾”“茅荻结庐”的田园风光。第六则写茂林修竹，鸡闲鸭戏，人往来穿梭渡头，既是“异境”，也是生活中常见的景象。第七则作者所留意的并不是什么奇景，就是地上的落叶，落叶上的黑纹有如符篆，小辈在捡那些纹样不同的叶子，亲切有味。这些景观，长江沿岸处处可见，陆游随手写在自己的行记之中却别有一番风味。

审美向生活化方向的转变，是宋代文化内倾的表现之一，文人士大夫一方面先天下之忧而忧，积极入世，在国家的政治生活中寻求济世之道；另一方面他们也不忘性情，在琐碎的生活中回归本我，体察细微之美。这种二重文化心理结构反映在宋人生活的各个方面。《入蜀记》作为灵活自由的行记之作，作者除了对那些典型的景观作重点描写之外，一些生活的细节也被载入文中，但是这些琐细的观察并没有冗余之感，反而使文章活泼灵动，富有

① （宋）陆游：《渭南文集》卷四十七，《陆游集》，中华书局1976年版，第2446页。
② （宋）陆游：《渭南文集》卷四十八，《陆游集》，中华书局1976年版，第2454页。

人情味。这给我们以新的启示：人迹罕至的仙境固然有超尘脱俗之感，但柴米油盐的琐屑生活中也不乏诗情。这正是宋人的一种美学转向，《入蜀记》是对这一美学转向很好的诠释。陶文鹏在讨论宋人的山水诗时，说过一段话，也道出了宋代审美的这种转向，不妨引用如下："宋代诗人笔下的自然景象已很少有晋宋间诗人如谢灵运诗中那些榛莽丛生、虎豹出没，使人不识蹊径、莫辨晨昏的蛮荒山林，而更多的是随处可见的溪桥野渡、渔村小市、竹篱茅舍、游人络绎的湖山名胜，或是诗人日常起居的官廨园林等。也就是说，宋代山水诗已从超尘出世的原始山林回到了亲切有味的世俗人间。"① 的确，宋代文人的行役范围多限于南方，他们很少有魏晋隋唐时期文人那种探幽掠奇的经历，他们笔下的山水之美往往在不经意间道出，有些景物描写又夹杂着非常浓厚的生活化意趣。

总之，《入蜀记》中的景观主要包括自然景观、文化景观和生活景观，这些景观共同构成了一幅包含人文关怀的长卷。简言之，《入蜀记》出现了由纪行向文化胜览的美学转变。陆游在《严州重修南山报恩光孝寺记》说："予行天下多矣，览观山川形胜，考千载之遗迹，未尝不慨然也。"② 他又在《东楼集序》中说："余少读地志，至蜀汉巴僰，辄怅然有游历山川、揽观风俗之志。私窃自怪，以为异时或至其地以偿素心，未可知也。岁庚寅，始泝峡至巴中，闻竹枝之歌。后再岁，北游山南，凭高望鄠。万年诸山，思一醉曲江渼陂之间，其势无由，往往悲歌流涕。又一岁，客成都唐安，又东至于汉嘉，然后知昔者之感，盖非适然也。"③ 为什么陆游在览观天下山川形胜，考千载之遗迹时会慨然呢？而他在巴蜀一带游览时，为什么会"悲歌流涕"，"然后知昔者之感，盖非适然"呢？这与陆游的文化素养与文化情怀是分不开的。他深受儒家文化熏陶，对传统抱着一种敬畏之心，当他登临山水，览观古迹时，深化在内心的文化传统与眼前的景观统一起来，引发千

① 陶文鹏：《论宋代山水诗的绘画意趣》，《中国社会科学》1994年第2期。
② （宋）陆游：《渭南文集》卷十九，《陆游集》，中华书局1976年版，第2153页。
③ （宋）陆游：《渭南文集》卷十四，《陆游集》，中华书局1976年版，第2097—2098页。

古幽思，这些景观已经不是简单的事物，而是被历代不断阐释的景观。所以陆游在欣赏这些景观时，怀有深切的同情之心，与古人心有灵犀，遥相呼应。总观宋代的文人行役记，都有这样的文化情怀，《入蜀记》是其中的代表作，它对景观的观照，与其说是一种自然情怀，毋宁说是一种文化情怀。宋人有丰富的精神文化生活，其中文化胜览是展示宋人文化生活很好的一方面，他们徜徉于山水遗迹之间，在现实的夹缝中不忘内心深处的温情。我们通过《入蜀记》即可了解这一点。

元代杭州文学活动与南北文学交流融合*

张建伟　赵洁莹**

元朝统一全国，结束了百余年的南北隔绝，南北文学的交流日渐频繁。经济和文化的双重优势使得杭州在全国占有重要的地位，再加上京杭大运河带来便利的交通条件，杭州成为各地文人，尤其是北方文人首选的游历之地。作为南宋故都，杭州以其深厚的文化底蕴吸引了大量的北方文人，包括蒙古文人、色目文人各族文人。北方文人以新鲜好奇的眼光观察南方景物与风俗，留下了众多诗篇。南北各地不同民族的文人汇聚于杭州，他们欣赏风景与书画，赋诗唱和，使杭州成为南北文化交流的中心，诗文词曲的创作中心，这是其他地方所无法比拟的。

目前对元代杭州文人群体与文学活动的研究主要有以下几篇论文。徐大军《元代曲家杭州行迹述略》从元代杭州剧坛曲家的构成、来杭原因、在杭行迹、对杭州剧坛所起到的作用几个方面，描述了元代杭州剧坛，分析了杭州成为元代后期杂剧中心的原因①。孔杰斌《元代杭州杂剧作家群研究》概述了元代杭州杂剧作家群的构成及成因，分析了元代杭州杂剧作家的群体

---

* 本文为教育部人文社科基金项目“元代选元诗与元代文学研究”（项目编号：20YJA751028）之中期成果。

** 张建伟，山西大学文学院教授；赵洁莹，山西大学古代文学硕士研究生。

① 徐大军：《元代曲家杭州行迹述略》，《杭州师范学院学报》2005 年第 3 期。

特征及其交游活动，从杭州杂剧的主题倾向、艺术特征和地域文化特征三个方面论述了元代杭州杂剧作家群的创作[①]。

石勖言《元代杭州宗阳宫文人群体考述》对元代宗阳宫文人群体的构成和活动进行了全面考述，并对其历史意义加以阐释[②]。朱传季《元末明初杭郡文人集群研究》分析杭郡文人的交游活动、诗文创作，及其作品体现出来的时代特色、地域特征、艺术特色等[③]。

这些研究考证了杭州本地与外地的文人，论述了这些文人的诗歌与杂剧创作，但是未能从南北文学交流融合的角度论述杭州的特殊意义，而这一点关系到元代统一全国后文学发展的新动向，值得关注。

一　元代杭州的文学活动

南方和北方在自然环境和风俗文化方面存在极大的差异，元朝统一之前，南北双方长久对立，形成了各自的一套文化系统。元朝统一之后，文人有机会进行南北流动。作为南宋的故都，杭州成为北方文人观光游览的热点。因做官、漫游、寓居而来杭州的南方和北方文人数量众多，以延祐元年（1314 年）为界，元代前期来杭州的知名文人有方回、王恽、白朴等 33 人，后期来杭州的有黄溍、苏天爵、乔吉等 36 人，包括了元代诗文词曲各体文学作家。整个元代，杭州一直都是文学活动的中心，文学活动主要是赠答唱和与同题集咏这两种形式。

（一）元代杭州的赠答唱和

元代前期，杭州的文学活动主要是赠答唱和。比如，在杭州寓居的陈景仁与本地诗人仇远有过诗歌赠答，陈景仁《寓西湖端午雨中和仇山村先生诗韵》曰："西湖重午水亭居，座有琴书俗事无。客里逢时聊对酒，心中无

---

① 孔杰斌：《元代杭州杂剧作家群研究》，硕士学位论文，广西师范大学，2008 年。

② 石勖言：《元代杭州宗阳宫文人群体考述》，《民族文学研究》2017 年第 6 期。

③ 朱传季：《元末明初杭郡文人集群研究》，硕士学位论文，浙江大学，2007 年。

諂不须符。青山爱我旧相识，白首娱亲家庆图。几欲访诗无谢屐，满城风雨阻泥涂。”① 这首诗是陈景仁与仇远之间的唱和诗，他以西湖为背景。此外，仇远《陪戴祖禹泛湖分韵得天字》② 和戴表元的《杭城风雨中简子昂》③ 等诗，同样是诗人之间的唱和活动。

值得注意的是，元人还用新兴的散曲来进行唱和，最具有代表性的是卢挚、马致远、刘致三人之间关于西湖的唱和之作。

卢挚有散曲［双调］《湘妃怨·西湖》：

湖山佳处那些儿，恰到轻寒微雨时，东风懒倦催春事。嗔垂杨袅绿丝，海棠花偷抹胭脂。任吴岫眉尖恨，厌钱塘江上词。是个妒色的西施。

朱帘画舫那人儿，林影荷香雨霁时，樽前歌舞多才思。紫云英琼树枝，对波光山色参差。切香脆江瑶脍，擘轻红新荔枝。是个好客的西施。

苏堤鞭影半痕儿，常记吴山月上时，闲寻灵鹫西岩寺。冷泉亭偏费诗，看烟鬟尘外丰姿。染绛绡裁霜叶，酿清香飘桂子。是个百巧的西施。

梅梢雪霁月牙儿，点破湖烟雪落时，朝来亭树琼瑶似。笑渔蓑学鹭鸶，照歌台玉镜冰姿。谁僝愁鸱夷子，也新添两鬓丝。是个淡净的西施。④

这首散曲将西湖四时不同的美景描写了出来，沿用苏轼的惯例，将西湖比作西施，为人们展现了西湖春、夏、秋、冬四季的景色。马致远作［双

① 杨镰主编：《全元诗》，中华书局2013年版，第8册，第346—347页。

② （明）田汝成：《西湖游览志余》卷十二，影印文渊阁四库全书本，商务印书馆1986年版，第585册，第446页。

③ （元）戴表元：《杭城风雨中简子昂》，《剡源戴先生文集》卷二十九，《四部丛刊初编》集部，商务印书馆1936年版，第236页。

④ 隋树森：《全元散曲》上册，中华书局1964年版，第132—133页。

调·湘妃怨]《和卢疏斋西湖》，对卢挚之作做出应和。刘致［双调·水仙操并引］虽然没有提到卢挚，其作品的内容与形式与卢、马二人一致，应该是受到他们的影响。此外，刘致［中吕·山坡羊］《西湖醉歌次郭振卿韵》是他与友人郭振卿的唱和之作。

元代后期的赠答唱和活动更为繁盛，例如，张翥《多丽·西湖泛舟，夕阳施成大席上，以晚山青起句，各赋一词》、[①] 贡性之《西湖燕集分韵得南字》[②]。比较而言，更值得关注的是同题集咏活动。

（二）元代杭州的同题集咏

同题集咏是元代诗歌的一个重要形式。杨镰先生认为，元代诗坛的同题集咏题目广泛，著名的有西湖竹枝词、上京纪行诗、佛郎贡马、题咏岳飞墓与岳庙、静安八咏、咏郑氏义门、咏余姚海堤等等[③]。元代杭州的同题集咏活动，典型代表是歌咏岳飞的《岳庙名贤诗》以及杨维桢发起的《西湖竹枝词》歌咏活动。

1.《岳庙名贤诗》

岳飞蒙冤被杀，后来得到平反，被安葬在杭州栖霞岭下，后人建有岳飞庙来祭祀。泰定三年（1326 年），释可观一方面重修岳飞墓与祠，一方面将时人所作的悼念岳飞的诗文收集，后至元五年（1339 年）编成《岳忠武王庙名贤诗》（简称《岳庙名贤诗》）一卷，收录了 72 位元人所做的 92 首诗及少量的文章[④]。《岳庙名贤诗》的作者身份各异，有元代名臣柯九思，也有南宋宗室之后赵孟頫从子赵由辰，还有少数民族文人，比如西夏人杨九思、高昌回鹘人铁穆尔。说明不同民族的文人都崇尚岳飞的勇武与忠义，北方各民族形成了对中华文化的认同。也说明元代政治宽松，诗歌创作没

① 唐圭璋：《全金元词》下册，中华书局 1979 年版，第 999 页。

② （元）贡性之：《西湖燕集分韵得南字》，《南湖集》卷上，影印文渊阁四库全书本，商务印书馆 1986 年版，第 1220 册，第 11 页。

③ 参见杨镰《元诗史》，人民文学出版社 2003 年版，第 624 页。

④ 参见杨镰《元代文学编年史》“后至元五年己卯”条，山西教育出版社 2005 年版。

有什么忌讳。

柯九思《岳忠武王庙重兴祠宇后作》其一曰："建炎谁为致中兴，武穆由来志可凭。传檄燕云惊四海，出师河洛慰诸陵。长驱铁马知无敌，欲扫黄龙竟不能。禹穴松楸无麦饭，钱湖香火有山僧"①，叙述了岳飞的功绩，表达他对岳飞的赞颂。铁穆尔《题岳坟褒忠寺》曰："早知矫诏由秦桧，岂肯班师弃汴京"，对岳飞功业未就表示惋惜。"我来再拜瞻遗像，南干迎风振烈声"②，表达了对岳飞的敬仰之情。各民族文人都将岳飞当作英雄看待，对岳飞充满崇敬之情。

这些诗歌还揭发了岳飞是冤屈而死，为其遭遇鸣不平。比如，释可观《咏岳忠武王》："有生谁不死，公死犹为生。强敌闻风退，奸臣忌业成。复仇言不合，上书谮方行。冤借舆人口，如今说未平。"③ 赵由辰《咏岳忠武王庙》曰："主暗臣庸宗社倾，中兴良策沮垂成。九原痛惜埋遗恨，万世称扬振义声。"④ "主暗臣庸"揭露了当时南宋皇帝的昏庸无能，听信奸臣，"九原痛惜埋遗恨"，表达了他对岳飞枉死的痛惜之情。西夏人杨九思在《题岳坟褒忠寺》中说："宋国君臣义不全，将军忠勇古今传。曾施奇策恢三路，化作英雄彻九泉。"⑤ 对南宋君臣作了褒贬，批评了宋高宗，反映了北方民族耿直的一面。柯九思《岳忠武王庙重兴祠宇后作》其二直接对奸臣进行了批判："奸邪卖国堪流涕，独立西风看去鸿。"⑥ 在《岳忠武王庙重兴祠宇后作》其三中，他表达了对岳飞之死的悲伤之情，"英雄已矣更何论，思沛空飞汉地魂。区脱几年悲紫塞，琵琶万里泣黄昏"。⑦

杭州是岳飞墓所在之地，这次同题集咏是有关岳飞的规模最大的文学活动，表达了文人对岳飞的悼念与崇敬之情，也表达了他们对宋元更替的兴亡

---

① 杨镰主编：《全元诗》第 36 册，中华书局 2013 年版，第 46 页。
② 杨镰主编：《全元诗》第 51 册，中华书局 2013 年版，第 101 页。
③ 杨镰主编：《全元诗》第 51 册，中华书局 2013 年版，第 119 页。
④ 杨镰主编：《全元诗》第 30 册，中华书局 2013 年版，第 351 页。
⑤ 杨镰主编：《全元诗》第 51 册，中华书局 2013 年版，第 89 页。
⑥ 杨镰主编：《全元诗》第 36 册，中华书局 2013 年版，第 37 页。
⑦ 杨镰主编：《全元诗》第 36 册，中华书局 2013 年版，第 46 页。

之感。

2.《西湖竹枝词》

竹枝词原先是从民歌发展演变而来，发源于古代的巴蜀地区，内容大都描述百姓的日常生活，表达他们的情感。杨维桢作为元代后期的文坛盟主，想要革新当时的文坛上的“粉黛”之气，一场大规模的以歌唱西湖为核心的诗歌唱和活动便由此展开了，它是元代后期规模庞大、影响广泛的一次同题集咏活动。

这次同题集咏以描写西湖的景色与当地人日常生活为主要内容，同时也涉及杭州风俗等多个方面①，“其山水之胜，人物之庶，风俗之富，时代之殊，一寓于词，各见其意”。② 至正八年秋七月（1348 年），杨维桢将所收到的西湖竹枝词进行了辑录，编为《西湖竹枝集》。根据统计，参与这次同题集咏活动的共有 122 位诗人，除去籍贯不详者外，剩余 114 人。现将参与《西湖竹枝词》活动的诗人按照今天的行政区划，做成诗人地域分布表格：

《西湖竹枝词》作者地域分布　　　　单位：人

省份	人数
浙江	48
江苏	27
江西	10
安徽	4
山东	4
河南	3
上海	2
河北	1
山西	1
陕西	1

① 《西湖竹枝集》还收录了王士熙、马祖常在滦阳（今河北承德）写的作品。
② （元）杨维桢、虞集等撰：《西湖竹枝集》和维序，国家图书馆藏明刻本。

续表

省份	人数
福建	1
北京	1
四川	1
少数民族	10

从上表中可以看出，参与《西湖竹枝词》唱和活动的诗人来自不同的省份，说明此次同题集咏的涉及范围非常广，涵盖了南北各地诗人。这 114 人的身份是多样的，其中，既有汉族诗人，也有少数民族诗人，如马祖常、萨都剌、同同、甘立、边鲁、掌机沙、不花帖木儿、完泽、燕不花、别里沙。还有女性诗人，如曹妙清、张妙净，说明参与这次同题集咏活动的诗人不仅数量众多，而且诗人身份也是多样的。

杨维桢编辑其他诗人的作品时，分别为他们写了小传，评论了他们的成就。杨维桢所作的《西湖竹枝词》有九首，这九首《西湖竹枝词》，作为这次同题集咏的开端，得到上百人的响应。其一曰："苏小门前花满株，苏公堤上女当垆。南官北使须到此，江南西湖天下无。"① 对杭州西湖极尽赞美之词。也有对男女之情的抒写，体现了委婉缠绵的江南情调，如其四："湖口楼船湖日阴，湖中断桥湖水深。楼船无舵是郎意，断桥有柱是侬心。"②

"元朝，诗在很大程度上又是文人的征友启示，推销自己的求职书；诗人对与什么样档次的人唱和相当在意；诗坛是不同地位的人群以同一身份相聚的唯一场所，所以人气正旺。"③ 尽管后世的人更看重元曲，但是诗歌仍然是元代文人交际的主要工具。集咏是文人们展示诗歌技艺的舞台，能够参与到一次高级别的同题集咏，是诗人地位的体现。作为元代后期的诗坛领袖，杨维桢具有极大的影响力。他倡导的《西湖竹枝词》歌咏在当时引起了极大的轰动效应，在社会上产生了深远的影响。杭州和西湖成为文人关注

① （元）杨维桢、虞集等撰：《西湖竹枝集》，国家图书馆藏明刻本。

② （元）杨维桢、虞集等撰：《西湖竹枝集》，国家图书馆藏明刻本。

③ 杨镰：《元诗史》，人民文学出版社 2003 年版，第 33 页。

的中心，在作品中成为重要的文化符号。

二　杭州的诗歌活动与南北文学交流融合

刘师培在《南北文学不同论》中提到："大抵北方之地，土厚水深，民生其间，多尚实际；南方之地，水势浩洋，民生其间，多尚虚无。民尚实际，故所著之文不外记事、析理二端；民尚虚无，故所作之文或为言志、抒情二体。"① 地理环境的不同，造就了不同的地域文化，不同的地域文化又影响到当地文人的整体面貌与写作风格。北方文人南下来到杭州，面对不同的地理环境与地域文化，在作品中表现其新奇之感，受到杭州独特地域文化的影响，他们的诗词也呈现出与在北方时不同的风格特色。

（一）北人歌咏杭州与诗词曲的风格

元朝初期，关汉卿、白朴等人都来过杭州，并留下歌咏。祖籍隩州（今山西河曲）的白朴，与人同游杭州西湖，作《永遇乐·至元辛卯春二月三日，同李景安提举游杭州西湖》，词曰：

一片西湖，四时烟景，谁暇游遍。红袖津楼，青旗柳市，几处帘争卷。六桥相望，兰桡不断，十里水晶宫殿。夕阳下，笙歌人散，唱彻采菱新怨。

金明老眼，华胥春梦，肠断故都池苑。和靖祠前，苏公堤上，谩把梅花捻。青衫尽耐，濛濛雨湿，更着小蛮针线。觉平生，扁舟归兴，此中不浅。②

根据题目，可知这首词是至元二十八年（1291 年）所作。整首词的语

① 刘师培：《南北文学不同论》，《刘师培学术论著》，浙江人民出版社 1998 年版，第 162 页。
② （元）白朴撰，徐凌云校注：《天籁集编年校注》，安徽大学出版社 2005 年版，第 143 页。

言清丽婉约，将西湖的美景娓娓道来。“肠断故都池苑”，表面上感慨南宋的灭亡，实际上反映的是白朴经历金朝灭亡的兴亡之感。

白朴早年在北方生活，其作品风格受到北方山水及文化的影响。例如，在顺天（今河北保定）所作的《凤凰台上忆吹箫》上阕：“笳鼓秋风，旌旗落日，使君威震雄边。羡指麾貔虎，斗印腰悬。尽道多多益办，仗玉节、亳邑新迁。江淮地，三军耀武，万灶屯田。”赞美世侯张氏军威浩荡，充满英雄豪气。《水龙吟·送史总帅镇西川，时方混一》风格类似。《水调歌头·初至金陵，诸公会饮，因用〈北州集·咸阳怀古〉韵》曰：“苍烟拥乔木，粉雉倚寒空。行人日暮回首，指点旧离宫。好在龙蟠虎踞，试问石城钟阜，形势为谁雄？慷慨一尊酒，南北几衰翁。”[①] 颇有苏轼豪放之风，展现的是雄厚朴实的风格。“白朴《天籁集》的主导风格是婉约清逸，同时又兼具豪放一面。”[②] 这种多样艺术风格的形成，正与白朴纵贯南北的经历密切相关[③]。邯郸（今属河北）人张之翰及其子张埜都到过南方，游览过西湖，与白朴类似，张之翰的作品“既有质朴贞刚的北方气质，又有清丽娴雅的南方品格”。[④]

赵维江先生在《金元词论稿》中指出，“南宗词派和北宗词派既是地理意义上的划分，更是文化意义上的划分。”北宗词最明显的风格特征就是“豪”，拥有“豪放之气概”[⑤]，北宗词具有豪爽放逸、豪放质朴的风格特点，南宗词婉雅而具有情韵。从元世祖中统元年（1260 年）到延祐元年（1314 年）的这一段时期，元代词坛的格局发生了变化，南宗词与北宗词汇集在了一起，南宗词与北宗词的特点结合在一起，白朴、张之翰、张埜等人歌咏杭州的词作就是“豪词”与“雅词”结合的典范。

将北方的豪放与南方的清丽加以融合，还体现在散曲中。根据李昌集先

---

① （元）白朴撰，徐凌云校注：《天籁集编年校注》，安徽大学出版社 2005 年版，第 7、67 页。
② （韩）俞玄穆：《白朴〈天籁集〉的艺术特色》，《山东大学学报》1996 年第 4 期。
③ 张建伟、张慧：《金元白朴家族与地域文化》，《晋阳学刊》2015 年第 6 期。
④ 辛昕：《元初南北词风融合：张之翰论》，《北方论丛》2015 年第 1 期。
⑤ 赵维江：《金元词论稿》，中国社会科学出版社 2000 年版，第 31、33 页。

生《中国古代散曲史》，元代前期的散曲，既有豪放之潮，也有雅化之流。“元散曲中的豪放一格是由北籍散曲家们所创建的，在第二代散曲家的手中，豪放一格已臻极致。”卢挚、马致远等人，属于第二代北籍散曲作家，他们的成年和文学活动在元灭南宋之后①。“在豪放之潮的主流外，亦有清丽典雅一流在”，同样，“在以豪放为主要倾向的作家创作中，也会偶见典雅的作品，如马致远”。② 卢挚与马致远都是北方人，长期生活在杭州，在杭州秀美的山水及其独特的地域文化的熏陶下，其散曲的风格兼及豪放与典雅。

元代后期杨维桢倡导的《西湖竹枝词》集咏，得到了南北各地百余名文人的响应。西湖竹枝词带有浓郁的地域色彩，北方诗人歌咏杭州的作品明显受到了南方文化的影响，内容多写杭州风情，语言清新自然，风格清丽婉转。

（二）蒙古、色目各族诗人与杭州的文学活动

元代来杭州做官、漫游、寓居的诗人还包括蒙古、色目各民族，他们的祖上生活在草原地区，接受的是草原文化的影响，因此血脉里有着豪放粗犷、勇猛刚毅之气。他们来到杭州，见到的是完全不同的景象，体会到了不同的风土人情，其作品呈现出别样风情。

占籍雁门（今山西北部）的答失蛮诗人萨都剌作有《西湖绝句》六首，风格清新，语言清丽，呈现出一种温婉秀丽的特征。如其三：“紫溜骄踏落花泥，二月江城雨过时。拂晓市河春水满，小船多半载吴姬。”③ 畏兀诗人贯云石长期居留于杭州，写了《西湖游》、《蝶恋花·钱塘灯夕》、［正宫·小梁州］《春》《夏》《秋》《冬》、［中吕·粉蝶儿北］《西湖》等很多作品，在描绘杭州及西湖的景色之余，也表达了作者身在异乡的孤寂之情。比如《蝶恋花·钱塘灯夕》：

① 李昌集：《中国古代散曲史》第二卷下编，华东师范大学出版社 1991 年版，第 335、328 页。
② 李昌集：《中国古代散曲史》第二卷下编，华东师范大学出版社 1991 年版，第 336 页。
③ （元）杨维桢、虞集等撰：《西湖竹枝集》，国家图书馆藏明刻本。

灯意留人云自列。六市轻帘，斗露钱塘月。十二修鬟流翠结。东风摇落仙肌雪。浅浅银湖催晓色。兰影香中，总是江南客。去国一场春梦灭。关情不记分吴越。①

该词描绘了杭州的元宵节，一片繁华热闹的场景，“总是江南客”，流露出作者的一丝惆怅，带有很深的文人特质，与北方少数民族雄浑质朴的风格不同。

薛昂夫的散曲［中吕·山坡羊］《西湖杂咏》用清新明快的语言将西湖四季不同的景色描绘了出来，风格自然，表达了他对西湖发自内心的喜爱之情。

《西湖竹枝词》也有蒙古、色目各族诗人的参与，如蒙古人不花帖木儿、同同、聂镛，高昌畏兀人边鲁、阿鲁温氏掌机沙，西夏人完泽、燕不花，回回人别里沙。这些少数民族诗人的《西湖竹枝词》，描写的是优美的西湖风景与细腻的男女之情，语言自然、简洁、明快，说明他们对不同于草原文化的南方文化，持有一种接受、认同的态度。

清人顾嗣立对元代的民族诗人有过精辟的总结，他说：“要而论之，有元之兴，西北子弟，尽为横经。涵养既深，异才并出。云石海涯、马伯庸以绮丽清新之派振起于前，而天锡继之，清而不佻，丽而不缛，真能于袁、赵、虞、杨之外，别开生面者也。于是雅正卿、达兼善、迺易之、余廷心诸人，各逞才华，标奇竞秀。亦可谓极一时之盛者欤！”②

三　杂剧在杭州的发展与南北文学交流

元杂剧起源于北方地区，它是在宋代杂剧和金院本的基础上发展形成的。元杂剧自形成以来，一直在北方发展，于元贞、大德年间，在北方的大

① 唐圭璋：《全金元词》下册，中华书局1979年版，第950页。
② （清）顾嗣立编：《元诗选》，中华书局1987年版，第1185—1186页。

都（今北京）等地达到鼎盛时期，“从大德、延祐以后，杂剧创作活动的中心逐渐由大都向杭州南移”。[①]

徐大军认为：“杭州能成为元代的戏剧中心之一，尤其是杂剧中心，作为杭州剧坛构成要素的剧作家，对杭州这个杂剧中心的确立和维持起到了重要的作用。元代杭州剧坛的曲家构成按其行迹可分为三类：一、杭州本土的曲家（杭州籍且居杭曲家），他们是杭州剧坛的主要经营力量；二、因各种原因流寓杭州的曲家，他们是杭州剧坛的壮大力量；三、游历杭州的曲家，他们激发、烘托了杭州剧坛的气氛，促进杭州作为杂剧中心的成长与发展。”[②]

根据《录鬼簿》等书，关汉卿、白朴、侯克中等人都曾到过杭州，大都人马致远，东平人张寿卿，真定人尚仲贤、戴善夫等人都曾在杭州任职，后期因仕宦、游历而寓居杭州的曲家更多，包括虞集、李寿卿、顾德润、汪元亨、钟嗣成、睢景臣、秦简夫等人，他们中的一部分人创作有杂剧。

元初，北人南迁，许多北方的杂剧作家南下，来到杭州。根据钟嗣成《录鬼簿》记载，“元曲四大家”关汉卿、马致远、郑光祖、白朴，他们都曾来过杭州，关汉卿的［南吕·一枝花］《杭州景》中描绘了杭州的繁华景象，对杭州地区杂剧的传播与创作产生了影响。马致远甚至最后选择在杭州长期隐居，从其［双调·新水令］《题西湖》中可以看出，他有归隐西湖的愿望。这些早期来到杭州的曲家，为北杂剧向南方的传播开辟了道路，可以视为早期的北戏南移。

北方曲家在作品中表达了对杭州的喜爱之情，大兴（今属北京）人曾瑞［正宫·醉太平］曰：“相邀士夫，笑引奚奴。涌金门外过西湖，写新诗吊古。苏堤堤上寻芳树，断桥桥畔沽醽醁，孤山山下醉林逋。洒梨花暮雨。”[③] 曲中提到了涌金门、苏堤、断桥、孤山，可以看出曾瑞的杭州情结。

太原（今属山西）人乔吉长期寓居杭州，“现存的杂剧，都以婚姻爱情

① 邓绍基主编：《元代文学史》，人民文学出版社1991年版，第63页。
② 徐大军：《元代曲家杭州行迹述略》，《杭州师范学院学报》2005年第3期。
③ 隋树森：《全元散曲》上册，中华书局1964年版，第471页。

为题材”[1]。平阳襄陵（今属山西）人郑光祖曾做过杭州路吏，最后卒于杭州。他现存杂剧成就较高的也是婚姻爱情剧《倩女离魂》和《㑇梅香》，另外是有文人剧《王粲登楼》。这与杂剧前期在北方有所不同，而与南戏的题材类似，当与杂剧南移有一定的关系。

乔吉《扬州梦》被视为研究东南地区城市风貌的重要作品，描写了城市的繁荣景象：

[混江龙] 江山如旧，竹西歌吹古扬州，三分明月，十里红楼。绿水芳塘浮玉榜，珠帘绣幕上金钩。

（家童云）相公，看了此处景致，端的是繁华胜地也。

（正末唱）列一百二十行经商财货，润八万四千户人物风流。平山堂、观音阁，闲花野草，九曲池、小金山，浴鹭眠鸥。马市街、米市街，如龙马聚，天宁寺、咸宁寺，似蚁人稠。茶房内，泛松风，香酥凤髓；酒楼上，歌桂月，檀板莺喉。接前厅，通后阁，马蹄阶砌，近雕阑，穿玉户，龟背毬楼。金盘露、琼花露，酿成佳酝，大官羊、柳蒸羊，馔列珍馐。看官场，惯軃袖，垂肩蹴鞠，喜教坊，善清歌，妙舞俳优。大都来一个个着轻纱，笼异锦，齐臻臻的按春秋，理繁弦、吹急管，闹吵吵的无昏昼。弃万两赤资资黄金买笑，拼百段大设设红锦缠头。[2]

作品中将城市中所能见到的景象极力展现出来，所运用的句式十分整齐，节奏方面又十分紧凑，竭力渲染了城市的繁华景象。同时，这段描写在语言风格上，典雅绮丽，语隽词美，雅中有俗，节奏明快，一气呵成，有汉赋之胜[3]。根据这段描述，李真瑜《重评乔吉杂剧》认为，“如此歌舞繁华

---

① 邓绍基主编：《元代文学史》，人民文学出版社1991年版，第256页。

② （元）乔吉：《杜牧之诗酒扬州梦》，李修生、李真瑜、侯光复编校《乔吉集》，山西人民出版社1988年版，第10—11页。

③ 田同旭：《元杂剧通论》下册，山西教育出版社2007年版，第78页。

之地，决非杜牧生活时的扬州，而是宋元时的杭州”。[①] 由此可以看出，乔吉的作品中有着很强的杭州情结。

乔吉长期生活在杭州，他受到杭州城市文化的影响是非常大的，他经常游于青楼酒馆之中，与歌妓进行交往，受到这种城市“脂粉”气息的影响，他在《扬州梦》第一折［寄生草］中说：“添上些芙蓉颜色娇皮肉，白处似梨花擎露粉酥凝，红处似海棠过雨胭脂透。”[②] 他描绘了女性的肤色，色彩浓艳，在风格方面偏于绮丽，这是乔吉在以杭州为代表的江南文化的熏陶下所受到的影响之一。郑光祖的杂剧“注重藻饰”，“文词秀丽流转”，［双调·驻马听］《秋闺》“辞句华美，对仗工整，比较典型地表现出元后期散曲清丽派的风格特色”。[③]

除了杭州的文化对杂剧创作产生影响之外，杂剧在南移到杭州之后，在音乐风格和艺术形式上也发生了重要的变化。

在音乐上，北曲的主要风格表现为阳刚壮美、质朴粗犷，南曲的主要风格则表现为阴柔婉转，清峭流丽，这是南曲与北曲之间的区别之一。随着大批北方作家来到杭州，南北之间进行交流融合。例如杭州本地人沈和，字和甫，钟嗣成《录鬼簿》说：“以南北腔和调，自和甫始”[④]，证明他在写作时，将北曲的一些特征融入了南曲的创作之中。另外还有杭州人范康，《录鬼簿》中记载他“有乐府及南北腔流行于世”[⑤]，这意味着杂剧在杭州的传播及发展过程中，南曲与北曲逐渐交流融合，二者所代表的不同的音乐风格开始融合起来。

在艺术形式上，元杂剧在杭州的传播及发展过程中，为了迎合杭州的观

① 李真瑜：《重评乔吉杂剧》，《晋阳学刊》1985 年第 2 期。

② （元）乔吉：《杜牧之诗酒扬州梦》，李修生、李真瑜、侯光复编校《乔吉集》，山西人民出版社 1988 年版，第 12 页。

③ 邓绍基主编：《元代文学史》，人民文学出版社 1991 年版，第 244、253 页。

④ （元）钟嗣成：《录鬼簿》，中国戏曲研究院编《中国古典戏曲论著集成》第二册，中国戏剧出版社 1959 年版，第 121 页。

⑤ （元）钟嗣成：《录鬼簿》，中国戏曲研究院编《中国古典戏曲论著集成》第二册，中国戏剧出版社 1959 年版，第 123 页。

众，越来越注重艺术形式，词藻堆砌，讲求音律，追求华丽的表达。由于杭州的文化十分发达，再加上古人一直以来就有追求典雅的偏好，因此，杂剧在传播到杭州时，不得不注重艺术的提高，以求得更多的观众。在这种情势下，元杂剧在文化发达的南方地区，其艺术形式逐渐走向典雅。徐扶明将杂剧南移到杭州后的变化概括为“只讲究词藻音律，墨守成规”。[①]

余 论

从文学地理学的角度看，杭州分布在南北交通大动脉运河的轴线上，尽管入元以后在政治上不再是都城，但是在文化上成为文人眼中的“都城”，各地文人纷纷流向杭州，属于“京都情结”的一种表现。[②] 在这个意义上，杭州应该是城市轴心，“城市轴心具有物质与精神的双重含义。……不仅城市本身成为最活跃、最重要的文学活动中心，而且也是进一步驱动文学版图演变的核心所在”。[③] 杭州吸引了无数南北文人，成为诗词与元曲的创作中心，它当之无愧具有这样的价值。

元代实行两都制，大都作为元代的首都，是全国的政治中心、文化中心。上都是一座草原城市，帝王每年巡幸上都，既是生活方式的需要，更是出于政治上的考虑。作为南宋的故都，杭州可以说是除大都和上都之外的第三个文化中心。虽然在政治上杭州不如大都与上都，但是作为文学中心，可以与两都并列为三。大都文学的馆阁气息最为浓厚，上都文学展现的是草原文化。大都、上都为政治中心，决定了大都、上都的文学活动政治性较强。左东岭先生在《台阁与山林：元明之际文坛的主流话语》一文中指出，台阁文学是贯穿于元明两代的创作类型，元代的台阁文学自有其特点。根据他的说法，我们可以将大都、上都的文学特征归为“台阁文学”，将杭州的文

① 徐扶明：《元代杂剧艺术》，上海文艺出版社1981年版，第21页。

② 参见梅新林《中国古代文学地理形态与演变》第四章《文人流向与文学地理》第一节《城市文学轴心与文人群体流向》。

③ 梅新林：《中国古代文学地理形态与演变》，复旦大学出版社2006年版，第258—259页。

学特征归为“山林文学”。台阁体文学主要是以散文为主，诏、表较多，政治性较强，主要是为了满足朝廷的要求，而山林文学，主要以诗歌为多，注重个人情感的抒发①。杭州体现的是在野文人的创作特点，体现的是多元风貌。其文学活动政治意味较弱，而情感色彩较重，比如元末的杨维桢发起的“西湖竹枝词”唱和活动。它在元代后期引领文学风尚，具有辐射全国的影响力，在南北文学交流融合过程中发挥了重要作用。

元代社会南北大一统的局面，为外地人来到杭州提供了便利的条件。大量北方人来到杭州，以北方人的视角来写杭州的自然景观与人文风俗，体现了当时南北文学之间的交流与融合，这也是元代杭州文学活动的特点之一。杭州聚集了许多少数民族文人，如萨都剌、薛昂夫、贯云石等人，他们使用汉语进行诗、词、散曲的创作，取得了较高的成就，说明元代存在广泛的不同民族之间的文化交流，杭州就是交流的舞台。

元代疆域辽阔，国力强盛，在对外交流方面持开放态度，东西丝路的开放，给外国人士进入元朝疆域创造了便利的条件。杭州成为蒙元帝国的一张名片，贡师泰《杭州新城碑》说：“杭之为郡，左江海，右湖山，内接京畿，外控诸国。”②“在海、陆丝路的全面贯通中，杭州虽然在入元之后失去了政治中心的地位，但成了南北经济文化交流枢纽，也成为以丝路为纽带的东西经贸体系，尤其是世界海洋经贸体系的中心之一。”③ 如意大利旅行家马可·波罗认为杭州是“世界最富美丽名贵之城”④，描绘了元代杭州城的社会风俗，有助于当时的欧洲人了解元代的杭州及整个元帝国。当时的杭州不但是南北交流的中心，也是外国人士了解中国的窗口，为中国与域外的文化交流做出了贡献。

---

① 左东岭：《台阁与山林：元明之际文坛的主流话语》，《首都师范大学学报》2019 年第 5 期。

② 李修生主编：《全元文》，凤凰出版社 2004 年版，第 45 册，第 304 页。

③ 唐云芝、吴志刚：《13—14 世纪丝路拓通背景中的日常生活书写——以杭州为探讨中心》，《浙江学刊》2019 年第 3 期。

④ ［意］马可·波罗：《马可·波罗行纪》，冯承君译，中华书局 2004 年版，第 570 页。

徘徊在眷恋与疏离之间：北漂诗歌中的北京书写*

王德领**

从文学地理学意义上说，新世纪的北漂诗歌是一个较为独特的存在。在中国当代新诗的版图上，北京始终占据着最为重要的地位，居于中国当代诗歌的核心。而北漂诗歌，是北京诗歌地图上斑斓多彩的一块，虽然被主流诗歌不屑，虽然处于边缘地位，但是就诗人、诗歌的数量来说，北漂诗歌体量极为庞大，诗歌的主题阔大、沉郁激越，一扫目前诗坛流行的文人抒情的柔靡与做作。“不平则鸣”历来是为文的传统，北漂诗歌的表现内容和艺术特色，在中国诗歌地理上有着独特的价值。

一　底层文学视阈下的北漂诗歌

有关底层文学，自21世纪以来，始终是一个热点问题。其实，底层文学并不是一个新的话题。放在中国百年文学史的框架中，可以清晰地看到底层文学的来龙去脉。

---

* 基金项目：国家社会科学基金“文学地理学视阈下新时期以来的北京书写研究”（项目编号：18BZW160）。

** 王德领，中国人民大学文学博士、北京师范大学博士后，北京联合大学师范学院中文系主任、教授。

五四时期，有文学研究会所代表的问题小说，在这个问题小说潮流中，许多属于底层文学。比如叶绍钧的反映教育界灰色生活的《倪焕之》等作品。鲁迅的许多小说，塑造了一系列被侮辱被损害的底层人物，是典型的社会问题小说。他的《一件小事》是写拉洋车的车夫的。写于1921年的《阿Q正传》更是写无业游民的悲剧命运的。当时还有一个乡土文学流派。1923年前后在鲁迅影响下由文研会、未名社、语丝社的作家创作构成，是“为人生”的现实主义小说的一支。作者多是来自乡村、寓居京沪都市的游子，他们目击现代文明和宗法制度农村的差异，在“改造国民性”思想启迪下，以深沉笔触，写记忆中的乡村的愚昧和衰败。主要有王鲁彦的《柚子》《菊英的出嫁》，许杰的《惨雾》《赌徒吉顺》等。

此后，书写底层生活的作品众多，如果仅从城市文学的角度看，比较成功的当属20世纪30年代老舍的一系列作品，如他的《骆驼祥子》《我这一辈子》《月牙儿》等作品，揭示出车夫、巡警、暗娼等城市底层民众的生活状态。这一点，可以说是和21世纪文学中的底层书写有一定的关联。

中华人民共和国成立至“文革”结束，工农翻身做了主人，中国是没有所谓反映现实生活的底层文学的。如果说有，也是从政治意识形态的角度，对旧中国贫苦民众凄惨生活的反映。至20世纪90年代中国的市场经济大潮起来以后，大批农民涌入大城市打工，由此出现了农民工群体。自20世纪90年代以来，一个特殊的文学群体——打工文学产生了。这是底层文学的一个重要组成部分。这些打工文学，其发生的背景基本是在沿海城市，以深圳最为集中。囿于学识和眼界，打工文学的文学性整体不高，但是其中的佼佼者，如王十月、郑小琼等，体现了不凡的实绩。郑小琼的诗歌积郁着痛楚、悲凉，几乎是站在绝望的边缘吟唱。她是一只泣血的杜鹃，栖息在流水线上。她在《钉》中这样写道：

有多少爱，有多少疼，多少枚铁钉
把我钉在机台，图纸，订单，

早晨的露水，中午的血液
需要一枚铁钉，把加班，职业病
和莫名的忧伤钉起，把打工者的日子
钉在楼群，摊开一个时代的幸与不幸
有多少暗淡灯火中闪动的疲倦的影子
多少羸弱、瘦小的打工妹在麻木中的笑意
她们的爱与回忆像绿荫下苔藓，安静而脆弱
多少沉默的钉子穿越她们从容的肉体
她们年龄里流淌的善良与纯净，隔着利润，欠薪
劳动法，乡愁与一场不明所以的爱情
淡蓝色的流水线上悬垂着的卡座
一枚枚疼痛的钉子，停留的片刻
窗外，秋天正过，有人正靠着它活着

在北京，21 世纪以来，底层文学也渐成气候。尤其是其中的北漂诗歌，近年来尤为活跃。这些诗歌，虽然是讲述北京，可是其中却鲜见八百年帝都的雍容和大气，也没有市井街头的京味儿，更多的是漂泊者对自身命运的喟叹。

人口统计数据显示，较长一段时期以来，“北京流动人口文化程度居全国之首”。根据 2016 年的研究数据，北京的流动人口中大专以上学历占比达 30%，要远高于全国其他地区。这些流动人口，是没有北京户口的。之所以称他们为北漂，我认为，主要是北京严格的户籍政策限制了他们的落户，而没有户口，就意味着不能买房，子女上学也受到严格限制，可以说，户口是港湾，没有港湾，没有锚和缆绳，就没有根，他们就会有“首如飞蓬”的漂泊之感。北漂诗人当中，有只受过中小学教育的一般打工者，也有不少是高校毕业的“小白领”，这些高学历的京漂虽然没有在北京找到体制内的工作，但是北京具有无穷的机会，可以供他们施展自己的才华。珠三

角的“外来妹”们文化程度普遍较低，大多从事低端的手工制造业。

由师力斌、安琪主编的《北漂诗篇》于 2017 年由中国言实出版社出版，据称是“聚焦中国大规模城市化进程中 800 万北漂群体中的诗人群体。作为北漂诗人第一次集体发声、填补文学史空白的《北漂诗篇》，通过网络公开征集而降生，有望成为北京文化中的一个新地标”。[①] 诗集出版后，产生了热烈的社会反响。2018、2019 年，他们又继续主编了《北漂诗篇》年度选本。编选北漂诗集的目的，如编选者所言，“北漂诗歌蕴藏着当代中国社会丰富的文化诉求和创造性的文化想象，在现有的中国诗歌地图当中，在古典诗歌、外国诗歌、百年新诗经典、当代名家诗选，以及各种琳琅满目的诗歌地标当中，再增添北漂诗歌的新地标”。[②] 可以说，这是国内第一次有意识地将北漂诗歌集体亮相，确实意义非凡。但是值得商榷的是，这里的北漂，内涵有些泛化，把一些已经进入体制内，有户口，有体面的职业和收入，已经在北京安营扎寨许多年，功成名就的“新北京人”也纳入了北漂行列。

入选《北漂诗篇》的诗人来自众多行业，诸如文学艺术、新闻出版、商业、科技、网络新媒体等，更多的是自由职业者。这些诗人很多并没有发表过多少作品，但是文化程度较高，大多数受过大学以上教育。北漂诗人的高学历化，是全国仅有的。由此可见，北漂诗人群有着比南方打工诗人群体更高的文化视野，所以他们的诗歌，不仅仅是对自身身世的喟叹，不仅仅是对生活艰辛的描述，而更多的是对人生的形而上的思考。另外，北京是中国经济最发达的地区之一，第三产业发达，工作环境相对舒适，不像东莞等南方城市主要依赖制造业，工作环境恶劣。如此看来，北漂诗歌和南方的打工诗歌，二者有明显的不同就在情理之中了。

在许多人眼中，北京是一座被重重魅影笼罩的“梦想之都”，但并不是

---

① http：//dy. 163. com/v2/article/detail/CJQI91UK05128C0H. html。

② 师力斌：《北漂一族的文化想象和精神地图》，见师力斌、安琪主编《北漂诗篇》，中国言实出版社 2017 年版。

所有的朝圣者都能如愿以偿——“有些人的梦想坐在车里/有些人的梦想飞在天上/有些人的梦想在地宫里日夜疾驰/而有些人的梦想破碎如尘埃洒落一地”（小海：《梦想之都》）。小海是一个打工诗人，原来在东莞的工厂里，后来辗转到几个城市做工，近年到了北京，他的诗歌，有着一个出身农民的打工者特有的忧愤、质朴、雄健。如他的《中国工人》一诗：

我是一名中国工人
在钢筋水泥的欲望大楼里圈养着我们的廉价青春
春夏秋冬的变迁不属于我们
粮食和蔬菜也不再需要我们关心
我们所能做的只是将made in China的神秘字符
疯狂流淌到四大洲和七大洋的每一条河流和街道的中心
再用那十月革命后所带来的战利品
来换取一张年关将近时想要回家的票根

尽管如上述诗歌所示，北漂们的作品里同样充斥着劳累、卑微和沉重之感，但总体上似乎没有南方打工仔们的那种尖锐的疼痛。或者说，如果南方的打工诗歌细述了生存的切肤之痛，那么北漂诗歌则道出了梦想如断线的气球一般的“生命不能承受之轻”。北漂诗人们普遍表现出对北京的向往、眷恋与认同，这和南方打工诗人的悲愤、幽怨的情绪有着明确的分野。

北漂诗歌的内容，主要有以下几个方面：一、揭示北漂生活的艰辛，表达对生活的无助感，这一类诗歌是北漂诗歌中最为常见的主题；二、徘徊在眷恋与疏离之间：对北京的复杂情愫；三、对都市的现代性体验；四、没有爱情的诗篇；五、刚健雄浑的非个人化抒情。

二　居京不易：北漂生活的艰辛与无奈

书写北漂生活的艰辛与无奈，表达生存的疲惫感、无力感，是北漂诗歌最常见的主题。

一些诗歌书写职场的艰辛。杨泽西在《北京地下室之蚁族》中写道："我们搭坐地铁和公交几个小时，来到公司/习惯性地刷卡、微笑/打开电脑，开始一天的工作/不得不承认，这是我们最光鲜的一天。"只有在工作的时候才是"最光鲜的"，下班之后则又要沦为"蚁族"，"日复一日地为生存而奋斗着/我们活过，像从未活过一样"。

谈雅丽的《寒流中最后一班公交》，写深夜寒冷的北京的夜班工：

零下十度的冷天气，最后一趟公交车
拥挤的车厢，上来一群穿红衣服的夜班工
磨黑的，洗旧的外套
隐约现出"安 X 家政"字样的胸牌

应该是刚刚结束一天的强体力
应该是午夜回集体宿舍的路上
擦窗户，除油烟，拖地板，搬柜子
又或者是搬家，装电路，扫楼梯……

左车厢的瘦女人一落座就发出鼾声
她旁边的胖女孩立刻也晕晕欲睡
邋遢男孩将头靠向前排老头
老头看起来更筋疲力尽

后座中年人掏出面包狼吞虎咽
最厉害嘟哝：太饿了，太累了
靠边瘦个边叹气，边轻轻咳嗽
瞌睡分子和饥饿因子弥漫在车厢

零下十度的冷天气，夜班车
一整车厢农民工——
应该是同乡相约出外打工
应该来自南方某个偏僻乡镇
他们低声说着难懂的家乡话
他们你依着我，我偎着你
相互取暖

窗外，暮光如寒月般迅疾地消隐
只有北方寒冷的星空，照着行走的车顶
一座美丽而疲惫的大城——
“寒星在荒漠的水上绽放”

曹谁在《北京地铁中啜泣的女人》里，写出了一个女人对生活的悲伤：

地铁中啜泣的女人
满脸变形的妆容
左手抓着手机
右手掩着嘴巴
跟遥远的地方呢喃
她在地铁中忘情地啜泣
嘶鸣的铁轨融合嘶哑的声音
闪眼的镭射照亮晶莹的眼泪
地铁上摩肩接踵的人只是匆匆走过
他们根本看不到这个啜泣的女人
京城的地铁如蜘蛛一般伸展
每一个地方你都无法抵达

京城的地铁有三百四十五座
每一个地方你都无法停下
地铁中站着的女人
一直站在那里啜泣

在冷漠的城市，这种不加掩饰的哭泣者，是漂泊在城市里无法驻足的女人，在“每一个地方你都无法抵达”“每一个地方你都无法停下”的绝望里，凝聚了所有的痛苦、委屈以及不幸。

尽管有那么多的苦难与不幸，艰难地留下来，顽强地生存下去，梦想总有一天会出人头地，这是北漂一族最大的期望。但是，总是有失败者不堪生活的重负，“逃离北上广”，然而，逃离又能逃开生活的追击吗？逃离是否意味着幸福生活的来临？一切都是未知数。但是，又不得不离开。而离开，心情又是那么凄凉与不舍。冯朝军在《送一位同事离开北京》里写道：

她在哭
会议室坐满了送别的同事。年长者
如我，怀里有二十年的打工史
年轻的如身旁的小孟，大学刚毕业
白纸一张，谁也不知道他会在上面
画下什么。她在哭
会议室的写字板上残留着
商讨工作的内容，擦去的部分
像我已经死去的梦。她在哭
她把红色的衣裙换成了黑色
像我曾经把爱情
死死埋进了深黑的泥土。她在哭

在她身后，玻璃窗外面蓝天白云
鳞次栉比的楼群面无表情
声色不动。她在哭
哽咽难言，大颗大颗的泪水
发着光，光芒照耀着我的过去
和我的沉默。她在哭
我无法安慰她，摸不到任何词语的温度
这些年，我学会了疼痛时咬紧牙关
悲伤时忍住泪珠

“鳞次栉比的楼群面无表情”，这是都市的表情。在乡村，有大自然的风景尚可抚慰我们的灵魂，而在坚硬的都市，一切都是冷漠的。

表达对生活的无助感，主要是通过揭示北漂生活中遭遇的各种社会问题来呈现的。北漂基本上没有北京户口，而没有北京户口，就意味着在买房、婚恋、子女入学，甚至租房等许多环节，都会遇到意想不到的困难。因此，许多诗歌具有强烈的现实色彩，是名副其实的“问题诗歌”。

冯朝军的《伤疤》一诗，道尽了外地人子女在北京入学的艰难：

左手上有一块伤疤，那是
打架时留下的。那时年轻火气旺
总是和栖居的城市争斗。但我
从没有真正赢过
在一所学校的门前，一个外地的男人
先是火气冲天
然后，跪下来。他只想
争取让他的孩子在这里读书留下来
不分开。和我一样，他也是一个

失败者。和我一样，先是不服
然后慢慢学会了低头
在来来往往的人群中，独自包扎
流血的伤口

冯朝军的诗歌里有一种质朴的力量，一种久违的对现实的穿透力。“和我一样，他也是一个/失败者。和我一样，先是不服/然后慢慢学会了低头”。外地男人为了让孩子上学，先是“火气冲天”，而后“跪下来”。在冰冷的制度面前，从不服到低头，从火气冲天到下跪，这里面的心酸、曲折，隐含了多少令人心悸的情感！这是一道“伤疤”，是都市留给外地人的一道难以愈合的伤口。

住房几乎成了许多北漂眼里永远的伤痛。且不说北京的房价比肩伦敦、纽约、巴黎等国际大都市，许多北漂根本买不起。还有更重要的是，由于严格的限购制度，没有户口的北漂是基本上没有购房资格的。于是，租房是许多北漂诗歌表现的内容。譬如刘浪的一首短诗《由于狭小》：

由于狭小，屋里的每件东西都有多种用途
唯一的桌子，既是饭桌也是书桌
仅有的窗户，既用于采光也用于眺望
那扇门，一旦关上就没有另外的出口
这张床，是他们争吵的地方也是他们和解的地方

搬家，也是北漂诗人经常表现的日常生活。漂在北京20年、写过52万字长篇小说《漂在北京》的甘肃人张晴，他在《活着还是已死》中这样写搬家：“搬家……真累/每一个北漂者/都累过无数次/在累中感受/活的沉重和死的轻盈。”

北漂诗人涉及地下室的诗歌，粗略统计，有几十首之多。地下室是许多

来到北京寻梦的年轻人暂时栖身的家。这是诗人林平《梦想拒绝的细节》里的句子：

东直门地下室
没有白天黑夜之分，只有混杂的
建筑工、服务员、速递员、破烂王
以及记者、律师、会计师、部门经理
他们都来自贫困地区
阳光不会光临这里
灯光微弱，照不亮沉甸甸的诗行和梦想

而“90后”诗人杨泽西的《北京地下室之蚁族》，道出了许多住过地下室的北漂者的心声：“我们住在北京城的地下室里/日复一日地为生存而奋斗着/我们活过，像从未活过一样。”“我们活过，像从未活过一样”，多么沉痛的句子，这11个字，浓缩了多少心酸事。这几乎是拍着桌子说话了。

三　眷恋抑或疏离：对北京的复杂情愫

北漂诗人对北京的感受可谓千差万别，是徘徊在眷恋与疏离之间，更多的是对北京的眷恋。有了这份眷恋，使得绝大部分诗人选择了继续漂在北京，而不是返回故乡。

对北京，有的人随遇而安，“北京就是我的家”（许多《北京，北京》）。有的人热烈拥抱，“北京是一座圣城，一想起你/我就燃烧”。有的完全排斥，“这是一个巨型的城堡/我们没有自己的位置/将肉体变卖/或许比不上/二舅家的一口田猪”（于丹《这里是北京》）；“一场大雪/掩盖不了这座城市的一切包括它/的肮脏以及它的丑陋”（李松《雪中的北京西客站》）。有的人在北京小心翼翼，颇为自卑，“在王府井，在天安门广场/我曾像一个受尽磨难的孩子/不敢多说一个字/我闭紧嘴巴/目光怯懦地飘过别人的笑语/生怕一不小心蹦出一句方言土语/招来白眼，给首都抹黑”（林子《梦想拒绝的细节》）。相当多的是权宜心态，“北漂，落脚而已”（鲁橹）；“我从来不是我的/和家一样可靠的名字是我租用的”（老巢《和家一样可靠的名字是我租用的》）；“北京如此大/像一个胖子，充满亲和力/而我临时住在这里/辅以外省人的热情/白天萎靡，夜晚亢奋/和京腔保持着谨慎的距离”（广子《住在石景山》。有的不乏对生活和梦想的坚守，“请原谅我依然写诗/依然在这个尘世上忙碌与热爱”，“而剩下的就是/我们微笑有我的九万里山河”（《大风至》）。

有的诗人，打量北京的目光看不出具体的表情。是五味杂陈的复杂情感的集合体，“看不清咫尺内的文化部大院/和门前武警肃立的面容/看不清更远处宏伟的外交部半圆形大楼/它们是那么静/似乎只有影子徜来徉去”（林平《梦想拒绝的细节》）

北京不仅有高耸入云的摩天大楼，故宫、长城、颐和园等名胜古迹，还有城中村。王长征的《城中村》，滋味五味杂陈：

既不是村子也不是城市
它是地图上一块不甘心消失的胎记
一座座钢铁建筑如同巨兽逼近
各类人群动物
寄居的迷失发展方向的睡兽
终有一天它将被历史淘汰

跳过铁轨，就能步入城市
转过身，能否找到一扇故乡的门

在城中村，人群是动物般的存在，是迷失发展方向的睡兽。显然，诗人对这样的生存场景是排斥的，对这样的北京是排斥的。

值得称道的是，在这些写北京的诗歌中，小海的《梦想之都》写得大气、开阔：

长安街很宽
可转过日坛路就堵了
坐车错过了工体
就随403一路坐到了北京站东
下车后去车站广场转转
有些人把梦想紧紧地背在包里
有些人把梦想摊平随地倒下
有些人的梦想则表露在神情上
而有些人握着正义的梦想
一言不发
……

从诗歌本身的发展来看，北漂诗歌出现了全新的表现方式，体现了对现实发言的能力，拓展了诗歌的表现空间。举凡沙尘暴、雾霾、“非典”、堵车这些都市病，在北漂诗歌里都有表现。在这些诗歌里，北漂诗人们对北京进行了严格的审视，带有强烈的批判意识。

黑鸟之翼的《我的城市病了》这样写雾霾：

紧跟着冬天而来
把城市覆盖的，不是待嫁新娘的婚纱
一块脏兮兮的裹尸布
它和死亡一样，让人心慌

……一个城市病了
卸不下负累，人类没有鸟类迁徙的自由
留下来的，戴上口罩
走在街上，像是在去参加一场故人的葬礼
每一个鲜活的肺，都是
活体空气过滤器，维持这病体机能正常运转

冯朝军的《那些万家灯火》这样写北漂对世态、对自身的感受：

在十三号的城铁车厢，向外望
无论是哪边，都是万家灯火，恩情
一样的永恒
列车飞快，穿过隆冬，穿过
滴水成冰的寒气，让疲惫的人离家
越来越近。窗外的树丛
像模糊不清的理想壮志，从未长高
一晃而过

房子大小、自住还是租住都不重要了。可怜的
北漂单身人，哈着手，无法掩饰冰凉和孤独
一盏灯
被母亲的手，爱人的手，孩子的手打开，一团光
在辽阔的寒夜里，总能摸到
你的柔弱，让你让步，妥协
向自己低头

而大学毕业后在北京的一家网络媒体做记者的严彬，他对北京的感受颇

具代表性。他的《有多少人经过悲伤的四环路》这样写道：

清晨，有多少人经过昏迷的四环路
人形和车轮像鞭子抽打着
夜夜没有吃饱的四环路

天桥上开始有人写字，有人占位子
立交桥下瞎子做梦
吃胖的北京老人提着鸟笼经过

有多少人经过这悲伤的四环路
年轻人早上被赶进来，晚上赶出去
公子开跑车经过……

多少人经过饥饿的四环路
上午没有进城的人没有房子
懒汉和他们的媳妇提着包子经过

是谁经过被太阳暴晒的四环路
警察和医生陆续到岗
昨天坠楼的男人前天从这里经过

那是午后无聊的四环路
傍晚欲望膨胀的四环路
同一个男人反反复复在这里经过

有多少人经过悲伤的四环路

上午被赶进城的人傍晚被赶出城
每到深夜，是一条被烧红后冷却不安的四环路

这不仅是北京的一条地理意义上的四环路，同时也是形形色色北京生活的缩影。是悲伤，是绝望，也有喜悦，这种意蕴的繁复性和复杂性，是南方的打工诗歌写不出来的。这一类的北漂诗歌毕竟有它万千的气象，带有北京这个历史文化名城所具有的恢宏之气，就连悲伤也带有时代色彩，带有让人揣测不尽的厚度。

当然，对于北京的体验，是难以尽数的。对于这座伟大的城市，新文学诞生以来，就有周作人、梁实秋、林语堂、老舍、林徽因、林海音等许多文学大家表达了赞美，或者揶揄，但更多的是五味杂陈的复杂情感。北漂诗人用诗歌的形式，集中表达了自己体验到的北京。也许，在众生喧哗中，试图分析出北漂诗人笔下的北京形象是困难的，更多的时候，是一种复杂的情感在起作用。而在所有的情感之上，是对北京这个古老而崭新的都市的由衷的迷恋。正是北京有了如此的魅力，才会凝聚了800多万北漂在这里与它厮守到地老天荒。

从这个意义上说，于丹的《这里是北京》，才最接近漂在北京的外地人对北京的感受：

这里是北京
一个巨型的城堡
里面有帝王有臣有民有隶
人们焦虑地活着

这里是北京
一个千古帝王的首都
一个每天上演传奇的舞台

大人物们飞来飞去
小人物们挤来挤去
人们狂热地活着

这里是北京
一个24小时都在运行的城市
无论何时
无论何地
你都会看到
人头车流灯光
你都会听到
不同口音的喧嚣
人们匆忙地活着
这里是北京
一个实现欲望的城市
各种地方的人们
各样肤色的人们
带着对美好生活的期盼
和那颗不安的心
涌向这座城
人们梦想般活着

在北京活着，焦虑、狂热、匆忙，在这之上是梦想。古往今来，又有谁能拒绝梦想的诱惑呢?

四　对都市的现代性体验

张旭东在本雅明《发达资本主义的抒情诗人》译本序言中，这样满怀激情地写道：“都市人的异化，商品拜物教、忧郁和理想、寓言与自然史等等现代性的基本母题，也只有到了今天，才变成中国人必须在自己日常经验里予以处理的‘创伤’和‘震惊’。”① 对于中国21世纪都市诗歌，张旭东的这一判断切中肯綮。

我注意到，北漂诗篇里，有一些诗歌，已经溢出了底层文学最常见的对苦难的品味、对生存的不满以及忧伤的基调，走向对都市人类生存的现代性主题的揭示，这和波德莱尔开创的都市诗歌主题有了某种程度上的呼应。这是一种更为深刻的书写，体现了中国都市诗歌主题超越了较为表面的对生活场景的展示，超越了个体层面一己悲欢的书写，走向了对都市人生存境遇的深刻把握。从这个意义上说，北京的底层诗歌有着比南方打工诗歌更为恢宏的文化气度。

首先是异化的主题。周瑟瑟的一首诗《动物园》，把都市人异化的现代性主题，赫然推到了我们的眼前：

天气冷了
不知动物园里的
动物们是否穿好了衣服
我偎依在书房
感觉到寒气
从书页缝隙往外冒
如果一夜白头
那肯定是冻白的

夜里我听见动物们
抱在一起

① 张旭东：《本雅明的意义》，见［德］本雅明《发达资本主义时代的抒情诗人》，张旭东、魏文生译，生活·读书·新知三联书店2012年版，第26页。

像人类的孤儿
嗷嗷叫唤
动物们一身的皮毛
足以过冬
但它们为什么恐惧

白天路过动物园
我看见它们在笼中
晒太阳
忧郁的眼神
死死盯着我
好像我是它们中间
昨晚逃跑的那一个

由天气的冷，想起动物园里的动物会不会挨冻。但是动物在寒风中瑟缩，他们有厚的皮毛，为什么却恐惧寒冷？它们到底在恐惧什么？动物与人，在这里是同构的。都市里芸芸众生，总是生活在焦虑、不安中，但又难以指认这种恐惧究竟来自何方。这是现代都市人生存境遇的写照。邱华栋的《人熊》《他和他的马总在说话》《乐骚》等小说，也揭示了动物与人互为主体的都市文学的语法，异化、荒诞、变形是这种语法的具体呈现，这是现代主义的基本主题。从这个意义上说，诗歌和小说是同构的。这样的书写，已经触及都市人的命运这个核心的话题，无疑，这种对都市人的画像具有深刻的象征意义。

其次，是对地铁等交通工具的现代性体验，是震惊、孤独、陌生感等复杂情绪的集合体。北漂诗歌凸显了都市生活的现代特征，出现了许多书写地铁的诗篇。有的诗篇，是表达都市人为了生活而奔波的疲惫感：“中年的疲惫/撒满了夜晚的地铁/未知的宿命彳亍在胸口/试图去隐藏所有故事的交汇点//北京地铁十号线就如北漂者一样繁忙/深夜十点却成了下班高峰期……”

但是有的诗人对于地铁的体验，已经超出了我们的日常感受，具有了较强的现代主义色彩。许烟波的《北京地铁》这样写道：“在一座古老的城里/列车在地下穿行//所有乘车的人，都默不作声/轨道上咣嚓交错的声音/惊扰了在地底沉睡的灵魂//每停一站/我都会惊恐地看着上车的人。”这样的感受，是本雅明式的城市“震惊”体验，是颇具现代性的。

如果我们对比一下意象派诗歌旗手庞德的《在地铁车站》，会更清晰地看到北漂诗歌里几首写地铁的诗歌的现代意识。“The apparition of these facesin the crowd；/Petalsona wet，black bough. 人群中这些面孔幽灵般显现/湿漉漉的黑枝条上朵朵花瓣。”这是庞德对巴黎地铁的感受。《在地铁车站》源于庞德的一次偶然经验。根据庞德的回忆，“三年前在巴黎，我在协约车站走出了地铁车厢，突然间，我看到了一个美丽的面孔，然后又看到一个，又看到一个，然后是一个美丽儿童的面孔，然后又是一个美丽的女人，那一天我整天努力寻找能表达我的感受的文字，我找不到我认为能与之相称的、或者像那种突发情感那样可爱的文字。那天晚上……我还在努力寻找的时候，忽然找到了表达方式。……一年后我写了这首日本俳句式的诗句”。[①] 瞬间，偶然，熙熙攘攘、你来我往的地铁站人群中美女的面孔，短暂的稍纵即逝的美，如同幽灵般出现又消失。这是典型的都市感受，一切都是匆忙的，美女的朵朵笑靥，映衬在城市地铁站黑色的背景下。就像北岛的一句诗所言：一切都是转瞬即逝的追寻，一切都是没有结局的开始。这与波德莱尔对偶遇的美女的感受何其相似。这种对都市人群的叙述，带有强烈的现代性体验。

正如张旭东在本雅明《发达资本主义时代的抒情诗人》序言中所言：“流水线上的节奏成为整个社会生活的节奏。它在大街和大众中得到了应合。”[②] 快节奏的都市生活，一如永不停歇的地铁，穿行于我们的生活里。

① 黄晋凯等主编：《象征主义·意象派》，中国人民大学出版社 1989 年版。

② 张旭东：《本雅明的意义》，见［德］本雅明《发达资本主义时代的抒情诗人》，张旭东、魏文生译，生活·读书·新知三联书店 2012 年版，第 20 页。

曹谁在《北京地铁中啜泣的女人》中这样写道："京城的地铁如蜘蛛一般伸展/每一个地方你都无法抵达/京城的地铁有三百四十五座/每一个地方你都无法停下。"这充满悖论的语言，是对漂泊在京城的外地女人命运的揭示，更是对都市人生存处境的隐喻。永远在路上，何处安顿我们的灵魂，在这呼啸前行的地铁上，我们究竟要抵达何处？

都市的陌生感与孤独感，产生于人与人的互相注视之中。花语的《地铁。打量》这样写道："一米内。我们盯着对方/……事实上，我瞳孔散光。迎着她/像迎着镜子里一个赶早的自己。"这首诗揭示了都市人相互注视却无交流的冷漠状态。这一行为，是城市崛起以后产生的新的人际交往法则。本雅明引用西美尔的话说："那些能看见却听不见的人，比那些能听见却看不见的人烦恼得多。这是大城市的特征，大城市里的人际关系的特点在于突出地强调眼睛的用处大于耳朵。……在 19 世纪公共汽车、有轨电车和无轨电车完全建立起来之前，人从来没有被放在这么一个地方，在其中他们竟能几分钟甚至数小时之久地相互盯视却彼此一言不发。"① 这种相互注视却无交流的行为，是都市公共交通工具狭窄空间经常发生的典型场景。在这样的场景里，沉默是正常的，大声喧哗交谈是不礼貌，甚至被认为违反公德的行为。早在 19 世纪，波德莱尔就这样描述自己的城市经验："迷失在这个卑鄙的世界里，被人群推搡着，我像个筋疲力尽的人。我的眼睛朝后看，在耳朵的深处，只看见幻灭和苦难，而前面，只有一场骚动，没有任何新东西，既无启示，也无痛苦。"② 这是一个麻木的都市人形象的化身。

再次，是对都市人荒诞处境的揭示。生于 1987 年的沈阳人常文铎，在北京从事艺术工作。在《关于北京的散文诗》中，他以隐喻的方式，将患了都市病的北京比作雾中的牢房：

① ［德］本雅明：《发达资本主义时代的抒情诗人》，张旭东、魏文生译，生活・读书・新知三联书店 2012 年版，第 184 页。

② ［德］汉娜・阿伦特：《启迪：本雅明文选》，张旭东、王斑译，生活・读书・新知三联书店 2008 年版，第 213 页。

我在牢房里，
这里只是很大很宽敞相比较为舒适的牢房；
我觉得我会被遗忘，
我努力的试着去呐喊，
即便声音再大也不会有人听见。
人们忙碌着在为金钱讨价还价；
也在为修建自己的道路躲躲闪闪。
在雾里我自以为不受其染，
我看不见人，
但我能感受到人们都在雾里光着身子不以为然。

无处不在的雾，是一个不透明的都市隐喻，人流如织我却看不见人，我大声呐喊却无人听见，赤身裸体的人们却不以为羞，这是一个荒诞的生存环境，都市化作了一座巨大的牢房，宽敞、舒适，我们生活在其中，却无力自拔。这样一幅都市人生活的图景，带有极大的讽刺性，是现代人生存处境的寓言式表达。

常文铎的呐喊，回荡在许多北漂诗歌里。有论者认为，“我特别注意到诗人们关于呼喊的悖论式抒写。许多诗人写到京城茫茫人海中的呼喊，却无声喑哑，孤立无援，让我想起蒙克的名画《呐喊》……周瑟瑟《一个男人在马路边大声喊》就描绘了这样一个在巨大城市里孤立无援、无处发泄、大喊大叫的主体形象”。①

五　北京不相信爱情

北漂诗歌一个重要的现象是，情诗缺席。两本《北漂诗篇》，辑录诗歌

① 师力斌：《北漂一族的文化想象和精神地图》，师力斌、安琪主编《北漂诗篇》，中国言实出版社2017年版。

几百首，歌咏爱情者屈指可数，诗歌里面没有爱情，也鲜少温暖和亮色。爱情是诗歌永恒的话题，在两千多年前的《诗经》里就有许多情诗。而北漂诗人大多是“80后”“90后”，正是歌咏爱情的年龄，却在巨大的生存压力面前，在诗歌里放逐了爱情，爱情已成为奢侈品。在这么多的北漂诗歌里，我没有看到温馨而浪漫的诗句。不得不说，缺少情诗的北漂诗歌是不幸的。

不过，从现代都市诗歌的角度来看，一百多年来，确实温馨的爱情诗稀缺。19世纪中叶波德莱尔的诗歌，很少有关于爱情的美好书写，有的只是像《给一位路过的女子》那样短暂而陌生的爱的片段。现代主义的爱情诗，是短暂、焦灼、背叛、不确定、艳遇、滥情、畸恋等的浑浊的混合体，已经不像古典时代的爱情诗那么纯美与炽烈。虽然现代主义的爱情诗已经不再推崇温馨浪漫的古典爱情，但是并不妨碍书写男女情感。但是北漂诗歌却绕开对爱情的书写，哪怕是对畸形的情感也不再涉及，这是否可以解读为对情感的放逐？在泥泞的现实里对梦想的放逐？

现实中的爱情是奢侈品，有的诗人只能从梦中追寻。常文铎在《关于北京的诗》中，这样写梦里的结婚场景：

> 在梦里我结婚了，我穿着礼服牵着新娘的婚纱的裙子，看着她的双脚一起向车站走去，
> 她美丽得让我接受她的坏脾气，这让我惊讶而又感到幸福。
> 这幸福感无比的真实以至于强烈到我在现实中感觉到的缺失。
> 我很庆幸我还会做梦，这三分之一的人生是我向往的。

富有意味的是，有的北漂诗歌虽然没有写到爱情，但是写到了爱人，这是爱情之后，在平凡的婚姻生活中的称呼。这样的生活，是日常的，没有梦想的。生于1986年的诗人不识北，在《我的爱人》中，这样写道：

我在人群中看到你
就在你们学校门口
你走在人群中
我忽然发现你
如此陌生
就像所有人一样陌生
如果你不是正在走向我
是不是就会
这样离开我

这种对爱人的陌生感，疏离感，不确定感，是对都市男女之爱的真切体验，也打上了京漂诗人对爱情的独特看法。都市之爱，没有什么是永恒的，一切都是短暂的、易逝的。

在大城市漂泊，生存成为第一要务，爱情必须附丽于生存才能生长，否则都是空中楼阁。青鸟之翼的诗《把最后一朵玫瑰留给爱情》，叙述了一位叫春燕的打工妹，于情人节在过街天桥上卖玫瑰花的经历。为了卖花，不得不和蛮横的城管玩猫捉老鼠的游戏。诗歌的最后两节这样写道：

只剩下最后一支玫瑰时，她停止了叫卖
看着手中这只被人挑剩下的玫瑰。犹豫了片刻
小心翼翼地修整着有些打蔫的花朵
重新包好。灯火阑珊的夜色里，
她拖着疲惫的双腿从过街天桥走下。

她要赶往医院，和躺在病床上的男友度过
这个他们相恋第五个年头的七夕
这个情人节，男友不能和往年一样送她浪漫礼物

她把最后一朵玫瑰，留给自己，留给爱情。

这是漂泊者卑微的爱情，就像微暗的火光，瑟缩在城市的高楼间。这一首爱情诗里，城管的面影如幽灵般闪现，也许，这是最为独特的情诗，在这个冷漠的大都市里，情感是如此的奢侈。

当然，北漂诗歌中的另外一个主题是对故乡的回望，对亲人的思念。这样的诗歌，差不多占据了北漂诗歌的半壁江山。这种回望是苍凉的，忧伤的，也带有些微的温馨。这种乡愁，当然是在与北京的对比中展开的。在这种城与乡的对比中，城市的巨大阴影投射在诗歌里，使得乡愁也不再是诗情画意的。而诗人也被撕成了两半，一半留给了生活中的北京，一般留在了回忆中的故乡。在这样的撕扯中，诗人的灵魂也没有得到安宁，因为故乡，已不能抚慰离乡的游子，而北京，也不能安置漂泊的灵魂。

无疑，要全面概括北漂诗人的书写内容是徒劳的，正像《北漂诗篇》编选者所概括的，表现的是“北漂一族的文化想象和精神地图”。这两部诗集，编选了200多位诗人的诗歌，记录的是200多位诗人在北京的所思所想，可谓众声喧哗。北漂诗人是一个庞大的群体，《北漂诗篇》所选，只是其中的冰山一角。从这个意义上说，文学地理学意义上的北漂诗歌，呈现出更为繁杂的样貌。

东北文学地理

民俗生活场域构建的东北作家群创作的情节冲突[*]

阎丽杰[**]

民俗生活场域是特定的社会空间中的民俗。人们都生活在既定的民俗生活场域中，在特定的民俗生活场域中，民俗具有超稳定的时空传承性。民俗使得人们的生活变得程式化、模式化、固定化。民俗形成人们稳定的思维和行为方式，并且对全体成员具有普适的法约性。民俗决定了作品中人物的大众民间立场和人物行为的世俗价值取向。在东北独特的地域中，人们信守只有东北才有的特定习俗，违反了东北习俗，都会被视为异端，从而导致民俗行为、民俗心理的冲突。东北作家群在固有东北民俗心理的基础上，利用民俗构建情节冲突，推动情节发展，使人物形象塑造得更加丰满。民俗规范人类的言行，民俗成为规范人们行为、语言和心理的一种基本力量。因此，东北作家群作品中的情节冲突往往是由民俗生活场域构建的。

东北作家群作品中的人物往往都缺少文献资料一类的表层文化，但都具有丰富的深层的民俗文化。人物蕴含的民俗文化存在机制成为人物存在的核心基础。作品中人物都自觉地运行于既定的民俗文化程式中。人物的思维方

* 基金项目：2007 年度辽宁省社科规划基金项目“民俗生活场域对东北作家群体的创作影响”（项目编号：L07DZW025）。

** 阎丽杰，沈阳大学文化传媒学院教授。

式完全是习俗化的行为方式。端木蕻良的《鸶鹭湖的忧郁》中，来宝和玛瑙看到月亮“狠忒忒的红”不仅马上想到“主灾么”，还想到“人家也说主兵呢”。可见，民俗成为作品中人物生存的精神细胞内核。

在东北作家群的创作中，人物的生活往往有一定的民俗化的程式。人们都是在特定的民俗程式中年复一年，日复一日地生活着。民俗规定了作品中的人物在每一年、每一天都应该做什么。在萧红的小说《呼兰河传》中，人们日复一日地都有跳大神、唱秧歌、放河灯，野台子戏，四月十八娘娘庙大会……。这一系列的习俗成为人们的一种固定的生活程式，习俗决定人们的日常行动，从而构成了小说的情节。

某地“习俗”在相异的民俗场域必然引起人物的否定心理。作品的情节冲突由民俗纠葛引起。民俗纠葛就是由民俗事项、民俗观念引发的冲突。因为民俗观念储备于个人心理的较深层面，形成一种习惯的思维定式，一旦有别的民俗观念与之相悖，势必引发民俗纠葛。

一　民俗决定人物命运

在东北民俗生活场域中，风俗成为人们生活的准则，各个阶层的人们都在自觉或不自觉地遵守风俗。“习俗移志，安久移质”（《荀子·儒效》），东北作家群笔下的人物形象在特定的民俗生活场域中，往往失去了自己的理性和独立判断事物的能力，个体的命运完全不自觉地遵循千百年传承的民俗。人们的生活已经被习俗固定化、模式化了，民俗可以决定人物的命运，谁若违反了民俗，就会有悲剧结局，谁若顺应了民俗，就能平安甚至发迹。

在东北作家群作品中，有的人物巧妙地利用自己的民俗文化资本，改变自己的命运，发家发迹，从此家运兴旺，过上锦衣玉食的生活。《科尔沁旗草原》中的首富丁家正是利用民俗而发家的。当瘟疫肆虐，人们面临着生命的威胁，丁家先人通过民俗中的巫术手段，治疗灾民的病痛，被人们认为是真灵官派来救百姓的，成为人们的精神领袖，被人们称为丁半仙。人们都认为自己的命是丁半仙给的，都竭力运用自己的劳力取得丁半仙生活的安适优越，丁半仙通过摇串铃等常人少有的民俗资本而发家。人们生病本来应该求助于医生，但东北特定场域的民俗使当时的百姓只能求助于巫医。丁半仙死前在有“藏龙卧虎格的风水”的地方为自己选了坟地，这奠定了一个东北的大地主的成功的开头。人们在强大的民俗生活场域中，丧失了自主的判断能力，人们的思维都取决于特定的民俗生活场域。丁半仙顺应着利用着民俗场域中的民俗，利用大众信奉民俗的心理，用民俗资本把自己笼罩上绚丽的魅影，使别人在不知不觉中认同了丁半仙的权威性。可见丁家正是利用民俗改变了自己的命运，丁家的发迹兴旺正是由民俗决定的。

小说人物可以利用民俗，战胜对手，统治百姓。《科尔沁旗草原》中鸑鷟湖畔的人们有一个风俗：相信仙姑能通神灵，所以都信奉仙姑的话。丁四太爷通过做道场，借仙姑的口愚弄百姓，让民众相信，丁家的作威作福是上天注定的，有神仙保佑的，让人们相信一切都是命运安排，心甘情愿地受人欺压。在北天王被控告神道设教，图谋不轨时，丁四太爷为了能称心如意地做大地主的盟首，与北天王对抗，丁四太爷请仙姑跳大神，通过四太爷传话给仙姑说：“记住告诉她，说北天王是恶贯满盈，天罚的，你懂吗？咱们是仙财，多说点……前世的……听见了么？”① 意在通过仙姑的口赞颂丁四太爷：“咱们府上是命，风水占的，前世的星宿，现世的阴骘，家仙的保佑，阴宅生阳，阳宅生阴，阴阳相生……”② 他还通过巫婆的口说出丁四太爷是仙财，北天王恶贯满盈，是天罚的。在这里，萨满教跳神习俗成为推动小说情节发展的重要因素。利用人们对神灵的敬畏，借用萨满习俗，壮大自己，打击对手，笼络人心。巫婆说丁四太爷发的财都是借她的光。群众议论丁四太爷发了狐仙的财。从此，丁四太爷家更是财运亨通了，也可以有恃无恐地剥削穷人。在后来，人们也不明白，“为什么北天王的不能推行的残虐，还要在丁四太爷的宗族里有保护地进行着……这一切他已不能明白，他给挤在

---

① 端木蕻良：《科尔沁旗草原》，人民文学出版社 1981 年版，第 26 页。
② 端木蕻良：《科尔沁旗草原》，人民文学出版社 1981 年版，第 26 页。

阒无人烟的一角，作成一个被遗忘的人了”。[1] 人们在民俗生活场域中，没有自主的理性判断，他们的思维被民俗场域的惯习所支配，一切都按照民俗的潜规则展开行动。大山指责丁宁：“你家是世袭的小汤锅，穷人在你们的地上，就像落在菜碗里的苍蝇！光你太爹那一辈你就逼死了多少人，抢了北天王的财产，还造出了胡仙来搪塞，这是我爷爷躺到床排子上才告诉我爹的！”[2] 东北民俗推动了情节的发展，民俗的延展本身就构成了情节，民俗也预设了情节如何进一步推进。

作品中的人物也往往从民俗学的视角看待自己的命运。在端木蕻良的小说《雕鹗堡》中，全村的人都认为主宰这小村子命运的，就是雕鹗。雕鹗就是这村子的性命。当早晨雕鹗飞出窝的时候，村里的人们就知道该起床干活了。当雕鹗回到巢里的时候，村里的人们就该吃晚饭睡觉了。因此，石龙捉雕鹗，村里人异常地反对，认为这样会破坏了风水。石龙要捉雕鹗就像把全村人的命运要捉走一样。当石龙爬山捉雕鹗不慎跌入山涧摔死时，围观的村里人才喘出一口气来，好像恢复了往常的命运的统治，觉得心安而满意，村民并没有为石龙的丧命而惋惜，风水的习俗观念制约着每个人。在白朗的《老夫妻》中，民俗同样决定了张老财的命运。算命的、批八字的都说张老财能享一辈子清福。张老财完全按民俗的思维方式做事，他坚信他的寿眉能给他带来长寿。他非常爱惜他的寿眉，他深深迷恋相面先生的话，从生了这几根寿眉起，十年来，他总是小心翼翼地保护寿眉，甚至洗脸的时候都要绕过眉毛，不使眉毛遭到一点摧折，因此，他眉毛的周围，留着一圈晦暗的污迹，使得整个眉毛失去了光泽。他坚信长寿眉能给他带来长寿的命运，他认为有了寿眉就有了生命的保障。因此，他认为日本鬼子也不能损伤他一根毫毛。别人都撤离了村子，只有他一个人还在村子里住着，最后，他死在了日本侵略者的手里。深信长寿眉使他长寿的民俗观念害了张老财的命。骆宾基的小说《生活的意义》中，孙寡妇在水池中洗衣服，手被水中东西咬了，

① 端木蕻良：《科尔沁旗草原》，人民文学出版社 1981 年版，第 18 页。
② 端木蕻良：《科尔沁旗草原》，人民文学出版社 1981 年版，第 207 页。

就认为是被鬼咬了。因为大栓家媳妇活着时，孙寡妇向她借过半斤盐、两个鸡蛋没有还，等到她投水死了，她婆婆向孙寡妇讨，孙寡妇说还了。孙寡妇认为被咬是屈死鬼抓替身，从此一病不起。水池中的小鸭子也被咬破了腿，村里的人们开始进行各种猜测，当人们捞出了神秘的东西，发现是条三斤多重的鳜鱼时，卧床的孙寡妇已经死了。孙寡妇生活的意义是由民俗观念决定的，小说标题的意图正在于此。

二　民俗引发行为冲突

在东北作家群的创作中，不同的民俗观念导致了相悖的民俗冲突。人到了异民俗生活场域就应该主动从俗。用心理学的术语就叫认同。“所谓认同，指人通过对外部对象的认知或觉察而自觉不自觉地力求与之等同，并因而把该对象的某些特点纳入到自己的性格、思维方式与行为方式之中。”① 如果不主动从俗或者违背民俗，而是用自己旧有的民俗置换异民俗场域的习俗，就产生了两种民俗的冲突。

民俗决定了人物行为必然如此，所以人人都自觉或不自觉地遵守习俗。骆宾基在《混沌初开》中写道：“生长在民国初年的妇女是这样的不幸，那年代她们就是连西欧或者俄罗斯城市妇女那种出头露面的场合都没有，即使是一个在吉林高等师范读书的女生回来度寒假，也是避讳着经过大街上的道路，而要走背人胡同的。谁也不敢违背这城市里的为山东移民带来的习俗，这是以后我入县立两级小学读书的时候，发生了两个新派的男女教师并着肩在城市散步，受了校长的警告而辞职的事情以后，才逐渐了解的。”② 在《混沌初开》中，伯父让母亲按照旧俗以妾礼拜见父亲的原配妻子，母亲不从，由此母亲和伯父断绝了往来。“于是母亲和伯父间的坚固的墙壁就在这上面竖立起来。就是面对面，也仿佛彼此不存在。不管在哪里，那道望不见

① 冯川：《文学与心理学》，四川人民出版社 2003 年版，第 143 页。
② 骆宾基：《混沌初开》，北京十月文艺出版社 1994 年版，第 183—184 页。

的墙壁始终隔离在他们之间。”① 由于父亲主持侄儿的婚礼，伯父和儿子也断绝了关系。母亲违反旧俗引发了和伯父的矛盾冲突，由此引发了一系列的行为后果。《科尔沁旗草原》中的百姓为了求得平安，避免胡子的骚扰，修鬼王庙，胡子犯忌讳，往往搬走匪窝，“幸而，这年来，这儿新修了一座鬼王庙，胡子犯忌讳都挪了窝了，挪到大菜园子那边闹去了，要不然早年这地方都是窝处，少爷有几个命，也拿不回去！”② 否则，胡子就像牛毛似的起来了。《第三代》中的井泉龙触犯了民俗，竟把村西端一所神庙里面泥做的龙王爷的脑袋给拧掉下来，并且一只手挽着龙王爷脑袋上的胡须，站在庙前的树台上，对龙王爷显出了极大的不恭，因此获罪被关进了监狱。《呼兰河传》中人们很有规律地按照民俗规定的程式生活着，一年之中，必定有跳大神、唱秧歌、放河灯，野台子戏，四月十八日娘娘庙大会，这些程式化的民俗生活规定着作品中人物的情节进展。用萧红的话说：呼兰河的人们照着几千年传下来的习惯而思索而生活。小团圆媳妇之所以被打致死，就是因为小团圆媳妇不符合民俗中对新媳妇的规定。小团圆媳妇的错误在于：不知道看婆家人的脸色，一点儿也不知道害羞，头一天来到婆家，就吃三碗饭，而且十四岁就长得那么高，两个眼睛骨碌骨碌地转，走道像飞似的，整天乐呵呵的，不符合当地新媳妇的习俗标准。就因为街坊邻居议论小团圆媳妇不像个媳妇，所以她的婆婆狠狠地打小团圆媳妇，而且打得特别狠，无论多远都可以听见叫声。为了不让小团圆媳妇走得飞快，她的婆婆用电烙铁烙她的脚心。她的婆婆狠狠打了她一个月，终于把小团圆媳妇打得病倒了，她的婆婆三番五次地请狐仙，跳大神，闹神闹鬼，按照民俗的治病方法，她最后被活活地烫死了，她终于为陋俗所害。小团圆媳妇的婆婆并不是有意迫害小团圆媳妇，她在生活上处处精打细算，自己治病都舍不得买红花，为了治好小团圆媳妇的病，竟不惜一次拿出五十吊钱。小团圆媳妇的悲剧正是习俗导致的冲突。《呼兰河传》中人们的一切行动都受习俗的制约。

---

① 骆宾基：《混沌初开》，北京十月文艺出版社 1994 年版，第 231 页。
② 端木蕻良：《科尔沁旗草原》，人民文学出版社 1981 年版，第 193 页。

在东北作家群的作品中，更多的是无形心意民俗潜在地影响人物的思维和行为，从而引发了行为冲突。无形心意民俗生活相“是人类精神生活中的民俗形态，展现在人类习惯性的思维方式观察处理问题，以及为满足精神要求的各种活动、情感所表现的广阔领域。现实中，它是某一类人群以独特的心态思考和参与生活的场景，一种怪谲、魔幻的生活思索”。[①]《边陲线上》中的靠山在撤退时还遗憾没找批八字的“字匠”推推“八门”。靠山觉得军事行动也应该让算命先生算一算，也就是让无形心意民俗决定行动的取舍走向。《边陲线上》中的王四麻子认为不用推背图，仅按着“天干”“地支”就可以推算出中国和日本打仗是否会赢。他认为甲午年日本鬼子和咱们打仗，是日旺午时，日本能胜。今年岁在癸酉，正日落酉时，日本准败。若复杂点，就得用推背图推算了。据传推背图也是可以预言未来的书，属于无形心意民俗的预兆。可见，作品中的人物并不按照社会生活的发展规律审时度势，而是按照民俗思维定式判断事物，思考问题，民俗决定了人物的思维和行动，因而引发了人物行为冲突。王四麻子对大家说：“你们不知道，关里军队，就要打出来。今年就是‘日’落酉时的时候。我们很快的就能出头……”[②] 王四麻子号召大家上山当胡子的一个原因就是今年是“日”落酉时，日落意味着日本失败，所以日本必败，这是大家打日本侵略者充满信心的最大动因。当抗日义勇军和日本侵略者交火失败撤退后，王四麻子总结失败的原因，认为“今天大概是丙午日……日军是从离火来……天意……”。[③]可见王四麻子没有客观地认识到敌我力量悬殊，敌人武器精良，是义勇军失败的主要原因。他完全从无形心意民俗的角度分析军事形势，认为敌人这次胜是天意使然。义勇军在同日本侵略者的浴血奋战中，并没有很快胜利，而是异常的艰难坎坷，王四麻子把抗日胜利的希望完全寄托于癸酉年末，他要看日头到底落还是不落，也就是看日本到底能不能失败。当癸酉年要完了

---

① 陈勤建：《文艺民俗学导论》，上海文艺出版社 1991 年版，第 256 页。
② 骆宾基：《边陲线上》，吉林人民出版社 1984 年版，第 84 页。
③ 骆宾基：《边陲线上》，吉林人民出版社 1984 年版，第 97 页。

时，日本还没有战败，王四麻子彻底失去了抗日胜利的信心，他劝刘强不要抗日了，要带刘强回家，他的理由就是癸酉年将完了，没有胜利的希望了，何况关里军队不想打日本兵。他的行为心理都是由无形心意民俗决定的。在马加的《寒夜火种》中，人们的一切行为都要听王七先生的推算。村子里人们的日常生活如合婚嫁娶、驱鬼捉妖、阴阳地理、圆光扶乩、命运休咎都是按照东北的习俗来运作。可见，作品人物的心理和行动是被民俗控制的。王七推算宣统是三年皇帝，“火牛铁马遍地走”，而且“宣统回朝，秃子开瓢”。[①] 秃六吓得直摸自己的秃脑袋。对于这种说法村里人都深信不疑，民俗意识深深地钳制着人们的思维和行动。秃六认为奉天城扒了钟鼓二楼，风水便破了，日本兵才敢乘虚而入。王七推算村里百日之内，必有血腥之灾。因此，村子里的人都去祭庙。民俗决定了人物行为，构建了作品的情节冲突。陆有祥正是利用人们忙乱之际，报仇雪恨，杀了王村长。王七认为王村长的死是由于王村长没有亲手放路灯，招了报应，应了血腥之灾。

当人悲痛到极点时，人们也希望通过民俗行为减缓或去除悲痛。高兰的诗歌《哭亡女苏菲》中，他幻想通过民俗中的招魂使亡女回到自己的身旁：“当深夜的野鸟一声哀啼，惊醒了我悲痛的记忆，夜来的风雨正洒洒凄凄！我悄然地披衣而起，提起那惨绿的灯笼，赴向风雨，向暗夜，向山峰，向那墨黑的层云下，呼唤着你的乳名，小鱼！小鱼！来呀！孩子！这里是你的家呀！你向这绿色的灯光走吧！不要怕！你的亲人正守候在风雨里！”[②] 由于东北独特的生活场域，东北民俗习惯于穿乌拉鞋，否则是抵抗不了严寒的。在东北人们离不开东北三宝人参、貂皮、乌拉草。《边陲线上》中的很多情节都是为了得到乌拉鞋而展开了情节冲突。老张因为抢双乌拉鞋，和几个弟兄被枪毙。“抢双靰鞡也毙，我知道你刘子章……你们穿……我们就该死。”一个毛发蓬蓬的汉子在叫骂。[③] 人们的生活离不开乌拉鞋，乌拉鞋引发了情

① 《马加文集》，春风文艺出版社 1991 年版，第 19 页。

② 任惜时、赵文增、臧恩钰：《东北文学通览》，辽宁大学出版社 1994 年版，第 177 页。

③ 骆宾基：《边陲线上》，吉林人民出版社 1984 年版，第 118 页。

节冲突的展开，作品中的人物因为乌拉鞋而丧失了性命。这种情节冲突在温暖的南方是根本不可能发生的。

三　民俗导致爱情模式

东北作家群表现的东北民俗生活场域中的婚姻模式和中原地区的婚姻模式有鲜明的不同。东北民俗生活场域中的爱情模式少有封建礼教的束缚，保留了生命的原始冲动，具有生命的本真色彩，更符合人性的自由发展，甚至具有了原始的放浪的色彩，东北民俗生活场域中的爱情婚姻模式是比较自由开放的。东北一些土著民族的青年男女可以违抗父命，自由恋爱，野合生子。例如，辽代契丹族就有男女相悦就可以自由野合的习俗。久而久之，东北地区的恋爱婚姻模式具有了一种特异的风姿。

东北作家群表现的婚姻模式大多没有父母之命，媒妁之言。萧红的《呼兰河传》中的冯磨倌和王大姑娘按照生命的本能自然地走到了一起。他们并没有内疚感，不需要遮遮掩掩，一切都那么自然，他们的爱情没有束缚，充满了原始的生命本色，他们的结合是生命欲望的自由实现。萧红的《生死场》中金枝的爱情自由而放浪，具有一种原始的生命冲动。金枝在河湾和男朋友野合，导致了怀孕。金枝的爱情也没有父母之命，媒妁之言。萧军《八月的乡村》中的李七嫂没有三从四德的束缚，尽管她是一个青年寡妇，她并没有像中原地区的年轻寡妇那样想当节妇烈女，求取贞节牌坊，也没有像祥林嫂那样担心嫁给两个男人，死后会被锯成两半。她热烈、率真地和唐老疙瘩相爱，享受着情爱的快乐，她的爱情同样没有包办的因素，完全是自由的相爱。萧军的《第三代》中，四姑娘本来嫁过人，丈夫死后，她和杨三偷情生下孩子，按照儒家标准，四姑娘的行为是大逆不道的，但四姑娘的行为没有受到谴责，相反，得到了父母和乡亲们的默许、理解。东北作家群表现的婚姻具有了更多生命本原色，少有外在的礼教束缚。而中原地区的恋爱婚姻模式必须有父母之命，媒妁之言。在中原地区，没有父母之命、媒妁之言的婚姻往往被看成不道德的婚姻。《小二黑结婚》《刘巧儿》《小女婿》等作品就是为了改变落后的包办婚姻模式而创作的。1941 年赵树理在太行山区左权县工作，住在县政府驻地那个村子的一个农民家里。房东一个亲属来县政府告状：有人把他侄儿打死了。侄儿叫岳冬玉，家里有一个九岁的童养媳，岳冬玉不同意家里的安排，为此常和父亲生气。岳冬玉开始和村里的漂亮姑娘智英祥自由恋爱，引起了村长的嫉妒，村长勾结两个亲属干部斗争岳冬玉，岳冬玉不服而被打死，被遗尸其家牛棚。赵树理亲自调查此事，岳冬玉周围人的多数对此事不表示同情，认为岳冬玉不正派，教训一下应该。赵树理创作《小二黑结婚》就是为了告诉大家，自由恋爱合法，反对父母的包办婚姻。

婚俗成为东北作家群不可缺少的一部分。在东北民俗生活场域中，当个体没有按照既有的民俗场域安排好的爱情婚姻模式行动，而是有着自己独立的爱情追求，但个体的爱情又抗争不过民俗场域的惯习时，个体只能以牺牲自己的爱情甚至生命，来顺应场域中程式化了的既定的爱情婚姻，这种巨大的冲突在无声无息中展开，在无声无息中结束。这种爱情婚姻的悲剧往往在别人的不知情中展开并结束。

在东北作家群的笔下，往往有许多落后的婚俗，这些落后的婚俗导致了人物的悲剧。在萧红的《小城三月》中，婚俗导致了翠姨的悲剧。这种悲剧的实质是传统婚俗与现代文明的冲突。这种冲突不是由于和法律相违背，而是由于和婚俗冲突导致的悲剧。民俗生活场域中的婚俗程式必须有“父母之命、媒妁之言”，只要置身于这个东北民俗生活场域中，人人都要遵守这个特定民俗圈的婚俗。翠姨的悲剧在于她想冲破旧有的婚俗，寻求自由恋爱的婚姻，但在强大的婚俗面前，她显得那样软弱无力，在她的爱情觉醒后，她无路可走，只能静静地等死。用萧红的话说：“什么最痛苦，说不出的痛苦是痛苦。”谁都不能理解翠姨的死，连翠姨爱着的男当事人也浑然不觉。翠姨没有任何个体的抗争行为，连反对的声音都没有，只能任凭自己的生命被强大的场域婚俗吞噬。李辉英的散文《我的嫂嫂》和《再记我的嫂嫂》中，为了使先天性痴呆的大哥变得聪明，利用结婚习俗给大哥冲喜，导致了嫂子的爱情悲剧，结婚不到三年的年仅二十七岁的嫂子积郁成疾，抑郁而死。萧红《生死场》中的金枝在河湾和男朋友野合，导致了怀孕，以后金枝遭受家庭暴力，女儿被粗暴地摔死。

在东北民俗生活场域中，产生民俗冲突的现象比其他地区要普遍，主要是由于异质民俗和东北民俗的冲突造成的。多种少数民族聚居，导致不同民俗的碰撞，产生冲突。别林斯基认为，每一个民族的独特性“就在于那特殊的只属于它所有的思想方式和对事物的看法，就在于宗教、语言、尤其是民俗”，“在每一个民族的这些差别性之间，习俗恐怕起着最重要的作用，构成着他们最显著的特征”，“它们构成着一个民族的面貌，没有了它们，这民族就好比是一个没有脸的人物，一种不可思议、不可实现的幻象”，“我们不可能想象一个民族没有那采取顶礼膜拜形式的宗教理解，不可能想象一个民族没有为一切阶层所共通的语言，尤其不可能想象一个民族没有一种特殊的，仅属于它所有的民俗”。①另外，外民族的入侵，用武力强制改变民俗，也能产生冲突。还有外地流动人员如移民、流人的介入，也导致了民俗的碰撞。

① ［俄］别林斯基：《文学的幻想》，《别林斯基选集》第一卷，满涛译，上海译文出版社 1973 年版，第 26—27 页。

中国现代小说史中的萧红书写*

陈雪婧　田恩铭**

放眼现代文学史的文本书写，萧红虽然不像沈从文、张爱玲等作家那样经历了大起大落的过程，却也经历了从一元化到多元化定位的变化。其文学成就归属渐次从“东北作家群”中延展开来，摆脱了狭窄逼仄的论述空间，已然成为不可或缺的杰出文学家之一。对于萧红在现代文学史中的书写变化，赵园、于文秀、徐妍等学者均有所论述，她们主要将萧红置于现代文学史的范围内加以检视，或论其叙事文本的诗性意义，或论其小说的文学史意义，或论现代文学史对于萧红的书写意义。我们还可以进一步缩小范围，以现代小说史文本为书写区域探讨由萧红书写带来的文学史书写样态的变化。以文体为中心的专门文学史往往论述要更加深入，况且萧红的文学史地位主要因小说创作的成就而论定，故而从小说史角度更能见书写变化之本质特征。本文以赵遐秋、曾庆瑞《中国现代小说史》，夏志清《中国现代小说史》，杨义《中国现代小说史》为样本，探讨小说史中萧红书写的常与变，从而探讨文学史文本中文学书写格局之嬗变过程。

---

* 基金项目：黑龙江省哲学社会科学基金一般项目“互文性与宇文所安中国文学传播研究”(项目编号：18ZWB197)。

** 陈雪婧，文学博士、黑龙江八一农垦大学副教授；田恩铭，黑龙江八一农垦大学教授、硕士生导师。

一　为小说写史：对小说家定位的反拨

以《中国现代小说史》命名的著作中，赵遐秋、曾庆瑞《中国现代小说史》是一部有影响的专门文学史，这部小说史对司马长风《中国新文学史》及夏志清《中国现代小说史》多有评述，尤其是对夏著批评尤多，似乎有意为之，从而确立了自家的叙事话语体系。从学术争鸣而言，这部小说史具有重新确立文学话语权的特别意义。

从目录来看，这部小说史追求宏大的叙事结构，力求将小说家置于社会思潮之中加以评述，“先声”“诞生”“成长”“繁荣”“战斗”“转折”，从每一编的题目及布局看，字里行间展现了社会发展洪流中的文学生态。变革性话语遍布全书，而且极有针对性。在篇幅较长的“导论”部分，作者就指出“两种偏颇”，“一种偏颇，是当代美籍华人学者夏志清在他的《中国现代小说史》一书里表现出来的。夏志清批评别人强调社会历史观念是把文学当作了‘历史的婢女’。他说他‘不容许事先形成的历史观决定自己对文学美的审查’。……从这一观点出发，夏志清把别人所说的‘文学的社会功能’、‘文学的历史使命’、‘作家的意图’等等，一概斥之为‘意图性的错误’”。[①] 进而认为：“夏志清显示的是一种特殊的价值观念。他的文学史观是不正确的。事实上，他有他自己的特定的功能、使命和意图。他对中国现代小说史上众多的作家和作品作了错误的评价，并且坚持认为‘中国现代小说的水平一般来说是平庸的’。这是他的偏见。”[②] 那么，另一种偏颇何在？“另一种偏颇，出现在50年代中期到60年代中期中国现代文学史界。为了反对忽视社会历史的倾向，反对只重艺术形式的倾向，那时有一些著作简单化地理解了文学和政治的关系，文学和社会历史的因缘，而对作家作品的社会使命和功能作了庸俗社会学的表述，那也不是正确的文学史观，也是

① 赵遐秋、曾庆瑞：《中国现代小说史》，中国人民大学出版社1984年版，第5—6页。
② 赵遐秋、曾庆瑞：《中国现代小说史》，中国人民大学出版社1984年版，第6页。

不可取的。”[①] 基于此，作者认为：“毫无疑问，中国现代小说史应该摒除各种各样的偏颇。它是一门既审查中国现代小说社会功能又审查中国现代小说文学美感的学科，更是一门审查这种社会功能和文学美感如何结合又如何发展的学科。”[②]

这部小说史与司马长风、夏志清文中所涉及的小说家主要有两类：一类是鲁迅、郭沫若、茅盾、蒋光慈、赵树理、丁玲等有定论的小说家；另一类是钱锺书、沈从文、张爱玲等被新发现的小说家。除了“导论”，在论及这些小说家的部分均有所申说。如论及鲁迅，“导论”即批评夏志清“把鲁迅‘描绘成一个对现实的态度发生了分裂的人’……夏志清干脆把鲁迅说成了中共‘费力捏造出的如此一个神话，“捧”成的一个英雄’”。进而探讨张爱玲、沈从文的人与文的关系，认为夏志清的小说史著作存在突出的政治偏见。[③] 在导论第三部分的结尾，作者写道：“与此相关，我们也要注意，这些年，国外研究中国现代文学的同行，由于各种复杂的原因，有时会作出一些令人吃惊的结论。比如，有的说，沈从文和鲁迅、闻一多一起代表了中国的新文学，沈从文是现代文学史上地位仅次于鲁迅的一位作家；有的说钱锺书的《围城》是现代文学史上‘最伟大’的一部小说；等等。我们现在对外开放，欧风美雨东来，是应该冷静地、有分析地面对诸如此类的、言过其实的结论的。”[④] 总之，“导论”部分大量引用马克思主义经典话语确立了小说史的撰写原则，又以政治性与文学性结合作为努力的方向。赵遐秋、曾庆瑞《中国现代小说史》还专门介绍了夏志清对张爱玲小说《秧歌》的评价，如果将这部国内的小说史关于夏志清对小说家的评价汇集起来，就称得上是对夏志清《中国现代小说史》的详细介绍，反而起到了广泛传播夏著的作用。

---

① 赵遐秋、曾庆瑞：《中国现代小说史》，中国人民大学出版社 1984 年版，第 6 页。

② 赵遐秋、曾庆瑞：《中国现代小说史》，中国人民大学出版社 1984 年版，第 6—7 页。

③ 赵遐秋、曾庆瑞：《中国现代小说史》，中国人民大学出版社 1984 年版，第 21—23 页。

④ 赵遐秋、曾庆瑞：《中国现代小说史》，中国人民大学出版社 1984 年版，第 29 页。

以小说家萧红作为分析的样本更能够看出书写语境与文本书写形态的关系。透过小说史文本，我们看看这部思想性与文学性结合倾向明显的文学史著作是如何书写萧红及其作品的。这部小说史有两个部分写到萧红。第一个部分是第十六章“中长篇小说一派兴旺景象”第四节“点燃中国人抗日救亡的烽火”，这一部分详细介绍了萧红的生平，主要是抗日战争以前萧红的文学创作，并没有提及《呼兰河传》《马伯乐》等后期的作品。与当时的诸多现代文学史的处理方式一样，萧红被放在“东北作家群”当中，其身份被一元化，追求共性描述的意图导致女性独有的叙事特征也被遮蔽。作者对“东北作家群”的定义是：“‘东北作家群’指的是‘九一八’事变后，从日本帝国主义占领下的东北流亡到关内的一批文艺青年，主要是萧军、萧红、端木蕻良、罗烽、舒群、白朗等作家。这些作家，仇恨日伪，眷恋乡亲，渴望早日光复国土，创作了不少反映东北人民斗争生活的作品。其中，比较有名的是萧军的《八月的乡村》和萧红的《生死场》。”① 实际上，对萧军作品的评介远远要超过萧红，这自然主要是从内容上定位的。作者在《生死场》的题名中引用萧军为新版《生死场》写的《出版前记》，力求突出一个不变的封闭乡村生活，自然的生生世世世界。随后通过故事梗概的介绍，突出“日本帝国主义的入侵”对这一切的改变，而后以鲁迅《萧红作〈生死场〉序》突出“北方人民的对于生的坚强，对于死的挣扎”以及艺术上独到的评价②。在这一章的第五节，作者还对“东北作家群”的中长篇作品加以比较，认为：“同样是表现抗日救亡的主题，萧军的长篇《八月的乡村》和萧红的长篇《生死场》，比起端木蕻良的短篇《鹫鹭湖的忧郁》、白朗的短篇《轮下》来，情节上也要复杂得多、丰富得多。”③ 第二部分是第四编第十七章“短篇小说欣欣向荣的发展”第三节“唤起民众中抗日的民族意识”，这部分先是介绍了萧红的三部小说集《跋涉》（与萧军合著）、

① 赵遐秋、曾庆瑞：《中国现代小说史》，中国人民大学出版社 1984 年版，第 371 页。
② 赵遐秋、曾庆瑞：《中国现代小说史》，中国人民大学出版社 1984 年版，第 378 页。
③ 赵遐秋、曾庆瑞：《中国现代小说史》，中国人民大学出版社 1984 年版，第 391 页。

《牛车上》、《旷野的呼喊》，以及散文小说合集《桥》；而后述及《夜风》《红的果园》两篇小说的故事情节，最后强调了《生死场》在萧红作品中描写反帝抗日救亡的代表性①。此外，作者还在第五编第十八章介绍骆宾基时提到萧军、萧红对他的影响②。

从上述内容来看，这部小说史的主题是以革命战争题材为中心来论述萧红小说的意义，在突出战斗性和思想性的同时，形成了对萧红其他文学作品的遮蔽，《呼兰河传》《马伯乐》等后期代表作在小说史的架构中无处安身。保证政治正确则形成审美困境，这是现实存在的书写难题，而以部分主题展现出的仅仅是萧红作为特定时期流亡作家的书写倾向。小说史对“东北作家群”的共同特征的强调则失去了对萧红小说文学特质深入挖掘的可能性。这部小说史因为有着明确的对立面，即对夏志清、司马长风所撰文学史相关内容的批驳，尤其是对两位学者文学史文本政治倾向性的揭露，反而自身在纠偏之际也出现了书写的偏向。这从第二十二章“冲破黑暗迎接新中国的诞生”即能看出来，在第一节中花费不小的篇幅批驳司马长风对于钱锺书、沈从文、无名氏、鹿桥的评价。尤其对于沈从文的批评，接踵郭沫若《斥反动文艺》，引文之后花费大篇幅介绍沈从文《摘星录》《看云集》部分小说的内容，然后毫不客气地用两个大段分析沈从文的危害。如说：“他（沈从文）究竟想让这样的小说把抗战中的中国青年以至于中国人，引向一条什么样的人生之路呢？如果……那，刚刚好起来的抗战形势岂不立即就要逆转?！亡国灭种的灾难岂不转眼就要降临?！我们这个民族，我们这个国家，还有什么希望?！”至此作者难以抑制爱国情怀及对沈从文“失足”的痛心，云：“沈从文哪，沈从文！你文坛起步时并没有走上邪路，随后也曾写过比较好的作品，而今，何以至于滑落到了这种绝境呢？历史为你惋惜，而你，又为什么不珍重自己的艺术生命呢?”小说史对于钱锺书、张爱玲的评价亦是如此，如对钱锺书《围城》的评价否定了夏志清认为《围城》是：“中国

---

① 赵遐秋、曾庆瑞：《中国现代小说史》，中国人民大学出版社1984年版，第436—437页。

② 赵遐秋、曾庆瑞：《中国现代小说史》，中国人民大学出版社1984年版，第509页。

近代文学中最有趣和最用心经营的小说，可能亦是最伟大的一部”，认为有所溢美，“他的笔力，还是集中在写文化教育界知识分子的生活，为那各种各样的知识分子灵魂画像”。而后引李健吾、司马长风的评价来作为分析的代言，这倒是蛮有见识的①。此长彼消，此消彼长，遂使得文学之战斗意义高扬的同时，作为艺术特征的文本潜质难以呈现出来。当然，这与 20 世纪 80 年代现代文学史及文学研究的时代语境有关系，两者之间的趋同因素在这部小说史中一览无余。

二 话语导向：如何为小说家定位？

被一再批评的夏志清《中国现代小说史》究竟是何种面目示人呢？从赵遐秋、曾庆瑞《中国现代小说史》的批评中或可窥知一二。夏志清对于沈从文、钱锺书、张爱玲等小说家的部分评价早已广泛传播，让这些在现代文学史久已消失的人物再度浮出水面。

夏志清《中国现代小说史》依时代分为三编：初期（1917—1927）、成长的十年（1928—1937）、抗战期间及胜利以后（1938—1957）。《小说史》中列为专章的小说家有鲁迅、茅盾、老舍、沈从文、张天翼、巴金、吴组缃、张爱玲、钱锺书、师陀等十位。夏志清的这部小说史并没有刻意弘扬的主题，依据时间的顺序，将小说家纳入自身所属的时期，以代表作为中心确立叙述的长度和广度，如在“成长的十年”中细论过茅盾、沈从文等人之后，在下一编里仍然列出“资深作家”一节评论他们持续的创作过程。对于张爱玲、钱锺书等人的专章评论也以具体的写作过程而细读经典文本，在经典细读中体现出评论者的眼光。如对钱锺书的评论，即将其学术研究与文学写作结合起来，从《人兽鬼》到《围城》逐一评论，而以《围城》为主，对于钱锺书的文体学成就加以肯定②。

① 赵遐秋、曾庆瑞：《中国现代小说史》，中国人民大学出版社 1984 年版，第 822—823 页。

② 夏志清：《中国现代小说史》，刘绍铭等译，广西师范大学出版社 2014 年版，第 302—320 页。

在1978年完成的《原作者序》中，夏志清写道："四五年前我生平第一次系统地读了萧红的作品，真认为我书里未把《生死场》、《呼兰河传》加以评论，实在是最不可饶恕的疏忽。凭我手边现有的资料，'吴组缃'这一章以及第十一章讨论萧军的部分，都得有所增补；我对《八月的乡村》所作的评论，也稍欠公允。在第十四章里，我对艾芜、沙汀、端木蕻良、路翎四人，作了简评，主要也因为作品看得不全，只好几笔带过。我现在认为端木蕻良、路翎二人都应有专章评论才对。《小说史》书已相当厚，不便再加增补。我计划另写一部《抗战期间的小说史》，把吴组缃、萧军、萧红、端木蕻良、路翎，以及其他值得重视的小说家，予以专章讨论。"[①] 如此说来，端木蕻良、路翎在夏氏眼里也当列为专章，萧红亦庶几近之。

既然未对《生死场》《呼兰河传》专门评论，夏氏是如何书写萧红的呢？可谓"凄凄惨惨戚戚"。萧红仅仅作为萧军的太太出现过一次，即第二编第十一章"第一阶段的共产主义小说"中。这一点与王瑶《中国新文学史稿》将萧红纳入"东北作家群"论述接近，萧红在其中并没有得到重视[②]。在夏氏眼里，这些"东北流亡作家"与中国共产党的抗日联合阵线大有联系。夏志清在评论中写道："这群流亡作家如萧军和他的太太萧红、端木蕻良、李辉英、罗烽、舒群等都与共产党一致地要求全面对日抗战，由于他们写的都是全国人民所关切的东北情形，所以他们的作品极受爱国读者群的欢迎。萧军（亦名田军，1907—1988）、萧红（1911—1942）抵达上海后，同鲁迅极为亲近。鲁迅也斥资为他们出书写序。萧红的长篇《生死场》写东北农村，极具真实感，艺术成就比萧军的长篇《八月的乡村》高。"[③] 接下来，夏氏《小说史》就以不小的篇幅评论萧军《八月的乡村》及《第三代》，并将对萧军与时代关系的论述延展到1957年。如果对照夏志清对

① 夏志清：《中国现代小说史》，刘绍铭等译，广西师范大学出版社2014年版，"原作者序"第14页。

② 晓川、彭放主编：《萧红研究七十年》上卷，北方文艺出版社2011年版，第3页。

③ 夏志清：《中国现代小说史》，刘绍铭等译，广西师范大学出版社2014年版，第211页。

张爱玲等人的评论来看，他对萧红的评论是“惜墨如金”而又极为片面的，即使是对《生死场》的评论也仅仅是珠玉般的一段话，并不涉及小说的文本内容。这与他的阅读视野是有关系的，撰写小说史之际，萧红并未进入夏志清的视野，他没有细读过萧红的小说，但并不是唯一的理由。或者他的评论兴趣点并没有集中在萧红的身上，而是在萧军的身上。在对萧军小说的评论中，穿插着萧军与中国共产党的亲近与疏离之过程。在关注点偏离的状况下，他不可能会花更多的时间从艺术创作的角度细读萧红的作品，尤其萧红后期从“东北作家群”中独立出来的《呼兰河传》等小说，这当然是夏氏的“最不可饶恕的疏忽”，甚至使得他的小说史缺少了文学史格局中重要的一角天空。

忽略《呼兰河传》这样一部具有丰富内蕴的小说并不奇怪，后出的《剑桥中国文学史》将这部小说认定为：“透过一个地主家庭的小女孩的眼光，描写了东北村庄老百姓的生活如何因为迷信和守旧而经历的苦难。”①平心而论，夏志清的这部小说史在对诸多小说文本的评论中体现了发现的眼光，也发掘出几位当时被忽略的重要的小说家，但是在政治处境与创作成就的关系处理上，因为这部小说史写作的特殊语境，夏志清将目光过多地聚焦到部分作家与中国共产党的关系上，从而错过了对《生死场》《呼兰河传》等优秀作品的文学诠释。政治话语引导文学话语诚然会导致我们顾此失彼，也会导致对作家身份归属的居于一隅，而文学评论中一旦将创作与政治态度联系起来，也会造成另一种叙述的偏向。不过，夏志清还是意识到了自己的疏失并试图以另一部小说史来弥补，意欲营构一个新的小说史叙述空间。

三 回到文学现场：一部作为小说文体的历史

对两部20世纪七八十年代的中国现代小说史加以考察之后，我们再看

① 孙康宜、宇文所安主编：《剑桥中国文学史》下卷，生活·读书·新知三联书店2013年版，第638页。

90 年代完成的，至今为止部头最大、影响亦大的一部小说史著作，即杨义《中国现代小说史》。这部小说史积十余年功力，篇幅之巨大堪称一时无二。杨义还著有《中国现代小说与文化》《新文学图志》《20 世纪文学图志》《中国现代文学流派》等著作。不过，就学术功力而言，自以《中国现代小说史》为其无可质疑的代表作。

这部达到一百六十二万字的皇皇巨著分为上、中、下三册，以小说家而论，大概分为三个层次：鲁迅、茅盾、巴金、老舍为第一层次，获得了专章论述的待遇；文学流派的代表作家，如冰心、叶绍钧、王统照、许地山、郁达夫、鲁彦、废名、郭沫若、张资平、蒋光慈、萧军、萧红、沈从文、萧乾、施蛰存、姚雪垠、路翎、端木蕻良、骆宾基、张爱玲、钱锺书、赵树理、马烽、孙犁、周立波等人；第三个层次则是“其他作家”，在某个群体或者流派中有必要加以评论的小说家。这部小说史亦将现代小说分为三个十年，第一个十年是“新民主主义时代小说的伟大开端”，以“五四”文学革命的兴起肇始，论述现代小说意识的觉醒及头十年小说的分期及发展，收获与突破[①]；第二个十年是“现代小说的繁荣与成熟”，叙述第二个十年的文学进程，并对文学观念的演进和小说美学的建设加以分析，而后是“小说创作的气魄和体式”[②]；第三个十年是“现代小说的普及和深化”，亦是先述进程，再述观念，而后是创作成就和小说体式的变迁[③]。在每一部的起始部分都要对文学发展问题加以阐述，而后进入小说史的层面加以论述，大时代的背景、文学体式的演进、文学特质的变化融入字里行间，这是一部有大气魄的鸿篇巨著，体现了作者纵览全局并试图绘出现代文学发展地图的努力。

萧红依然被归入“东北流亡者作家群”的行列中，所谓“东北流亡者作家群”被分为上、下两章，“上”在中册的第九章，“下”在下册的第五章。中册第九章东北流亡者作家群（上）以萧军、萧红为主，还论列了李

① 杨义：《杨义文存·中国现代小说史》（上），人民出版社 1998 年版，第 96—156 页。
② 杨义：《杨义文存·中国现代小说史》（中），人民出版社 1998 年版，第 1—44 页。
③ 杨义：《杨义文存·中国现代小说史》（下），人民出版社 1998 年版，第 1—56 页。

辉英、舒群两人；下册第五章东北流亡者作家群（下）以端木蕻良、骆宾基为主，论列了罗烽、白朗、孙陵，并以东北、华北沦陷区小说为题论及梁山丁、关沫南、袁犀、梅娘等人。杨义对"东北作家群"的论述中依然高扬抗战带来的流亡与这些作家的关系，时代的变化让他们离开故土到青岛、上海、日本、香港，发出了时代的强音，对文学与时代关系的论述极具现场感。

从篇幅分配上来看，"二萧"虽然都分节评论，萧军占了十五页，而萧红占了二十五页，分量自是不同。这与同一时期钱理群、温儒敏、吴福辉《中国现代文学三十年》对于"二萧"书写的篇幅比例基本相当，但也是萧红占的要多一些。对于萧红的作品从《生死场》叙及《呼兰河传》，并定评萧红小说为"中国诗化小说"。[①] 在杨义看来，萧军是"把东北山野的强悍气息带进文坛"，先是介绍了"三郎时代"萧军作品的浪漫抒情作风，进入抗战主题，自当以《八月的乡村》为主，而后分析他的部分短篇小说，最后以《第三代》为主收束。作者认为就创作而言，萧军"最见艺术功力的是《第三代》，最有社会影响的却是《八月的乡村》了"。[②] 对于萧红，作者显然有些偏爱，我们不嫌辞费，看看起始的第一段文字：

> 诗人不会担当不起诗的譬喻：萧红是30年代的文学洛神。她是"诗之小说"的作家，以"翩若惊鸿，婉若游龙"的笔致，牵引小说艺术轻疾柔美地翱翔于散文和诗的天地，令一时的人们产生了对人间才华何等殷切的期待。但是，"造物主"似乎充满妒忌而喜欢促狭，它赋予萧红清逸的才华，又施之以悲惨的命运，正当她进入创作的最佳年华，便残忍地使之消逝于烟波浩渺的南天。[③]

① 钱理群、温儒敏、吴福辉：《中国现代文学三十年》，北京大学出版社 1998 年版，第 309—310 页。

② 杨义：《杨义文存・中国现代小说史》（中），人民出版社 1998 年版，第 558 页。

③ 杨义：《杨义文存・中国现代小说史》（中），人民出版社 1998 年版，第 558 页。

这等手笔非为小说写史，乃是为萧红歌哭，言语间叹惋不已。介绍完萧红的生平及创作情况，作者从萧红与萧军相遇之际的那首小诗《春雨》说起，自然进入《跋涉》之中，作者的笔触到《生死场》停顿下来，故事的讲述，与《八月的乡村》比对，萧红对《生死场》中《发誓》的记忆，从萧红的书信中引出《手》《家族以外的人》，《家族以外的人》的叙事内容与《呼兰河传》有着紧密的联系，共同塑造了“有二伯”的形象。论述完《黄河》《旷野的呼唤》之后，作者的笔触转向香港时期萧红的创作生活。作为“反映和呼应中华民族的伟大的抗日斗争的”作品，杨义主要分析了《马伯乐》，尽管花费了不少精力，作者更喜欢萧红“以童年见闻为题材，描绘北中国偏僻乡镇的风土人情的”作品，那就是《呼兰河传》。作者如是言说：“萧红在生命的最后时光里，精神丝缕难以割舍地牵系着已逝的光阴、遥远的故土，说明她的心灵中有一种难以拂去的寂寞之感，并在寂寞中忧郁地参悟着人间的生老病死，前尘后影，以直觉逼近‘生命哲学’。她借这类作品宣泄胸间哀戚，也在这类作品中达到了艺术上新的高峰。”① 于是，作者对《呼兰河传》《小城三月》进行故事的叙述，并在总结萧红在书写抗战主题的同时，这类追忆性文本的诗性特质，作者的笔下灵动而诗意盎然，与对其他小说家的评论迥然有别。这里就将萧红的性别意识、身份特征与文学创作融合起来，从而找到了现代小说史中属于萧红的位置。

萧红既是“东北流亡作家群”的一员，也有自身创作的独异性特征，她的作品才是难以复制的。关于萧红的最后一部分则是“诗的别裁与散文的风韵”，作者认为创作生涯不足十年的萧红作品呈现出多样的风格。“作品中既有严谨而裕如的短篇如《手》、《牛车上》，又有疏散而开阔的中篇如《生死场》；既有细致而婉约的短篇如《朦胧的期待》，又有粗豪而雄壮的短篇如《黄河》、《旷野的呼喊》；既有辛辣到笔乏藏锋的长篇《马伯乐》，又有清澈如泉水、蕴藉似深潭的长篇《呼兰河传》和短篇《家族以外的人》、

① 杨义：《杨义文存·中国现代小说史》（中），人民出版社 1998 年版，第 570 页。

《山下》和《小城三月》，等等。”[①] 作者的许多论断都是具象而诗意的，如说：“以清泉喻萧红的才华，也许最恰当不过了，文字一经她的胸襟流出，便别具一番风味。”再如“萧红的小说是散文化的，她在本质上是才华横溢的散文家”。基于此，杨义认为散文化是萧红小说的特征，认为“她的作品中充满灵感，妙手天成，毫不着力，正是在不似小说处给小说提供了一种创造性的新成分。她为30年代至40年代初的小说界增添了一种诗的神采。她的充满童心、诗趣和灵感的作品，是东北河边文化景观映衬在万里云天的一抹璀璨的彩霞”。[②] 这些结合具体作品的分析都让我们感受了作者阅读的快乐感和笼罩的诗意。在关于萧红评论的结尾，作者依然难以遏制审美的愉悦，写道：“萧红小说作为‘诗魂’的自我形象，是作家命薄才高、心秀眼慧的诗化体。她胸无城府，使你乐于与她将心换心，实际上她却让你在超越审美心理的障碍和隔膜之中，体验到社会的悲剧、生命的哲理和诗人的灵性。她由此征服读者，却令你感到被征服的欢欣。”[③] 读罢作者的阅读体悟，感觉是在怅惘与兴奋中徐徐落幕，炼字炼句中纸短而情长。杨义对于萧红的论述可谓深得作者之文心，论述本身就充满诗意，故而能够写出对于诗化文本的独到理解。正是因为“萧红的文字表现了对生命创造和复活的强烈感受”[④]，小说史的叙述才会难以做到全面而深刻地理解萧红，小说史家介入文本却难以深入文本，只有将阅读体悟与艺术分析相结合，才会形成一个具有学术张力的研究文本。这种以诗意的艺术分析面对诗意的小说文本，不仅将萧红归入东北作家群，也将萧红从东北作家群剥离出来，形成一道独立的文学风景线。

上述三部《中国现代小说史》都将萧红归入“东北作家群”，却有各自的处理方式。赵著《小说史》是一部规范的教科书，将时代背景与作品紧

① 杨义：《杨义文存·中国现代小说史》（中），人民出版社1998年版，第574页。

② 晓川、彭放主编：《萧红研究七十年》上卷，北方文艺出版社2011年版，第17页。

③ 杨义：《杨义文存·中国现代小说史》（中），人民出版社1998年版，第583页。

④ 车红梅：《蛮荒：萧红小说的心灵镜像》，《河北科技大学学报》（社会科学版）2017年第4期。

密结合起来，思想性与艺术性相互融合乃是其书写之理想；夏著《小说史》是专门的学术著作，也有其独具的书写语境，对萧红创作成就的论述同样存在书写的偏向；杨义《小说史》将萧红还原到文学现场，并将时代背景与文学艺术融合起来，将其身份、性别与文学书写汇于一处，全面而深刻地评价萧红作为优秀小说家的创作成就。如于文秀所言："由于萧红被安置在左联的麾下太久，以至见怪不怪，加上萧红是抗战时期东北作家群的一员，故而很少有人对此反思、质疑，即使是学界提出'重写文学史'后，对萧红也没有达到真正的全面重写。"① 作为专门的文学史如此，小说史亦是如此。小说史中的萧红书写虽然回到了文学本位的叙述轨道，还没能自入"群"而出"群"，其卓尔不群的艺术特质还需要进一步探究。

综上所述，透过对这三部小说史书写样态的考察，我们可以看出小说史中的萧红小说研究呈现了从政治话语主导到以文学创作为本位的嬗变过程。此一过程是与 20 世纪文学史研究、萧红研究并行的，从小说史的层面呈现出萧红研究的发展路向，这个路向具有难以逾越的普遍性意义。就此而言，萧红身份的一元化，性别意识的被遮蔽，在早期的小说史中均有所呈现。而后，因文学研究本位而复原其小说家之本色。在现代文学史及现代小说史的叙述空间，萧红应该有一个属于她的特别的位置，这个位置是因为遗留文本而决定的，剥落杂质，回到文学自身，萧红的作品以浓郁的地域文化特征穿梭于城市与乡村之间，散淡的笔触难掩具有穿透力的思想内涵。这个从黑土地走出的女孩儿，在异乡瞩望故土，将旧日的影像绘入文学图景，于无限伤感中写下了诗意盎然的千古绝唱。

① 于文秀：《论中国现代文学史中的萧红书写》，《中国现代文学研究丛刊》2016 年第 10 期。

论迟子建小说的自然景观及书写意义

李泽凤*

当代作家中，迟子建是作品里自然景观描写占比重最大的作家之一。其作品对东北自然环境的充分描写，形成了区别于其他当代作家的重要标志。迟子建对自然景观的描写和对自然景观在叙事上的作用的综合利用发挥，都极尽所能，从而赋予了自己小说的独特魅力，在拓展当代小说的艺术表现力方面做了积极有益的探索。

一 作品“自然”风格的生成原因

1. 生长环境的影响

充盈着山木江水的自然环境毕竟会对生活于其中的人的情感、心灵和人格产生重要影响。迟子建自小生活在黑龙江也就是中国的最北处，在那里接受着大自然的滋润、哺育、熏陶。迟子建说过：“也许是由于我二十岁以前一直没有离开大兴安岭的缘故，我被无边无际的大自然严严实实地罩住。感受最多的是铺天盖地的雪、连绵不断的秋雨，以及春日时长久的泥泞。当然还有森林、庄稼、牲灵等。所以我如今做梦也常梦见大自然的景象。大自然使我觉得它们是这世界上真正不朽的事物，使我觉得它们也有呼吸，我对它

* 李泽凤，大连大学人文学部2018级现当代文学研究生。

们敬畏又热爱，所以是不由自主的书写它们。”[①] 东北这块黑土地喂养哺育了迟子建，迟子建对东北大自然也饱含深情。大东北和北极村造就了迟子建这位白山黑水的代言人，她的作品也就有了天生的描摹自然环境、自然景观的“自然”优势。

其实，对自然的书写又何尝不是对传统文学的致敬和继承。“贵自然”向来都是我国文学创作的一个传统。历代许多文人钟意于庄子的思想及其对自然膜拜形成的“逍遥精神”，并把这种尊崇表现在诗歌、国画创作之中。对自然神韵的追求一直是艺术家们的自觉。迟子建说过：“与大自然的亲切触摸使我渐渐对文字有了兴趣。我写作的动力往往来自于大自然给我的感动。比如满月之夜的月光照着山林，你站在户外，看着远山蓝幽幽的剪影，感受着如丝绸般光滑涌动的月光，内心会有一种湿漉漉的感觉，这时你就特别想用文字去表达这种情感。我爱飞雪，爱细雨，爱红霞漫卷的黄昏，爱冰封的河流，爱漫漫长冬的温存炉火。直到如今，大自然给了我意外的感动后，我仍会怦然心动，文思泉涌。”[②] 这也就不难理解为什么迟子建的作品中自然环境成为重要的书写对象。

2. 女性作家的情感浇灌

自然成为了迟子建作品中必然且不可分割的一部分。另一个不可忽视的原因是由于女性作家天然的细腻和敏感。在采访中迟子建就说过“也许我的名字里缺乏雪、荷、月、琴之类所谓阴柔之美的字眼，所以有人会把我当成一个男性作家，我想若我生为男性，或许就不会成为作家，因为男性往往对大自然不敏感，而我恰恰因为对大自然无比钟情，才生发了很多对人生的感慨和遐想，靠着它们支撑我的艺术世界”。[③] 在迟子建小说的艺术世界里，自然景物的描写就像支架一样，让她的作品坚固牢靠。在她的众多作品中，达子香花等各种鲜花就常常出现，她在《女人与花朵》中说：“女人爱花，

① 文能、迟子建：《迟子建》，人民文学出版社 2000 年版，第 119 页。
② 迟子建：《云烟过客》，浙江文艺出版社 2016 年版，第 168—169 页。
③ 方守金、迟子建：《自然化育文雪精灵——迟子建访谈录》，《文艺评论》2001 年第 3 期。

是天性使然。我觉得花也是母性的，它水性十足，娇柔、脆弱、艳丽而多情。它的这些特点，是男性们所不能有的。这些花也喜欢女人柔软的手指抚弄它们。而花朵的芬芳也滋养了女人。”① 因为是女性作家，有女性细腻、柔软、敏感的心理，才使得她小说里的自然成为重要的角色。

东北有一望无际的黑土地，有川流不息的大江，这里不仅物产丰富，还有山林中的野物与树木，迟子建以一种眷念的心情，用细致、自由的笔调描绘出了眼中的景象，如《他们的指甲》中写到，春风就像万花筒，将大地的植物，变幻出万千色彩，树和草都绿了，河流变蓝了，野花成了一群闹人的丫鬟，花枝招展地咧着嘴乐。花间的蝴蝶和水边的蜻蜓，也是五彩缤纷。《白银那》中写到，灌木丛中的阴沟里传来汩汩的流水声，粉红色的达子香花在树丛中无忧地开放着，乡长记得卡佳很喜欢吮达子香花……《编辑趣闻》中写到，脸庞黑红的乡下姑娘在街角卖白色的串玲花或者打着粉色花蕾的达子香花。《别雅山谷的父子》中写到，早开的花，除了达子香，还有耗子花，蓝的，纯白的，那姿态，那温柔劲，就像小花猫。《一匹马两个人》中，微风就像打太极拳一样，慢悠悠地飘来荡去，它的拳脚所落之处，带来的波动是不一样的。比如落在草上的风，就把草弄折了腰；落在黄花上的风，则将缕缕花香给偷了出来，顺便地送给过路的鸟或者蝴蝶了。女人爱花，会长久地注视和欣赏着花。这种对各种达子花和微风的细腻描写，只有爱花的女性才能更容易细腻察觉到，才能深深地感受各种花的不同，才能出色地把花的风采和神韵描写出来。正如她会长久地凝视着大自然一样，她也会在作品中不吝笔墨地描绘自然景观。

二　自然景观的叙事特色

独特的地域环境的带入，诗一般美好的自然景观的描绘，是迟子建小说的突出底色。由此，迟子建的小说往往具有一种独特的意境，这种意境只能

① 迟子建：《迟子建散文》，浙江文艺出版社2005年版，第119页。

和这块神秘的东北黑土地相契合，如此，她的小说就具备了别样的文字神力和文本魅力。她的小说中能让读者感受到的灵性和神性都来自这块土地的自然的恩赐。迟子建热衷于对自然环境的描写，并赋予了它们生命和灵性。她超常的想象力能让她的笔触抵达一个万物有灵的神性世界。她的那些以大兴安岭一带为背景的小说让读者在温柔的月光中，在芬芳的花朵中，在独特的木刻楞房屋中留恋。在这种对自然环境的刻画中，作者用拟人、象征的叙事手段写出自然的人格化内涵与神性，进而描绘出人与自然完美融合的世界。

1. 自然的“人格”化

19 世纪的德国文论家立普斯在他的作品《空间美学》中提出了他的“移情理论”。在他看来，所谓“移情”主要是指主体情感外射到对象中去，使对象获得像人一样的生命和情趣；这种灌注生命的方式，使得事物更接近我们，更亲切，因而显得更易理解，变得更美。它的实质是描述审美者或创作者的主观情志移置于物，使对象充满了诗情画意。这种移情现象在文艺创作中被运用得十分广泛，如杜甫“感时花溅泪，恨别鸟惊心”，李白“相看两不厌，唯有敬亭山”等等，让感情表达得更深厚，更有审美品味。

迟子建的众多作品都把物当人来写，赋予“物”以人的言行或思想感情，使物具有“人格化”的特点。比如性格、行为、感情等，激发了读者的联想，拉近了读者和事物之间的距离，使读者触发生活体验，由物及人，增强事物的形象色彩，丰富语言的情感信息。例如《伪满洲国》：“婉容也不喜欢那些丰腴的红鱼，它们更像一群久处闺房嫁不出去而又盛装华服的老姑娘。”这里把红鱼比作姑娘，丰腴的红鱼和久处闺房盛装华服的姑娘一样是引人注意的，但红鱼是不能吃的，和未嫁的老姑娘一样没有实现其生理使命。《秧歌》中：“而真的到了人日子这天，洗衣婆吩咐女萝擀面条给一家人拴腿的时候，猛然听见外面一阵呼啦啦的风声，风尖叫着将杨树摇得呜呜叫。”这里把风和杨树当作人来写，风会尖叫，还会摇晃杨树，杨树也会呜鸣直叫，都是人的动作和行为，让读者产生联想，加深印象。在“人日子”这天忽然起风了是不好的预兆，为下文人物遭遇不幸做铺垫。《北极村童话》中：“我坐在大门口盼啊盼啊，夜幕低垂了，月亮在山坳里不停地拱啊终于拱出了一点，金黄色的，细长的，像是一颗豆芽的月亮边。”这里把月亮拟人化，用形象的动词“拱”抓住了残月的活动过程，且用它比作豆芽。把这两个相似的事物联系在一起不仅表现出作者的童心未泯，也流露出主人公“我”在天黑以后想要溜出去找一位不认识的苏联老奶奶玩耍而又不能让奶奶知道的急迫的儿童心理。

《布兰基小站的腊八夜》中：“进了腊月的太阳，就好像失恋了，早晨八点多才寡白着脸出来，下午四点钟就缩着头下山了，整日没魂似的。”太阳就像人一样，脸色寡白，整日没魂似的，这种把太阳拟人化的手法让小说读起来有了诗情画意的审美价值。《额尔古纳河右岸》中：“太阳每天早晨都是红着脸出来，晚上黄着脸落山，一整天身上一片云彩都不披。炽热的阳光把河水给舔瘦了，向阳山坡的草也被晒的弯了腰了。”这里用拟人化的手法将自然看作有生命的对象，表达了作者对景物的一种热爱以及与自然相惜的一种感情色彩。《草原》中：“月亮一旦露了头，就像新娘上了花轿，虽然也羞怯着，但却是喜洋洋地出了门。”这里把月亮比作新娘，用“娇怯”和“喜洋洋”这种像新娘一样的姿态描写月亮，赋予月亮一种人一样的可爱。《逝川》中：“两片空网摊在一起，晨光温存地抚爱着它们，使每一个网眼都泛出柔和的光泽。”这里把阳光当人来写，赋予阳光以人的行为，把阳光人性化，抚爱着空网，在安慰没有捕到鱼的它们，其实是在安慰着一无所获的主人公——吉喜。这种把自然“人格化”的叙事特色增添了文章的故事性和吸引力，营造了一种属于迟子建自己的美学风格。

2. 自然的“神性”化

迟子建不仅热衷于对自然环境的描写，并赋予她笔下一切的自然事物以灵性和神性，故乡的风景对于她的文学表现而言具有重大的意义。她认为“大自然是世界上真正不朽的东西，它有呼吸，有灵性，往往会使你与它产生共鸣，即使在我顺利走上这条文学的路后脑海里还时常浮现出童年时家乡的山峦、河流、草滩的自然画面闻到河流的气息。”①

迟子建最初对于文学的想象和启蒙，都是来自神话的滋养。迟子建生长的小村子非常寒冷，每年冬天都常在飘雪，也不通电，天黑的也早，唯一的娱乐方式就是吃完饭搬着小凳子围在火炉旁，边喝茶，边听老人讲故事。听到的往往是神话故事——年画中的姑娘从画中出来为贫穷的小伙子做饭；赶考的秀才在花园中遇见花神，花神护佑秀才考中状元，等等。由于神话故事的滋养，在她的印象中，那些房屋猪舍，牛栏坟墓，山川河流，日月星辰统统都浸染上了神话的韵味和色彩。《逝川》中，泪鱼是迟子建无限遐想的精灵。精灵是有灵性和神性的，“它们到来时整条逝川便发出呜呜呜的声音”，“再将它们放回逝川，它们再次入水时便不再发出呜呜呜的声音了”。所以“在阿甲渔村有一种传说，泪鱼下来的时候，如果哪户没有捕到它，一无所获，那么这家的主人就会遭灾”。但是心存感念的迟子建把悲悯之心赋予了泪鱼，所以“这里没有人遭灾，因为每年的这个时候人们守在逝川旁都是大有收获的”。当他们打捞到泪鱼时：“渔妇们这时候就赶紧把丈夫捕到的泪鱼放到硕大的木盆中，安慰它们，一遍遍祈祷般地说着：‘好了，别哭了；好了，别哭了；好了，别哭了……’”“从逝川被打捞上来的泪鱼果然就不哭了，它们在岸上的木盆中游来游去，仿佛得到了意外的温暖，心安理得了。”这种神性的意味让读者惊奇，让读者感动。作者在神性的泪鱼身上寄寓了她对生命的体验、对爱的体验和对人情的体验，就像她在《逝川》里写的那样：“泪鱼是多么了不起，比人小几百倍的身子，却能岁岁年年地畅游整条逝川。而人却只能守着逝川的一段，守住的就活下去、老下去，守不住的就成为它岸边的坟冢，听它的水声，依然望着它。”

萨满教是盛行于中国北方尤其是东北的一个重要地域文化力量。起源于渔猎时代的萨满教其理论根基是万物有灵论，由于万物内在的灵魂占据主导

① 方守金、迟子建：《自然化育文雪精灵——迟子建访谈录》，《文艺评论》2001 年第 3 期。

地位，万物有灵也就各有神性，人们便形成一种自然崇拜，对大自然的敬畏则会变成神性的信仰。迟子建从小在萨满教的影响下长大，萨满教无疑对她产生了影响，萨满教文化当然也影响了她的文学品格的形成。长篇小说《额尔古纳河右岸》中，鄂温克人认为人和自然是融为一体的，你中有我，我中有你，所以他们把自然当成神。鄂温克民族世代依靠这森林生存，对自然心存感激，认为是自然神赋予了他们生存的权力。鄂温克民族对自然神充满广泛的崇拜，他们崇拜风雨雷电、山川河流等。在他们眼里，日、月、山、神、风、雨都具有生活的灵性。这部小说开头就说："雨雪看老了我，我也把它们看老了。"他们信奉火神、河神、雷电神、山神、树神。他们认为山有"山神"，水有"水神"，打雷有"雷神"，火中有"火神"，树有"树神"等。他们认为火神不能熄灭，平时也不能往火里吐痰洒水，乱扔不干净的东西；在山中走路时不大声说话，怕惊扰到"白那查（山神）"；看见树身上有"白那查"的"脸"，不仅要下跪磕头，还要敬烟敬酒，拆枪械弹，将猎到的猎物的血涂在"白那查"的嘴上，以求山神保佑他们。文中还有亵渎树身而遭到惩罚的描写：偷驯鹿的少年由于吃饱往大树上撒尿触犯树神而差点丧命，这些对自然的神性化描写都体现了对大自然深深的敬畏，实际上也是人与自然和谐相处的一种方式，对于我们人类今天思考人和自然关系颇具启发意义。

3. 自然的"象征"化

米列娜在《从传统到现代——世纪转折时期的中国小说》中曾就小说这个文体专门述说了自然景物的重要性。他说："叙事作品中的自然总是人类眼中的自然，因而它必然隐含一种人类哲学观。自然所具有的意识形态意义在一部叙事作品中虽然并非始终重要，但却从未缺少，有时它显示为象征。"① 在迟子建小说中，自然往往作为一种象征性的意象承载着作者的情感。

---

① 米列娜：《从传统到现代——世纪转折时期的中国小说》，北京大学出版社 1991 年版，第 83 页。

“雾”作为一种象征模糊朦胧的情感，在迟子建的小说《雾月牛栏》里有多处体现。如：“宝坠在雾气中望着那道牛栏，这时，牛屋的门开了，一汪亮色如泉水一般涌入，雾气纷纷扬扬的漫了过来”；“妈说了，今天下雾了，别摔了，要不然肚子里的牛犊就保不住了”；“从矮矮的东窗可以看到外面的雾仍然很大”；“雾气轰轰烈烈的在大地上蜉蝣”；“屋外的黑栅栏在白雾中像是在水中漂游的青鱼”；“宝坠和三头牛走向离村二里的草场，这里的雾更大些。”直到最后结局雾才散去，太阳出现了，这里雾象征宝坠被遮盖的阴暗的躲避的内心。

月亮是中国古典诗歌中最为重要的意象之一。即使在中国现当代文学里，月亮也常常作为特别的意象出现。迟子建的小说更是如此。《月亮在半梦半醒之间》写道：“太阳是不大懂得养生的，只要它出来，永远圆圆着脸，没心没肺地笑。月亮呢，它修行有道，该圆满时圆满着，该亏的时候则亏。它的圆满，总是由大亏小亏换来的。所以亏并不一定是坏事，它往往是为着灿烂时刻而养精蓄锐。”《踏着月光的行板》写道：“月亮就像在天上运行着的独行的列车，它驶到中天。不知这列车里都装着些什么，是嫦娥、吴刚和桂花树么？这列车永远起始于黑夜，而它的终点，也永远都是黎明！”这段点题之语借景言情、托物写意，把情、景、人、事熔铸为一体，有效地烘托出人物的特定处境、心态和命运，其丰厚的意蕴令人品味不尽。《原始风景》中：“背着一个白色的桦皮篓去冰面上拾月光，冰面上月光浓厚，我用一只小铲子铲，月光就像奶油一样堆卷在一起，然后我把它们拾起来放在桦皮篓中，背回去也当柴烧……”月光洒落，虽然落入人间，却能让人用来烧柴取暖，表达了月光带给人的温暖感觉是有触感的。《燃烧的月亮》中：“月光和月光是不一样的。春天的月光，似乎也带着股绿意，有一种说不出的嫩；夏日的月光呢，饱满，丰腴，好像你抓上一把，它就能在指尖凝结成膏脂；秋天的月光，一派洗尽铅华的气质，安详恬淡，如古琴的琴音，悠远，清寂；冬天的月光虽然薄而白，但它落到雪地后，情形就不一样了，雪地上的月光新鲜明媚得像刚印刷出来的年画。所以冬日赏月，要立在窗前。”

在《青春如歌的正午》里，“如歌的小草”正如小说中陈生的生活一样象征着生命的渺小与卑微，它们在大自然中默默地成长直到不可摧毁，这种边缘化的生活处境是对草的艰苦磨砺也象征着陈生的生活痕迹。迟子建的小说里不仅将坚强生长的草作为意象，“花”更是以领衔者身份出现在小说中，例如她的中篇小说《鸭如花》里通篇对“花”的象征描写：“逃犯的脸先是红，接着就像马兰花一样的紫了；鸭子在水中优游的姿态，看上去就像一朵朵绽放的莲花；老葵花是徐五婆对青禾街那几个爱晒太阳的老人的称呼；阳光把窗帘布上的花影给映在墙上，使那白墙上的花朵显得清雅脱俗，就像白百合花一样。”这篇小说，从始到终都出现了对“花”的意象描写，象征着生的希望。篇幅所限，不予赘述。

迟子建小说中，“阳光”同样象征着光明和希望。《雾月牛栏》中前面描写了多次雾天，象征着宝坠和继父的感情出现很多误会，不管她的心情还是日常生活还都不明朗，暗无天日。但是在小说最后，宝坠知道妈妈和继父对她的爱，而且也看到了妹妹她们的生活越来越好，她们之间的亲情和爱是被看见的之后，宝坠再从炕上醒来“花儿，地儿和扁脸都充满深情的望着屋外久违的阳光”。她走到牛屋门口，拍了一下卷耳的屁股说：“出太阳了，到外面去玩吧。”她也这才想起卷耳出生于雾月，从未见过太阳，阳光咄咄逼人的亮色吓着它了。这里，几处太阳描写象征着宝坠的心情，寄托着作者对笔下人物未来的美好善良的期望。

三 自然的叙事主题

迟子建说过：“一个作家，心中最好是装有一片土地，这样不管你流浪到哪里，疲惫的心都会有一个可以休憩的地方。在众声喧哗的文坛，你也可以因为听了更多大自然的流水之音而不至于心浮气躁。有了故土，如同树有了根；而有了大自然，这树就会发芽了。只要你用心耕耘，生机一定会出现在眼前。如果没有对大自然深深的依恋，我也就不会对行将退出山林的鄂温克的这支部落有特别的同情，也不可能写出《额尔古纳河右岸》。”[①] 迟子建把她对大自然的热爱尽情地挥洒在了指尖笔墨里，那她又是以自然传达了怎样的主题呢?

1. 人与自然的天人合一

首先在叙述自然环境的过程中，迟子建重点表达了一种人和自然和谐相处，天人合一的思想。天人合一作为一个明确的观念，最早是由北宋哲学家张载提出来的，不同的学派也都相继以此作了阐释，但不论怎样，他们都阐释了一种人与自然相统一的过程。就拿《额尔古纳河右岸》来说，小说较为形象地描写了鄂温克族人他们一种特殊的生存“场所”，他们特有的生老病死以及独特的婚丧嫁娶的方式，这些都为我们呈现了鄂温克族家园特有的生态存在之美，这个更多的也是表现了一种有阴性的人与自然协调的安康之美。

额尔古纳河周边的大山——小兴安岭同样也是鄂温克族生养的地方。开头那个讲叙故事的老人生动地讲述了他的父亲、母亲、丈夫、伯父和侄子的不凡的生命历程及安息之地。里面特别的“风葬”是鄂温克人特有的一种丧葬的方法：选择四棵直角相对的大树，又砍一些木杆，担在枝丫上，为逝者搭建一张铺。然后将逝者用白布包裹，抬到那张铺上，头北脚南，再覆盖上树枝，放上陪葬品，并由萨满举行仪式为逝者送行。这种风葬实际上也就说明了，鄂温克族人来自自然又回归自然的生存方式，他们是大自然的孩子。

《格里格海的细雨黄昏》中：王表说他爹不喜欢和儿女住在一起，他喜欢听声音，那声音不是人语声，而是自然界发出的声音，比如风声、鸟声、流水声、秋虫的哀鸣声等。春季冰雪消融之时，屋顶的雪会化成水滴坠下屋檐，他就会用空罐子去接它们。那罐子有大有小，形色不一，有泥的，也有瓷的，塑料的和玻璃的，因而水滴被接纳后发出的声音是不一样的。这个从骨子里就热爱各种大自然的声音和音乐的人他死之后的灵魂也是有美好的声

① 迟子建、胡殷红：《人类文明进程的尴尬、悲哀与无奈：与迟子建谈长篇新作〈额尔古纳河右岸〉》，《艺术广角》2006 年第 2 期。

音的。这里，自然与人和谐共生，自然带给人以灵魂的净化和慰藉。人相应的也给自然带去了活力。

《微风入林》中的鄂伦春人孟和哲每天都在山林中游荡，并且长相也与山屿相似，小说里他与方雪贞的爱情篇章中，有安静的林地，曼妙的微风，有明月和星光，也有马鸣为他们爱的乐章伴奏。这种把自然和性相结合的寓言性写作使作品超出生理、肉欲而上升到精神的境界。在这种原始而又朴素的自然观的支配下，人与自然建立了一种互相依赖，互利共生的有机生态机制。当然也表达了对现代社会的一种反思。

2. 诗意色彩的死亡叙事主题

迟子建对大自然的理解并不是全部纵情的讴歌赞美，相反，她往往把它处理成一种挽歌。因为大自然带给人们的伤感同它给人的力量一样多。那些生机勃勃郁郁葱葱的自然景象并不只是让她看到了烂漫，同样她从早衰的植物身上看到了生命的脆弱。这也就不难理解死亡在迟子建的作品中也是不变的主题。

小说《亲亲土豆》里的主人公是秦山他们一家人，他们原本过着美满幸福的生活，可是灾难就是突然降临了，没想到秦山得了肺癌，他不舍得把家里的积蓄都用来治病，而是希望把钱留下来给妻子和女儿过日子。秦山的死亡和温情的结局，像植物一样美丽却又早衰。

在小说《重温草莓》中也有“我”在梦幻中与逝世的父亲在酒馆里相逢：“我必须埋下头，我埋下头的时候忽然觉得一片金色的光芒正徐徐地从我脚下升起，冉冉地爬上我的脖颈，接着，我觉得一双坚实的大手异常温暖地抓住我的手，那种久违的温暖令我颤栗。”这种神遇也充满了温情和诗意的画面。

《白雪的墓园》中父亲的墓园里的景象有：“那里地势较高，背后有一个平缓的山坡，山坡上长着稀疏的樟子松。而坡下，也就是墓园四周却是一大片清一色的落叶松，它们全都直直地卧在丰盈的白雪之上，是一片十分年轻的树木。再过百年，这些树木蔚为壮观的时候可能会使墓园看上去十分古老，它们的环绕将使灵魂越来越宁静，站在墓园朝山下望，可以看见小路和平缓下降的山势。树木好像在一点点地矮下去，矮到尽头的时候就出现了房屋和草滩，以及草滩尽头的太阳和月亮。”这里父亲的墓园和落叶松樟子松、草滩、太阳和月亮环绕一起，让父亲的死在高大的树木和白雪的宁静中环绕，让父亲的死也瞬间具有了纯净洁白庄重的意味。

《一匹马两个人》里的老头抱着老太太的躯壳：“微风就像打太极拳一样，慢悠悠地飘来荡去，它的拳脚所落之处，带来的波动是不一样的，比如落在草上的风，就把草弄折了腰，落在黄花上的风，则将屡屡花香给偷了出来，随便地送给过路的鸟或者蝴蝶了。老太婆身上唯一能动的就是头发了。那稀疏的白发随风飘舞着，仿佛在跟她做最后的告别。”这里老太太死的时候，用微风、草、花鸟和蝴蝶的诗意描写，使老太太的生命如流水般安宁从容，也让她的死增添了一丝温暖。

《北极村童话》里有一段对苏联老奶奶死亡场景的描述：“她合眼安详的睡了，满屋听不见一丝声响，蜘蛛怯怯地收回丝，一滚一滚地上房梁了，夕阳的斜晖浓浓地抹在玻璃窗上，金黄金黄的。”作者用一种轻松且充满孩童情趣的景色消解了老奶奶死亡的悲伤，让这种死亡如风景图一样优美的展开。把死亡叙事主题与自然景色融合在一起，让死亡充满了温情，又把自然风光美丽却易逝的主题与死亡作为对应，可谓成为她作品具有一种特异的审美意蕴。

四　结语

迟子建的小说浸润和呈现的浓郁的东北地域文化色彩，丰富了当代小说的表现力和可能性。2018 年 5 月 9 日阿来在迟子建的新书朗读首发会说过：“我喜欢迟子建的小说，很大一个原因就是因为她的小说里面有自然，中国不少小说里只有人跟人的关系，看不到自然界。”人与自然的关系自古以来都是一个永恒的话题。小说中对自然的描写，以及折射出的人与自然共生的观念具有时代的意义。在这个全球时代大融合的时代，迟子建所坚持的这种地域品格所反映的民族性，也凸显了一个差异性的书写风格，这很难能可贵，她针对鄂温克民族真实生活状态的摹写，是对当今现代化的野蛮性的节奏的警惕和抵抗，这种对神秘的边地文化的书写方式，也是一种与世界对话的途径。以民族性见世界性，这种经验为她的文学注入了特别新鲜的血液，也彰显了作品的独特价值。

自然背景下的乡村在荒芜、萎缩，慢慢成为人们的隐痛式记忆。迟子建根植于黑土地的守成，细致呈现了东北的自然环境和景观，她在提示人们珍惜自然，提示人们如何看待现代社会。迟子建说过："我崇尚自然，大概这与我生长在大兴安岭有关，人类最初是带着自然的面貌出现的，那种没有房屋的原始生活现在看来并不是愚昧和野蛮的，而高科技发展时代所发生的一切尖端技术也并没有把人类带入真正的文明。相反地，现代文明正在逐渐消解和吞食那股原始的气。"① 这是迟子建的自觉和执着，也是所有人应当深思的问题。

① 迟子建：《悲伤的盐——把悲伤放轻些》，江苏文艺出版社2006年版，第196页。

岭南文学地理

柳宗元对桂林“甲天下”山水形象的发现与建构

莫道才*

文学对地理名胜的建构贡献巨大，从某种意义上说，名胜都是文学家发现和建构的。没有文学也很难说有名胜，所有名胜都可以说是文学名胜。人们对桂林的了解是由于“桂林山水甲天下”这一家喻户晓的诗句。20世纪80年代在清理王城独秀峰石壁时，发现了一首刻在崖壁上的诗，才知道这句诗的出处是宋代王正功的诗《嘉泰改元，桂林大比，与计偕者十有一人，九月十六日，用故事行宴享之礼。提点刑狱权府事四明王正功作是诗，劝为之驾》（后人称为《鹿鸣宴劝驾诗》）。诗云：“桂林山水甲天下，玉碧罗青意可参。士气未饶军气振，文场端似战场酣。九关虎豹看勍敌，万里鲲鹏伫剧谈。老眼摩挲顿增爽，诸君端是斗之南。”之后，人们认为是王正功提出了“桂林山水甲天下”的说法，但是梳理桂林山水的被发现过程，对桂林山水“甲天下”的这一建构最早是唐代柳宗元建立的，王正功是化用了柳宗元的说法，或者说是用了柳宗元的文典，在此基础上点铁成金。

* 莫道才，广西师范大学教授。

一　柳宗元之前对桂林山水认知的模糊与零碎化片段

桂林，历史上作为岭南地区的重镇一直存在。在秦始皇开拓岭南时就在岭南设立了桂林郡、南海郡、象郡。今天的桂林在当时虽然不是桂林郡治，但却是桂林郡最北的边界地区。西汉时期的零陵郡在今天全州一带。中原对桂林郡的认知基于来自该地区作为香料的桂皮进贡和贸易。《汉书》卷一"桂林"条下注释云："文颖曰：'桂林：今郁（郁）林也。'颜师古则不同意曰：'桂林，今之桂州境界，左右皆是，其地非郁林也。'""桂林"作为一个行政区域概念已经在文学里被咏叹了。最早将"桂林"纳入文学视野的是张衡的《四愁诗》：

我所思兮在太山。欲往从之梁父艰，侧身东望涕沾翰。美人赠我金错刀，何以报之英琼瑶。路远莫致倚逍遥，何为怀忧心烦劳。

我所思兮在桂林。欲往从之湘水深，侧身南望涕沾襟。美人赠我琴琅玕，何以报之双玉盘。路远莫致倚惆怅，何为怀忧心烦伤。

我所思兮在汉阳。欲往从之陇阪长，侧身西望涕沾裳。美人赠我貂襜褕，何以报之明月珠。路远莫致倚踟蹰，何为怀忧心烦纡。

我所思兮在雁门。欲往从之雪雰雰，侧身北望涕沾巾。美人赠我锦绣段，何以报之青玉案。路远莫致倚增叹，何为怀忧心烦惋。①

分析这首诗，四段构思是按照东南西北四个方位来描写的，这是模仿民歌叙事的写作模式。"太山""桂林""汉阳""雁门"这是四个方位的代表。这说明当时的桂林郡在中原的视野里是很遥远的，"欲往从之湘水深，侧身南望涕沾襟。"在遥远的南方，属于南方疆土边界了。这是"桂林"第一次进入文人的视界。《盐铁论》之《力耕第二》："美玉、珊瑚出于昆山，珠玑、犀象

① （清）沈德潜编：《古诗源》，吉林出版集团2017年版，第56页。

出于桂林，此距汉万有余里。"① 在中原人视野里，桂林是出产珠玑、犀牛、大象的地方。《盐铁论》之《通有第三》："荆扬南有桂林之饶，内有江湖之利，左陵阳之金，右蜀汉之材。"② 可见桂林是南方的代表性地名。"秦并天下，略定扬粤，置桂林、南海、象郡，以适徙民与粤杂处。"③ 桂林在汉代的语境里都是边缘边鄙之地。这种叙述在汉代常见，如《淮南子》：

> 西至临洮、狄道，临洮，垄西之县，洮水出北。狄道，汉阳之县是也。东至会稽、浮石，会稽，山名也。浮石随水高下，言不没，自在辽西界。一说：会稽山在太山下，"封于太山，禅于会稽"是也。会稽，或作沧海。南至豫章、桂林豫章，豫章郡；桂林，欝林郡也。北至飞狐、阳原，飞狐，盖在代郡南，飞狐山也。阳原，盖在太原，或曰代郡，广昌东五阮门是也。④

可见在汉代，"桂林"一词具有南方方位的坐标意义了。之后，文学之中再一次出现桂林，则是江淹的《哀千里赋》：

> 萧萧江阴兮，荆山之岑。北绕琅琊碣石，南驰九嶷桂林。山则异岭奇峰，横屿带江；杂树亿尺，红霞万重。水则远天相逼，浮云共色；沄沄无底，溶溶不测。其中险如孟门，豁若长河；参差巨石，纵横龟鼍。⑤

这里开始关注了"桂林"的自然，南朝对桂林的关注已经是有"山"有"水"了，"山则异岭奇峰"对桂林的山势描摹还是到位的，但大多是想象的

---

① 王利器校注：《盐铁论校注》（定本），中华书局2006年版，第29页。

② 王利器校注：《盐铁论校注》（定本），中华书局2006年版，第41页。

③ （汉）班固撰，（唐）颜师古注：《汉书》，中华书局2005年版，第2839页。

④ 刘文典撰，殷光熹点校：《淮南鸿烈集解》，安徽大学出版社、云南大学出版社1998年版，第444页。

⑤ （南朝梁）江淹著，丁福林、杨胜朋校注：《江文通集校注》，上海古籍出版社2017年版，第48页。

意象，是模糊化的印象，是因为作者并未亲身了解体验这一地区。比较了解桂林的，可以说还是之后的郦道元《水经注》“漓水亦出阳海山”条之注：

> 漓水与湘水，出一山而分源也。湘、漓之间，陆地广百余步，谓之始安峤。峤，即越城峤也。峤水自峤之阳南流注漓，名曰始安水，故庾仲初之赋《扬都》云：判五岭而分流者也。漓水又南与沩水合，水出西北邵陵县界，而东南流至零陵县，西南迳越城西。建安十六年，交州刺史赖恭，自广信合兵小（引者注：“小”疑“出”字）零陵越城迎步骘，即是地也。沩水又东南流注于漓水，《汉书》所谓出零陵下漓水者也。漓水又南合弹丸溪，水出于弹丸山。山有涌泉，奔流冲激。山嵁及溪中，有石若丸，自然珠圆，状弹丸矣，故山水即名焉。验其山有石窦，下深数丈，洞穴深远，莫究其极。溪水东流注于漓水。漓水又南迳始兴县东，魏元帝咸熙二年，吴孙皓分零陵南部立始兴县。漓水又南，右会洛溪，溪水出永丰县西北洛溪山，东流迳其县北。县本苍梧之北乡，孙皓割以为县。洛溪水又东南迳始安县而东注漓水。漓水又东南流入熙平县，迳羊濑山，山临漓水，石间有色类羊。又东南迳鸡濑山，山带漓水，石色状鸡，故二山以物象受名矣。漓水又南得熙平水口，水源出县东龙山，西南流迳其县南，又西与北乡溪水合，水出县东北北乡山，西流迳其县北，又西流南转，迳其县西，县，本始安之扶乡也，孙皓割以为县。溪水又南注熙平水，熙平水又西注于漓水。县南有朝夕塘，水出东山西南，有水从山下注，塘一日再增再减，盈缩以时，未尝愆期，同于潮水，因名此塘为朝夕塘矣。漓水又西迳平乐县界，左合平乐溪口，水出临贺郡之谢沭（沐）县南历山西北流迳谢沭县西南，西南流至平乐县东南，左会谢沭众溪，派流凑合，西迳平乐南。孙皓割苍梧之境立以为县，北隶始安。溪水又西南流注于漓水，谓之平乐水。①

① （北魏）郦道元著，陈桥驿点校：《水经注》，上海古籍出版社 1990 年版，第 723—724 页。

这是从地理描述角度首次将桂林山水详细写了出来。而且是将“山”“水”合在一起叙写，描述非常详尽。“山水”第一次明确的紧紧联系在一起，“山水即名焉”这样“山水”与“桂林”就有了一种必然的联系。

二　柳宗元在来桂林之前具有“天下”观照自然的意识

中国古代文化是以“天下”为视域的，从空间看“普天之下莫非王土”就是这样的视域，从时间坐标看也是以“天下”为人生目标的。所谓“修身养性齐家治国平天下”就是这一反映。汉唐时代，国土版图空前扩大，文人的视域更加开阔。隋唐之后，国土空前扩大，南北文化得以交融。唐人的壮游天下的壮举就是这种情怀，这就培养了以天下观照世界的眼光。盛唐文人的游历更多是在长江流域和黄河流域和西域边塞。中唐以后，西部和北方的生活空间受到压缩，朝官内斗造成的贬谪使得大量文人南迁，他们看到了迥异于北方的风景，由北到南也产生了与北方自然的比较。在比较中用天下的视野来表达。柳宗元在永州时期对山水观照就有了与众不同的“天下”意识。

《柳河东先生集》中用“天下”者凡339处。他观察社会用“天下”。《馆驿使壁记》：“凡万国之会，四夷之来，天下之道途，毕出于邦畿之内。”

他观察自然用“天下”。《永州龙兴寺东丘记》：

> 游之适，大率有二：旷如也，奥如也，如斯而已。其地之凌阻峭、出幽郁，寥廓悠长，则于旷宜。抵丘垤，伏灌莽，迫遽回合，则于奥宜。因其旷，虽增以崇台延阁，回环日星，临瞰风雨，不可病其敞也。因其奥，虽增以茂树丛石，穹若洞谷，蓊若林麓，不可病其邃也。①

他在叙述永州的自然地貌时总是不自觉地与北方做比较。如《钴鉧潭

① （唐）柳宗元撰，尹占华、韩文奇校注：《柳宗元校注》，中华书局2013年版，第6册，第1852页。

西小丘记》“噫！以兹丘之胜，致之沣、镐、鄠、杜，则贵游之士争买者，日增千金而愈不可得。今弃是州也”云云。他在《游黄溪记》开篇云：“北之晋，西适豳，东极吴，南至楚、越之交，其间名山水而州者，以百数，永最善。环永之治百里，北至于浯溪，西至于湘之源，南至于泷泉，东至于东屯，其间名山水而村者，以百数，黄溪最善。”可以看出他在观察自然山水时是放在“天下”的视角来看待的。

三　柳宗元对桂林山水的发现与建构

柳宗元元和十年再次远迁柳州。元和十年（815年）三月底，柳宗元从长安出发，赴柳州，六月二七日抵达。经过桂林时所做的几篇文章是最集中的体现。而以“天下”意识对桂林山水自然的发现就体现在《桂州裴中丞作訾家洲亭记》：

> 大凡以观游名于代者，不过视于一方，其或傍达左右，则以为特异。至若不骛远，不陵危，环山洄江，四出如一，夸奇竞秀，咸不相让，遍行天下者，惟是得之。
>
> 桂州多灵山，发地峭坚，林立四野。署之左曰漓水，水之中曰訾氏之洲。凡峤南之山川，达于海上，于是毕出，而古今莫能知。元和十二年，御史中丞裴公来莅兹邦，都督二十七州事。盗遁奸革，德惠敷施。期年政成，而富且庶。当天子平淮夷，定河朔，告于诸侯，公既施庆于下，乃合僚吏，登兹以嬉。观望悠长，悼前之遗。于是厚货居氓，移民于闲壤。伐恶木，剃奥草，前指后画，心舒目行。忽焉如飘浮上腾，以临云气。万山面内，重江束隘，联岚含辉，旋视其宜。常所未睹，倏然互见，以为飞舞奔走，与游者偕来。乃经工化材，考极相方。南为燕亭，延宇垂阿，步檐更衣，周若一舍。北有崇轩，以临千里。左浮飞阁，右列闲馆。比舟为梁，与波升降。苞漓山，涵龙宫，昔之所大，蓄在亭内。日出扶桑，云飞苍梧。海霞岛雾，来助游物。其隙则抗月槛于

回溪，出风榭于篁中。昼极其美，又益以夜，列星下布，颢气回合，邃然万变，若与安期、羡门接于物外。则凡名观游于天下者，有不屈伏退让以推高是亭者乎？

既成以燕，欢极而贺，咸曰：昔之遗胜概者，必于深山穷谷，人罕能至，而好事者后得以为己功。未有直治城，挟阛阓，车舆步骑，朝过夕视，讫千百年，莫或异顾，一旦得之，遂出于他邦，虽物辩口，莫能举其上者。然则人之心目，其果有辽绝特殊而不可至者耶？盖非桂山之灵，不足以瑰观；非是州之旷，不足以极视；非公之鉴，不能以独得。噫！造物者之设是久矣，而尽之于今，余其可以无藉乎？①

除了这篇文章，柳宗元还写了《上裴行立中丞撰訾家洲记启》：

右，伏奉处分，令撰《訾家洲事记》。伏以境之殊尤者，必待才之绝妙以极其词。今是亭之胜，甲于天下，而猥顾鄙陋，使之为记。伏受严命，不敢固让，退自揣度，惕然汗流。累奉游宴，窃观物象，涉旬模拟，不得万一。窃伏详忖，进退若坠。久稽篆刻，则有违慢之辜；速课空薄，又见疏芜之累。愆期废事，尤所战栗。谨修撰讫，上献。退自局蹐，不知所裁。无任陨越惶恐之至。②

这两篇文章三次用到“天下”之语。“至若不骛远，不陵危，环山洄江，四出如一，夸奇竞秀，咸不相让，遍行天下者，惟是得之。”“则凡名观游于天下者，有不屈伏退让以推高是亭者乎？”“伏以境之殊尤者，必待才之绝妙以极其词。今是亭之胜，甲于天下”，这是对桂林山水的发现和对

① （唐）柳宗元撰，尹占华、韩文奇校注：《柳宗元校注》，中华书局 2013 年版，第 5 册，第 1785—1787 页。

② （唐）柳宗元撰，尹占华、韩文奇校注：《柳宗元校注》，中华书局 2013 年版，第 7 册，第 2304—2305 页。

其山水形象的初步建构。裴行立（774—820 年），绛州稷山（今山西绛州）人。元和八年任安南都护，十二年任桂管观察使，任中讨黄家洞叛乱。十五年再任安南都护，七月卒。《新唐书》卷 129 有传。柳宗元与裴氏一族有很深的渊源。柳宗元一生交游的河东裴氏人物近二十人，这其中有姻党、上司和同年，也有僚友、父执和国相。裴行立是柳宗元做柳州刺史时的顶头上司，也是柳宗元死后为他出资归葬万年的恩公。在柳宗元生命的暮年里，裴行立是其重要的交游对象。柳宗元笔下的裴行立形象与许多历史文献的记载有不少大相径庭的地方，以裴行立为中心的裴氏人物还有裴行立之兄、裴叔猷之长子以及裴度，所有这些裴氏人物都对柳宗元晚年的文学创作产生了一定的影响。[①] 柳宗元有 17 篇作品与裴氏有关，包括《桂州裴中丞作訾家洲亭记》、《上裴行立中丞撰〈訾家洲亭记〉启》、《贺裴桂州启》、《上裴桂州状》，作《为裴中丞上裴相乞讨黄贼状》、《代裴中丞谢讨黄少卿贼表》、《为裴中丞伐黄贼转牒》、《为裴中丞举人自代伐黄贼表》、《为崔中丞请朝觐表》、《为桂州裴中丞上中书门下乞朝觐状》、《为裴中丞奏邕管黄家贼事宜状》、《为裴中丞贺克东平赦表》、《代裴中丞贺分淄青为三道节度表》、《祭纛文》、《祃牙文》、《为裴中丞贺破东平表》，受裴行立之命为其弟裴某撰写墓志《故处士裴君墓志》。可见，柳宗元与裴氏不是一般的关系。正因如此，元和十五年七月，柳宗元归葬万年，所需费用即由裴行立资助。柳宗元与裴行立都是由北方来到南方，有共同的游宦迁谪之感。

四　中唐以后“甲天下”的话语频现，至宋而流行

柳宗元能用“天下”的视域来观照桂林山水，与中唐的文化背景也有关系。

中唐时期，“甲天下”的观照世界的话语开始流行。

---

① 万德敬、王鹏飞：《柳宗元与河东裴氏交游考论（二）：柳宗元与裴行立》，《太原师范学院学报》（社会科学版）2009 年第 3 期。

白居易《庐山草堂记》：

匡庐奇秀甲天下山。山北峰曰香炉，峰北寺曰遗爱寺，介峰寺间，其境胜绝，又甲庐山。①

可以看出白居易也是用“甲天下”来发现庐山之美。之后，这种说法也流行了。唐僖宗年间活跃的高彦休在《东都焚寺》中云：

东都圣善寺，缔构甲于天下。②

元稹《夏阳县令陆翰妻河南元氏墓志铭》：

我外祖睦阳郑公讳济，官族甲天下。③

刘禹锡《唐故中书侍郎平章事韦公集纪》：

陇西牛公僧孺李公宗闵以能直言极谏征，咸用对策甲于天下。④

杜牧《杭州新造南亭子记》：

吴越古今多文士，来吾郡游，登楼倚轩，莫不飘然而增思，吾郡之江山甲于天下，信然也。⑤

---

① （唐）白居易著，朱金城笺校：《白居易集笺校》，上海古籍出版社1988年版，第2736页。

② （唐）高彦休：《唐阙史》卷下，见（唐）刘肃等撰，恒鹤等校点《大唐新语外五种》，上海古籍出版社2012年版，第266页。

③ （唐）元稹著，冀勤点校：《元稹集》（修订本），中华书局2010年版，第402页。

④ （唐）刘禹锡著，瞿蜕园校点：《刘禹锡全集》，上海古籍出版社1999年版，第128页。

⑤ （唐）杜牧：《樊川文集》，上海古籍出版社2009年版，第155—156页。

五代王定保《唐摭言》：

卢汪门族，甲于天下，因官，家于荆南之塔桥，举进士二十余上不第，满朝称屈。①

宋代以后“甲于天下”的话语就更多更常见了。例如：余靖《庐山归宗禅院妙圆大师塔铭》：

江南号为江山佳丽，甲于天下。其岩岫峻拔，磅礴千里者，庐阜为最。②

释慧洪《送修彦通还西湖序》：

东吴山川清胜，甲于天下。③

宋子安《东溪试茶录》：

又以建安茶品甲于天下，疑山川至灵之卉，天地始和之气，尽此茶矣。④

苏轼《表忠观碑》：

吴越地方千里，带甲十万，铸山煮海，象犀珠玉之富，甲于天下。⑤

① （五代）王定保撰，阳羡生校点：《唐摭言》，上海古籍出版社 2012 年版，第 70 页。
② （宋）余靖：《武溪集》卷七《寺记》，清文渊阁四库全书本。
③ （宋）释慧洪：《石门文字禅》卷二十四，四部丛刊景明径山寺本。
④ （宋）宋子安：《东溪试茶录》不分卷，宋百川学海本。
⑤ （宋）苏轼著，李之亮笺注：《苏轼文集编年笺注》，巴蜀书社 2011 年版，第 597 页。

宋代陈起的《玉华洞》：

> 忆昨游桂林，岩洞甲天下。奇奇怪怪生，妙不可摹写。玉华东西岩，具体而微者。神工巧穿凿，石壁生孔罅。玲珑透风月，宜冬复宜夏。中有补陀仙，坐断此潇洒。空山茅苇区，无地可税驾。举目忽此逢，心骇见希诧。题诗媿不能，行人亦无暇。[①]

宋人姜特立《送潘叔昌主教清湘》也用得到过：“酝藉金闺客，风流粉署郎。文尝追屈贾，身合到潇湘。经术东莱学，才名上国光。遐方岂淹泊，云路看腾骧。”自注云“潇湘山水，清绝甲天下。昔人谓骚人墨客如屈原宋玉贾谊辈，皆尝至焉，此天所以厚秀杰之士理或然也”。[②]

宋代孙觌《鸿庆居士集》载有其途经桂林时写一组《桂林十咏》诗，诗题很长，曰《桂林山水奇丽，妙绝天下，柳子厚记訾家洲亭粗见其略。余以六月六日度桂林岭，欲更仆诣象属暑甚，遂少留日，从诸公于岩穴之下穷林巨壑，近接阛阓之中，远不过闉之趾，举高望远，夸雄斗丽，殆不可状，择其尤者以十诗记之，名之曰〈桂林十咏〉》[③]。这里提到柳宗元《訾家洲亭记》对“桂林山水奇丽，妙绝天下”“柳子厚记訾家洲亭，粗见其略”，可见对其重要的启发意义。

也正是在这一文化大背景下，王正功才写出了“桂林山水甲天下”的诗句。他在《嘉泰改元，桂林大比，与计偕者十有一人，九月十六日，用故事行宴享之礼。提点刑狱权府事四明王正功作是诗，劝为之驾》（后人称为《鹿鸣宴劝驾诗》）诗云：

---

① （宋）陈起：《江湖小集》卷七十八，《四库全书》第1357册，上海古籍出版社1987年版，第613页。

② （宋）姜特立：《梅山续稿》卷四，《浙江文丛·姜特立集》，浙江古籍出版社2016年版，第51页。

③ （宋）孙觌：《鸿庆居士集》卷三，《四库全书》第1135册，上海古籍出版社1987年版，第30页。

百嶂千峰古桂州，乡来人物固难俦。峨冠共应贤能诏，策足谁非道艺流。经济才猷期远器。纵横礼乐封前旒。三君八俊俱乡秀，稳步天津最上头。

桂林山水甲天下，玉碧罗青意可参。士气未饶军气振，文场端似战场酣。九关虎豹看劲敌，万里鹍鹏竚剧谈。老眼摩挲顿增爽，诸君端是斗之南。①

这二首诗是同时作的，“桂林山水甲天下”即出自首句。而第二句“玉碧罗青意可参”，诗化用了韩愈的诗《送桂州严大夫同用南字》：“苍苍森八桂，兹地在湘南。江作青罗带，山如碧玉篸。户多输翠羽，家自种黄甘。远胜登仙去，飞鸾不假骖。”这是写桂林的。“玉碧罗青”化用“江作青罗带，山如碧玉篸”。完全有理由相信，王正功写这首诗开头都是在化用前人的成句。而“桂林山水甲天下”也极有可能是化用柳宗元的两篇文章提炼出来的，而“甲天下”就是柳宗元的“是亭之胜，甲于天下”的凝练结果。

从以上文本个案梳理看，“桂林山水甲天下”这一表现空间地理的名句文本生成过程说明，这是唐宋文学家集体智慧的结晶，是一个不断层累化的积累提炼的结果。

① 此诗《全宋诗》《宋诗钞》均未见收录。

地理空间的对称美学及其文化意涵

——论张欣的广州城市书写

单　昕*

文学研究的空间转向令人们认识到地理、空间是文学特别是小说的重要元素，它们不仅是承载小说情节的容器，同时具有深度的建构性，参与彰显作品的精神指向和文化意涵，因而地理空间亦可被当作解读小说深层内涵的"密码"。按照文学地理学的解释，"文学显然不能解读为只是描绘这些区域和地方，很多时候，文学协助创造了这些地方。……文学在塑造人群的地理想象方面，扮演着核心角色"。[①] 文学作品常常以想象性的地理空间作为外部表征，呈现出作家对于人与世界关系的认识，对价值观念和文化选择的表达。20 世纪 80 年代以来，城市题材作品层出不穷，其中张欣以广州为背景的书写独树一帜。与其他将都市景观作为背景的作品相比，城市本身就是张欣书写的主体。张欣以细腻绵密的笔法全面展现广州这一南国都市喧嚣的物质景观，又通过冷静的审视与犀利的反思分析城市精神的深层结构，小说中出现了诸多地理空间，为叙事提供了动力，也彰显出文本的多重意义，对应现代化进程中都市文化的动态性与复杂性。[②]

对称是视觉与造型艺术美学原理中的重要法则，它令事物呈现出完整、

* 单昕，广东第二师范学院中文系副教授。

① ［英］迈克·克朗：《文化地理学》，杨淑华、宋慧敏译，南京大学出版社 2003 年版，第 60 页。

② 单昕：《地理空间的叙事功能》，《天津师范大学学报》2019 年第 1 期。

和谐、均衡、统一之感，是古典美学的典型特征。中国古典小说中常用对称的方式营构情节、塑造人物，《红楼梦》中即采用大量对称叙事元素为小说搭建了一个“对称映照艺术体系”，彰显了古典小说美学的创造性和丰富性。在张欣的小说中，地理空间作为日常生活的展演之地，往往也以两两对称的形式出现。与古典小说不同的是，这一结构所传达出的文化意义并非和谐均齐的圆融之美，而是表征着作家文化背景的多元与参差，也凸显了张欣对当代都市社会生活驳杂、多义状态的感知，同时传达出她对人性复杂性的深刻体认。

一　城与乡，南与北

一直以来，人们对人类历史上的居住形式倾注了强烈的情感，并将其概念化。乡村被认为是一种理想的生活方式，代表宁静、纯洁、纯真的美德；城市则被认为是成就的中心，展现智力、知识和交流的舞台。从反面来看，乡村与落后、愚昧、处处受限等同，城市则代表着吵闹、俗气、野心。将乡村和城市作为两种基本生活方式并加以对立的观念，自古典时期就已形成，一直存在于人类的认知结构当中。[①] 这种刻板印象也长时间地存在于中国社会和文学价值观念之中，乡村常常得到缅怀，而城市却一直没有被真正透彻地书写。张欣是当代作家中较早以明确的都市意识进行创作的作家，并且她对城市生活的展示很快就超越了高楼大厦、车水马龙等表层描摹而深入内在肌理当中，直抵城市的物质主义、感官刺激、运动加速、文化多元等内核。其中，张欣特别擅长通过以绵密的意象、细腻的笔触对景观进行抓拍，迅速捕捉城市生活中的微妙之处：“马爹利时尚尊贵新品味的酒会在一家高级会所举办，现场布置得简洁、高雅而不失创意。纯黑色的舞台上低垂着酒红色的天鹅绒幕布，上面用激光投射了一个百年品牌的经典标识，是一只展翅的飞燕，线条明快，四周没有任何装饰，干净得几近单调。舞台的两侧盛开着

① ［英］雷蒙·威廉斯：《乡村与城市》，韩子满、刘戈等译，商务印书馆2013年版，第1页。

雪白的马蹄莲，也就是在同样白色的磨砂花瓶之间，耸立着若干样式古朴的木材酒架，名酒如同大炮一般林立其中。现场有一辆英伦风十足的大红色宾利跑车坐镇，更有一流的外籍乐队演奏蓝调爵士，就在这和谐细腻的音符之间，冠盖云集，名流纷呈。”[①] 在“高级会所”这样一处典型的都市空间内，充溢着马爹利、酒会、名酒、宾利跑车、外籍乐队、蓝调爵士等舶来的消费主义文化符号，弥散着财富、权力和欲望的气息。张欣对这些细节的抓取灵动、跳跃，以点染之势透过表象浮托内涵；却又非点到即止，而是对这些瞬间进行美学编码，折射出作家对速度、逐利等为特征的都市文化的观察和反思。

与此同时，都市缓慢的、边缘的、琐碎的、暗淡的一面也能够进入张欣的视野：“多宝路在城西，也就是老城区，老城区的特色是没有规划，所有的旧建筑熙熙攘攘地挤在一起，偶尔有一栋新建筑点缀一下，也像是一个女人并无妆容和服饰却涂了浓重的口红，让人无法评说。拥挤的街景给人的第一印象是好乱，第二印象却是好方便，但其实那些店你一辈子都不一定会迈进去。比如炭画像，画谁都跟故去了多少年似的；再比如唐鞋，就算这种布鞋穿着舒适，不长鸡眼，纯手工，你真会站在一张白纸上让人画脚模子吗？又如打金，一点小首饰，按照不同年代的流行，换着样式打来打去祖祖辈辈地传下去。而这些店铺又是不死的，跨国公司都倒闭了，他们还是天天开张。”[②] 老城区给予张欣的灵感，不仅令小说的叙事节奏更为灵动，也使她超越物质外壳而更为关注城市发展的内部逻辑：在都市主义大行其道的当下，老城区的包容性、老店铺远离时代却又能代代流传的生存模式都呈现出对都市化的反向拷问。在这里，新旧交杂，难以一一明辨，而正是这些模糊、暧昧、黏稠的复杂地带，真正呈现了城市的核心性格：难以操控、定性和约化，是蕴藏多重意义的可变空间。

张欣的小说情节虽多集中于都市，但文本缝隙中经常有作为“城”之

① 张欣：《锁春记》，花城出版社 2014 年版，第 53 页。
② 张欣：《对面是何人》，花城出版社 2013 年版，第 3 页。

对立物“乡”的存在。《浮华城市》中的冉洞庭、《用一生去忘记》中的何四季、《浮华背后》中的高锦林等人物均出身乡村，他们都抱着寻求美好生活的诉求进城，进城之后通过种种努力即便生活优渥，但内心仍时刻处在剧烈的挣扎中。冉洞庭是保姆的儿子，自小生长在湖南乡下，成年后因其坚韧性格受到海关关长杜党生的器重而官运亨通，却仍笼罩在巨大的自卑感之下，他的贪婪也来自让子女“彻底摆脱乡下血统”的源动力。小说在中国的现实背景中植入高度现代化的消费主义日常生活图景，呈现两处地理空间的碰撞，表达了城市化进程中的启蒙现代性想象，以及在此过程中人性内部的挣扎、碰撞和抉择。

《依然是你》中的女主人公管静竹生下痴呆儿子后丈夫不辞而别，她无奈之下听从好友建议将儿子送到保姆葵花的家乡广西农村。然而此后她并没有如预设那样摆脱重负过上坦然的生活，而是在自责之下寝食难安，终于决定接回儿子。管静竹眼中的农村简陋、肮脏和破败，大人孩子蓬头垢面，衣衫褴褛。葵花家人用管静竹寄去的生活费建了新房，却将管的儿子歪歪用麻绳拴在泥地里的木桩上。在这里，农村成为文化地理学概念上的“功能地域”，管静竹投身其中本为寻求避难，然而却处处受难，令儿子陷入身体的囚禁，也使自身遭受精神的折磨。农村在这里又不仅仅是城市的对应物，它无法以浪漫、单纯、道德的形象存在，挽救管静竹于苦难中；而是与城市合谋，甚至呈现出更为苦吝、残酷的面目，与冰冷的城市一同令管静竹坠入生存的深渊。

对地理景观的感知和书写是作家体验世界和组织世界的重要方式。张欣小说中的城乡形象可以说是对当下中国社会现实和人文景观的一种修辞，她提示我们，乡村与城市所各自承载的群体及其情感，在新的社会历史境遇中难以兼容并共同缔造新的关系，而且乡村与城市的自我认同均呈现出分裂的姿态。张欣的这种判断并不是以张扬凌厉的面目出现，她将锋芒内敛，藏于叙述之中，缓慢、冷静地娓娓道来，却愈加激发出彻骨的悲剧性；张欣在通俗化的叙事形式之上，在对现实看似饱含热情的描摹背后沉隐着冷静的思考，表现出对时代和都市的清醒认知。这一特征可以被认为是“张欣的底牌”①，使她的作品免于沉湎在物欲的旋涡中，而是呈现出一种超拔的建构力量，提升了当代都市文学的精神品格。

也许是因为“北方人”的身份和文化经历的丰富性，张欣笔下的广州与其他本土作家有着明显的差异，层次更丰富、视角更多元，人与城的关系也更为复杂。“北方”作为与广州对照的地理空间常常出现在小说中，为情节的展开提供背景与动力，也负载着人物的身份认同和价值追求，在文本中投射出作家的精神映像。

短篇小说《爱情奔袭》的主人公茵浓是生活在广州的白领，聪明活跃，生活优渥，她为前夫办好去加拿大留学的全部手续，然而前夫出国后却很快就移情别恋了。茵浓恋上小她四岁的北京词作者，不惜一切去北京追随情人却未修成正果。茵浓的爱情始终求之不得，这也使她的内心一直处在广州——加拿大——北京的爱情奔袭中，痛苦的情感经历找不到释放的出口，她只好去夜场电影院去看武打片，一个接一个，直到在那些陌生人的身边睡去。词作者情人很难离开北京到广州从头开始，茵浓也难以获得户口在北京立足，北京与广州作为自我和他者，在地理空间的并置中隐含内在的对立和分野。广州北方的北京，以及更北方的加拿大，成为一个个异质的所在，地理上的远离隐喻着人情感之间的疏离，代表生活的失望与幻灭，这与通常意义上作为希望之表征的文学意义上的远方形成了一个具有讽刺性的反差。相反地，北京和加拿大作为参照物，倒使广州这一常常被认为是重利轻别离的商业化都市被重新定位为静止、温暖、长情的疗愈之所，张欣的广州书写也因而显示出与主流文学话语迥异的一面。除了城市整体之外，小说中出现的一些颇具地方风味的微型地标也能够对上述观点做出印证，如茵浓回忆中的香山、故宫、北海、白塔、全聚德烤鸭店等，如此种种景观既浓缩着爱情的温度，又成为感情不敌物欲的见证；而女友们经常碰面的“我”的九楼居

① 江冰：《张欣的底牌》，《这座城，把所有人变成广州人》，花城出版社2016年版，第299页。

所，虽置身于火树银花、霓虹耀眼的商业化街景之中，却总是作为都市女性感情受创的疗伤之地，给人带来情感的慰藉和伤痛过后的自我省察。

中国文学自古有地域之别、南北之分，不管是南地的清丽艳婉还是北地的慷慨沉雄，都向人们证实地理环境对文学题材、风格的影响，以及文学对地域文化的塑造。广州作为区别于京派和海派之外的第三类都市文化圈，既融合了岭南传统，又吸收了开放、创新的现代都市意识，形成了东方与西方、传统与现代、务实与变通、世俗与超拔相融合的别具一格的都市文化。张欣借助“北方”这样一个文化地理参照物，在南北对照的书写中凸显了广州的城市性格，也表达了作家对广州世俗、朴实、独立、自省的区域文化特征、文化形象的思考。

二　境内境外，家里家外

香港，作为一个多元语言、文化、意识形态并置，又充满矛盾冲突的张力文化场，在张欣的小说中常常被用来与广州形成“内与外”的对照，作家通过对情节的精心设计和对人心细微之处的描摹，为读者展示出当下都市中现代性与全球化碰撞后所遭遇的复杂经验。

《用一生去忘记》里的刘百田是香港富商，发迹于地产业，拥有住宅、写字楼、商场等物业四百余座，还涉猎财务、保险、娱乐业、信息科技等行业，90年代时市值已超过一百亿港元。香港根深蒂固的拜金观念使刘家的大小事均得以登上报纸娱乐版，成为街头巷尾茶余饭后的话题，特别是刘家事业遭到重创之际。为转运，刘百田开始用“风水”来武装自己的商业帝国，“在办公室放置木化石吸走负能量，改变气场，又如门窗重新改道，阳台摆八卦镜辟邪，从而改变运程。还有风水大师建议他在励德大厦的顶楼装上坚硬的钢铁机关，用以驱散飞来的横祸”。[①] 张欣将这些充满宿命意味的风水用品，作为一种美学和物质实践的风景移植入香港这个国际化都市，组

① 张欣：《用一生去忘记》，花城出版社2013年版，第9—10页。

合出一种新的充满吊诡的景观语言，将都市作为商业社会的逐利本质揭示得十分透彻。对利益的追逐令刘家家破人亡、分崩离析，更引发出小说中一系列人物的苦难命运和心灵沉疴。

与《用一生去忘记》中尽显残酷本相的香港相比，《浮华背后》中的香港则更加温软，映射出人物对自我的再认识与再建构。小说开头有这样一段描写："那是一间维多利亚式的极其宽敞的房子，三面墙均是顶天立地的穿衣镜，配套的软缎沙发也是维多利亚式的，暗哑的酒红色中深藏秋香色的细密花纹，似乎也藏着许多香艳无比且年代久远的嫔妃故事。梳妆台却是红木的，简约的明代遗风，一尘不染的与穿衣镜相映生辉。"① 这是香港阿玛尼品牌的试衣间，灰姑娘莫亿亿正在这个比自家客厅还大的试衣间中试穿价值十二万元的高贵礼服，也正利用试衣的时间细细品味梦想成真的时刻，此刻距她与王子彭卓童的相识也不过三天时间。二人初遇的酒吧也带有梦幻色彩，"这个酒吧在城中闹市区少有的一块高坡上，细窄而陡峭的台阶让人想到无限风光就在这个酒吧里，大门是埃及风格，金字塔的颜色，里面布置得像原始森林"。② 香港的繁华似海市蜃楼，令一个出身低微的美丽女孩转瞬成为光鲜的公主，在物质与精神的双重层面完成了阶层飞跃。在这里，人物体验到一丝华兹华斯式的自我与景观之间的共鸣，地理景观所蕴含的物质语言成功地迎合了人物的内心逻辑、欲望和诉求，成为小说的心像地图。香港作为与广州相对应的域外地理空间，孕育出个体在不同文化信仰与价值观交会中所遭遇的文化冲突，以及在此过程中对自我的探求、认知与建构。"内与外"地理空间的对照书写为张欣小说建构出更为丰富的层次，并不断将与地理空间相联系的情感、意义和象征推向深化。

在张欣的小说中，家庭空间与公共空间有着泾渭分明的界限，甚至同一人物在这两处空间中所表现出来的面貌也并不一致。《爱又如何》的女强人莫爱宛自幼丧母，成长过程中备受欺凌，因而养成了精明干练的性格。商场上的

① 张欣：《浮华背后》，花城出版社 2013 年版，第 1 页。
② 张欣：《浮华背后》，花城出版社 2013 年版，第 5 页。

莫爱宛有胆识、有魄力，精于计算，收放自如，这从她的办公室布置便可见一斑：“办公室相当简洁，一点也不豪华。加之是夹层，仿佛伸手就能摸到天花板似的。这很符合她的经商作风，一寸地方都不肯浪费。比如商厦前厅和大堂的衔接处是狭长的一条，本派不上用场，她设置了顾客服务部以及收费的礼品包扎。她常说自己当初缺乏远见，没有把夹层与三楼打通，变成钟表和珠宝专柜。可馨说那你总得有办公的地方吧，她说仓库附近有闲置的房间”①，莫爱宛通过办公室这一公共空间的布局向世人展示出其强势的一面；而私下里却是一个孤独、冷静的人，其单身公寓布置了全套的红木家具，茶几上铺着大理石面，因为缺乏情调，整个家显得硬邦邦的。极度缺乏情感慰藉又极其渴望情感温暖，使看似精明的莫爱宛陷入荒唐的“爱情”无法自拔。在这里，公共空间不仅仅是地理概念，更是个体与群体展开广泛参与、交流与互动的场所，满目疮痍的成长经历、内心的苍白脆弱使莫爱宛亟须得到群体的认同，因而她在公共空间中所展示的是一个伪装的强者形象，只有在家中才能够卸下面具重现真实自我。张欣通过描摹同一人物所属的公共空间与私人空间的差异，展示了现代都市人精神上的疏离隔膜，将人物内心的矛盾性和复杂性充分展露。小说的另一位女主人公朱可馨也是如此。因受到排挤被迫辞职，可馨将满腔怨愤、颓废和沮丧宣泄在家中，导致和丈夫的隔阂日益加深；而在外寻找工作的过程中，因深感生存不易，不得不放下尊严，极尽委蛇之能事。公共空间与家庭空间中所呈现的性格差异是人物内心遭际的外部表征，虽肉身尚存，但心灵却已在社会环境的挤压下千疮百孔，支离破碎。

张欣笔下的诸多女性人物都经受着这样的分裂之痛。《缠绵之旅》中的女主人公黎渺渺是交响乐团的合唱演员，大龄单身，内心清高，不愿与世俗妥协，因而对她来说，乐团分给她的小房是避世的安乐所；而每两周回父母家，目睹蜗居中众人喧闹的家庭生活，心底泛起深沉的厌恶与悲哀。《依然是你》中的管静竹有一份体面的工作以及突出的业务能力，但因生育痴呆

① 张欣：《爱又如何》，内蒙古文艺出版社 2001 年版，第 10 页。

儿被丈夫无情抛弃，内心遭受重创，只好在午夜的街头孤独逡巡，寻找灵魂释放的出口。

哈贝马斯认为，公共空间应以交流为中心，然而在张欣的观察下，当代都市的公共空间中充满欲望的交会、情感的纠葛、利益的博弈，却唯独缺少心灵的交流。小说人物在公共空间与家庭空间中的面目差异形象地呈现出都市架构表层空间和深层空间的撕裂，亦承载了作家对当代都市人灵魂的勘探。

三　自然景观与人文景观，现实之地和梦想之地

张欣小说题材世俗，结构通俗，充满物质的铺陈、食色的细述、欲望的倾泻，目之所及之处均布满都市文化、消费文化的斑斑印迹，令人在领略现代都会风情的同时，也难免注意到一个问题：张欣笔下为何极少出现对自然景观的描摹？自19世纪现实主义文学开始，风景在文学中加诸了一种微妙的力量，引发出广泛的、难以详述的情感和意义。风景不仅作为一个形象、形式或叙述行为出现的背景，发挥场景、环境或视野的被动功能，而是构筑了具有空间或地方现实特征的美学框架，凸显人物和主题。如果说风景书写是一种权力，那么，拒绝风景同样是一种权力。自然景观对应前现代的、现实主义的文学秩序，缓慢而宁静；而张欣的写作则以现代主义及其象征物——快速、流动、跳跃的景观如高楼大厦、商场、车流为观看与表达的核心，比如《浮华背后》中的酒吧、叮当车、豪宅、豪华游轮、晚宴，《锁春记》里的豪华酒店、美酒美食、私房菜馆，还有遍及张欣作品的各类酒吧、酒店、咖啡厅……呈现对现代性体验的追求及其引发的焦虑。

“当直升飞机徐徐降落在狮子星号的停机平台时，海上已是风平浪静，夜幕低垂。这是一艘亚太区首屈一指的顶级豪华游轮，排水量七万六千八百吨，船身长二百六十八米，高十三层，总造价三亿五千万美金，是现代版的泰坦尼克号。”① 私人飞机和豪华游轮及其所承载的华服、飨宴、名士美女、

① 张欣：《浮华背后》，花城出版社2013年版，第13页。

珠宝美钻等物质符号共同构筑了令人眼花缭乱的奢华风尚，然而“泰坦尼克号”这一比喻透露了作家对都市社会极度物质化的反思。都市地理空间书写被认为是现代主义文化秩序的典型表征，也是对全球化进程中现代都市所经历的生活重叠模式的呈现。然而，现代性的一个典型属性是其自反性，即具有怀疑的方法论，质疑一切确定性。在张欣的小说中，对都市物质符号的大肆铺陈背后，这种质疑或反思也无处不在。正如小说题目所揭示的，浮华背后是什么样的力量在支撑？一旦权力失控，残酷的利益斗争和对人性的严峻考验终将指向何处？张欣小说通过对自然景观的舍弃和对人文特别是都市现代性景观的倾力描摹，凸显对以逐利为驱动力、以商业化为本质属性、以欲望为生存逻辑的都市消费主义文化的质疑。

张欣作品中大量出现广州地景，人物、事件也多有现实依据可循，源自作家对所身处城市的悉心观察和据实描绘。《对面是何人》讲述居住在老城区多宝路上的一家人的命运跌宕。多宝路是广州荔湾区一条东西向道路，历史悠久，时任清朝太子少保的安徽巡抚陈华熙在该地广建楼宇，形成社区。这条长约 1300 米宽 18 米的道路上有很多西关特色建筑，商铺林立，美食云集，具有浓厚的西关风情，是广州市的著名街路。小说主人公如一和丈夫李希特正是居住在多宝路的一条横街上。李希特人如其名，希望过一种特别的人生。他虽委身于人间烟火，内心里却生长着漫无边际的武侠梦。于是，小说中的地理空间可分为两类——现实之地与梦想之地，由多宝路延伸开去，层层铺展、相互交织。现实之地多为如一活动的场所，她每天穿梭于抢购大米的超市、编织假发的工厂、销售假发的精品店、走鬼的天桥……疲惫地奔走于窘迫、逼仄的现实空间，这令如一的面孔疲惫、灵魂苍白，支撑生活的唯一信念是完成自己所爱的人——丈夫和儿子——的梦想。与如一相比，小说中其他三位男性主人公身处的地理空间均为梦想之地：导演雷霆的武馆深藏于密密麻麻街道中的西关老宅，传统的高屋顶，门庭空阔，冬暖夏凉，黑色的实木窗框，玻璃却是红绿相间，怀旧而温暖，屋里还有紫檀的八仙桌和太师椅，一片祥和。雷霆蛰伏于此，为的是休养生息，终有一日将再续拍摄武侠电影之梦；对于李希特来说，甘肃沙漠是世外桃源，“夕阳下的沙漠，是一派浓郁的柿子黄，沙海无涯，一个个沙丘像停顿的漪涟，不发生任何故事简直对不起这样非凡的景致”①，李希特在此不仅实现了自己的武侠梦，也遇见了刻骨铭心的爱情；如一的儿子李想想就读于世外桃源般的武汉大学，“东湖很美，大学里更美。如一觉得大学根本不像大学，倒像个花园。而且这里与外面并没有明显的隔离，却像是另外一个世界，不仅风景宜人，速度也没那么激进，仿佛时钟都走慢了，而且所能碰到的人也干净朴素，待人友善”。② 如一所身处的立于喧嚣市井的现实之地，与三个男人温暖、宁静的梦想之地形成了鲜明对比，现实与理想产生剧烈碰撞，引发了小说中一系列矛盾冲突；如一以女性柔弱之身与庸常生活的抗衡维护着三个男人梦想的纯净，以牺牲自我的方式与命运进行残酷的较量，这一对比揭示出如一的爱之坚韧与伟大。可即便如此，众人梦想也难逃一一破灭的绝境，梦想的不堪一击与现实的强韧坚固之对比，凸显了小说的悲剧主题。张欣的笔触虽反复回旋于大量都市消费文化符号，却未沉湎其中，而是以悲悯之心对现实中被压抑的、被摒弃的、被边缘化的人物报以格外关注，以平视的姿态书写他们的生存之痛、灵魂之伤，呈现出时代稀缺却永不凋零的人性光芒。

生活在时代的转型期，这对于每一个个体来说很难道清是幸运抑或不幸。但不得不承认，转型期的都市给予了张欣这样的作家以极为丰富的灵感和写作资源，令她以城市作为功能地域，通过对一系列地理空间和景观的编码来凸显时代与人的精神际遇，体现出文化与空间的双向互动。张欣自言其写作是“深陷红尘，重拾浪漫”③，通过分析她作品中的地理空间，我们亦能了然作家的精神与价值诉求，体味“红尘”中的“浪漫”所在。

---

① 张欣：《对面是何人》，花城出版社 2013 年版，第 151 页。

② 张欣：《对面是何人》，花城出版社 2013 年版，第 94 页。

③ 张欣：《代跋：深陷红尘重拾浪漫》，《张欣张梅文学作品评论集》，羊城晚报出版社 2016 年版，第 63 页。

四 结语

对称是最基本的美学原理，也是最朴素的审美规范，它给人以一种稳定、静止、肃穆的感觉，创造出秩序、理性、大气之美。张欣的都市题材作品虽钟情于地理空间对称结构的设置，却摆脱了古典美学范畴中“对称”所蕴藏的文化内涵，而是通过交错并置的手法在现代性视域下对城市地理空间及其背后的文化符码进行审视。从张欣的作品中，我们似乎可以发现一位既身在其中又身在其外的观察者，在她的笔下，都市生活令人陶醉与惹人厌恶之处犹如硬币两面同时存在。我们似乎很难在张欣小说中找到一个可以依傍的应许之地，然而正是这由此岸向彼岸的跋涉中所体味的欢欣、痛苦、迷茫、焦虑、暖意或怨愤，所遭遇的价值难题、精神抉择都呈现出时代的变化、历史的走向和人心的跌宕，深刻表达着人与世界的关系。

硕博论坛

生命本位与地—人—文互释：马克思主义对文学地理学内部研究的启示

闫海凌*

文学地理学的“文学本位”何以凸显？首先便要明确文学地理学内部研究的重要价值，面对文学本身，解决文学问题，关注文本中在场或不在场的“人”和他们的主观精神世界。邹建军教授提出了文学地理学内部研究的标准，主张内部研究要集中在以下几个方面：一，地理环境对作家作品的影响及作家身上的地理基因问题；二，文学作品中的地理意象、地理空间、地理叙事，空间构建和时间叙述和文学史、文学理论中的地理因素问题；三，文学对某一区域人文地理环境构建的影响问题等。[①] 可见内部研究与外部研究同样强调考察人—地之间的相互关系及其之后的文学实践活动。传统的地理决定论把一切文学的生产和发展都看作地理环境变化或空间转移的产物，实际上有本末倒置的嫌疑，其间真正起到重要作用的是二者的中介——人，或者说在自然自在环境中劳作、活动，并创造出物质和精神财富的生命体。如今学界将目光转向文学地理学的内部研究，也是出于如此考量，文学地理学要摆脱泛化的文化研究，凸显自身学科特色，势必要加强对地理、生命、文学之间相互作用力的研究，在生命本位和“地—人—文”的互释中

* 闫海凌，广西大学文学院硕士研究生。

① 邹建军：《文学地理学的内部研究和外部研究问题》，《关东学刊》2017 年第 9 期。

探求作为空间艺术的文学之诗学品格产生的机制。马克思主义理论资源对地理环境与人之物质生产的影响关系、与人之精神文化的同构关系进行了详细而直接的研究，蕴含构建发展新文学地理学的丰富养料，对文学地理学的内部研究具有启示性意义。

一　生命本位：回归生产活动“第一现场”

文学的内部研究主要沿两条路径展开，一是继承了韦勒克等人的“以文为本”思想，以形式主义和结构主义等为理论依托，探索文本内部的框架结构、句法组织和审美原理；二则“以人为本”，深入文学主体论的探究。刘再复称：“我们的文学研究应当把人作为文学的主人翁来思考，或者说，把主体作为中心来思考。”① 可见在文学的内部研究中，“人”的存在和活动必然要处于研究视域的重心上。马克思将人类生命的存在看作其他一切存在的前提，“全部人类历史的第一个前提无疑是生命的存在。因此，第一个需要确认的事实就是这些个人的肉体组织以及由此产生的对其他自然的关系”。② 可见个体生命的存在早已超越了微小肉身，成为一种社会历史的产物。人的生命与动物相比，最突出的便是其“双重属性”，自然性与社会性、感性与理性、肉体与灵魂，这些始终处于对立位置的命题在“人”的身上取得了共存，而实践便是使这些对立命题统一起来的内在根据。马克思从人的生命活动性质对“人”这类存在物进行了界说：一方面，人的生命活动不像动物那样紧紧地依附自然，而是将自然看作自己的“精神食粮”、“生活食粮”和“无机的身体”，在自然面前取得了独立的地位；另一方面，人的生命活动不仅是物质生活的生产和再生产，人还总是不断思考这种生产对生命的意义，于是自由和有意识的活动也就成了人所独有的类本质。③ 人

① 刘再复：《文学研究应以人为思维中心》，《文汇报》1985 年 7 月 18 日。

② 《马克思恩格斯全集》第 3 卷，中共中央马克思恩格斯列宁斯大林著作编译局编译，人民出版社 2016 年版，第 23 页。

③ 张奎良：《马克思人的本质思想的全景展示》，《天津社会科学》2014 年第 1 期。

类的生产活动不仅包括用以维持生命需要而进行的物质生产，还要在这一基础上求得“更好的生活”而将自己的本质赋予自然，使自然地理在人的实践中得到改变和提升。自然界中人类的生命活动为其披戴上人化的意义，同样地，人类的文学创作作为精神意志意义上的“生产”，也因生命的存在而获得社会属性和历史属性的价值。文学地理学的研究应以生命为本位，这是对人的本质和人之生产劳动的尊重，也是自然地理与文学之间建立联系的桥梁。

在马克思那里，社会和自然并不是彼此独立静止的，它们之间存在基本的纽带，那就是劳动，通过人的社会劳动可以实现自然与社会的统一。“劳动首先是人与自然之间的一个过程，在这过程中，人由他自己的活动，来引起，来调节，来统治人与自然之间的物质变换。……但是，当他由这种运动加作用于他意外的自然，并使它发生变化时，他同时也改变着他自己的自然。”① 在马克思处，“人”的存在和活动才是社会历史状况和意识形态变化发展的基础，在进行文学地理学研究时，要注意以“人”为主要关注点和最终落脚点，将考察对象集中至人—地关系和人的活动上来。以“人”为“本”的“生命本位”研究思路在文学地理学领域已有深远的历史文化基础，追溯至西方“轴心时代”，此时尚处于发轫时期的地理学研究已经显示出了对“人”和人—地关系的重视。公元前 4 世纪的亚历山大时期，希拉克利德（Heracleides）著有《希腊城市指南》一书。据后世对残章的考证，此书已将城市居民的构成、品质、才干与职业记录其中，凸显了人—地关系研究的悠远历史。而在中国，由于地理环境不同，形成的文明形态不同，自然导致了人们在进行地理认知和文学创作的双向实践时所采取的不同策略。以《诗经》为例，虽与《荷马史诗》反映的年代图景较为接近，但因前者为内陆农耕文明的产物、后者为海洋文明的结晶而显示出迥然有异的地理背景特色和文化价值取向。中国早期对文学经典的地理学阐释中，具有更加浓

① ［德］马克思：《资本论》第 1 卷，中共中央马克思恩格斯列宁斯大林著作编译局编译，人民出版社 2004 年版，第 171 页。

厚的人文特征，许多论述《诗经》的文章都具有人文地理学批评的色彩，其中最具代表性的便是孔子通过论《诗》提出了“兴观群怨”论，并进一步评点曰“《关雎》，乐而不淫，哀而不伤”①，“人而不为《周南》《召南》，其犹正墙面而立也与”②，如此便将《诗经》这样一部地理学性质浓厚的诗歌作品放置在了礼度教化的位置之上。至于将“郑卫之音”与“亡国之音”二者相比并，则是使地区音乐风格与此地人们的品性产生关联，由此可见，文学与地理不是简单的影响与被影响的关系，二者没有主从、高下的序列定位，而是围绕“人”运转变化。刘勰云：“夫玄黄色杂，方圆体分；日月叠璧，以垂丽天之象；山川焕绮，以铺理地之形；此盖道之文也。”③ 又云“人禀七情，应物斯感，感物吟志，莫非自然”④，人于自然地理之间有所领悟，再将胸中块垒通过语言文字抒发出来形成文学，或由地理给予人物质的馈赠和性情的熏陶，或由文学带给人精神的慰藉和品德的教化。地—人—文的互释构成了文学作为空间艺术，其诗性品格产生的完整机制。

在当前学界的本位论中，“文学本位论”是研究成果的主要集中地，它避免了文学地理学滑向科学主义和技术主义的泥潭；“地理本位论”先于前者诞生，肯定的是“人们的心理反应随着环境和情境的变化各不相同，而文学作品正是根据作者自己的感受呈现了这些反应”⑤。其实不同的本位观点各有优长，只是研究者自身所处的学科角度存在差别。而在马克思主义对“地理”“人”“生产”等概念的启发下，呼唤一种“生命本位”的内部研究理念，可看作对文学的动态形成过程的强调，是一种力求摆脱以文学为传统地理研究之注脚的刻板自然地理崇拜、避免以地理为文学之附庸的狭隘文学本位观、为文学与地理的双向对话提供有效中

① 杨伯峻：《论语译注》，中华书局 1980 年版，第 92 页。
② 杨伯峻：《论语译注》，中华书局 1980 年版，第 185 页。
③ （南朝宋）刘勰：《文心雕龙》，范文澜注，人民文学出版社 1962 年版，第 1 页。
④ （南朝宋）刘勰：《文心雕龙》，范文澜注，人民文学出版社 1962 年版，第 65 页。
⑤ 梅新林、葛永海：《文学地理学原理》上卷，中国社会科学出版社 2017 年版，第 275 页。

介的策略性原理。换言之，也就是关注人在一定场域空间中的生命活动和人—地关系，不在地理和文学之间有所偏颇而选取二者交流对话的生命中介。

二 地—人—文互释：作为空间艺术的文学性之生成机制

在马克思主义理论中，“文学”是一种特殊的社会范畴和历史范畴，某一杰出的文学作品必然能在特定历史阶段中与该时期的社会关系和文化关系产生密切关联，而这些关系的构建又同生产力和生产关系的变更息息相关。文学虽为社会生产的结果，但它也是一种兼具恒定长久和持续变化两种特质的实践要素。正是由于社会语言和社会生产本身的历史发展，才使文学不断获得新的形式、新的定义和新的生成方式，因此即使要“向内转”，也不能与社会历史外在条件完全脱离。相反，唯有洞察了这些“外部”要素变化发展的历程，才能对“内部”的文本诗学规律和人本情感意涵进行更具科学性的研究。在马克思主义理论资源的启发下，要求文学地理学内部研究在确立研究对象时向“生命本位”进发，也就是要求研究从“文本”这一生产结果，转移至人地互动和人文互感活动这一“生产过程”本身，关注其中的社会历史属性和语言形式属性。文学生产从“地”到“文”的投射本身就是一次人工活动，而这种投射完成以后，生活在“地”上的“人”又成了“文”的生产者，“人”拉起了意义链条，地与文的互释是依靠人的生命活动来完成的，地—人—文三方的交互感应才构成完整的文学生产活动。内部研究很大程度上是文学性的研究，对于文学性和地—人—文的相互关系，马克思主义存在两条基本思路：一是由社会生产链环构而成的，地理空间和社会阶级之间的“流动”为文学生产和文学性的诞生提供了社会空间动力；二是来自人对地理环境的本能性依恋，也就是所谓“恋地情结”，这是文学性产生的心理依据。文学地理学的内部研究需要建立开放、动态、完整的文学性生成机制模型，从关注结果到聚焦过程，这不仅是研究视角的转变，更是从社会空间和心理空间两个维度考察文学性产生前提的学理需要。

（一）流动：文学性生成的社会动力

20世纪90年代社会科学的“空间转向”催生了文学空间研究的热潮，现今学术界又将研究目光投向了“流动性转向”。“流动”这一概念包括两个层面的意涵：一是自然流动，物或人在同一空间内的小范围移动以及大规模和长期性的移民、迁徙活动；二是社会流动，包括阶级和地位的变动、朝代更替和社会意识形态变化等，马克思主义视域中的“流动”尤其集中在社会阶级这一维度。从社会意义上看，“流动”能带来丰富的正面效果，自然地理的表面迁徙和社会阶级的深层流动都能增加社会活力，使社会成员的才能得到更充分的发挥，促进社会资源的有效流通和配置、提升社会生产的积极性。从文学意义上来说，这两种“流动”亦是发挥人类活动的自主能动性、积累和激发文学创作的素材和灵感的过程。无论哪种流动，其施动和受动的中心都是“人”，并且是从事实际活动、有血有肉的人：“我们的出发点是从事实际活动的人，而且从他们的现实生活中还可以描绘出这一生活过程在意识形态上的反射和反响的发展。甚至人们头脑中的模糊幻想也是他们可以通过经验来确认的、与物质前提相联系的物质生活过程的必然升华物。”① 在流动中，人们对社会历史文化的体悟和对自身情感思想世界的逡巡能够达到更高的水平，因为流动本身就是一种动力。无论是空间意义上的迁徙带来的民族融合和文学区域特色的互渗，还是由某一社会阶层向另一阶层跨越、某一社会制度被另一社会制度取代给人们带来的心理震动，都是人们融入物质社会并确认自身存在意义和价值的过程。就其主旨而言，这一点可以说是马克思主义对抽象经验主义的修正和对人与自然、人与社会、人与文学之间现实关系的强调，而在其中，人类的创造力和想象力始终扮演着催化剂和指南针的双重角色。

---

① 《马克思恩格斯选集》第1卷，中共中央马克思恩格斯列宁斯大林著作编译局编译，人民出版社1995年版，第73页。

在文学地理的文本空间中，要保证文学作品的生命力，就要使其始终处于变动的状态，因此创造力和流动性是两项重要条件。马克思主义文化批评家雷蒙德·威廉斯有言："'文学'演变成专指'创造性'的、'想象性'的作品（的概念）的过程则更为复杂。这一过程可以部分地被看作是：以人类必然的普遍'创造力'为名义，针对新的社会秩序——资本主义而且特别是工业资本主义——的种种社会压抑或精神桎梏所作出的一种主要是肯定性的反映。"① 从中可见文学内部的三种流动：一文学概念的流动。语言是人类走进物质世界和按照自己的思想逻辑改造世界的有效工具。随着人们对客观物质世界的了解日益增长和语言水平不断提升，其智力活动和劳动施展范围都在发生扩张，对"创造性"的维护便成了一种必然趋势——创造性不仅是针对文学的，但是在文学领域却因创造性语言的存在而使文学能维持本身存在的特有价值。二文学意义的流动。文学的产生与社会形态息息相关，一个新的社会历史形态出现必然伴随着人类思维方式和创作情感的大变动。在资本主义社会的种种压抑之下，人们有意识地做出一些肯定态度的反映，实际上是在用文学为自己灰暗的生活寄托一抹亮色，而随着工业生产的步伐加快，文学也在一定程度上被有意或无意地改造成了代表不同价值的商品，社会秩序已然内化成了其中的程式，体现在文学的立意修辞各个方面，故文学在一定程度上与"政治""意识形态"等概念是同构的。三文学要素的流动。在文学创作的过程中，对历史、社会、文化多方经验的吸收程度比语言构建水平更能影响作者的心境和创造力。以宋金文学为例，其中实际包含北宋文学、金元文学和南宋文学三个时期的文学，且此三者中又蕴藏着南北方不同地域、汉与女真不同民族之间的文学差异。书籍传递为文学流动构建起文化空间，使者往来提供动力保障，而文学批评作为一种更高端的文学对话使该空间的流动运作更加顺畅，历史性、空间性和社会性三大要素都在其中得到了多角度、全方位

① ［英］雷蒙德·威廉斯：《马克思主义与文学》，王尔勃、周莉译，河南大学出版社2008年版，第52页。

的呈现。①

随着大规模的流动性创新和流动性提升，生命活动和文学创作的动态性应该得到进一步强调，将其上升为文学地理学中身体之上的空间实践。“作为物理形式的身体，体验新型流动模式带来的空间感受，在空间流动的同时也参与空间生产；作为社会关系的身体，其阶级、性别、种族、年龄属性影响着个体流动如何在不同空间环境被执行、被阐释、被表征。”② 通过“流动”，不同话语权力空间的边界被弱化，凸显文学区域性并将不同的文学特色熔为一炉，创作者在流动的过程中暂时从自己长期习惯的自然环境和社会文化氛围中抽离出来，在接受其他区域文学风格影响的同时也逐渐渗透瓦解着该地文学创作的传统程式。在流动的空间中，脱离了政治、经济、话语权等因素后，更容易产生相对单纯的文学碰撞与交流，避免文学创作形成长期固定的地域强弱代表，即使在某一时期有相对强势的地域文学力量，也能在对话交流、融合互渗中及时进行修正，以维持文学空间话语力量的平衡，保证不同地理环境的文学创作者能够平等发声；也唯有在平等的基础上，文学艺术才能保证其纯洁性和开放性，为文学性的“清渠”源源不断地注入“活水”。

（二）恋地：文学性生成的心理动力

在地—人—文的互释中，流动是人对地的直接活动，而人对自然地理的本能性依恋则是人与文之间的必要纽带，这种“本能”依然与社会生产保持着密切的联系。马克思主义认为，人是由动物进化而来的，因此难免存在某些相同的特性，问题只是在于这些特征的多少或人性和兽性存在程度的不同。因此，人类与动物一样，对安全性的需求是一种本能，但是人的需求及与之相配套的行为动机会受到环境因素、社会因素的影响，人在不同历史时

---

① 延保全、王琳：《试论文学“流动空间”的建构——以金宋文学为例》，《民族文学研究》2016 年第 4 期。

② 刘英：《流动性研究：文学空间研究的新方向》，《外国文学研究》2020 年第 2 期。

期的不同需求便体现了其本性、本能的变化，“恋地”作为人本能中对安全感的需求的衍生物，亦与社会的生产发展存在相应的联系。

马克思在论及上层建筑与其孕育土壤之关系时指出：“在不同的占有形式上，在社会生存条件上，耸立着由各种不同的、表现独特的情感、幻想、思想方式和人生观构成的整个上层建筑。整个阶级在它的物质条件和相应的社会关系的基础上创造和构成这一切。通过传统和教育承受了这些情感和观点的个人，会以为这些情感和观点就是他的行为的真实动机和出发点。”① 除了指出“上层建筑”的构成和作用，这段话还透露出另一层次的内涵，那就是在一种意识形态环境下长期生存的个体，会对由此上层建筑生发出的思想和观点产生深刻的认同，并无意识地将它们作为自己行动的指南，而这种“认同”发展到一定的深度，就成了一种“崇拜”和“依恋”。但是由于人们意识不到这是被社会环境塑造的结果，所以会将这种对自然地理的依恋情感当作一种本能。华裔地理学家段义孚将“恋地情结”这一概念指称地理学研究中和人们在进行地理感知时获得的具有怀旧氛围和乌托邦情怀的空间情感，以此作为地方与景观之象征意义产生的基础，并探讨了人类对环境的依恋是怎样变化的、对不同时空位置的人而言环境应被施以怎样不同的诠释和定义。在人本主义地理学中，“恋地情结”、“地方感”与“家园”是其中最为重要的三个关键词，“恋地情结”为后两者的根基，“地方感”则是纽带。根据段义孚的理论，“地方”的存在可以是客观物质的，亦可以为一种虚拟的情感形式。而“家园”作为“地方感”的核心，是人们心理情感、精神意志寄托的根基，也是人们寻求自我认同感和确认自身社会身份的重要依据。尽管段义孚也承认恋地情结并不是人类最强烈的一种情感，但是，“当这种情感变得很强烈的时候，我们便能明确，地方与环境其实已经成为了情感时间的载体，成为了符”。② 就某一个体而言，地理的情感意义

① 《马克思恩格斯选集》第1卷，中共中央马克思恩格斯列宁斯大林著作编译局编译，人民出版社1995年版，第611页。

② ［美］段义孚：《恋地情结》，志丞、刘苏译，商务印书馆2018年版，第136页。

并非与生俱来，而是要在长期的生活经验中被赋予，但是这种情感一旦形成，就会成为一种隐蔽却深刻的符号。这种情感可以是正向的，也可以是负向的，比如中国人对山岳的理解和态度就呈现出不同的倾向。中国先民普遍对山抱持敬仰之心，认为“山不在高，有仙则灵”，“山”这一自然意象同时被注入了中国古人对神灵的崇拜和道家哲学的神秘气韵；另一方面，古代文学作品中也有“雷填填兮雨冥冥，猿啾啾兮狖夜鸣”的描写，雷雨交加、晦暗无光、猿狖乱鸣的景象显示出人们对山的畏惧。但无论是正向情感还是负向情感，都是以自然地理为载体的，为文学创作和文学性的产生做好了现实经验、审美心理和抒情欲望的铺垫。

另外，人感知地理、依恋地方并将之呈现为文字的过程是具有间阻性的，这种间阻性亦是文学作品之诗性品格的重要来源。所谓“间阻”有两层内涵，一是生命主体与自然地理空间在现实层面上的距离之远或相隔时间之久，且这种距离越远、时间越久，间阻性积淀得越厚重，产生的空间情感就越强烈。李白吟“一叫一回肠一断，三春三月忆三巴”，宋之问叹“近乡情更怯，不敢问来人”，蒋捷问“何日归家洗客袍”，都是中国古代文人游子对家园的思恋。二则精神意志上，生命主体因自身现实生活的压抑无望而构筑出一个虚拟的理想空间，他与这一空间的距离是现实和理想的距离，这一虚拟空间可以容纳生命主体的现实空间经验或记忆，也可寄托其种种尚未实现的愿景。后来有西方马克思主义者提出“社会空间辩证法”，这里的空间是与事件和过程相联系的，与其说是空间中充满了物质实体，不如说是这些物质实体的放置才指明了空间的存在。① 虽然这种空间的等级并不比自然地理更高，但是它表明了这种间阻性存在的合理性——既然空间是由事件和过程所决定的，那么事件和过程的创造者自然在其中享有极大的自由，他们可以按照自己的心理意愿安排这些空间的意义，甚至随意改变他们的自然现实形态，以与自己的心境和表情达意所需的修辞相契。比如张岱《陶庵梦

① 顾朝林、刘海泳：《西方“马克思主义”地理学——人文地理学的一个重要流派》，《地理科学》1999 年第 6 期。

忆》的《湖心亭看雪》① 一文，这是作者追忆“崇祯五年十二月，余往西湖”的经历所作。其中“人鸟声俱绝”“天与云与山与水，上下一白”的空间景观是否属于科学层面上的客观事实已无从考证，但文中舟子“莫说相公痴，更有痴似相公者”的喃喃自语，将表面悠然宁静的观雪氛围瞬间点破，显露对故国家园的怀恋。在这篇游记文展现出的空间环境中，真实的地理环境其实已经退居二线，真正处于主导地位的当属与作者的遗民心绪相伴相依的故国古都。以崇祯时期的湖心亭为“地”的内容，作者在感知一时一地自然景观的同时，将自己的胸臆情感点化其中，最终在文章中营造出浓郁的历史沧桑感，文章诗学品格产生的根源便存在于地—人—文的相互阐释和生发中。

自韦勒克《文学理论》中关于文学本体的“内”“外”之分传到我国并引起文艺界的大讨论后，一度形成了尊“内”卑“外”的倾向。而对文学地理学来说，其研究对象的“内”“外”之间有着天然的、比其他文本更紧密的关联，如并蒂双莲，不可分裂。要推动文学地理学外部研究向内部研究转变，必须重建“文学”与“地理学”的研究方法模型和重申文学地理学的研究对象。在马克思主义的启示下，文学地理学内部研究要充分重视“人”作为地理学与文学的黏合剂，在自然地理的外层现实空间和文学文本的内层精神空间中的沟通作用，在研究中确立生命主体的中心地位。历史经验和社会发展将文学创作推入了空间生产的领域，要保持创作者的想象力和创造力、维护文学之所以为文学的诗学品格，就要将研究视野从文本生产结果转移到生产过程本身，构筑起以流动性为社会空间动力、以恋地情结为心理意志动力的文学生产体系，实现人—地—文的完整互释和深层共鸣。对于文学地理学的内部研究，还存在一些属于更加宏观的理论问题。比如如何使文学地理学的研究成果超越经验事实，引入科学思想和逻辑，构建一种经验性与超验性、多元性与普适性有机统一的学术范式，都是当今学者亟须思考

① （明）张岱：《陶庵梦忆·西湖梦寻》，马兴荣校，上海古籍出版社 1982 年版，第 28 页。

的问题。当前已然明确的是，无论是文学还是地理学，归根结底都要与“人”发生关系才能获得自己的意义空间，文学地理学的内部研究亦要以人为中心，结合马克思主义地理环境理论和中国传统文学地理学，进一步确立文学地理学的合理性和独特性，彰显作为空间艺术的文学艺术之创作和批评的生命本旨。

《禹贡》与汉赋的“经野”方式*

赵金平**

刘勰《文心雕龙·诠赋》言汉赋“体国经野”①，“经野”是空间秩序的规划和安排，体现着赋家对国土规划的理解。汉赋的“经野”方式，是汉代地理观念在文学创作中的投影。《禹贡》作为汉代影响最大的地理文本，是汉赋“经野”方式形成的学理。有研究者讨论过《禹贡》与汉赋的关系，或云《禹贡》为赋之渊源，或言其对赋体文学地理铺写的启发性。②惜未进行深入考察，我们可以结合《禹贡》文本来考察汉赋如何通过“经野”来完成地理书写的。

一　汉赋文本对《禹贡》的借鉴

汉赋作家“竫潜思于至赜兮，骋六经之奥府”③，辞赋中引述经书是赋

* 基金项目：中央高校基本科研业务费专项资金资助“汉赋‘体国经野’研究”（项目编号：2019TS113）阶段成果。

** 赵金平，陕西师范大学文学院博士研究生。

① （南朝梁）刘勰：《文心雕龙注》卷二，范文澜注，人民文学出版社1958年版，第135页。

② 如胡大雷认为赋的命名源于《禹贡》之贡赋，见胡大雷《赋与〈尚书〉的渊源关系考说》，《江苏大学学报》2012年第3期；许结认为《禹贡》对全国地理概貌的铺述，“于汉代京都大赋的完形有明显的肇发意义”，见许结《赋的地理情怀与方志价值》，《济南大学学报》2005年第5期；徐明英亦认为《禹贡》为汉赋的渊源，且提出“《禹贡》与汉赋的地理铺陈之间可能有关联”。见徐明英《地理视域下的汉赋研究》，博士学位论文，安徽师范大学，2015年。

③ （南朝宋）范晔：《后汉书》卷五十二《崔骃传》，中华书局1965年版，第1706页。

家普遍的做法，如汉赋用《诗》四百三十九次[①]；用《易》者达六十九篇，共一百五十五次[②]；汉赋用《书》者也极为普遍[③]，《禹贡》作为《尚书》的经典名篇，在汉赋中也得到了广泛的称引、化用和熔铸。

一是直接称引《禹贡》及其文本表述。汉赋直接称引《禹贡》，用《书》的权威性来支撑和论证自己的观点。如扬雄《蜀都赋》："蜀都之地，古曰梁州。禹治其江，渟皋弥望，郁乎青葱，沃野千里。上稽乾度，则井络储精。下案地纪，则坤宫奠位。"[④] 这一叙述，来源于《禹贡》："华阳、黑水惟梁州。岷、嶓既艺，沱、潜既道。……厥土青黎，厥田惟下上。"[⑤] 蜀郡所在的区域是大禹分九州之一的梁州，大禹曾在这里治水，疏通了沱江和潜水，这里的土壤肥沃，沃野千里。赋家在铺陈区域地理优势时，常套用《禹贡》的记载，如杜笃《论都赋》写西京所在区域的地理优势，"《禹贡》所载，厥田惟上，沃野千里，原隰弥望。"[⑥] 张衡《西京赋》亦云："汉氏初都，在渭之涘，秦里其朔，寔为咸阳。……尔乃广衍沃野，厥田上上，寔为地之奥区神皋。"[⑦] 对西京所在区域地理的铺写，来源于《禹贡》对雍州区域的评价："黑水、西河惟雍州。弱水既西，泾属渭汭。……厥土惟黄壤，厥田惟上上"[⑧]，雍州山环水绕，土地质量高，在九州中属第一等，这样的地理优势和经济条件，既保证了充足的物质供应，也有利于军事战略的需求，以此来说明建都长安的优势。

二是化用和熔铸《禹贡》语句。汉赋中化用《禹贡》语句的，如杜笃

---

① 许结、王思豪：《汉赋用〈诗〉的文学传统》，《中国社会科学》2011 年第 4 期。

② 田胜利：《汉赋用〈易〉与赋体艺术》，《文学遗产》2018 年第 5 期。

③ 如司马相如《上林赋》："翱翔乎《书》圃"（司马相如：《司马相如集校注》，金国永校注，上海古籍出版社 1993 年版，第 85 页）；东方朔《答客难》："讽诵《诗》《书》百家之言"（司马迁：《史记》卷 126《东方朔传》，中华书局 1959 年版，第 3206 页）；崔骃《达旨》："人有昏垫之戹，主有畴咨之忧"（范晔：《后汉书》卷五十二《崔骃传》，中华书局 1965 年版，第 1711 页），"昏垫之戹" 见于《书・益稷》，"畴咨"，见于《书・尧典》等。

④ （西汉）扬雄著，张震泽校注：《扬雄集校注》，上海古籍出版社 1993 年版，第 1 页。

⑤ （西汉）孔安国传，（唐）孔颖达疏：《尚书正义》，北京大学出版社 1999 年版，第 153 页。

⑥ 费振刚、仇仲谦、刘南平校注：《全汉赋校注》，广东教育出版社 2005 年版，第 387 页。

⑦ （东汉）张衡著，张震泽校注：《张衡诗文集校注》，上海古籍出版社 1986 年版，第 21—22 页。

⑧ （西汉）孔安国传，（唐）孔颖达疏：《尚书正义》，第 154—156 页。

《论都赋》：“东综沧海，西纲流沙；朔南暨声，诸夏是和”[①]，扬雄《甘泉赋》写天子燎祭上天，烟气飘向四方，“东烛仓海，西耀流沙。北熿幽都，南炀丹厓”[②] 都是直接化用《禹贡》中的语句：“东渐于海，西被于流沙，朔南暨声教，讫于四海。”[③] 这种化用不是简单的复制，其中包括文辞的移植、方位观念的借鉴和思想的承袭。赋文的表述不仅借用东、西、北（朔）、南、沧海（海）、流沙等词语，还将不规整的句子改写成整齐的四字句。同时，还承袭了《禹贡》的德教思想，即宣扬君王的“声教”远达四裔，大汉之德风化了疆域的四方。

汉赋除了对《禹贡》文本的直接称引和化用外，还运用了熔铸的方式，即对《禹贡》中的文本表述和地理观念进行改造，形成新的地理书写。汉赋对《禹贡》文本的熔铸主要表现为对《禹贡》区域地理描述的文学化书写。以豫州的描写为例，《禹贡》中的地理叙写为：

> 荆、河惟豫州。伊、洛、瀍、涧既入于河，荥波既猪……浮于洛，达于河。……导河积石，至于龙门；南至于华阴，东至于底柱；又东至于孟津，东过洛汭，至于大伾；北过降水，至于大陆；又北播为九河，同为逆河，入于海。[④]

而傅毅《洛都赋》和张衡《东京赋》对洛阳及其周边地理形势的书写，显然是对《禹贡》“豫州”自然地理形势的文学化书写：

> 受皇号于高邑，修兹都之城馆。寻历代之规兆，仍险塞之自然。被昆仑之洪流，据伊洛之双川。挟成皋之岩阻，扶二崤之崇山。砥柱回波

---

① （南朝宋）范晔：《后汉书》卷八十上《杜笃传》，第2603页。
② （西汉）扬雄著，张震泽校注：《扬雄集校注》，第65页。
③ （西汉）孔安国传，（唐）孔颖达疏：《尚书正义》，第171页。
④ （西汉）孔安国传，（唐）孔颖达疏：《尚书正义》，第151—162页。

缀于后，三涂太室结于前。镇以嵩高乔岳，峻极于天。[①]

昔先王之经邑也，掩观九隩，靡地不营。土圭测景，不缩不盈。总风雨之所交，然后以建王城。审曲面势：泝洛背河，左伊右瀍，西阻九阿，东门于旋。盟津达其后，太谷通其前。回行道乎伊阙，邪径捷乎轘辕。太室作镇，揭以熊耳。底柱辍流，镡以大伾。[②]

《禹贡》写豫州之地“伊、洛、瀍、涧既入于河”[③]，伊水、洛水、瀍水和涧水流入黄河，是客观的地理叙写。在《东京赋》和《洛都赋》中经过赋家的精心熔铸，已经变成《东京赋》中的“溯洛背河，左伊右瀍”[④]，即京师面向洛水、背靠黄河、东边是伊水、右边是瀍水；变成了《洛都赋》中的“被昆仑之洪流，据伊洛之双川”[⑤]，即都城建在黄河的南面，伊水和洛水的北边。可见，汉赋中的地理书写是对《禹贡》地理客观表述的文学化书写。再如《东京赋》中的“太室作镇，揭以熊耳。底柱辍流，镡以大伾”[⑥]，言大室山是洛阳的镇城名山，熊耳山是洛阳城的标识；底柱山耸立于黄河湍流之中，成皋东的大伾山地势险要；《洛都赋》中的“砥柱回波缀于后，三涂太室结于前。镇以嵩高乔岳，峻极于天”[⑦]，言都城的西北部是砥柱山，黄河水流至此分流，包山而过，其南方联结着三涂山和太室山，嵩山是洛阳之镇，嵩山的中峰峻极山高耸入天。这些都是对《禹贡》“导河积石，至于龙门；南至于华阴，东至于底柱；又东至于孟津，东过洛汭，至于大伾”[⑧] 客观地理叙述的文学化表述。地理的客观叙述是较为简略且缺少描述性语言的，而文学化的书写，将《禹贡》中长短不一的言语表述变成了

① 费振刚、仇仲谦、刘南平校注：《全汉赋校注》，第408页。
② （东汉）张衡著，张震泽校注：《张衡诗文集校注》，第102—103页。
③ （西汉）孔安国传，（唐）孔颖达疏：《尚书正义》，第151—152页。
④ （东汉）张衡著，张震泽校注：《张衡诗文集校注》，第102页。
⑤ 费振刚、仇仲谦、刘南平校注：《全汉赋校注》，第408页。
⑥ （东汉）张衡著，张震泽校注：《张衡诗文集校注》，第102—103页。
⑦ 费振刚、仇仲谦、刘南平校注：《全汉赋校注》，第408页。
⑧ （西汉）孔安国传，（唐）孔颖达疏：《尚书正义》，第160—161页。

齐整的四字句或六字句，且极多描述性的言语。

这种文学化的地理书写，在黄香的《九宫赋》中表现得极为充分。他写帝星在天地四方的漫游：“跖昆仑而蹈碣石，跪底柱而跨太行。肘熊耳而据桐柏，介嶓冢而持外方。浣彭蠡而洗北海，淬五湖而漱华池。”[①] 帝星踏上昆仑山，脚踩碣石山，再到砥柱山，越过太行山，又到近处熊耳山，背靠着桐柏山，一旁是嶓冢山，另一旁是外方山。在彭蠡湖洗濯，到北海漱洗，汲取五湖之水，到华山顶上的石池沐浴。这种书写虽然没有完全遵照《禹贡》文本，但是汲取了《禹贡》对名山大川地理形势的叙写，是对大禹“导山”“导水”中主要山川的文学化铺写。[②]

此外，还有对《禹贡》词汇或句子的简单熔铸，如张衡《思玄赋》：“乱弱水之潺湲兮”，[③] “乱弱水”是对《禹贡》“乱于河”的改造应用。扬雄《河东赋》写天子四处游览，“勤大禹于龙门。洒沈灾于豁渎兮，播九河于东濒”。[④] 即赞美大禹治水时凿通了龙门山，疏通了河道，分流了洪水，将分散的九条河流引入东海之滨，这是对《禹贡》“导河积石，至于龙门；……又北播为九河，同为逆河，入于海”[⑤] 的改造。再如蔡邕《述行赋》：“实熊耳之泉液兮，总伊瀍与涧濑。通渠源于京城兮，引职贡乎荒裔”[⑥] 前一句是对《禹贡》“导洛自熊耳，东北会于涧瀍”[⑦] 的剪裁与组合，后一句是对《禹贡》贡赋道路的概述。

《禹贡》文本提供了一个经典的地理图式，构建了川、山、区域的分布体系，为汉赋进行地理书写提供了基本的范式。汉赋作家通过引证、化用以

---

① 费振刚、仇仲谦、刘南平校注：《全汉赋校注》，第561页。

② “导岍及岐，至于荆山，逾于河。壶口、雷首，至于太岳。厎柱、析城，至于王屋。太行、恒山，至于碣石，入于海。西倾、朱圉、鸟鼠，至于太华。熊耳、外方、桐柏，至于陪尾。导嶓冢，至于荆山。内方，至于大别。岷山之阳，至于衡山。过九江，至于敷浅原。”见（西汉）孔安国传，（唐）孔颖达疏《尚书正义》，北京大学出版社1999年版，第157—159页。

③ （东汉）张衡著，张震泽校注：《张衡诗文集校注》，第212页。

④ （西汉）扬雄著，张震泽校注：《扬雄集校注》，第77页。

⑤ （西汉）孔安国传，（唐）孔颖达疏：《尚书正义》，第160—162页。

⑥ 邓安生编：《蔡邕集编年校注》，河北教育出版社1999年版，第32页。

⑦ （西汉）孔安国传，（唐）孔颖达疏：《尚书正义》，第165页。

及熔铸的方式将《禹贡》中的客观地理叙写转变成为文学化的书写，来描述山川、区域和疆域的地理渊源、区域特点以及山川形势等，构建起了汉赋地理书写的基本框架和内容。

二 《禹贡》地理观对汉赋的影响

《禹贡》记载了山川的名称、方位与脉络，土壤的质量以及物产的分布等，同时，详述了以九州为主体的行政区划和以王畿为中心的五服制等，是我国先秦地理认知和观念的总结，被称为“古今地理志之祖”[①]。正如唐晓峰所言，“《禹贡》提供了一份经典的华夏地谱，即山、川、区域的体系。几乎后世所有的地理叙述，都要从《禹贡》开始。……以《禹贡》为起始点，判山河而考疆域，成为我国古代地理学术的一个基本特点”。[②] 汉代地理叙述多引用《禹贡》，如《史记·夏本纪》《汉书·地理志》等都以《禹贡》中的地理叙写为起点，并载录其全文。汉赋中的地理书写也深受《禹贡》地理观念的影响，主要表现在“九州”“四海”观念以及区域地理描写与评价等方面。

“九州”“四海”观念基于古人的生存体验和对天地结构的认知。先秦及秦汉时期，人们对天地结构主要有三个层面的认知和想象，即“盖天说”，大地的中间是陆地，四周环海；“浑天说”，天地呈球形，大地居于中，四周环水；“宣夜说”，日月星辰凭借气漂浮在虚空之中。在天地结构认知中，陆地上的九州被认为是华夏民族居住的区域，在陆地的四周有四海环绕。秦汉时期，虽然人们在天地结构的认知与地理探索等方面较先秦有了更广的视野，但是仍未摆脱“九州”“四海”等想象地理认知的束缚。

关于九州，古史辨派认为禹是传说中的人物，禹治水，足迹遍布全国，

---

① （明）艾南英：《禹贡图注·序》，李勇先主编《禹贡集成》，上海交通大学出版社 2009 年版，第 432 页。

② 唐晓峰：《从混沌到秩序：中国上古地理思想史述论》，中华书局 2010 年版，第 283 页。

“禹迹”成为当时人们所知的天下。① 九州的出现晚于“禹迹”,② 其作为中国古地理中理想的行政区划，说法不一。③“九州”产生的制度背景，“实为春秋、战国疆域之形势”，是人们在乱世希冀天下归一。④ 这种“天下归一”的观念在汉代已经深入人心，在汉赋中表现为赋家对“大一统”中央王朝统治的颂扬与维护，作为一种泛称，指整个中国。汉赋中的“九州”称谓，主要有九土、九野、九有、神州等。“九土”，如班彪《冀州赋》：“历九土而观风”,⑤ 张衡《思玄赋》：“思九土之殊风兮”⑥，“九土”见《国语·鲁语上第四》：“共工氏之伯九有也，其子曰后土，能平九土，故祀以为社。”韦昭注：“九土，九州之土也。”⑦“九野”，如张衡《骷髅赋》：“张平子将游目于九野，观化乎八方。”⑧“野”，指界限或范围，“九野”指九州地域。“九有”，如应玚《释宾》：“九有威夷，始失其政。”⑨“九有”的称谓，见于《诗·商颂·玄鸟》：“方命厥后，奄有九有。”传曰：“九有，九州也。”⑩“九州”和“神州”，如冯衍《显志赋》：“历观九州山川之体”⑪，徐干《齐都赋》云齐国之地是“神州之奥府”⑫，“九州”与“神州”同，皆泛称中国。汉赋中“九州”的相关称谓，或泛指全中国，或实指汉王朝直接统治的区域。可见，汉代“九州”观念是对禹迹和《禹贡》九州

① 顾颉刚：《九州之戎与戎禹》，《禹贡半月刊》1937 年第 6 卷第 6—7 期。

② 胡阿祥依据殷商卜辞和顾颉刚的观点，认为“九州一名的出现，大体晚于禹迹，而不早于春秋”。见胡阿祥《伟哉斯名——“中国”古今称谓研究》，湖北教育出版社 2000 年版，第 296 页。

③ “《尚书·禹贡》作冀、兖、青、徐、扬、荆、豫、梁、雍；《尔雅·释地》有幽、营州，而无青、梁州；《周礼·职方》有幽、并州，而无徐、梁二州；《吕氏春秋·有始览》有幽州，而无梁州。……实际上九州都只是当时学者就其所知的大陆划分为九个地理区域。各家所说的州境界亦多出入。”见郑天挺、谭其骧主编《中国历史大辞典》（一），上海辞书出版社 2010 年版，第 50 页。

④ 童书业：《中国疆域沿革略》，开明书店 1946 年版。

⑤ 费振刚、仇仲谦、刘南平校注：《全汉赋校注》，第 357 页。

⑥ （东汉）张衡著，张震泽校注：《张衡诗文集校注》，第 212 页。

⑦ 徐元诰：《国语集解》，中华书局 2002 年版，第 155—156 页。

⑧ （东汉）张衡著，张震泽校注：《张衡诗文集校注》，第 247 页。

⑨ 费振刚、仇仲谦、刘南平校注：《全汉赋校注》，第 1163 页。

⑩ （西汉）毛亨传，（东汉）郑玄笺，（唐）孔颖达疏：《毛诗正义》，北京大学出版社 1999 年版，第 1445 页。

⑪ 费振刚、仇仲谦、刘南平校注：《全汉赋校注》，第 367 页。

⑫ 费振刚、仇仲谦、刘南平校注：《全汉赋校注》，第 989 页。

观念的承袭，但其具体内涵已经发生了变化，明确展现了一种“大一统”的王朝地理观念。

汉赋地理书写也承袭了“四海”观念。“海”在先秦两汉时期，大致有两种认识，一是基于自然地理的观念，指九州四周遥远的海域，“最古的人实在是把海看作世界的边际的”①；二是基于政治地理的观念，指政教未加的荒远之地，如《诗》郑玄笺注“四海”云“九夷、八狄、七戎、六蛮，谓之四海”②。汉赋对自然地理观念中“四海”的书写，如写疆域东至“仓海”“沧海”“海濆”（分别见扬雄《甘泉赋》、杜笃《论都赋》和张衡《东京赋》），南边至“丹崖”“朱垠”（分别见扬雄《甘泉赋》、班固《东都赋》），即南方海岸处。③

汉赋对疆域东部和南部抵达之处进行了书写，是汉赋征实性的描写，而对所谓的“北海”和“西海”并没有明确提及。在秦汉人的观念中，“北海”和“西海”多指“北边”和“西边”的湖泊池沼。④作为政治文化内涵的“四海”，《禹贡》言“朔南暨声教，讫于四海”⑤，使德教达于四海，鼓励华夏文化向外延伸和扩张。在书写大一统王朝荣耀的汉赋中，赋家也极力宣扬华夏文化，主张华夏文化对四裔的教化，如《上林赋》“四海之内，靡不受获。于斯之时，天下大说”⑥，宣扬天子的威德遍及汉王朝的统治区域。《答客难》：“圣帝流德，天下震慑，诸侯宾服，连四海之外以为带，安于覆盂”⑦，圣明皇帝的德政流播天下，即使“四海之外”的边疆地区或更为荒远的地方，亦浸润了天子的恩德。应玚《西狩赋》：“开九土之旧迹，

① 顾颉刚、童书业：《汉代以前中国人的世界观念与域外交通的故事》，见童书业《中国古代地理考证论文集》，中华书局1962年版，第2页。

② （西汉）毛亨传，（东汉）郑玄笺，（唐）孔颖达疏：《毛诗正义》，第617页。

③ 详见拙文《体国经野：汉赋中的国家认知及其书写》，《湖北民族大学学报》2020年第1期。

④ 王子今：《秦汉人世界意识中的“北海”和“西海”》，《史学月刊》2015年第3期。

⑤ （西汉）孔安国传，（唐）孔颖达疏：《尚书正义》，第171页。

⑥ （西汉）司马相如：《司马相如集校注》，金国永校注，第86页。

⑦ （东汉）班固：《汉书》卷六十五《东方朔传》，中华书局1962年版，第2865页。

暨声教于海隅"①，亦宣扬汉德远播四海。随着政治疆域的不断开拓和地理视野的不断扩展，"海内"与"海外"所指的范围也在不断发生变化。

汉赋中的区域地理描写与评价也受到《禹贡》"九州"具体描述的影响。赋家对土地性质的认知与物产的描写，直接承袭了《禹贡》对九州土壤质量的评价和对物产（贡赋）的描述。对区域土壤性质的描述，如《论都赋》《西都赋》《西京赋》写雍州的土壤："《禹贡》所载，厥田惟上，沃野千里，原隰弥望。"②"汉之西都，在于雍州，寔曰长安。……华实之毛，则九州之上腴焉。"③"汉氏初都，在渭之涘，秦里其朔，寔为咸阳。……尔乃广衍沃野，厥田上上，寔为地之奥区神皋。"④雍州的土地质量，三篇赋作言"厥田惟上""九州之上腴""厥田上上"，都言雍州的土地是九州之中最好的，是普天之下最肥沃的土地。对雍州土壤的认知来源于《禹贡》对雍州土地质量的描述："厥土惟黄壤，厥田惟上上。"⑤《蜀都赋》写梁州："禹治其江，渟皋弥望，郁乎青葱，沃野千里。上稽乾度，则井络储精。下案地纪，则巛宫奠位。"⑥大禹治理过这里的江水，这里有一望无际的平原，土壤肥沃。梁州的土地质量认知也来源于《禹贡》的描述：""华阳、黑水惟梁州。……厥土青黎"，土壤色泽"青黎"，是因为"土壤中腐殖质必丰，色泽必黑"，⑦并将这种功绩归于大禹。可见，赋家的区域土壤认知来源于《禹贡》，皆对《禹贡》地理叙写有所借鉴，且运用《尚书》的权威来论证自己的观念。

汉赋中的区域物产描写也受到《禹贡》文本的影响。如《蜀都赋》写地处梁州的蜀郡的物产：

---

① 费振刚、仇仲谦、刘南平校注：《全汉赋校注》，第1143页。
② （南朝宋）范晔：《后汉书》卷八十上《杜笃传》，第2603页。
③ （东汉）班固：《班固集校注》，侯文学校注，人民文学出版社2019年版，第23页。
④ （东汉）张衡著，张震泽校注：《张衡诗文集校注》，第21—22页。
⑤ （西汉）孔安国传，（唐）孔颖达疏：《尚书正义》，第156页。
⑥ （西汉）扬雄著，张震泽校注：《扬雄集校注》，第1页。
⑦ 辛树帜：《禹贡新解》，农业出版社1964年版，第129页。

> 蜀都之地，古曰梁州。……铜梁金堂，火井龙湫。其中则有玉石嵳岑，丹青玲珑，邛节桃枝，石鳢水螭。……于近则有瑕英菌芝，玉石江珠。远则有银铅锡碧，马犀象僰。西有盐泉铁冶，橘林铜陵，邛连卢池，澹漫波沦。其旁则有期牛兕旄，金马碧鸡。北则有岷山，外羌白马。兽则麙羊野麋，罷犛貘貀，麢麈鹿麝，戶豹能黄，貑胡雖玃，猿蝙玃猱，犹豰毕方。①

《禹贡》记载梁州的贡赋：“厥贡璆、铁、银、镂、砮、磬，熊、罴、狐、狸织皮。”② 进贡的物品主要有美玉、铁、银、钢铁、硬石和磬，以及熊、罴、狐、狸四种兽皮。这与《蜀都赋》铺写蜀郡的物产有相似之处，如“玉石嶜岑，丹青玲珑”“瑕英菌芝，玉石江珠”的美玉、“银、铅、锡、碧”等矿石以及犀牛、大象、期牛、熊罴等珍奇野兽。只是赋家铺写名物，“斯于千态万状、层见迭出者，吐无不畅，畅无或竭”③，排比铺陈，欲写尽所有事物。

我们可以发现，汉赋区域地理描写形成了一定的书写模式，即首先追溯某一区域在《禹贡》中的称谓，继而铺写其山川形势、土壤质量和物产等。如《蜀都赋》先言蜀都所在区域属古梁州，再言其山川形势、物产丰富等；《西都赋》亦追述西京位于古雍州之地，再述其地理形势、土地性质等。这与《禹贡》描述九州各区域的写法一脉相承，在追溯《禹贡》地理描述及其土壤评价、物产描写等过程中，彰显了区域的历史悠久和文化传统，并借助《尚书》的权威支撑其观点。汉赋作家从区域地理形势、土地质量、物产多寡等方面来评价区域的优劣，以杜笃《论都赋》和班固《东都赋》中的“豫雍之辨”为例：

---

① （西汉）扬雄著，张震泽校注：《扬雄集校注》，第1页。

② （西汉）孔安国传，（唐）孔颖达疏：《尚书正义》，第153—154页。

③ （清）刘熙载撰，袁津琥校注：《艺概注稿》卷三，中华书局2009年版，第411页。

夫雍州本帝皇所以育业，霸王所以衍功，战士角难之场也。《禹贡》所载，厥田惟上，沃野千里，原隰弥望。……肇十有二，是为赡腴。用霸则兼并，先据则功殊；修文则财衍，行武则士要；为政则化上，篡逆则难诛；进攻则百克，退守则有余：斯固帝王之渊囿，而守国之利器也。①

且夫僻界西戎，险阻四塞，修其防御，孰与处乎土中，平夷洞达，万方辐凑？秦岭九嵕，泾渭之川，曷若四渎五岳，带河泝洛，图书之渊？建章甘泉，馆御列仙，孰与灵台明堂，统和天人？太液昆明，鸟兽之囿，曷若辟雍海流，道德之富？游侠逾侈，犯义侵礼，孰与同履法度，翼翼济济也？子徒习秦阿房之造天，而不知京洛之有制也；识函谷之可关，而不知王者之无外也。②

在《禹贡》的地理表述中，“荆、河惟豫州。……厥土惟壤，下土坟垆。”“黑水、西河惟雍州。……厥土惟黄壤，厥田惟上上。”③杜笃承袭了《禹贡》中的自然地理观念，且引用《禹贡》中的地理表述，来强调雍州地利物阜，是帝王成就霸业和治理国家的好地方，这就成为杜笃《论都赋》中主张迁都西京的重要依据。但是以班固为代表的都洛人士在赋作中主张豫州为上，班固除了从自然地理方面来强调雍州的地理位置不如豫州外，更重要的是强调人文地理观念中豫州的优势，主要从“处乎土中”“统合天人”“道德”“法度”等方面来宣扬都洛的优势。从承袭《禹贡》自然地理观念中的山川、区域、物产叙写为主，到强调礼乐、风俗、教化等人文地理的转捩，是汉赋地理书写对《禹贡》地理观的修正与发展。

汉赋“九州”“四海”的相关表述，区域地理描写时“雍州”“梁州”“豫州”等的称谓及其土壤、物产等的描写，展现了先秦地理格局和观念在

① （南朝宋）范晔：《后汉书》卷八十上《杜笃传》，第2603页。
② （东汉）班固：《班固集校注》，侯文学校注，第80页。
③ （西汉）孔安国传，（唐）孔颖达疏：《尚书正义》，第151—156页。

汉代的延续。同时，随着大一统王朝的建立和汉人地理视野的拓展，人们的地理观念也在发生变化，主要表现在赋家对人文地理因素的强调。

三 汉赋对《禹贡》天下秩序的书写

《禹贡》以大禹治水为线索，系统性地将大范围内的地理信息进行了编排。其成篇之时，大一统王朝还没有出现，但是关于大一统的思想理论已经在文本中有了充分的展现。《禹贡》叙述了一个大一统的社会空间秩序和格局，其中，九州格局、五服等级和追述大禹功绩以颂扬圣王的文教传统等都是《禹贡》所描绘的理想中的天下秩序。秦汉建立了大一统的中央集权统治，真正实现了《禹贡》所企冀的理想中的一统的天下秩序。虽然秦汉并没有按照《禹贡》中的设想来实行行政区划和国家治理，但是《禹贡》天下秩序的设想对汉代的社会管理，尤其是社会治理模式和观念产生了深刻的影响。"《禹贡》的最高意义不是具体的治河或山川的记名，而是其中显示的大地域王朝版图的结构性价值、华夏整体观念、领土的政治文化礼教意义。"[①]"体国经野"的汉赋对汉王朝进行了全方位的文学书写，对天下秩序和圣王教化也进行了书写和颂扬。

一是天下秩序的书写与构建。汉赋对秦汉天下秩序的描写受到《禹贡》九州划分与五服秩序的影响。《禹贡》中的九州作为一种理想中的行政区划，是对大一统社会秩序的设想。秦汉的大一统王朝使这种设想由理想变成了现实，"九州"在汉代具有了"大一统"的内涵，指"中国"或汉王朝的实际统治区域，如冯衍《显志赋》："夫何九州之博大兮"[②]，"九州"指汉王朝的实际统治区域，其范围比《禹贡》之九州所包括的区域大了很多。《禹贡》对具体州的地理形势、土地质量等的叙写，成为汉代赋家铺写区域优劣时的重要引证，并借此阐释如何治理天下，如杜笃《论都赋》称引

① 唐晓峰：《从混沌到秩序：中国上古地理思想史述论》，第285页。

② （南朝宋）范晔：《后汉书》卷二十八下《冯衍传》，第995页。

《禹贡》写雍州险要的地理优势和富庶的经济环境，是成就霸业的绝佳区域，“夫雍州本帝皇所以育业，霸王所以衍功，战士角难之场也。……斯固帝王之渊囿，而守国之利器也”。① 主张定都西京，效仿秦皇汉武，以武力统摄天下；而班固等主张建都洛阳者，宣扬“京洛之有制”“王者之无外”，强调实行仁政才能长久地拥有天下。二者都城地理形势书写侧重点的差异源于治国理念的不同。

分划九州思想的实质是“对现实天下进行分区管理的行政理念”。② 虽然秦汉并没有按照九州设置行政区划，但是九州行政区划的设想还是对两汉时期的行政区划设置产生着影响。武帝时期，为了监管众多的郡国，除京师附近七郡外，分境内为冀州、兖州、青州、徐州、扬州、荆州、豫州、幽州、并州、凉州、益州、交趾、朔方十三区，称十三刺史部，也称十三州。十三州的称名，部分沿用了《禹贡》九州中的称谓，但是其所指的范围不同。两汉时期的州并没有成为正式的行政单位，至东汉末年，州才成为郡以上的一级行政区划。两汉时期州的称谓及其汉末州的设置，与《禹贡》划分九州一样，都有“强调天下世界的先验整体性和圣王道统的天然合法性”的内涵，③ 即强调一种地理归属上的法统性和王权统领天下秩序的合理性。

《禹贡》的五服秩序，在汉代已经逐渐转变为华夷秩序的讨论。《禹贡》载大禹平水土、定贡赋之后，进而推行政教，将九州划分为五服，并规定了每一服的范围和职责，分别是“五百里甸服”，属中心统治区，据路途远近分贡赋各等；“五百里侯服”，属诸侯统治区，分采、男邦、诸侯三等，保卫中心统治区；“五百里绥服”，是需安抚和羁縻的区域；“五百里要服”，是边远地区，比较落后，需以文教约束之；“五百里荒服”，是蛮荒区域，

① （南朝宋）范晔：《后汉书》卷八十上《杜笃传》，第2603页。

② 袁宝龙：《五服与九州：建构天下观的两种视野》，《中国石油大学学报》（社会科学版）2018年第1期。

③ 李宪堂：《大一统的迷境：中国传统天下观研究》，社会科学文献出版社2018年版，第73页。

更加落后，需依其俗而治。五服将中国视为一个整体，将中国与非中国统一于一个整体的空间结构中，使其具有整体和统一的意义。又以天子居住的王畿地区为中心，逐层向四周扩展，根据各区域距离中心区域的远近来规定服事的职责，具有空间等级的秩序。在五服的层级结构中，天下的“中心”主要表现为中央之尊的向心性的聚合。这些观念成为赋家思考天下秩序的基本路径。

秦汉王朝将原来的“列国”整合成一个“天下”，建立了大一统的中央集权王朝，力图构建以“中国”为中心的天下秩序，天下秩序强调最高统治者的唯一性，即使中央王朝不能直接统治边远之地，但是在名义上，边远之地的君主或部族首领也必须奉中国的天子为宗主。汉赋对华夷秩序的描写正体现了这一点，如张衡《东京赋》：“藩国奉聘，要荒来质。”① “藩国”指分封的诸侯国及臣服的各国，与五服中的“侯服”和“绥服”所指区域相对应；“要荒”是“要服”与“荒服”的合称，“要”者，“要束以文教”②，“荒”者，王肃云“政教荒忽，因其故俗而治之”③，“要服”和“荒服”区域是“外族所居，同时也是中国流放罪人所在”。④ 一般认为，内三服属于华夏文明统治的区域，故“藩国”属于“中国”，而要服和荒服属于“非中国”，决定了二者朝贡方式的不同，即“聘”与“质”。赋家旨在宣扬夷狄对中国的臣服，颂扬大汉的威德。

汉赋也极力维护和宣扬大一统中央王朝的“中心”地位。赋家多宣扬京都的地理位置处于天下之中，以此来彰显帝王在政治上的中心地位。如《东都赋》《东京赋》对洛阳地理位置的铺写，“即土之中，有周成隆平之制焉”⑤，“土圭测景，不缩不盈。总风雨之所交，然后以建王城”⑥，直接宣

---

① （东汉）张衡著，张震泽校注：《张衡诗文集校注》，第116页。
② （西汉）孔安国传，（唐）孔颖达疏：《尚书正义》，第169页。
③ （西汉）孔安国传，（唐）孔颖达疏：《尚书正义》，第169页。
④ 顾颉刚：《〈禹贡〉注释》，侯仁之主编《中国古代地理名著选读》，学苑出版社2005年版，第2页。
⑤ （东汉）班固：《班固集校注》，侯文学校注，第62页。
⑥ （东汉）张衡著，张震泽校注：《张衡诗文集校注》，第102页。

示人文地理观念上的“地中”，宣扬权威的唯一性。除了对中心地位的强调外，赋家还主张对夷狄实行不同的统治，如《难蜀父老》：“盖闻天子之于夷狄也，其义羁縻勿绝而已。”① 羁縻统治作为两汉时期的边疆统治方略，是基于现实考量，依其风俗而治。《东都赋》：“内抚诸夏，外绥百蛮”②，赋家主张对边远地区的部族或国家进行统治，要用“绥”的策略，一方面推广礼仪教化，希冀通过圣王的教化来实现天下秩序的建构，这种用道德来感化夷狄的思想来源于儒家“故远人不服，则修文德以来之”③ 的理想信念；另一方面基于现实考量，整顿武备加以防范。这同《禹贡》五服制的统治观念极其相似，既强调中心的独尊地位，也强调“四方”严格的空间层级结构，并基于不同的层级结构采取不同的治理方式。

二是追述大禹及其功绩，颂扬圣王开创的伟大德教传统。划分九州、治理水患的功绩，需要极高的“德”，只有不平凡的人才能完成，朱熹、吕祖谦《近思录》云：“治水，天下之大任也，非其至公之心，能舍己从人，尽天下之议，则不能成其功。”④ 汉赋颂扬大禹的功绩和德行，如司马相如《难蜀父老》：

> 昔者，鸿水浡出，泛滥衍溢，民人登降移徙，崎岖而不安。夏后氏戚之，乃堙鸿水，决江疏河，洒沉澹灾，东归之于海，而天下永宁。当斯之勤，岂惟民哉。心烦于虑而身亲其劳，躬胝无胈，肤不生毛。故休烈显乎无穷，声称浃乎于兹。⑤

面对蜀父老的发难，相如以大禹治水事晓谕之，不是只有平民艰辛，圣

① （西汉）司马迁：《史记》卷一百一十七《司马相如列传》，中华书局1959年版，第3049页。
② （东汉）班固撰，侯文学校注：《班固集校注》，第67页。
③ （魏）何晏注，（北宋）邢昺疏：《论语注疏》卷十六《季氏》，北京大学出版社1999年版，第221页。
④ （南宋）朱熹、吕祖谦编：《近思录》，上海古籍出版社2010年版，第325页。
⑤ （西汉）司马迁：《史记》卷一百一十七《司马相如列传》，中华书局1959年版，第3050页。

人也是无比的辛劳。昔日洪水泛滥，人民处于困苦和动荡之中。大禹不辞辛劳，疏导江河，安定灾情，使洪水东流入海，天下安宁。相如认为，君王也应该向大禹学习，做一个贤君，“必将崇论竑议，创业垂统，为万世规。故驰骛乎兼容并包，而勤思乎参天贰地”。[①] 为天下事忙碌，开创基业，留名后世。陈琳《应讥》中也有类似的描述：“昔洪水滔天，泛滥中国，伯禹躬之，过门而不入，率万方之民，致力于沟洫。及至萧韶九成，百兽率舞，垂拱无为，而天下晏如。”[②] 赞美大禹为了天下任劳任怨的懿德，阐明创立功业必须承受艰辛。此外，关于大禹的书写，如张衡《东京赋》：“盛夏后之致美，爰敬恭于明神”，[③] 据《论语·泰伯》孔子称大禹“恶衣服而致美乎黻冕”[④]，章美大禹对祭祀之事的尽善尽美，赋家称颂大禹美德，鼓励君王学习其恭敬的祭祀神明的行为。再如蔡邕《述行赋》：“追刘定之攸仪兮，美伯禹之所营”[⑤]，据《左传·昭公元年》载，刘夏曰：“美哉禹功，明德远矣。微禹，吾其鱼乎！”[⑥] 赞颂禹平水土对华夏民族的功绩。这些叙写与评价都受到《禹贡》德教思想的影响，当然也受到先秦其他典籍的影响，如《庄子·天下》篇引墨子语：“昔禹之湮洪水，决江河而通四夷九州也。名山三百，支川三千，小者无数。禹亲自操橐耜而九杂天下之川；腓无胈，胫无毛，沐甚雨，栉疾风，置万国。禹大圣也，而形劳天下也如此。”[⑦]《孟子·滕文公上》：“禹八年于外，三过其门而不入”[⑧]，等。总之，汉赋作家以大禹的功绩及其懿德来称颂君王，并希冀贤君能效法大禹，行德政，且为天下治理不辞艰辛，遗美名于后世。

---

① （西汉）司马迁：《史记》卷一百一十七《司马相如列传》，第 3051 页。

② 费振刚、仇仲谦、刘南平校注：《全汉赋校注》，第 1116 页。

③ （东汉）张衡著，张震泽校注：《张衡诗文集校注》，第 123 页。

④ （魏）何晏注，（北宋）邢昺疏：《论语注疏》卷八《泰伯》，第 109 页。

⑤ 邓安生编：《蔡邕集编年校注》，第 32 页。

⑥ （周）左丘明传，（晋）杜预注，（唐）孔颖达正义：《春秋左传正义》卷四十一，北京大学出版社 1999 年版，第 1150 页。

⑦ （清）郭庆藩撰：《庄子集释》卷十下，中华书局 1961 年版，第 1077 页。

⑧ （东汉）赵岐注，（北宋）孙奭疏：《孟子注疏》卷五下，北京大学出版社 1999 年版，第 146 页。

由此看来，《禹贡》文本是汉赋地理书写、地理观念以及国家治理思想的学理基础，成为赋家观察自然社会，并思考国家治理模式的观念来源。赋家汲取《禹贡》的自然和人文地理观念，经过文学书写，形成了汉赋“体国经野”的基本范式。

区域交流背景下边缘世界的重构：论六朝志怪小说中的远国形象

郁冲聪*

“绝域远国”作为六朝志怪小说中的一项重要内容，其创作源流、生成背景、自身特质以及折射出来的时人对世界的认知方法等问题，都值得考察。在已有的研究成果中，李剑国在《唐前志怪小说史》中探讨了《洞冥记》中西域诸国的形象，认为这些远国一改《山海经》以来多为恍惚之言的风格，开启了一种较为平实的写作路径，是汉武帝通西域之后影响的流播。[①] 他在《地理博物体志怪小说的产生和发展》一文中也有相似观点。[②] 张乡里《唐前博物类小说研究》中也认为：汉代地理博物类小说中对远国的描述很多承自《山海经》，但开始有了注重实际撰述和传达的倾向。[③] 薛克翘先生运用语音对转的手法，尝试对《拾遗记》中的几个特殊国度进行了还原。[④] 王青《西域传说中的特殊国度》一文也曾运用类似手法，考证了《洞冥记》中几个西域特殊国度的实际地望。[⑤] 刘苑如从叙述学角度探讨三

---

* 郁冲聪，浙江财经大学中文系讲师。

① 李剑国：《唐前志怪小说史》，人民文学出版社2011年版，第171—172页。

② 李剑国：《地理博物体志怪小说的产生与发展》，《南开学报》1984年第5期。

③ 张乡里：《唐前博物类小说研究》，上海古籍出版社2016年版，第208—215页。

④ 薛克翘：《读〈拾遗记〉杂谈》，《南亚研究》1996年第C1期。

⑤ 王青：《西域传说中的特殊国度》，《西域研究》2008年第3期。

种辑本《玄中记》中“异世界”的各自生成过程。① 上述研究有一共识，都认为自《山海经》以来志怪小说中的“远国形象”正在经历“由虚到实”的嬗变。但是，这种变化背后所折射出来的地理思维和地理知识的改变，以及人们对边缘世界的认知方式等深层次问题，并没有得到充分讨论。所谓“远国”，实际上是以汉文明为中心之地，对外部世界进行考量而得出的结果，远离“自身”者就是“远国”，与“己身”不同者，就是“异文明”。“边缘世界”不仅仅指代空间上的遥远，也包含了文化上的差异。六朝是一个民族大交流、地理大发现的时代，随着区域间交流的日益频繁，地理知识在不断增加，与周边异文明的交流碰撞也在与日俱增。对边缘世界的重新认识，实际上也是从不同视角对自身所处世界进行重新审视。

一 从《山海经》到《大宛列传》：《山海经》所传播知识权威地位的动摇

《山海经》是早期人们认知世界的重要知识来源。在为人们提供认知外部世界、识别山川道里、辨析各类物产等方面，《山海经》充当着知识权威的角色。但是这种权威地位在张骞通西域之后发生了动摇。大量的关于西域的地理信息涌入之后，人们发现，西域世界与《山海经》所绘存在很大差异。司马迁的《大宛列传》是根据张骞在西域的亲身经闻撰写而成的，在描述大宛、大月氏、乌孙、康居、奄蔡、条支、安息等国时，更多的是强调这些国度在语言、风俗、物产等方面与汉朝存在差异，其人“深目多须”，至多是在形貌上有异于汉人，并不是《山海经》描述的一足三目的怪物。到了《大宛列传》时代，至少在官方著述的层面上，《山海经》所传递的一套对外部世界的认知方式已经发生了较大改变。正如唐晓峰先生所言：“司马迁在编写《大宛列传》时，有意排除了神话传说，结束了对西域认识

① 刘苑如：《题名、辑佚与复原——〈玄中记〉的异世界构想》，《中国文哲研究集刊》2007年第31期。

的神话时代。”① 原本《山海经》中所描绘的“昆仑山”“西王母”“弱水”等神怪世界只能一再向西推移，被放置到了当时已知最西国度的更西端。② 汉魏六朝时期对“远国”的印象，开始由《山海经》时代的强调“身体形态上的怪异”，走向更加强调“风俗习惯上的差异”，“神怪世界”不再拥有绝对的话语权，地理知识开始在认知世界的过程中占据越来越可观的分量。

到了六朝时期，人们对地理的兴趣异常浓厚，除了史传中各类《西域传》、《西戎传》和《蛮夷传》外，各类私撰地记也应运丛生，其中不乏对边缘世界的记述。③ 这些新增知识都对时人认识域外世界起着不可低估的作用。

除了最先发生改观的“西域世界”之外，人们对四面八方的外部世界的认知都在发生全面改观。《山海经》中所塑造的“鬼神世界”正在逐步远去，另外一个全新的、更为丰富、更为精彩的“现实世界”逐步展现在人们眼前。人们开始知道，极南世界不再仅仅只有“雕题”“交趾”等民，而是存在诸多有君主、有臣民的国度，一如中原政权。在东吴出使扶南的使臣康泰所撰的《吴时外国传》中所记南海诸国，“扶南国”其国宫殿雕文刻镂，王好猎象、斗鸡，崇信佛道；“西屠”“波辽”两国都是滨海而居，“西屠”还有以草染齿的习俗；“都昆国”盛产藿香、流黄香；“诸薄国”好以

---

① 唐晓峰：《从混沌到秩序：中国上古地理思想史述论》，中华书局 2010 年版，第 297 页。

② 《史记·大宛列传》中所载“条支国”是当时已知的最西国度，其后又记有这样一段文字：“安息长老传闻条支有弱水、西王母，而未尝见。”《汉书·西域传》中“条支国”后也有类似描述。日本汉学家白鸟库吉较早发现这一现象，并认为汉人在用地理知识构建世界图景的时候，还加入了其神仙信仰。汉代人相信在已知现实世界的更外部，是有神仙世界存在的。参见［日］白鸟库吉《见于大秦传中的中国思想》，《塞外史地论文译丛》，王古鲁译，山西人民出版社 2015 年版，第 103—153 页。

③ 六朝地记中不乏涉及域外和边地的作品，如东吴康泰《吴时外国传》、东吴万震《南州异物志》、佚名《林邑记》、佚名《日南传》、佚名《永昌郡传》、晋王隐《交广记》、晋刘欣期《交广记》、晋裴渊《广州记》、宋膺《凉州异物志》、后燕张资《凉州记》等。六朝地记现多已散佚，清代以来，历代学者钩沉索隐，成果斐然，主要有清人王谟《汉唐地理书钞》、伍崇曜《岭南遗书》所收曾钊辑本《异物志》、陈运溶《麓山精舍丛书》第二集《古海国遗书钞》、张澍《二酉堂丛书》等，但清人辑佚中也存在不少错辑、讹辑、误辑、漏辑的现象，学者在引用时需要审慎。今人在六朝地记文献辑佚方面的成果，主要有刘纬毅《汉唐方志辑佚》，北京图书馆出版社 1997 年版；骆伟、骆廷辑注《岭南古代方志辑佚》，广东人民出版社 2002 年版。新近较为完备的成果有王琳先生主编的《先唐杂传地记辑校》，花木兰出版社 2017 年版。

白叠作花布；“马五洲”盛产鸡舌香；“北攎洲”盛产锡矿，可转卖外徼；“薄叹洲”产金，并以此为商贸，易米粮杂物；“金陈国”四六月间连月淫雨，少有晴天。东吴万震《南州异物志》中记载“罽宾国”好以郁金香花礼佛；“天竺国”为佛道所出之地，又产火齐、金钢等物，城郭殿堂，街曲市里，文质彬彬；“林阳国”土地平旷，男女行仁善，皆侍佛。又有刘宋时佚名的《林邑记》，记载了林邑国“范文”“范阳迈”“范明达”等几位帝王的生平事迹。又有刘宋时人沈怀远《南越志》，记载“波罗基国”出产钢珠，可朗照幽夜。晋人魏宏《南中八郡志》中“永昌郡西南三千里有剽国，以金为刀戟”① 一条，更是一条难得的关于早期缅甸国的珍贵资料。东北部的世界也不再仅有“嵎夷”“旸谷”等传说之地，除了汉武帝时就已开辟的“玄菟”“乐浪”“真番”“临屯”四郡之外，《后汉书》中还记载了“夫余”“挹娄”“辰韩”“马韩”“弁韩”“倭国”等更为遥远的国度。在东吴沈莹的《临海水土志》中，还记载了“会稽”更东的“尾闾所泻”之外的“现实世界”，“夷州在临海东南，去郡二千里。土地无霜雪，草木不死”。②

现实生活中的地理知识与《山海经》所述世界之间所产生的巨大差异，使得六朝人对现实世界和《山海经》所记神怪世界都做出了相应的思考，体现在六朝志怪小说之中就表现为：一方面，人们接受了最新获得的地理知识，将这些知识填充入已知世界的范围之中，用地理知识构筑起了一个现实世界；另一方面，《山海经》逐渐被视作“怪异”之书，郭璞就称，魏晋之时，“世之览《山海经》者，皆以其闳诞迂夸，多奇怪俶傥之言，莫不疑焉”。③ 但是相关影响又没有完全消退，地理知识的激增也不能改变当时仍有大片区域处于待探索状态这一事实，正如曹魏史学家鱼豢在《魏略·西戎传》发出的感慨：“营廷之鱼不知江海之大，浮游之物不知四时之气，是

① （宋）李昉：《太平御览》，中华书局1960年版，第1622页。
② （南朝宋）范晔：《后汉书》，中华书局1965年版，第2822页。
③ 袁珂校注：《山海经校注》（附录），巴蜀书社1992年版，第541页。

何也？以其所在者小与其生之短也”,[①] 认为世界广大，难以穷尽。在那些地理知识暂时不能触及的地方,《山海经》传递的“神怪世界”思维依旧存在。在六朝志怪小说中也依旧存在不少绍继了《山海经》风格的远国形象，只是这些远国或被安排在一些莫能道其所在的地方，或远退到了知识世界以外万余里的穷荒之地，成为人们想象中世界的最边缘。

二　两种世界的并存:“现实世界”的构建与“神怪世界”的后退

六朝志怪小说大多已经散佚，后人通过钩沉索隐拼凑起来的辑本，在排列佚文之时，多少会掺入辑佚者的叙述构想，原文献中一些通过叙述方式传递出来的隐秘信息，在一定程度上也会随着原文本的失传而失传。在六朝志怪小说的各家辑本之中，保存有相当一部分“绝域远国”的故事。学界已经认识到，六朝志怪小说取材旧书是一种常见的写作方式，“绝域远国”题材也不例外，有相当一部分内容采撷自《山海经》《括地图》先秦两汉文献，同时还涌现了大量新知的真实国度，构成了“现实世界”和“神怪世界”并存的局面。更值得注意的是，往往同一种志怪小说中两种远国形象同时存在。这两种形象截然不同的远国同时存在，而探讨这一现象背后所反映的地理观念和对世界的认知方式，常常因为原文本的散佚而变得困难。今通过对几种六朝志怪小说佚文的比对分析，探测这些远国形象背后所反映出来的六朝时人的世界观和地理观。

在郭璞的《玄中记》中记载有“大秦国”“天竺国”“月氏国”等真实国度，如其记载“大秦国”称，“珊瑚出大秦国西海中，生水中石上。初生白，一年黄，三年赤，四年虫食败”、“大秦国有五色颇黎，红色最贵”以及“木难出大秦”,[②] 这些记述显然是从当时的史传、地记中汲取了最新地理知识的结果。《史记》对大秦国的描述还很简单，直到三国时大秦国的相

① （晋）陈寿:《三国志》，中华书局1959年版，第863页。
② 鲁迅:《古小说钩沉》，齐鲁书社1997年版，第240页。

关信息才开始丰富起来，如《南州异物志》称："珊瑚生大秦国，有洲在涨海中"，[①] 又《魏略·西戎传》记载大秦国产珊瑚、十二色琉璃等宝物。[②] "木难"一物，白鸟库吉以为即波斯语中"绿宝石"（Mainya）的对音，[③] 是三国时的新知名物，曹植《美女篇》所言"明珠交玉体，珊瑚间木难"[④] 是也。又如"天竺国"，《玄中记》记载此国出产"金钢"一物："金钢，出天竺、大秦国，一名削玉刀。"[⑤]《博物志》中也记载了切玉刀，直接移录《列子》《尸子》《越绝书》等先秦文献中的文本，都仅笼统称此来自西戎。六朝文献开始对"金钢"有突破性认知，《南州异物志》称："金钢，石也，其状如珠，坚利无匹。外国人好以饰玦环服之，能辟恶毒"，[⑥] 后《林邑记》《抱朴子》等文献皆记载了扶南等南海国家出产"金钢"。《玄中记》所记，是在吸收先秦文献的基础上，又杂糅了一些六朝时新获得的知识。

除了如"大秦国""天竺"等现实世界的国家，《玄中记》中还有一些颇类《山海经》《括地图》风格的特殊国度，如其称"扶伏民者，黄帝轩辕之臣曰茄丰，有罪，刑而放之，扶伏而去。后是为扶伏民，去玉门关二万五千里"、"伊俗与唐吾同俗，民穴居，去玉门一万里"、"丁零之民，地寒，穴居，食禽鼠之肉"等，[⑦] 另外的"丈夫国""化民""君子国""奇肱国"等，则是直接采撷自《山海经》。通过佚文的行文方式我们可以注意到，《玄中记》在记述"大秦""天竺""大月氏"等真实国度时，往往不会说明其确切方位，即便是后世文献引用此条时发生文字脱落，也不至于难以寻找到任何相关信息。相反，在记述"扶伏民""伊俗""丁零"等国时，却常出现"玉门关外万里"这样的模糊定位。其中一个较合乎逻辑的推断应

---

① 余嘉锡：《世说新语笺疏》，中华书局 2007 年版，第 1035 页。

② （晋）陈寿：《三国志》，中华书局 1959 年版，第 861 页。

③ ［日］白鸟库吉：《大秦的木难珠》，《塞外史地论文译丛》，王古鲁译，山西人民出版社 2015 年版，第 339 页。

④ （南朝梁）萧统：《昭明文选》，上海古籍出版社 1986 年版，第 1287 页。

⑤ 鲁迅：《古小说钩沉》，齐鲁书社 1997 年版，第 234 页。

⑥ （宋）李昉：《太平御览》，中华书局 1960 年版，第 3614 页。

⑦ 鲁迅：《古小说钩沉》，齐鲁书社 1997 年版，第 234 页。

该是，随着地理知识的增加，这些现实世界中的国度已渐渐为人所熟知，不再需要特意说明其位置，而这些神怪世界中的国度却莫能道其所在，但在人们的思维中依旧相信它们的存在，故而只能被安排到更为堙远的远方。

上述现象在《博物志》中更为明显，反映问题也更为深刻。《博物志》所记内容非常驳杂，其中不乏远国故事，除了“三苗国”“轩辕国”“君子国”“驩兜国”等采撷自《山海经》的特殊国度之外，真实国度也大量存在，如记“大宛国有汗血马，天马种，汉、魏西域时有献者”。[①]“汗血马”作为西汉初通西域时最负盛名的西域名产，时常见于史籍之中，《史记》载大宛“多善马，马汗血，其先天马子也”，[②] 汉得西域汗血马，汉武帝亲为作《天马歌》。又记载有“典逊国”，称“酒树出典逊国，名棖酒”。[③]“典逊”又作“顿逊”，具体地望或认为在今下缅甸丹那沙林（Tenasserim），是东吴时期新探知的一个南海国度，典逊有酒树一事较早见于《扶南传》：“顿逊国有树似安石榴，取其花汁停盆内，数日成好酒，极美，醉人。”[④] 又记载了东北地区的“秽貊国”：“秽貊国南与辰韩，北与句丽、沃沮接，东穷大海。海中出斑鱼皮，陆出文豹，又出果下马，汉时献之，驾辇车。正始六年乐浪太守刘茂，带朔方太守弓遵，领东秽属句丽伐之，举邑降之。”[⑤]《博物志》此条所记“秽貊国”与辰韩、高句丽之间的地理位置，及其当地物产，与《后汉书》中所记文字非常接近，应当属于当时能获得的关于这一东北远国的具体信息。又称“扶南国有奇术，能令刀斫不入。惟以月水涂刀便死”[⑥]，此条与《吴时外国传》所记之事颇为相似：“扶南诸王，杀其国人，以刀斫刺，往往有不入者，以汗露涂刀刃，斫之乃入。”[⑦]

除了这些“远国”形象之外，《博物志》中的诸条佚文还可以看出时人

① （晋）张华著，范宁校证：《博物志校证》，中华书局 1980 年版，第 36 页。
② （汉）司马迁：《史记》，中华书局 1959 年版，第 3160 页。
③ 王媛：《范宁〈博物志佚文〉补正》，《古籍整理研究学刊》2009 年第 5 期。
④ （唐）虞世南：《北堂书钞》，天津古籍出版社 1988 年版，第 666 页。
⑤ （晋）张华著，范宁校证：《博物志校证》，中华书局 1980 年版，第 132 页。
⑥ （南朝宋）刘敬叔：《异苑》，中华书局 1996 年版，第 16 页。
⑦ 许云樵：《康泰〈吴时外国传〉辑校》，东南亚研究所 1971 年版，第 24 页。

对天下格局的认知，其中有几条这样记载："昆仑山北，地转下三千六百里，有八玄幽都方二十万里。地下有四柱，四柱广十万里。地有三千六百轴，犬牙相举"，[①] "四海之外皆复有海，南海之外有涨海，北海之外有瀚海"。[②]《博物志》中表达了这样的观点：远方世界浩瀚而不可知的区域还有很多，除了人们已经探知的世界之外，"四海之外皆复有海"，在人们所知的极西地区的"大秦国"之西，还有以往神话世界中所构筑的昆仑、弱水等神仙境地，在其他更远的穷荒之地，也还有《山海经》中描绘的或长寿不死，或形体怪异的"远国异民"存在。故在《博物志》中，确实大量记载了如"子利民""无启民""蒙双民""孟舒民"这样的异国、异人、异民，都是一些莫能道其所在、民人形体怪异的特殊国度。

到了六朝后期，《山海经》中"神怪世界"的影响较之前期有明显的减退，在刘宋时人刘敬叔所撰《异苑》和萧梁任昉所撰《述异记》中，直接采撷自《山海经》《括地图》中的远国形象，就不如前期《博物志》《玄中记》《外国图》等这般丰富了，总体风格在进一步趋于平实，如《异苑》载扶南王范寻好以"水火审判"治理国人："扶南王范寻，常养虎五六头，及鳄鱼十头。若有讼，未知曲直，便投与鱼虎，鱼虎不食则有理。"[③] 相关记载还可见于《吴时外国传》中："鳄鱼大者长二三丈，有四足，似守宫，常吞食人。扶南王范寻，捕取，置沟堑中。寻有所忿者，缚以食鳄。若罪当死，鳄便食之，如其不食，便解放，以为无罪。"[④] 又载"西域鼠国"，看似荒诞不经，但有意见认为这实际就是西域的"尼雅废墟"文明，鼠国的形象有可能是通过西行求法僧人传播带入中原，辗转流入江表地区的。[⑤] 又如任昉《述异记》中载"丹丹国"出"辟寒香"，丹丹国即今马来半岛上之

① （晋）张华著，范宁校证：《博物志校证》，中华书局1980年版，第10页。
② （晋）张华著，范宁校证：《博物志校证》，中华书局1980年版，第139页。
③ （南朝宋）刘敬叔：《异苑》，中华书局1996年版，第16页。
④ 许云樵：《康泰〈吴时外国传〉辑校》，东南亚研究所1971年版，第23页。
⑤ 谭蝉雪：《西域鼠国及鼠神摭谈》，《敦煌研究》1994年第2期。

吉兰丹，是萧梁时期新探知的一个南海国家，[①] 南海饶香料，“辟寒香”应该是对南海香料一种极力夸赞的写法。六朝后期的志怪小说中也记载有一些莫能道其地的荒诞不经的远国形象，如《述异记》中载南海中有盘古国，莫知其所在；又载在西海之外有鹄国人，长七寸，可以远飞，但与《山海经》中荒诞怪异的远国形象已大有不同。

要之，在六朝志怪小说中出现了大量因受到激增的地理知识影响而勾勒出来的较为平实的“远国”形象，但同时也保留了一些继承自或类似于《山海经》所述海外诸国的神怪国度。在当时人地理思维中，“现实世界”和“神怪世界”是并存的，地理知识的增加可以填充满已经探知的区域，而更远的区域仍旧由“神怪世界”所支撑着。虽然越至后期，志怪小说中表现出了平实之风愈加凸显，但是“荒服之外草木皆异”“绝域之地必有异国”的思想并没有完全消退，反而成为六朝独特的边缘世界勾绘方式的思想支撑。

三　民族融合的印迹：汉文明周边地带远国形象的不断出现

李零先生曾指出，中古时期的中国是一个文明的旋涡，它不断地与周边文化交流碰撞，吸入旋涡之中的就成了新的一部分。[②] 两汉以来，汉文明的影响随着汉政权的开疆斥地而迅速向外扩张，“中国”的概念正在扩大，这种变革在岭南和西南边境上尤为剧烈。这些地区原本是越、俚、夷、濮、獠等少数民族世代居住之地，文化类型自不相同。经历了汉晋时期的开疆斥境和文化交融，汉文明迅速深入，这些地区也被纳入了汉文明圈的范围，一统性的地域观已经生成，但民族融合和文化交融仍在进行中。比如在岭南地区，仅东吴一朝就增辟了广州一州和新兴、武平、九德数郡，以便进行深入统治，并且多次出动武力大规模镇压郁林、苍梧、南海、珠官等郡的寇盗，

① 参见姚楠、许钰《丹丹考》，《古代南海史地丛考》，商务印书馆1944年版，第51页。

② 参见李零《我们的中国》第1编《茫茫禹迹》，生活·读书·新知三联书店2016年版，第22页。

收编当地民众使其成为东吴新民户，仅赤乌十一年（248年），就由吴将陆胤降服高凉郡渠帅黄吴等支党三千余家，前后五万余户稽颡投诚。从一些史料来观察，交州地区始终对东吴政权保持着土贡的关系，即不断进献当地土产以示臣服。一些经济价值较高的交州土产，如“合浦珠”也处于由东吴政权垄断经营的状态，土人是不具有开采权的。[①] 而在汉魏时期被称为“南中”的西南边境之上，汉文明的深入速度也是非常快的。汉代在南中地区设立的郡县几乎所有都位于入滇要道——灵关道和五尺道之上，呈带状深入滇地以进行统治。[②] 汉晋之间，汉人政权在南中地区编户隶民征收赋税，对少数民族实行恩威并施的区别统治，对南中地区丰富的铁、银等矿藏资源实行专项管理，[③] 都体现了汉晋之间汉文明在这片原本属于“西南夷”的土地上的统治正在逐步深入。

随着统治的逐渐深入，汉文明在与异文明相融相荡的过程之中，有些异文明的政权最终覆灭，逐渐融入汉文明圈中，成了“历史上的远国”；有些国度（包括部落）依旧保持着与汉文明不同的文化类型，就会被视作“异类”。这类“远国”形象在六朝志怪小说中集中出现并非偶然现象，正是六朝这一民族大交流、地理大发现的特殊时代的印迹。比如说志怪小说中已经覆灭的“夜郎国”的形象。古夜郎国主要位于今贵州省西北部地区，本是南夷大国，“西南夷君长以什数，夜郎最大”[④]，汉代在扫灭南越国班师回国的途中，顺道消灭了夜郎古国，以其旧地设立牂牁郡，六朝从之。“牂牁”二字，本来是指“系船的木桩子”，[⑤]《异物志》称：“山在海内，小而高，

---

① 由吴入晋的交州将领陶璜作有《上言宽合浦珠禁》的奏折，称东吴时珠禁甚严。参见（清）严可均辑《全晋文》，商务印书馆1999年版，第866页。又《南州异物志》中有描述交州土人潜海采珠、吞珠而出，谓之“巧盗”，就是民间对东吴珠禁的一种应对性措施。

② 参见方铁《秦汉至元代的滇东北》，《西南民族大学学报》（人文社会科学版）2018年第9期。

③ 参见林浩、龙希国、刘玉、李豫潞《三国两晋南北朝对南中地区经济治理考析》，《云南师范大学学报》（哲学社会科学版）2016年第4期。

④ （汉）司马迁：《史记》，中华书局1959年版，第2991页。

⑤ （清）莫与俦：《牂牁考》，《清人文集地理类汇编》，浙江人民出版社1986年版，第586页。

以系舡筏也。俗谓之越王牂牁。"[1] 夜郎国覆灭后，形象在六朝志怪小说之中留下了一鳞半爪，如《异苑》中"夜郎国"的故事称：

> 汉武帝时夜郎王神者名兴。初，有女子浣于豚水，见三节大竹，流入足间，推之不去。闻其中有号声，持破之，得一男儿。及长，有才武，遂雄夷獠氏，自立为夜郎侯，以竹为姓。所破之竹，弃之于野，即生成林。王尝从人止石上，命作羹。从者曰无水，王以剑系石，泉便涌出。今竹王水，及破竹成林并存。后汉使唐蒙开牂牁郡，斩竹王首，夷獠咸诉，以竹王非血气所生，甚重之，求立为后。太守吴霸以闻，帝封三子为侯，死配食父庙。今夜郎县有竹王三郎祠，是其神也。[2]

在任昉《述异记》、常璩《华阳国志》以及范晔《后汉书》中也记载了"夜郎王感竹精气而生"的故事，但文字较之《异苑》都稍显简单。在《史记》和《汉书》中没有相关记载，或是有意剔除，或是汉时未形成此说法。《异苑》中详细记载了夜郎国的创世神话以及汉将唐蒙覆灭夜郎国、改置牂牁郡的故事，并称至六朝时当地仍有为夜郎王立庙祭拜的习俗，生动反映了汉魏以来民族融合过程之中，一些业已覆灭的异政权在时人心中留下的生动印象。类似的例证还有"昆明国"与"哀牢国"。这两国地处今滇西南地区，较之"夜郎国"更为偏远，纳入汉政权的时间也相对滞后。汉武帝通西南夷，就曾因为滇池之西的昆明夷屡屡阻挠而不能成功。终于至东汉之时，哀牢部内附，汉以其地置永昌郡，班固《东都赋》中称"遂哀牢，开永昌"[3]，将此看作一桩大功绩加以润色鸿业。这种夷夏之间的政治较量、武力角逐与文化碰撞，也在六朝志怪小说中留下了痕迹。如任昉《述异记》中记载了一则故事：

---

① （宋）李昉：《太平御览》，中华书局1960年版，第3420页。
② （南朝宋）刘敬叔：《异苑》，中华书局1996年版，第42页。
③ （南朝梁）萧统：《昭明文选》，上海古籍出版社1986年版，第35页。

三国时，昆明国贡魏濑金鸟，鸟形如雀色，常翱翔海上，吐金屑如粟。至冬，此鸟即畏霜雪。魏帝乃起温室以处之，名曰辟寒台。故谓吐此金为辟寒金也。①

这一故事仍旧遵循了《洞冥记》以来常见的“远国纳贡”的模式，只是汉君主从“汉武帝”换作了“魏帝”。更有意思的是，这则故事中提及的昆明国进贡的“濑金鸟”具有畏寒的特性。昆明国地处南方，气候温暖，与中土不同，因此中土人士会直观认为昆明国上贡的“濑金鸟”也理应具有畏霜雪的特性。又如“哀牢国”，《述异记》记载：

哀牢夷，西蜀国名也。其先有妇人，捕鱼水中，触沉木，育生男子十人。沉木为龙，出水上，九男惊走，一儿不去，背龙，因舐之。后诸儿推为哀牢主。②

在东汉应劭《风俗通义》、常璩《华阳国志》中，都可见到与《述异记》所载相类似的内容，这很有可能是当时流行的一种关于哀牢国的创世神话。东汉人杨终所撰《哀牢传》是迄今发现年代最早的云南地区的地记，其中载哀牢王名曰“九隆”：“九隆代代相传，名号不可得而数”，③ 未知与《述异记》所载是否存在渊源关系。

上述的“夜郎国”“昆明国”“哀牢国”等已是覆灭的国度，在六朝时期民族融合的大洪流之中，还存在有大量的异民族部落。这些部落或是族群，或者难以用今天意义上的“国”这一概念进行定义，却是民族交融过程中不可忽视的一环。它们非常早就已与中原文化产生联系，《尚书·牧

① （南朝梁）任昉：《述异记》，明万历新安程氏刊本影印本《汉魏丛书》，吉林大学出版社1992年版，第704—705页。

② （南朝梁）任昉：《述异记》，明万历新安程氏刊本影印本《汉魏丛书》，吉林大学出版社1992年版，第705页。

③ （南朝宋）范晔：《后汉书》，中华书局1965年版，第2848页。

誓》中载武王伐纣，“羌、髳、卢、彭、濮”等“友邦冢君”前来相助，①在《列子》等先秦文献中也提及过一些四方异族。但因为当时交流有限，记载往往非常简略。至六朝时期，无论是志怪小说，还是各类史传、地记，异民族部落的形象开始大量出现，并且特为生动具体，正反映在这一时期激烈的民族融合过程之中，汉人对异族的好奇与窥探。如《博物志》中载“獠人”：“荆州极西南界至蜀，诸民曰獠子，妇人妊娠七月而产。临水生儿，便置水中。浮则取养之，沉便弃之，然千百多浮。既长，皆拔去上齿牙各一，以为身饰。”②“獠人”是西南原始民族中的一种，汉魏六朝时汉文明向西南深入，与“獠人”的接触必可避免。“獠人七月而生”的说法在六朝时较常见，郭义恭《广志》即称：“獠在牂牁、兴古、郁林、交阯、苍梧，皆以朱漆皮为兜鍪”、“獠民皆七月产”③。《博物志》言“獠人临水生儿”，在六朝佚名《永昌郡传》中则称獠民能潜水持刀：“獠民喜食人……能水中潜行，行数十里，能水底持刀，刺捕取鱼。”④ 又如“俚人”，《博物志》称：“交州夷名曰俚子，俚子弓长数尺，箭长尺余，以燋铜为镝，涂毒药于镝锋，中人即死，不时敛藏，即膨胀沸烂，须臾灼煎都尽，唯骨耳。”⑤“俚”是六朝时期对岭南等地少数民族的一种泛称，如裴渊《广州记》称：“俚獠贵铜鼓”⑥，沈怀远《南越志》称：“俗称栅居，实惟俚之城落”⑦，又《南州异物志》称：“广州南有俚贼”⑧ 等。《博物志》中所记俚人毒箭，与《南州异物志》所记岭南乌浒蛮的毒箭非常类似，“地有棘竹，厚十余寸。破以作弓，长四尺余，名狐弩。削竹为矢，以铜为镞，长八寸，以射急疾，不凡用也。地有毒药，以传矢金，入则挞皮，视未见疮，顾盼之间，肌肉便

---

① 参见《尚书正义》，（清）阮元校刻《十三经注疏》，中华书局 1980 年版，第 183 页。
② （晋）张华著，范宁校证：《博物志校证》，中华书局 1980 年版，第 24 页。
③ （北魏）郭义恭：《广志》，《玉函山房辑佚书》，光绪九年癸未长沙琅嬛馆补校刻本。
④ （宋）李昉：《太平御览》，中华书局 1960 年版，第 3534 页。
⑤ （晋）张华著，范宁校证：《博物志校证》，中华书局 1980 年版，第 25 页。
⑥ （宋）李昉：《太平御览》，中华书局 1960 年版，第 3478 页。
⑦ （宋）李昉：《太平御览》，中华书局 1960 年版，第 3478 页。
⑧ （宋）李昉：《太平御览》，中华书局 1960 年版，第 3478 页。

皆坏烂”。① 棘竹是南方地区一种常见的竹子，以棘竹为弓箭，浸染以毒汁，很有可能是当地少数民族的一种常见装备，故六朝志怪小说和相关地记中都有记载。在志怪小说中，关于“獠”“濮”“俚”“蛮”等周边少数民族的故事相当丰富且生动，不复枚举，这些部落族群在六朝志怪小说中集中出现，也是当时民族交融的一种侧面反映。

四　定位远国新基准的出现：玉门、九嶷、会稽、琅邪四地

对远国地理位置的排布方式反映了人们对已知世界总体格局的一种设想。《山海经》开创了一种规整有序的排布模式，它设定汉文明所居之地为天下中心，周围有大海包环，海外有洲，呈西南—东南、西南—西北、西北—东北、东南—东北四组链状式环绕分布，处于同一绳链上的国度又首尾环联，前一国就是后一国定位的基准，如《海外东经》中“奢比国”在“大人国”之后，“君子国”又在“奢比国”之后，“朝阳之谷”又在“君子国”之后，以此类推，环环相扣。《山海经》这一地理思维对后世影响很大。《淮南子·地形训》中认为天地之间有“九州八极”，九州之外，有海外三十六国，其地理位置也是按照《山海经》中的环状图形进行排布的。

但是《山海经》所设定的地理模式并非唯一，在约于西汉末年问世的带有纬书性质的《括地图》中，出现了一种新的划分方式。与“海外有洲”“环布分列”等以想象为主、带有方术色彩的地理模式不同，新模式则更多基于由实践获得的地理知识。它以“玉门”“九嶷”“琅邪”“会稽”为四方坐标，对远国位置进行重新定位。“玉门”是汉地名，汉武帝锐意经营西域，“玉门”正是连通西域和内地的孔道。“九嶷”又作“九疑”，即“苍梧山”，舜帝南巡，崩于苍梧，此山很早就已经被认作汉文明在南端的边界了。秦汉斥地岭南，秦开三郡，汉辟九郡，从此中原的郡县制度传播到了五岭之南。制度的推行数年即可，而移风易俗却是累代之功，岭南在汉魏六朝

① （宋）李昉：《太平御览》，中华书局1960年版，第3480页。

时期仍旧被视作蛮荒之地，如《淮南子》所言：“九嶷之南，陆事寡而水事众，于是民人被发文身”①；薛综在上言孙权的奏折中称，岭南诸地仍旧盛行落后的收继婚制度，“世以此为俗，长吏恣听，不能禁制。日南郡男女裸体，不以为羞”②，风俗截然不同于汉文明地区。九嶷山因此也被视作一道划分夷夏的天然屏障。“会稽”和“琅邪”两地皆是临海之地，是汉文明在东端的终点，再往东即是茫茫大海，乃河渎所入、仙道所居，非复人世。

这种新地理模式为六朝志怪小说所接受，在记述一些绍继自《山海经》的“远国”形象时，它们舍弃了《山海经》中原本的“环绕分布”的模式，不再以一国作为地理坐标，而是按照上述四地为文化坐标重新进行定位。如《山海经》中所述“奇肱之国”时，只将其总括在《海外西经》诸国之中，笼统称在“一臂国”之北，“奇肱之国在其（一臂国）北，其人一臂三目”，③ 而在《括地图》中，“奇肱国”作为西方之国，其位置有了更为具体的定位：

> 奇肱氏能为飞车，从风远行。汤时，西风吹奇肱车至于豫州，汤破其车，不以示民。十年，西风至，乃复使作车。遣归。去玉门四万里。④

《括地图》的这一定位方式在后世张华《博物志》、任昉《述异记》中都得到了认可和继承。《博物志》称：

> 奇肱国，其民善机巧，以杀百禽，能为飞车，从风远行。汤时，西风吹，奇肱人乘车东至豫州界。后十年而风复至，使遣归国。去玉门四万里。⑤

---

① 何宁：《淮南子集释》，中华书局 1988 年版，第 355—358 页。
② （晋）陈寿：《三国志》，中华书局 1959 年版，第 1252 页。
③ 袁珂：《山海经校注》，巴蜀书社 1992 年版，第 257 页。
④ （唐）欧阳询：《艺文类聚》，上海古籍出版社 1982 年版，第 17 页。
⑤ （晋）张华著，范宁校证：《博物志校证》，中华书局 1980 年版，第 22 页。

《述异记》中亦称：

奇肱国，其国人机巧，能为飞车，从风远行。汤时，西风吹，奇肱人乘车，东至豫州界。后十年而风复至，使遣归国。去玉门四万里。①

从上述文字分析可见，《博物志》《述异记》等六朝志怪小说中的“奇肱国”承袭了《括地图》中所记的大部分信息。与《山海经》所记相比，“玉门关外四万里”这一说法显得更为具体生动和真实可信。《山海经》中的“奇肱国”只是一个“乘文马”的国度，而郭璞的注释之中，则具体为一个“能作飞车，从风远行”“去玉门关四万里”② 的国度了，后面的相关信息应该都是汉魏以后形成的说法。

又如“羽民国”。《山海经》将此国列于《海外南经》之中，在“比翼鸟”东南，“羽民国在其（比翼鸟）东南，其为人长头，身生羽”。③ 至《括地图》中，“羽民”则被安排到了九嶷山之南：

羽民有羽，飞不远，多鸾鸟，食其卵。去九嶷四万二千里。④

其后《博物志》和六朝时模仿《括地图》而作的《外国图》都保留了这一说法：

羽民国，民有翼，飞不远，多鸾鸟，民食其卵。去九嶷四万三千里。⑤

羽民，羽飞不能远，其人卵产，去九嶷四万里。⑥

① （南朝梁）任昉：《述异记》，明万历新安程氏刊本影印本《汉魏丛书》，吉林大学出版社1992年版，第704页。
② 袁珂校注：《山海经校注》，巴蜀书社1992年版，第257页。
③ 袁珂校注：《山海经校注》，巴蜀书社1992年版，第228页。
④ （宋）李昉：《太平御览》，中华书局1960年版，第4059页。
⑤ （晋）张华著，范宁校证：《博物志校证》，中华书局1980年版，第22页。
⑥ （宋）李昉：《太平御览》，中华书局1960年版，第3498页。

相似的例证又如“大人国”，它在《山海经》中仅安排在《海外东经》之中，而《括地图》中则以“会稽”为新的定位标准：“大人国，其民孕三十六年而生儿。生儿长大，能乘云，盖龙类。去会稽四万六千里。”① 后《博物志》从之，亦称大人国“去会稽四万六千里”②。又有以“琅邪”为坐标的海外远国，如《括地图》称：“昔乌先生避世于芒尚山，其子居焉。化民食桑，三十七年，以丝自裹；九年生翼，九年而死，其桑长千仞，盖蚕类也。去琅邪（一）二万六千里。”③ 在郭璞《玄中记》中也有类似记载：“化民，食桑，三七年化，能以自裹如蚕绩，九年生翼，十年而死。去琅邪四万里。”④

六朝志怪小说中以玉门等四地对远国进行定位的方式承袭自《括地图》。在《括地图》中有一个非常重要的地理思维的变化，即出现了以“玉门”“九嶷”“会稽”“琅邪”四地作为衡量四方远国的新标准。李剑国《唐前志怪小说史》中在论述《括地图》时提及了这一变化，但未加注意。较之宗教舆图色彩浓郁的“海外有洲”模式，这种以实践所得的具体地点对远方进行衡量的方式显得更具有现实性和知识性。在六朝志怪小说中，除了接受了《山海经》中原有的排布模式，有相当一部分“远国”都按照上述四地进行了重新定位，应当是认为这种描述方式能使原本虚无缥缈之地显得更容易为人理解和接受。

结　语

郦道元《水经注》中记载了一则耐人寻味的故事。西晋时有日南郡人张重入洛阳，觐见晋明帝，帝向其询问日南郡是否果真北向视日，重答曰：“今郡有云中、金城者，不必皆有事实。”⑤ 这则故事生动反映了处于不同地

① （宋）李昉：《太平御览》，中华书局 1960 年版，第 1659 页。
② （晋）张华著，范宁校证：《博物志校证》，中华书局 1980 年版，第 22 页。
③ （北魏）贾思勰原著，缪启愉校释：《齐民要术校释》，农业出版社 1982 年版，第 697 页。
④ 鲁迅：《古小说钩沉》，齐鲁书社 1997 年版，第 234 页。
⑤ 陈桥驿：《水经注校证》，中华书局 2013 年版，第 797 页。

域、来自不同文明类型中的人们对远方的好奇之心。通过六朝志怪小说中所载远国形象这一切入点，可以发现六朝时人的一些地理观念，随着区域交流的日渐密切，他们的地理知识在进一步激增之中，新的天下构图、新的远国形象都已生成，但一些旧思维依旧残存，于是表现出了“现实世界”与“神怪世界”并存、“汉文明”与“异文明”相对等非常特殊的现象。

学科建设动态

文学地理学由外部研究向内部研究的重要转变

——“中国文学地理学会第十届年会暨第五届硕博论坛”综述

刘双琴*

2020年8月10—12日，由中国文学地理学会、大连大学、湖北大学、广州大学与江西省社会科学院联合主办的“中国文学地理学会第十届年会暨第五届硕博论坛”在大连大学召开。本次会议的主要议题是“推动文学地理学研究由外部研究向内部研究转变”，来自日本、韩国及中国各地的100余位专家学者，以及北京大学、中国传媒大学、山东大学、四川大学、湖北大学、上海大学等50多所高校的70多位硕、博士通过腾讯网络视频会议在线参加了本次年会和论坛。

会议开幕式由大连大学文学院院长高日晖教授主持，大连大学校长孟长功、江西省社会科学院学术委员会主任夏汉宁、日本福冈国际大学教授海村惟一、韩国庆北大学校教授郑羽洛分别在开幕式上致辞。孟长功校长在致辞中对大连大学及文学院的发展进行简要介绍，并对文学地理学第十届年会的顺利召开表达祝贺。夏汉宁研究员指出，文学地理学作为新兴学科，最重要的特点是赢得了年轻人的热爱，这与中国文学地理学会十年来的努力分不开。海村惟一教授赋诗表达对中国文学地理学会发展壮大的祝贺，以及对文

* 刘双琴，江西省社会科学院文学所副研究员。

学地理学研究前景的期待。郑羽洛教授介绍了韩国文学地理学的研究现状，认为文学地理学将凭借对空间的物质想象力服务于第四次产业革命。

年会围绕文学地理学研究重心的转变，文学地理学文本研究理论与方法、文学地理学经典个案研究，以及东北作家文本研究等主题展开交流。会议为期3天，分13个阶段进行，其中8月10日举行6场硕博论坛，70余名研究生进行了学术汇报；11—12日举行7场专家研讨，近70位专家发表了学术报告。会议精彩不断，亮点颇多，主要体现在：

第一，文学地理学理论更加深入，研究方法更加多样化，学科体系进一步完善。

在本次会议上，十余位专家学者对文学地理学的理论、方法以及学科体系建设作了深入阐述。中国文学地理学会会长、广州大学教授曾大兴指出，文学地理学的研究可以分为外部研究与内部研究两大块，外部研究和内部研究不可分割。文学地理学研究是以文学为本位，要解决的是文学自身的问题，因此呼吁文学地理学研究重心由外部研究向内部研究转变。曾教授提出用文学地理学的方法研究文本的几种路径，包括：以文本细读为前提，分析文本中的地理要素和非地理要素；以文本中的地理要素和非地理要素为基础，分析文本的时空结构；在要素分析和结构分析的基础上，结合文本的文体、语言、修辞、叙述方式、抒情方式等，发掘、总结和描述文本在艺术上、审美上的地域特征；在要素分析和结构分析的基础上，结合文本所描写的人物、景观、事件、情节等，探讨文本在情感、思想和意义方面的地域性和地方感；联系作者和读者所处的时空环境，结合文本内部的时空结构，探讨文本所可能有的情感、思想和意义。

邹建军教授针对文学地理学批评中的“批评”发表观点，认为：文学地理学批评包括批评理论和批评实践两个方面。在批评理论方面，文学地理学经过一百多年的发展，经由以曾大兴教授为代表的众多学者的努力，已经建立起一套比较完善的批评范式。在批评实践方面，有五个需要引起注意的问题：一是要有文本选择的前提，要选择具有典型性的文本；二是要有审美投入的过程，要投入情感、经验等，才能有所发现和创造；三是要直抵地理本质，要直接寻找和发现文本、文学现象中的地理要素，阐释其存在的意义、价值、结构等；四是要有反思和批判的精神；五是要有审美判断和价值判断。

会上还有众多学者对文学地理学的研究理论、方法等提出了新的见解。首都师范大学教授陶礼天的《“人杰地灵”说与“江山之助”说的正反命题辨正》一文认为，文学地理学界都比较重视和强调“人杰地灵”的观念，但在一定程度上忽略了中国古代存在的“贤才不择地而生”的思想，这两个方面应该结合起来，不可偏废。广西大学教授李志艳的《文学地理学的知识逻辑》一文认为，地理维度应该包括三个基本方面：一是地理的具象性，即物理性的地理；二是关系性地理，即西方空间关系学所说的空间设置；三是空间的运动，即新空间形态的产生。在此基础上，李教授提出文学地理学中人地关系的始源、分期与发展、文学文本的物性载体等一系列理论问题，认为文学地理学有望建设为一种具有普适性的二级学科，为一般的文学、艺术等学科状态提供借鉴。

第二，实证研究立足文本、成果丰硕，进一步打破学科壁垒，地域文学资源得到进一步发掘。

本次会议发表的论文，从内容来看，包括：文学地理意象，如天津师范大学陈鹏程、王腾可的《“塞上”意象的生成、经典化及其审美蕴涵》；文学景观，如西华大学蒋林欣的《“江河湖”地理景观与李劼人的地缘诗学建构》；地理空间与文学创作，如重庆师范大学杨宗红的《论中国古代小说的地理改编》；城市书写，如广西民族大学胡茵的《艾什诺兹小说中的城市符号》；流寓文学，如成都大学杨挺的《仓皇的风景：陈与义避地南奔的时间体验及其流亡书写》；地域文学，如广西师范大学莫道才的《柳宗元对桂林山水“甲天下”的发现》；文学群体，如中南民族大学左洪涛的《金代河北诗人群体与形成原因分析》；地域诗学，如广东外语外贸大学陈恩维的《地域诗学传统，何以构建——以岭南为例》，等等。

从时代来看，会议论文涉及古代、现代、当代各个时代。如洛阳师范学院王建国的《东晋永和时期的会稽侨寓文人集团考论》、大连海洋大学范英梅的《中国现当代海洋文学发展史概论》、三峡大学黄权生、罗美洁的《长江第一坝“静秋”文化：从文学地理视角读“山楂树”》等。从研究者的专业背景来看，包括古代文学、现当代文学、外国文学、民间文学、文艺学、文献学等各个学科，如陕西理工大学梁中效的《元代日僧雪村友梅的蜀道之旅研究》、北京联合大学王德领的《徘徊在眷恋与疏离之间：京漂诗歌中的北京书写》、重庆交通大学陈才忆的《隐匿与拓展：艾米莉·狄金森的四重空间》、湖北工业大学白阳明的《Ode to Life-Water Images in Thoreau's Prose》、韩山师范学院殷学国的《渔樵母题与中国诗学的地理旅行》、中南民族大学王兆鹏的《半部宋代交通路线图——李常生〈苏辙行踪考〉序》、中央财经大学左汉林的《唐代大明宫中的乐舞演出》，等等。实证研究以文本为中心，成果丰硕，进一步打破了学科之间的壁垒。

从地域来看，论文涵盖了东北、关陇、西藏、中原、河洛、巴蜀、江浙、岭南等多个文化区。如河南工程学院周梦梦的《作为景观文学的阳关玉关诗歌之生成机制探蠡》、西北民族大学高人雄的《北周多重文化合流的文学现象》对关陇文学的研究，大连大学吴金梅的《红尘与慈悲——次仁罗布〈红尘慈悲〉的藏域抒写与精神向度》对西藏抒写的关注，河南工程学院冯源的《〈诗经〉所见河洛地域婚恋诗的地域因缘及情感书写传统》对河洛文化的考察，韩山师范学院张福清的《论陆游巴蜀诗的自然、人文意象及其精神取向》对巴蜀风情的描述，山西大学张建伟、赵洁莹的《元代杭州文学活动与南北文学交流融合》对江浙文学的青睐，广东第二师范学院单昕的《地理空间的对称美学及其文化意涵——论张欣的广州城市书写》对岭南文化的探究，等等。

就地域角度而言，会议的一个突出特点就是东北文学研究成果的涌现。有学者在会上指出，“中国文学地理学会是一个行走着的学术共同体”。随着中国文学地理学会年会在不同地域、不同城市的召开，地域文学研究得到进一步发掘和拓展。本次会议由辽宁大连大学承办，东北地域文学因此进一步受到关注，东北文学地理研究更加深入。如中国社会科学院刘大先的《东北书写的历史化与当代化》、黑龙江省社会科学院金钢的《移民与殖民对现代东北文学的影响》、沈阳大学阎丽杰的《民俗生活场域构建的东北作家群创作的情节结构》、黑龙江八一农垦大学田恩铭的《中国现代小说史中的萧红书写》、哈尔滨学院孙胜杰的《迟子建新世纪小说的城市想象与文化记忆》等，从不同角度对东北文学创作、东北作家群予以阐述，进一步推动东北文学地理研究走向大众视野。

第三，与会者人数众多，会议影响广泛，青年学者队伍进一步发展壮大。

在受疫情制约的特殊情况下，本次年会采取了腾讯网络视频会议形式。正如高人雄、邹建军以及曾大兴教授在闭幕式上所指出，相比传统的学术研讨会，网络会议虽然不能实现学者间的近距离交流切磋，不能进行实地考察，但仍然具有自身优势，主要表现为：第一，由于交通成本的缩减，参会人数增加。会议收到论文150余篇，参会人数最高时多达240余人，影响广泛。第二，会议收视效果良好，报告者发言清晰，甚至优于现场发言，且由于视频会议具有录音、录频功能，会议全程可反复观看，传播面广。第三，由于会议没有实行分组讨论，各专业的学者均在统一会场发言，每一个人的发言都是大会发言，比小组讨论效果更好，收视面更广，多学科交流进一步打破学科壁垒。

本届年会另一个重要特点就是年轻人茁壮成长，青年学者队伍进一步壮大。主要表现在：第一，青年学者人数众多，参会的硕博研究生有70余人，每一位研究生都提交了会议论文，并在会议上陈述了个人观点。第二，硕博研究生来源广泛，他们来自全国50多所高校，包括北京大学、中国传媒大学、北京外国语大学、山东大学、四川大学、湖北大学、上海大学等国内一流大学。第三，青年学者论文选题广泛，涉及的领域广阔，包括古代、现代、民间文学、文艺理论等各个学科，讨论的问题涵盖文学地理学的各个方面，体现出文学地理学作为批评理论、方法和学科的强大吸引力。第四，不少硕博研究生问题意识突出，论文具有一定创新性和学术价值，不流于教材式介绍和事实叙述，而是在文献中提出问题，发现问题，研究水平有较大提高，在文学地理学批评实践、实证研究、实用研究等方面均有所突破。青年学者的成长标示文学地理学事业后继有人，对推动文学地理学学科发展具有重要意义。

会议通过严格的匿名评审程序，遴选出22篇优秀硕博研究生论文，包括一等奖3篇，分别为：山东大学郁冲聪的《区域交流背景下边缘世界的重构：论六朝志怪小说中的远国形象》、广西大学闫海凌的《生命本位与地—人—文互释：马克思主义对文学地理学内部研究的启示》、陕西师范大学赵金平的《〈禹贡〉与汉赋“经野”方式》。二等奖7篇，分别为：北京外国语大学洪思慧的《地域相隔·族群阻隔·文化间隔——古伯察子虚乌有的“召请帖木儿”记述》、陕西师范大学郭荣的《文学地理学中的景观叙事研究刍议》、中南民族大学梁洪汀的《南宋使金路线图考——以行记为中心》、暨南大学陈立扬的《客梦京华——论孟浩然在长安的诗歌创作》、中国传媒大学王宇的《为什么是谢自然——中唐谢自然飞升事迹文化地理意义考察》、陕西师范大学张瑶的《回归与再造——文学地理视域中的贾平凹与商洛》、湖北大学杨光的《试论陆游不同时期南郑诗作的文学地理书写》。三等奖12篇，分别为：广州大学郭伟精的《范成大地理诗研究》、湖北大学江亚男的《浅析元明清昭君戏中的地理叙述不同及其成因》、广州大学唐婧的《以计量可视化为基础分析苏轼与岭南相关研究》、重庆师范大学张玉的《论小说回目中空间的叙事功用——以清代神魔小说〈绣云阁〉为例》、北方民族大学刘冉的《论清代晋宁李氏家族诗人群体的地域书写》、浙江师范大学刘曼华的《唐诗中的越州书写及“越州情结”的凝成》、广州大学陈丽聪的《文学地理学视野下的〈朝花夕拾〉文本解读》、西北大学黄莹莹的《边缘空间中的“他者”》、北京大学张丰硕的《朝鲜中期汉诗中的“江南”地理意象研究——以“杭州”“南京”“苏州”城市意象为中心》、湖北大学陆永鑫的《“空间情结”视域下的纳兰性德边塞词》、上海大学张媛颖的

《论湖南之行对黄景仁奇肆诗风的影响》、三峡大学韦祚浩的《白居易〈琵琶行〉中的时空艺术》。

在中国文学地理学会、大连大学等学术单位以及来自各地学者的共同努力下，“中国文学地理学会第十届年会暨第五届硕博论坛”于8月12日圆满落幕。年会通过学术研讨，进一步推进文学地理学研究由外部研究向内部研究转变，进一步推动文学地理学学科体系的建设，并赢得广大青年学者的热爱。正如学会副会长夏汉宁先生所说，“青年爱，希望在”。相信通过一代又一代青年学者的加入，文学地理学作为一门新学科定能完整地、独立地建立起来，并对文学研究提供新思想、新动力，推动中外文学研究向纵、横两个方向发展。